KB149590

# 사찰에 깃든 문학

사찰에 깃든 문학

**이천 년의 이야기를 품은 대한민국 명찰 순례기**

초판 1쇄 펴낸날 | 2024년 7월 31일

지은이 | 손종흠
펴낸이 | 고성환
펴낸곳 | (사) 한국방송통신대학교출판문화원
03088 서울특별시 종로구 이화장길 54
전화 1644-1232
홈페이지 press.knou.ac.kr
출판등록 1982년 6월 7일 제1-491호

출판위원장 | 박지호
책임편집 | 이두희
문장손질 | 김경민
본문 디자인 | (주)동국문화
표지 디자인 | 플랜티


ISBN 978-89-20-05063-3 03810

값 22,000원

# 사찰에 깃든 문학

이천 년의 이야기를 품은
대한민국 명찰 순례기

손종흠 지음

지식의날개

## 일러두기

이 책에 실린 사진은 저자가 모두 직접 촬영한 것입니다. 책의 내용에 대한 의문이 있거나 사진 또는 원고의 일부를 활용하고자 하시는 경우에는 반드시 저자와 (사)한국방송통신대학교출판문화원 양쪽 모두에 문의를 해 주십시오.

# 머리말

사찰寺刹은 불교에서 가장 중요한 의미를 지닌 곳이다. 불상을 봉안한 법당, 사리를 모신 불탑, 불도를 닦으면서 수행에 정진하는 승려, 불교에 믿음을 가진 신도 등이 하나로 연결되는 곳이면서 모든 종교 활동과 신앙적 결과가 행해지고 나타나는 구역이며, 부처가 중생을 제도하기 위해 행한 수행과 설법이 이것을 통해 전해지고 실현되면서 구도자로서의 승려와 태생적으로 불성을 가진 중생이 하나가 되어 이끌고 밀면서 불교를 발전시키는 공간이기 때문이다. 또한 사찰을 중심으로 수많은 인연과 사연이 얽히고설키면서 예술적 상상력이 가미된 다양한 문화 현상이 만들어지는데, 불교가 우리 민족에게 전해진 것이 이천 년에 가까우므로 문화의 거의 모든 분야가 불교의 영향을 받았다고 해야 할 것이다. 미술, 음악, 무용, 문학 등의 예술은 말할 것도 없고, 일상의 생활 관습이나 언어 등에도 지대한 영향을 미쳤으며 앞으로도 그럴 것으로 보인다.

문학은 노동의 현장에서 주로 불리는 노래와 여가의 현장에서 만들어지고 향유되는 이야기가 중심을 이루는데, 이것은 불교의 전파와 포교에 매우 중요한 구실을 한다. 일반 대중이 생활 속에서 만들고 즐기는 핵심적 언어 예술인 문학이 석가모니를 중심으로 하는 다양한 모습의 부처와 그를 보좌하며 불법을 지키고 따르는 보살이 지닌 성격이나 그들이 보여준 여러 가지 신비한 행적 등을 담아서 대중에게 전파하는 중요한 매개체 역할을 해 왔기 때문이다. 석가모니를 비롯한 수많은 불보살, 고승에 대한 사연이 주로 이야기를 통해 사람들에게 전파되고 전승되면서 불교를 쉽게 이해하고 거부감 없이 접근하도록 만드는 데에 크게 이바지했음은 역사적 사실로 증명되고 있다. 노래나 이야기는 불교가 전파되는 과정에서 더 넓은 지역으로 확대, 재생산되었고, 후대로 오면서는 사찰의 창건이나 고승의 행적 등에 대해 일반 대중이 쉽게 접근하고 이해할 수 있도록 구성되어 불교문학이라는 하나의 범주를 탄생시켰으며, 일반 문학에도 상당한 영향을 미쳤다.

불교와 문학이 접합되는 과정에서 핵심적인 구실을 으뜸으로 사찰을 꼽는다. 불교의 삼보三寶인 부처, 교법, 승려佛法僧가 모두 사찰 속에 존재하는 데다 그것을 널리 알려 중생을 교화시키기 위해서는 이야기를 중심으로 하는 문학과의 결합이 절대적으로 필요했고, 실제 그 방향으로 발전해 왔기 때문이다. 사람은 무엇인가에 대해 노래로 만들어 흥얼거리거나 부르면 대상에 대한 친밀도가 올라가고, 이야기로 만들어 여럿이 함께 즐기면 관심과 흥미를 유발하여 그에 대한 이해도가 높아진다. 석가모니를 비롯한 수많은 불교 관련 존재에 대한 것을 노래, 이야기, 그림 등으로 형상화해서 표현하게 되면 공감의 범위를 한층 넓히면서 누구나 쉽게 접근할 수 있도록 만드는 데에 큰 역할을 한다. 특히 이야기는 불교에서 중생이라 부르는 일반 사람의 삶이 관련된 것과 연결하여 꾸미기에 가장 적합한 갈래이기 때문에 한층 매력적으로 다가왔을 것이다. 이야기는 특별한 재주나 능력이 없어도 누구나 만들고, 말하고, 듣기에 별다른 제약이 없어 모든 사람이 함께 참여하고 즐기는 것이 가능하므로 불교와 이야기 문학의 결합은 자연스럽게 이루어지면서 사찰을 중심으로 형성되고 전파되었다.

6개의 장으로 구성되어 있는 이 책에서는 불교와 문학이 만나는 과정에서 일정한 실체가 있는 일정한 공간에 스며들어 있는 이야기와 신앙과 관련이 있는 모든 것이 이루어지는 사찰의 현장을 연결하여 그것이 가지는 역사적 의미와 문화적 상징성을 살폈다. 1장 〈역사와 이야기가 살아 숨 쉬는 천년 고찰〉에서는 민족사나 불교사에서 커다란 중요성을 가지며, 그에 상응하는 신비한 이야기들이 깃들어 있는 통도사, 해인사, 신륵사, 쌍계사로 떠나 보았다. 2장 〈불교적으로 승화된 남녀의 사랑 이야기〉에서는 남녀의 사랑이 불교적으로 어떻게 승화되어 대중 속으로 들어왔는지 부석사, 미륵사의 현장과 사연을 통해 살펴보았고, 3장 〈간절한 구도자의 염원과 부처의 응답〉에서는 구도자로서의 승려가 가져야 할 바람직한 자세와 부처의 도움을 받아 창건된 낙산사, 남백사, 흥륜사에 깃들어 있는 이야기를 중심으로 기술하였다.

4장 〈고뇌와 자비를 바탕으로 한 불교적 성취〉에서는 중생을 향한 구도자의 발원과 노력이 얼마나 중요한지를 보여주는 굴산사, 희방사, 만어사, 거돈사가 가지는 역사적·문화사적 의미를 중심으로 고찰해 보고, 5장 〈모성과 효성이 어우러진 전통 사찰의 현장〉에서는 세상을 만들고 움직이는 중심에 자리한 모성과 효성이 불교와 결합하여 어떤 결과를 낳게 되는지를 불국사, 분황사, 홍효사에 얽힌 신비로운 이야기들을 중심으로 엮었다. 6장 〈불국토를 향한 염원과 호국불교의 실현〉에서는 현실적으로 일어날 수 있는 일을 통해 나라와 백성의 평안을 위해 무엇이 필요한지를 잘 드러낸 범어사, 망해사, 월정사, 사천왕사, 감은사에 전해지는 감동적 이야기를 사찰의 현장과 연결하여 이해해 보았다.

이러한 시도는 민족문화가 가지고 있는 예술성과 가치를 재고함과 동시에 미래지향적인 콘텐츠를 창조하기 위한 작은 밑거름이 되었으면 하는 마음에서 시작하였다. 앞으로 풍부한 자료, 정확한 고증, 체계적 분석 등을 통해 사찰과 그에 깃들어 있는 문학의 아름다움이 더욱 빛을 발할 수 있기를 기대해 본다.

이 책을 집필하고 출간하면서 새삼 느낀 것은 많은 사람들의 도움이 없으면 혼자서는 어떤 것도 제대로 해내기 어렵다는 사실이었다. 사찰의 현장 답사와 자료 촬영에서부터 글이 막힐 때마다 상담과 조언을 아끼지 않으며 문장의 교정까지 도맡아 준 아내 박경희 님과 세심한 편집과 꼼꼼한 교정을 통해 차질 없이 일이 진행될 수 있도록 힘써 준 이두희 선생을 비롯한 한국방송통신대학교출판문화원 관계자에게 심심한 감사의 인사를 드린다. 이분들의 노력과 헌신이 없었다면 이 책은 세상에 빛을 보지 못했을 것이다.

2024년 7월의 어느 더운 날, 죽계서실에서

손종흠 쓰다

## 이 책에서 소개하는 명찰의 위치도

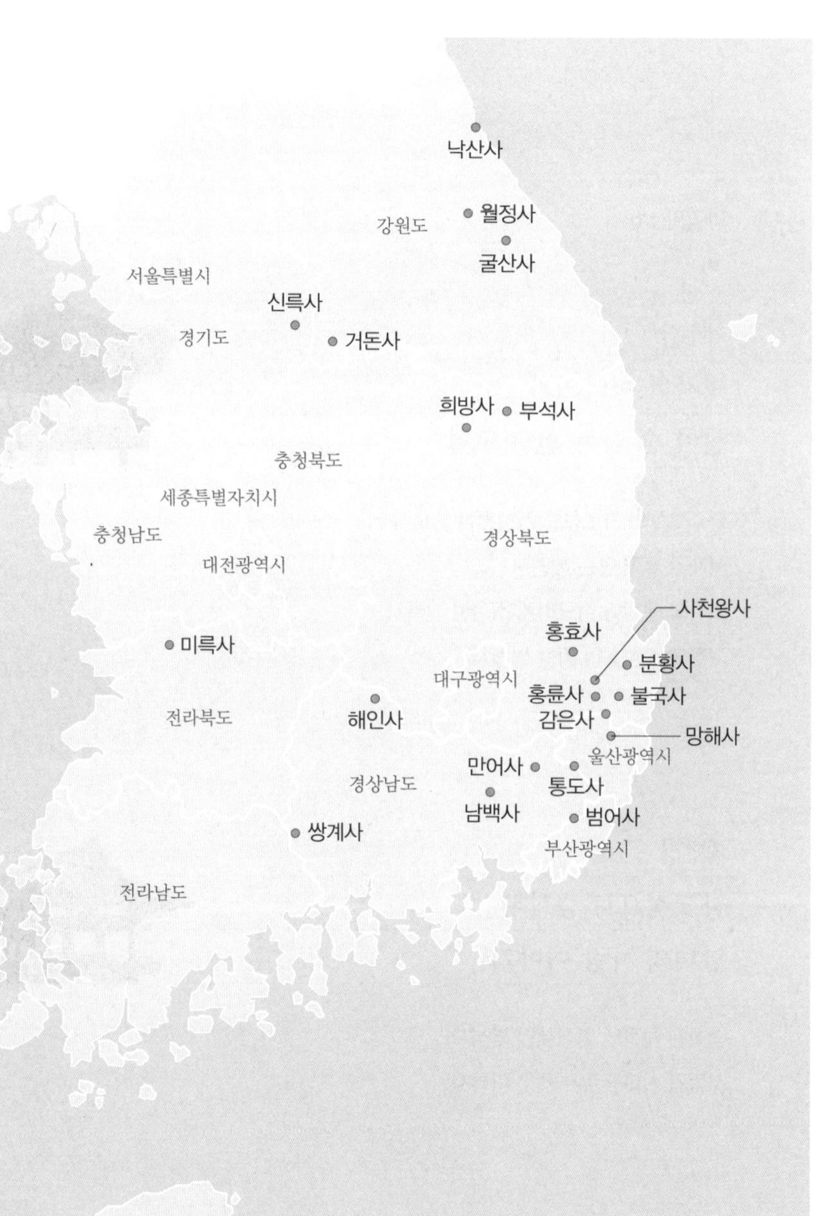

# 차례

제3장

## 간절한 구도자의 염원과 부처의 응답



제4장

## 고뇌와 자비를 바탕으로 한 불교적 성취

제5장

## 모성과 효성이 어우러진 전통 사찰의 현장



제6장

## 불국토를 향한 염원과 호국불교의 실현

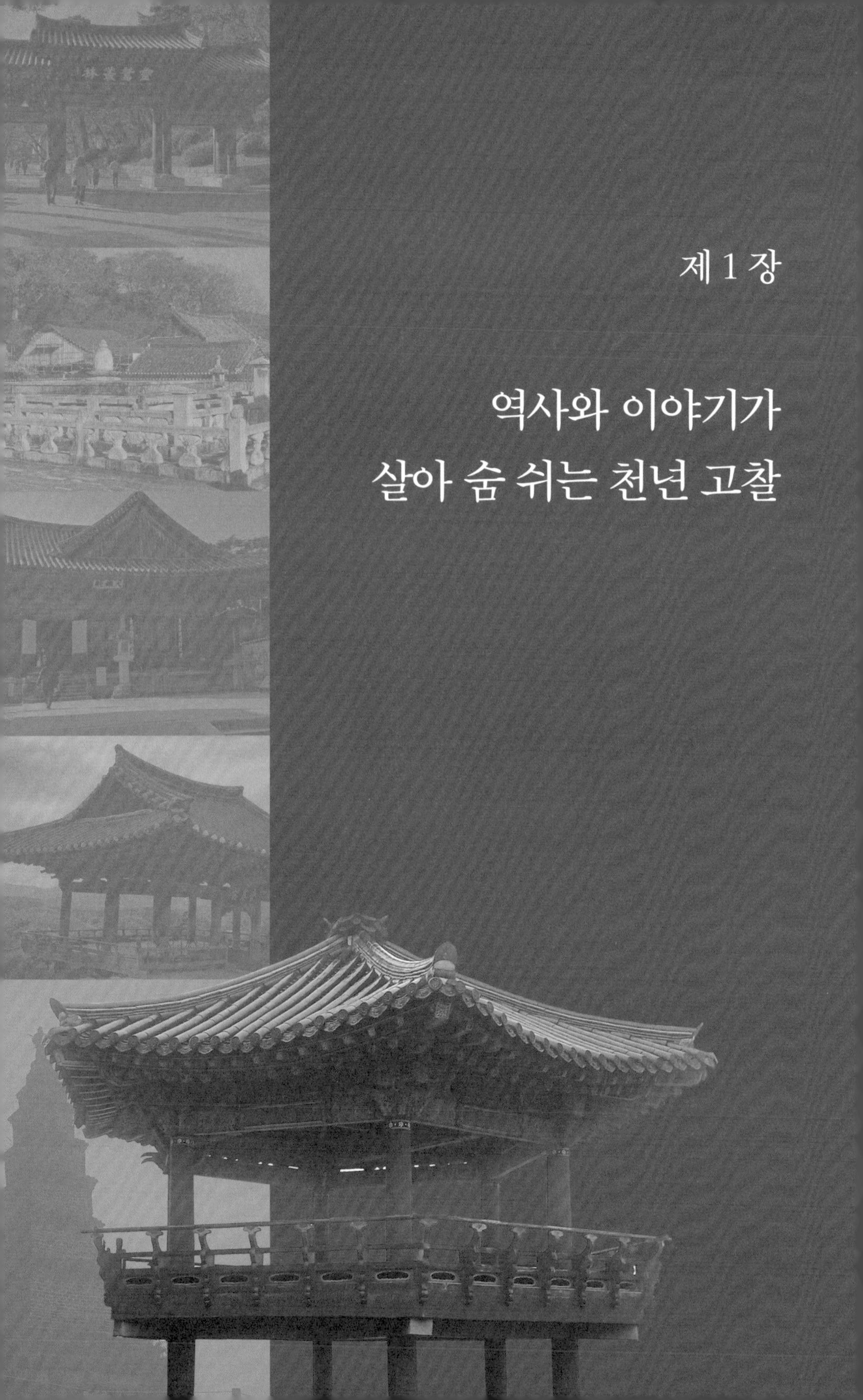

# 제 1 장

# 역사와 이야기가 살아 숨 쉬는 천년 고찰

## 문수보살의 가르침으로 창건한
# 통도사

경상남도 양산시와 울주군의 경계를 이루는 영축산靈鷲山의 남쪽 기슭에 자리한 통도사通度寺는 646년에 자장율사慈藏律師가 창건한 사찰이다. 영축산은 고대 인도의 마가다Magadha국에 있는 산인데, 석가모니가 설법할 때 말없이 연꽃을 들어 보인 이유를 오직 가섭迦葉만이 알아차리고 빙그레 웃어 서로 마음이 통했다以心傳心고 전하는 공간이어서 불교의 성지가 되었다. 산 위의 바위가 독수리의 머리 모양을 닮아서 영취산靈鷲山 혹은 취서산鷲棲山이라고도 불렀으며, 〈대동여지도〉에는 우리나라에 이런 이름이 붙은 산이 여덟 개나 있는 것으로 나온다. 유독 통도사에서만 영축산이라고 부르는데, 2001년에 지방자치단체에서 이 명칭으로 확정해 발표함으로써 공식적인 이름이 되었다.

영축이란 말은 고대 인도어에서 독수리를 뜻하는 그드라Grdhra를

▍절에 들어가는 첫 번째 문인 일주문 아래쪽에 있는 총림문. 총림의 격식과 사찰의 시작을 표방한다.

가져와 '취鷲'로 표기하고 신령스러움을 뜻하는 글자인 '영靈'을 합쳐서 만든 중국식 이름인데, 인도어 소리를 그대로 가져다 한자로 표기한 것은 기사耆闍이다. 또한 이 산의 이름이 가지는 원래의 뜻은 독수리의 머리인데, 발음은 그드라 쿠타Grdhra-kuta이고 머리에 해당하는 쿠타를 소리 그대로 옮기면 쿠우崛가 된다. 따라서 인도어를 소리 그대로 가져온 원래의 명칭은 기사굴산耆闍崛山이었다. 우리나라에는 이것을 의역한 영취산으로 들어왔는데, 통도사에서만 영축산이라 불렀다. 불교에서는 독수리를 뜻하는 鷲를 '축'으로 읽는다는 주장인데, 이를 뒷받침하는 근거를 찾기는 쉽지 않다.

통도라는 명칭에서 핵심을 이루는 것은 '도度'이다. 이것은 불교 경전을 기록한 고대 인도어인 팔리pali어의 파라미타Paramita를 한자로 번역한 것인데, 이 소리를 그대로 한자로 옮긴 것이 바라밀다波羅蜜多이다. 초월함, 훌륭함, 완벽함 등의 뜻을 가지는 파라Para와 건넌다는 뜻을 가진 미타mita가 결합한 파라미타는, 너머 혹은 피안彼岸에 이른다는 뜻으로 세상의 모든 번뇌와 고통에서 벗어나 극락의 세계로 들어가는 것을 가리킨다. 대승불교에서는 니르바나涅槃에 이르기를 바라는 사람을 위해 규정한 모든 수행법을 지칭하기도 한다. 즉, 일정한 수행법을 제대로 실천하면 초월적 열반의 세계로 들어가 모든 고통에서 벗어나 완전의 상태로 되는 것과 미혹한 중생을 깨달음의 피안에 닿도록 이끈다는 의미를 담고 있다.

불교에서 말하는 파라미타波羅蜜-度에는 사바라밀四波羅蜜, 육바라밀六波羅蜜, 십바라밀十波羅蜜 등이 있는데, 우리나라 불교에서는 육바라밀과 십바라밀을 중요시한다. 육바라밀은 베푸는 것施度, 계율을 지키는 것戒度, 욕됨을 참는 것忍度, 정진하는 것精進度, 마음을 집중하는 것禪度, 참된 지혜를 구하는 것慧度을 말하는데, 모두 나 이외의 다른 존재를 위한 것으로 대승불교의 구도자라면 반드시 실천해야 할 근본적인 수행 덕목이다. 이러한 육바라밀에 방법과 편의方便度, 바람을 세움願度, 힘써 수행함力度, 선악 판단의 지혜智度 등을 더해서 십바라밀이라고 한다. 육바라밀과 십바라밀을 실천하면서 수행하는 것이 보살행菩薩行으로, '도度'는 바로 이것을 의미한다. '통通'은 장애물 같은 것이 없이 이곳에서 저곳으로 옮겨 가는 것을 지칭하는데, 막힘없이 목적한 곳에 이르다, 다다른다는 의미를 지니고 있다. 또한 이곳에서 저곳으로 무엇인가를 옮긴다는 뜻을 가진 전달하다, 대상을 명료하게 이해하다, 모든 것에 두루 미치다 등으로 해석하기도 한다. 그러므로 통도라는 말은 보살행에 나아감(열반에 이름), 보살행을 전달함(중생의 제도), 보살행을 구함(구도자의 수행) 등의 뜻으로 풀이할 수 있다.

이러한 통도通度의 길로 나아가는 첫 단계가 사찰 창건의 토대를 이룬 금강계단金剛戒壇이다. 금강계단은 통도사 대웅전의 바로 뒤에 있는데, 사찰을 창건한 자장율사가 당나라에서 가져온 사리와 가사를 봉안한 곳이다. 불교에서 금강은 가장 뛰어나고 견고하며 단단하여 번뇌나 장애를 부수고 해소하는 반야般若의 지혜라는 의미를 지닌다. 어떤 것도 넘어서며, 어떤 장애물도 뚫을 수 있고, 어떤 번뇌나 망상, 미혹도 끊어 버릴 수 있는 것이라고 할 수 있다. 계단은 열반에 이르려는 비구와 비구니가 반드시 지켜야 하는 계율具足戒을 받는 의식을 승려가 행하는 단壇이다. 계율은 질그릇과 같아서 조금만 잘못해도 깨질 염려가 있으므로 금강과 같이 확고하게 지키고 보존해야 한다. 불도에 들어가는 세 가지 중요한 점要諦인 계·정·혜戒定慧를 삼학三學이라고 하는데, 통도사의 금강계단에 모셔져 있는 부처의 진신사리는 이것의 결정체이면서 반야의 지혜를 상징하기 때문에 금강과 같이 견고하다는 의미에서 금강계단이라고 부른다.

통도사의 금강계단은 종을 엎어 놓은 모양의 돌로 만들어져 있는데, 그 안에 부처의 가사와 사리가 모셔져 있다고 전한다. 《삼국유사》에도 현재의 모양으로 묘사되어 있는 것으로 보아 사찰이 창건될 때도 비슷한 형태였을 것으로 추정된다. 자장율사는 계율을 지키는 것을 목숨보다 중하게 여겼기에 신라 조정에서 그를 재상으로 등용하려고 하자 "내 차라리 계를 지키며 하루를 살지언정 계를 깨뜨리고 백 년 살기를 바라지 않는다吾寧一日持戒死 不願百年破戒而生"라고 하면서 끝까지 응하지 않아 결국 왕이 출가를 허락했다. 《삼국유사》에는 자장의 생애와 문수보살이 오대산과 영축산에 대해 가르침을 준 과정이 기록되어 있다.

자장율사는 속세의 성은 김으로 진골 신분을 가진 무림茂林의 아들이다. 늦게까지 자식이 없었는데, 불교에 귀의하여 자식을 달라고 기원하면서 만약 아들을 낳으면 불법法海의 도구로 쓰겠다고 맹세했다. 어머니가 별이 떨어져 품으로 들어오는 꿈을 꾼 뒤에 아기를 가져 석가세존의 생일날에 그를 낳았다. 정신과 뜻이 맑고 슬기로워 속세의 일에는 뜻을 두지 않고 조용한 곳에 머무는 것을 좋아했으며, 전 재산을 털어 원녕사를 세우기도 했다. 자기에 대한 집착을 버리고 번뇌를 끊어 내어 열반에 이르는 방법의 하나인 고골관枯骨觀을 수련했다. 조금이라도 혼미해지거나 게을러지면 과감하게 결단하여 작은 집을 지은 후에 가시덤불로 사방을 막고 맨몸으로 그 속에 앉으니 조금만 움직여도 곧바로 가시에 찔리도록 하고 머리는 대들보에 매달아 흐릿한 정신을 없앴다. 고골관은 마음을 집중하여 다스리는 다섯 가지 선법禪法 중 하나인데, 부정관不淨觀,

백골관白骨觀, 백골유광관白骨流光觀, 백골생기관白骨生肌觀으로 이루어지며 집착으로 인한 탐욕과 번뇌를 끊어 내기 위한 수행법이다.

그는 왕족의 신분으로서 나라를 위해 재상 자리에 오를 것을 요청받았지만 받아들이지 않았다. 왕이 칙령을 내려 재상 자리에 오르지 않으면 목을 베겠다고 하자, 비록 계를 지키며 하루를 살더라도 계를 어기면서 평생을 살지는 않겠다고 단호히 말했으므로 왕은 할 수 없이 출가를 허락했다. 한층 깊은 산속으로 들어가 불도를 닦으니 기이한 새가 과일을 바치는 일이 있었으며, 천인이 내려준 오계五戒를 받고 골짜기를 나오니 그곳의 사람들이 와서 계를 받았다.

자장은 변방에 태어난 것을 아쉬워하여 서쪽으로 가서 불법을 이루기를 바랐는데, 636년에 왕의 명을 받아 제자 열 명과 함께 당나라의 청량산五臺山으로 갔다. 이 산에는 흙으로 만든 문수보살상이 있었는데, 하늘의 제석천帝釋天이 내려와 조각한 것이라고 했다. 자장이 그곳에서 기도를 올리니 꿈에 문수보살이 이마를 만지며 범어梵語로 된 게송偈頌을 주었는데, 깨어나서도 그 뜻을 알 수 없었다. 그때 기이한 승려가 와 게송을 해석해 주며, 비록 만 가지 교리를 배운다고 해도 이보다 더 나은 것은 없다고 하더니 부처의 가사와 사리 등을 주고는 사라졌다. 이에 자장은 문수보살의 가르침을 받았음을 깨닫고 그곳에서 내려와 태화지太和池를 거쳐 장안으로 갔다. 당나라 태종이 자장을 극진히 대접했으나 이를 극구 뿌리치고 종남산에 들어가 3년을 더 수행했는데, 643년에 신라 선덕여왕이 칙사를 보내 자장율사의 귀환을 요청했다.

당 태종이 자장을 아껴 여러 선물을 주려고 했지만 모두 사양하고 불상과 《대장경》을 달라고 요청하여 그것만을 싣고 돌아왔다. 선덕여왕이 매우 기뻐하며 그를 분황사에 머물도록 했다. 자장이 분황사 남쪽에 있는 황룡사에서 7일 동안 밤낮으로 보살계본菩薩戒本을 설법했는데, 하늘에서 단비가 내리고 운무가 자욱하게 끼어 강당을 덮었다. 이를 전해 들은 선덕여왕은 불교가 동방에 들어온 후 긴 시간이 지났으나 질서가 잡히지 않았으니 이를 잘 다스리는 것이 필요하다고 판단하여 자장을 대국통大國統에 임명하고 모든 규범을 주관하도록 했다. 자장이 엄격하면서도 공정하게 계를 적용하니 불교계가 정화되어 면모를 새롭게 했다.

자장이 당나라에서 문수보살에게 받은 것으로는 부처의 머리뼈와 어금니, 진신사리 100과, 부처가 직접 입었던 붉은 비단에 금박을 입힌 가사袈裟 한 벌 등이 있었다고 한다. 그중 진신사리는 세 몫으로 나누어서 하나는 황룡사 탑에 두고, 다른 하나는 태화사 탑에 두었다. 그리고 나머지 사리는 비라금점가사緋羅金點袈裟와 함께 통도사 계단에 두었으며, 그 나머지는 어디에 두었는지 알 수 없다고 한다. 자장의 생애와 업적을 서술한 위의 기록에는 여러 가지 복선이 깔려 있다.

첫째로 자장은 문수보살이 직접 나타나 가르침을 줄 만큼 뛰어난 인재였다는 점, 둘째로 오대산 성지가 신라에도 있을 것이라는 암시, 셋째로 신라에 신령한 공간이 있어서 부처의 가사와 사리를 봉안할 수 있다는 사실 등을 강조하는데, 문수보살이 직접 나타나 여러 가르침을 주었다는 점은 신라에서 불교가 크게 일어날 것임을 암시하는 장치라고 볼 수 있다.

당시는 고구려, 백제 등과 신라가 치열하게 영토 전쟁을 하고 있었으므로 불교를 통한 민족의 통합과 단결이 그 무엇보다 절실하던 때였다. 문수보살의 현신과 가르침은 이런 상황에 처한 신라에 커다란 힘이 되었다. 신라에 오대산이 있다는 것을 알게 된 것도 문수보살의 가르침인데, 이것은 신라를 불국토로 설정하는 결정적인 요소가 되었다고 할 수 있다. 오대산이 불교의 성지가 되고, 수도인 경주에는 석가모니 이전의 부처가 수행했던 절터가 일곱 곳 있다고 한 점 등은 모두 신라가 원래부터 불국토였다는 사실을 뒷받침하는 증거가 된 것이다.

나라의 발전을 위한 통합과 단결, 불국토의 설정 등을 총괄하면서 신라를 진정한 불교국가로 만드는 데에는 자장율사의 능력과 진신사리와 가사 등을 봉안한 통도사가 핵심적인 구실을 했던 것으로 보인다. 문수보살의 이러한 계시를 받고 신라로 돌아온 자장은 문수보살을 친견하기 위해 오대산을 설정하고 성역화함으로써 불국토의 정당성을 확보하려는 일과 자신이 전해 받은 부처의 가사와 사리 등을 봉안할 공간을 찾아 계단과 절을 세우게 된다.

불교에서 계단은 인도에서 유래된 것으로 현재불인 석가모니 시대에 나타난 천 명의 부처賢劫千佛 중 마지막으로 성불한 루지보살楼至

菩薩이 석가모니께 수행자比丘들에게 계를 주는 의식授戒儀式을 집행해 달라고 부탁하여 허락을 받은 뒤 기원정사祇園精舍의 동남쪽에 단을 쌓은 것에서 시작되었다. 그 후에 중국으로 유입된 것을 자장율사가 고국으로 가지고 돌아와 통도사에 쌓은 것이 신라 최초의 계단인데, 이곳에 부처의 진신사리를 모셨으므로 금강계단이라고 이름했다. 금강계단 앞에는 적멸보궁寂滅寶宮을 세우는데, 이 법당에는 불상을 모시지 않는다. 금강계단에 봉안한 불사리가 부처를 상징하기 때문이다.

통도사의 금강계단은 2단으로 된 석단 위에 석종부도를 모신 형태로 되어 있다. 석종부도가 놓인 아랫부분은 네모나면서 이층으로 된 석단石壇을 쌓았는데, 네 귀퉁이에는 사천왕상을 세워 놓았다. 석단의 아래 받침돌臺石과 위 지붕돌甲石, 그 둘을 지탱하기 위해 세운 기둥돌隅柱 사이에 끼우는 직사각형의 돌을 면석面石이라고 하는데, 여기에는 비천상飛天像과 불보살상佛菩薩像을 배치하고 있다. 석단의 외곽은 돌로 된 난간을 이중으로 둘렀고, 계단의 정면에는 돌로 된 문石門을 만들어서 불보살상을 배치하고 있다. 또한 난간 바깥에는 석문이 있는 곳을 제외한 동, 서, 북의 세 방향에 석등을 배치하여 엄숙함을 더하고 있다. 석단의 위 중앙에는 아래를 향한 연꽃 모양覆蓮과 위를 향한 연꽃 모양仰蓮으로 되어 있는 연화대를 만들고 그 위에 돌로 만든 종 모양으로 부도石鐘浮屠를 놓았으며, 그 안에 진신사리를 모시고 맨 위에는 돌로 된 뚜껑을 덮었다.

금강계단 전경. 부처가 입었던 가사와 진신사리를 모신 곳으로 통도사의 중심을 이룬다.

《삼국유사》에 따르면, 이 금강계단의 석종부도는 고려시대에 뚜껑을 두 차례 열어 본 일이 있었다고 서술하고 있어서 눈길을 끈다. 전하는 말에 따르면, 옛날에 지방을 감찰하는 사람으로 중앙에서 파견되는 안렴사按廉使 직책을 가진 사람 두 명이 시차를 두고 통도사를 찾아와서 석종 부도의 돌 뚜껑을 열어 보았다. 첫 번째로 온 안렴사가 뚜껑을 열고 안을 들여다보니 긴 구렁이가 돌함 속에 똬리를 틀고 있는 것을 보았고, 두 번째로 온 안렴사가 그 안을 들여다보니 큰 두꺼비가 쭈그리고 앉아 있는 모습을 보았는데, 그 뒤로는 다시 열어 볼 엄두를 내지 못했다. 그러다 1235년에는 상장군 김이생金利生이 강제로 돌 뚜껑을 열고 예를 드렸는데, 사리 4과가 담겨 있는 돌함이 조금 깨진 것을 보고는 자신이 가지고 있던 수정함을 기부하여 사리를 모시게 했다. 《삼국유사》에 이런 사실을 기록한 것은 불사리의 신성성을 강조하기 위한 것으로 이해할 수 있다.

부처의 진신사리는 매우 영험하여 보는 사람에 따라 다르게 보일 수 있으며, 그 숫자가 많고 적은 것 역시 전혀 이상한 일이 아니다. 이런 현상이야말로 불사리의 신성성을 잘 보여 주는 증거라고 믿었다. 금강계단에 대한 기록 중 조선 후기인 1705년에 간행한 《사바교주계단원류강요록娑婆敎主戒壇源流綱要錄》에는 임진왜란 때 왜적이 통도사의 사리를 훔쳐 갔는데, 포로로 잡혀갔던 동래 사람 옥백玉白이 사리를 가지고 탈출하여 1603년에 다시 봉안했다는 내용도 수록되어 있다. 이처럼 금강계단은 여러 수난을 겪으면서 변천과 중수를 거듭했지만 비교적 원형을 잘 간직한 채 지금에 이르렀다.

통도사 창건의 기본 정신은 불사리를 모시고 있는 금강계단에 있으며 이와 가장 밀접한 관련이 있는 전각으로는 대웅전을 들 수 있는데, 대웅전이 특이한 형태를 하고 있어서 눈길을 끈다. 금강계단의 남쪽 방향 바로 앞에 있으므로 남쪽이 전각의 정면이 되고 동쪽과 서쪽이 측면이 되는데, 너비는 정면이 3칸, 측면이 5칸으로 되어 있으면서 지붕은 동, 남, 서의 세 방향으로 팔작지붕의 형태를 갖추고 있다. 이것은 건물 두 개를 복합하여 만든 평면형 전각으로 위에서 보면 정丁자 모양으로 나타난다. 일자형이면서 정면의 너비가 더 넓고 측면이 좁은 다른 사찰의 대웅전과는 사뭇 다른 모습이다. 또 다른 특이한 점은 전각의 네 면에 서로 다른 이름을 새긴 편액扁額을 걸

통도사 대웅전. 대웅전이란 현판이 있는 곳이 정면이어야 하지만 여기서는 동쪽 측면이다. 남쪽이 정면인데, 금강계단이란 현판이 걸려 있다.

었다는 것이다. 동쪽은 대웅전, 서쪽은 대방광전大方廣殿, 남쪽은 금강계단金剛戒壇, 북쪽은 적멸보궁寂滅寶宮으로 쓰여 있는데, 모두 흥선대원군興宣大院君의 글씨로 알려져 있다. 대웅전 안에는 불상 없이 동서로 길게 놓인 불단만 있는데, 이는 그 뒤편에 부처의 진신사리가 봉안된 금강계단이 자리하고 있기 때문이다. 통도사의 대웅전은 임진왜란 때 불탄 것을 1645년에 우운友雲이 중건하여 지금에 이르렀다.

유명한 사찰에는 늘 절을 세운 사연을 알리는 창건 설화가 있는데, 통도사에는 금개구리 보살金蛙菩薩을 모시게 된 사연과 부처의 진신사리, 가사를 안치한 계단과 절을 세우는 과정에서 나타난 신비로운 현상을 담고 있는 이야기가 전한다. 금강계단을 쌓기 전에 자장이 머무르면서 수도했던 곳이 있었는데, 지금의 자장암 자리이다. 자장암 뒤 석벽에 작은 샘이 있어 자장이 고운 삼베로 걸러 먹는 물로 사용했다. 석벽의 작은 틈에는 몸이 푸른색이고 입은 황금색인 개구리 한 쌍이 살면서 자주 샘물을 흐리게 했다. 이에 자장이 무명지로 바위에 구멍을 뚫어 개구리를 살게 했더니 더는 샘물을 흐리게 하지 않았으며, 이후로 금개구리 한 쌍이 벌과 나비로 혹은 거미로 모습을 바꾸어 나타났다가 또 사라지기를 수없이 반복했다. 여름철에는 바위가 뜨거워지는 데도 그 위를 아무렇지도 않게 뛰어다니니 승려들이 금개구리라고 불렀다. 이 금개구리는 절대 산문 밖으로 나가지 않는다고 알려져 있었는데, 어떤 관리가 개구리를 잡아서 바구니 속에 넣어 단단히 묶은 다음 손으로 잡고 밖으로 나가다가 바구니를 열어 보니 개구리가 보이지 않았다고 한다. 자장의 신통력을 받은 금개구리는 지금도 그 구멍 속에 살고 있는데, 신심이 깊은 불자에게는 모습을 나타낸다고 한다. 사람들은 이 개구리를 금와보살이라고 부른다. 금강계단과 절을 세우게 된 이야기는 이렇다.

자장이 당나라 태화지에 머물 당시에 문수보살이 현신하여 말하기를, "그대의 나라 남쪽의 영축산 아래 산기슭에는 독룡毒龍이 살고 있는 신령스러운 연못神池이 있는데, 거기에 사는 용들이 독을 품어서 비바람을 일으켜 곡식을 상하게 하고 백성을 괴롭히고 있다. 그러니 그대가 그 못으로 가서 계단을 세우고 내가 준 불사리와 가사를 봉안하면 삼재三災를 당하지 않아 만대에 이르기까지 사라지지 않고 불법이 오랫동안 유지되어 하늘의 용天龍이 그곳을 수호하게 되리라" 하고 가르쳐 주었다. 오대산에서 돌아온 자장은 독룡들이 산다는 연못에 이르러 설법을 베풀어 그들을 제도하여 다른 곳으로 옮기도록 요청했으나 응하지 않았다. 이에 자장이 종이에 화火를 써서 공중에 날리고 지팡이法杖로 연못의 물을 저으니 갑자기 물이 끓기 시작했다. 연못에 살던 용은 모두 아홉 마리였는데, 세 마리는 이미 죽었고 다섯 마리는 남서쪽에 있는 오룡동五龍洞으로 갔다. 자장이 죽은 용을 집어 던지니 그것이 날아가 바위에 부딪혔는데, 지금도 바위 표면에 핏자국이 남아 있어서 사람들이 '용혈암龍血岩'이라고 부른다.

사찰로 들어가는 길목인 무풍한송로舞風寒松路를 따라 200미터 정도 가면 오른쪽에 커다란 바위 절벽이 있는데, 이것이 용혈암이다. 용 한 마리는 눈이 멀었는데, 그곳에 남아서 터를 지키겠다고 맹세하므로 연못을 메워 계단과 절을 지을 때 한쪽 귀퉁이를 남겨 두어서 눈먼 용이 머물 수 있도록 했다. 용이 머무는 연못은 지금도 남아 있는데, 이름은 구룡지九龍池라고 하며 대웅전의 서쪽에 있다. 구룡지는 규모가 작고 물의 깊이도 얕지만 아무리 가물어도 마르지 않으며 줄어들거나 불어나지도 않는다고 알려져 있다. 또한 천왕문의 동남쪽에는 가람각伽藍閣이란 이름을 가진 한 칸짜리 작은 전각을 지어 눈먼 용의 공덕을 기리도록 했다.

통도사를 비롯한 여러 절을 세워 중생을 제도함과 동시에 국통國統이 되어 불교를 정비함으로써 신라에 혁혁한 공을 세운 자장은 신라 10대 성자新羅十聖로 추앙받아 아도我道, 염촉厭髑, 의상義湘, 원효元曉 등과 함께 흥륜사興輪寺의 금당金堂에 모셔진다. 일반적인 영웅 설화의 주인공은 마지막에 신선이 되거나 용과 같은 신성한 존재가 되어 하늘로 올라가지만, 자장은 승려였던 만큼 불교의 성자로 모셔져 추앙받는다는 점이 약간 다르다. 자장의 설화는 민간의 영웅 설화와 영험함이 강조되는 불교 설화가 결합하여 성립된 것으로 볼 수 있으므로 기본 구조는 영웅의 일생에 맞추면서 불교적인 신성성을 가미한 것이라고 할 수 있다.

통도사는 해인사海印寺, 송광사松廣寺와 함께 불법승佛法僧의 세 가지 보물을 간직하고 있는 삼보사찰 중 하나로 석가모니 부처의 영원한 법신法身인 진신사리를 모셨기 때문에 불보사찰佛寶寺刹이라고 한다. 통도사는 고려 초기에 크게 중창되면서 대찰의 모습을 갖추었던 것으로 보인다. 진신사리를 모신 석종형부도石鐘形浮屠를 비롯하여 극락전 앞의 삼층석탑, 배례석, 미륵보살을 상징하는 봉발탑奉鉢塔, 사찰의 경계를 표시하던 국장생 석표國長生 石標 등 돌로 된 유물이 모두 고려시대의 것이다. 삼층석탑, 봉발탑, 국장생 석표는 보물로 지정되었으며, 금강계단은 대웅전과 함께 국보로 지정되어 있다.

통도사의 전체 모양은 신라의 전통적인 가람배치 방식에서 벗어난 모습을 하고 있는데, 금강계단의 남쪽에 있는 것이면서 서쪽에서 동쪽으로 흐르는 시내를 따라 동서로 길게 펼쳐져 있다. 영축산 통도사靈鷲山 通度寺라고 쓰인 편액이 걸려 있는 일주문으로부터 본격적으로 통도사 경내가 시작되는데, 가람배치는 법당을 중심으로 상로전上爐殿, 중로전中爐殿, 하로전下爐殿 등 세 구역으로 나누고 부르고 있다. 노전爐殿은 부처께 올리는 향을 피우는 전각인 법당을 지칭하며, 이것이 세 구역으로 구분된다는 것은 통도사라는 이름으로 절 세 개가 결합한 복합사찰이라는 의미이기도 하다.

통도사의 핵심이라고 할 수 있는 상로전 구역은 대웅전을 중심으로 금강계단, 응진전, 명부전, 삼성각, 구룡지 등이 배치되어 있다. 중로전 구역은 비로자나불毗盧遮那佛을 모신 대광명전大光明殿을 중심으로 해장보각, 용화전, 관음전 등이 자리 잡고 있다. 하로전 구역은 석가모니불釋迦牟尼佛을 주불로 모신 영산전靈山殿을 중심으로 아미타불을 모신 극락보전, 약사전, 가람각, 범종루 등이 자리하고 있다. 영산전 앞에는 신라 말기에 세워진 삼층석탑이 있다.

대한불교 조계종 제15교구 본사로 말사末寺 216개소와 암자 17개를 거느리고 있는 통도사는 2018년에 유네스코 세계문화유산에 등재되었으며, 국보인 금강계단과 대웅전을 위시하여 봉발탑, 국장생석표 등 보물 26건의 국가유산을 보유하고 있는 대사찰이다.

# 삼재가 들지 않는 해인사

경상남도 합천군 가야산伽倻山의 남서쪽 계곡 한가운데에 자리하고 있는 해인사海印寺는 불佛, 법法, 승僧의 세 가지 보물을 간직하고 있는 삼보사찰三寶寺刹 가운데 법보사찰法寶寺刹이라고 일컬어진다. 해인사를 법보사찰로 부르는 이유는 부처의 가르침을 집대성한 팔만대장경八萬大藏經을 봉안하고 있기 때문이다.

《삼국사기》의 기록에 따르면 해인사는 신라 하대에 해당하는 제40대 애장왕哀莊王 3년(802년) 8월에 창건했다고 한다. 애장왕은 13세의 어린 나이에 즉위하여 10년 동안 왕위에 있었는데, 809년 7월에 섭정을 하던 숙부叔父 김언승金彦昇에 의해 살해당한 비운의 군주였다. 애장왕은 즉위 2년 뒤에 해인사를 창건했다. 최치원崔致遠이 900년에 찬술한 〈신라가야산해인사선안주원벽기新羅伽倻山海印寺善安住院壁記〉에서는 나이가 겨우 13세였던 애장왕이 조모와 숙부의 섭정을 받았으며, 사찰의 창건에는 왕의 할머니인 성목태후聖穆太后가 크게 후원한 것으로 되어 있다. 이런 일련의 자료를 종합해 보면 해인사는 신라 왕실의 전폭적인 지원을 받아 세워진 절임을 알 수 있다.

사찰로 들어가려면 세 개의 문을 거쳐야 하는데, 첫째가 일주문이고, 둘째가 봉황문이며, 셋째가 해탈문解脫門이다. 일주문에는 가야산 해인사라고 새겨진 현판이 걸려 있고, 다른 절에서 사천왕문에 해당하는 봉황문에는 양쪽 편에 사천왕 탱화가 모셔져 있다. 보통 불이문不二門으로 불리는 해탈문은 불국토에 들어가는 문이라고 할 수 있다.

이 세 개의 문을 지나면 사찰의 불당이 보인다. 해인사의 중심이 되는 법당은 대적광전大寂光殿인데, 팔만대장경을 봉안하고 있는 장경판전藏經板殿 바로 앞에 있다. 해인사는 《화엄경》을 중심으로 하는 사찰이어서 법당에도 화엄종의 주불인 비로자나불毗盧遮那佛이 모셔져 있다. 대적광전에는 일곱 불상이 모셔져 있고, 가운데에 비로자나불이 자리하고 있다. 이 법당은 창건 당시에는 비로전毘盧殿이었으나 조선 성종 때 중건하면서 대적광전으로 바꾸었으며, 현재의 건물은 1817년에 다시 지은 것이다. 대적광전 앞뜰에는 신라시대의 양식을 보이는 삼층석탑과 석등이 하나씩 서 있다. 정중탑庭中塔이라고 하는 이 석탑은 법당인 대적광전의 앞 중앙에 있지 않고 동쪽으로 약 2.5미터 치우쳐 있어서 일반적인 방식에서 벗어난 양상을 보여 준다.

대적광전 바로 옆에는 근래에 지어진 대비로전이 있는데, 이곳에 모셔진 목조비로자나불좌상 두 기가 눈길을 끈다. 이 불상은 현재 대

해인사 대비로전. 대적광전 서쪽 편에 있는데, 신라 때 조성된 목조비로자나불 좌상 두 기가 모셔져 있다.

적광전 오른편에 있는 대비로전에 모셔져 있는데, 원래는 법보전法寶殿과 대적광전에 각각 나누어져 있었다. 2005년 법보전에 모셔져 있던 불상에 금을 다시 입히는改金 과정에서 불상 안에 봉안한 여러 유물이 나왔는데, 그중 31글자로 된 명문이 발견되었다. 이 명문에 담긴 대각간大角干과 비妃라는 두 남녀를 축원하는 발원發願을 통해 불상이 조성되었다는 점과 불상의 조성 연도가 신라 제49대 헌강왕憲康王 때인 883년이었음을 알 수 있었다. 그때까지는 조선시대 것으로 여겨졌던 불상이 신라 때에 조성되었다는 사실이 확인됨에 따라 현존하는 목조불상 중 가장 오래된 유물이 되면서 2012년에 보물로 지정되었다가 2022년에 국보로 승격되었다.

해인사에서 눈여겨봐야 할 것은 팔만대장경을 보관하고 있는 장경판전이다. 이 전각은 1962년에 국보로 지정되었으며, 1995년에는 세계문화유산으로 등재되었다. 장경판전은 대적광전 뒤편 가야산 방향에 있으며, 비로자나불이 대장경을 머리에 이고 있는 형상을 하고 있어서 더욱 뜻깊다. 장경각을 처음 세운 연대는 정확하게 알려지지 않았지만, 고려 후기에 만들어진 대장경을 해인사로 옮긴 때가 1397년인 것으로 보아 조선 초기 1488년쯤에 세워졌을 것으로 짐작된다. 부분적인 중수를 여러 차례 거쳐 오늘에 이르렀다. 모두 네 개의 동으로 되어 있는 장경판전은 사찰의 중요한 전각 중 하나이면서 해인사에서 가장 오래된 건물이기도 하다. 건물 네 개 중 앞면 15칸, 옆면 2칸인 건물 두 개는 남북의 두 방향에 동서로 길쭉하게 놓여 있는데, 북쪽의 건물을 법보전法寶殿, 남쪽의 건물을 수다라장修多羅藏이라고 한다. 그리고 동서 두 방향에 법보전과 수다라장을 잇는 작은 건물이 있는데, 여기에는 사간판寺刊版 대장경이 보관되어 있다.

장경판전은 지금까지 남아 있는 조선 초기의 건물 가운데 건축 양식이 빼어나서 건축사적인 면에서도 중요하게 여겨진다. 무엇보다도 이 건물은 대장경을 보관하는 데에 절대적 요건인 습도와 통풍이 자연적으로 조절되도록 지어졌다. 장경각의 터는 본디 그 토질 자체도 좋거니와 땅에다 숯과 횟가루와 찰흙을 넣음으로써 여름철 장마 때와 같이 습기가 많은 경우에 습기를 빨아들이고, 건조기에는 습기를 내보내는 방식으로 되어 있어 습도가 자연적으로 조절되도록 했다.

팔만대장경을 보관하고 있는 해인사 장경각. 남과 북에 동서로 길쭉하게 세워진 두 건물에 대장경이 보관되어 있다. 해인사에서 재해를 입지 않은 가장 오래된 전각이다.

그뿐만 아니라 그 기능을 더 원활하게 하도록 창문도 격자창 모양으로 만들었다. 수다라전의 창은 아래 창을 위 창보다 세 배 더 크게 했으며, 법보전의 창은 그 반대의 형태를 이루고 있어서 과학적으로 통풍이 이루어지는 방식을 취하고 있다. 이것은 과학과 건축 기술이 발달한 오늘날에도 따라가기 어려운 우리 선조들의 재능과 슬기를 드러내 주는 건축 양식이라고 할 수 있다.

해인사는 당나라에 유학한 뒤에 신라로 돌아와 해동화엄종海東華嚴宗을 창시한 의상대사義湘大師와 그 제자들이 화엄의 교학을 전파하기 위해 세웠다는 화엄십찰華嚴十剎 중 하나이다. 해인사는 겹겹이 둘러싸인 산과 산의 한가운데에 자리한 덕분에 외부에서 들어오는 재해

팔만대장경을 보관하고 있는 장경각 내부. 사진의 오른쪽에 차곡차곡 세워져 있는 것이 대장경 목판이다.

를 전혀 입지 않았다. 불교에서 말하는 삼재風災, 火災, 水災가 들지 않는 최고의 길지인 셈이다. 지리적·역사적·문화적으로 중요한 의미를 간직하고 있는 해인사는 말사 175개소와 사내 암자 16개를 거느리고 있는 큰절인데, 그 이름에 담긴 의미 역시 예사롭지 않다.

해인海印은 해인삼매海印三昧에서 따온 것으로 진리의 본질을 의미한다. 해인은 망령된 생각이 없고 마음이 맑으면 우주에 있는 모든 사물과 현상森羅萬象이 가지런히 분명하게 드러나는 것을 가리킨다. 이것은 바다와 같이 깊고 넓은 부처의 지혜는 의식의 물결識浪이 일어나지 않아서 맑고 깨끗하며 지극히 밝고 고요하여 모든 중생이 마음에 생각하는 것을 고르게 나타냄과 동시에 삼세의 가르침法門도 명확하게 드러낸다는 것을 나타낸다.

삼매三昧는 산스크리트어梵語 사마디samadhi를 음차하여 한자로 옮긴 것이다. 모든 잡념을 멈추고 마음을 가라앉히는 불교의 중요한 수행법으로 사물 현상의 본질과 진리를 가리킨다. 삼매는 어떠한 생각이나 감정도 마음의 평온을 깨뜨리지 않는 최고도의 집중 상태를 의미하기 때문에 육신의 오감五感을 통해 전해지는 어떤 것도 방해가 되지 못하며, 영향도 미치지 못하게 됨으로써 미혹과 집착에서 벗어나 진리를 온전히 이해하는 완성된 깨달음의 세계涅槃에 이르는 것을 지칭한다. 어떤 것에도 흔들림 없이 중생을 제도하여 본모습으로 돌아가도록 함으로써 부처와 같은 깨달음의 경지로 이끄는 것이 바로 해인삼매의 참뜻이며 가르침이라고 할 수 있다.

이처럼 깊은 뜻을 간직하고 있는 해인사는 절의 창건과 관련된 이야기가 기록으로 전해질 뿐만 아니라 민간에도 큰 영향을 미쳐 다양한 종류의 설화가 파생되기도 했다. 지은이는 알 수 없지만, 글의 끝에 고려 태조 26년인 943년에 완성했다고 적혀 있는 〈가야산해인사고적伽倻山海印寺古籍〉에는 절을 창건한 사연과 과정이 상세하게 서술되어 있다.

대체로 보면 사람이 일어나고 몰락하는 데에는 반드시 그 땅의 성하고 쇠함에 있고, 또한 시간의 상황이나 만물의 순환時數과도 관련이 있다. 일명 우두산牛頭山으로도 불리는 가야산의 해인사는 해동의 명찰이다. 옛날 중국 양나라의 보지공寶誌公이 죽음을 앞두고 《동국 산천 풍수 기록東國踏山記》을 제자들에게 맡기면서 부탁하기를, "내가 입적한 후 신라에서 스님 두 명이 법을 구하러 올 것이니 이 글을 주라"라고 했다. 후에 과연 순응順應과 이정理貞이라는 두 스님이 불법을 구하러 중국으로 왔는데, 제자들이 이를 보고 《동국답산기》를 주면서 보지공이 임종할 때 한 말도 전했다. 순응과 이정이 이 말을 듣고는 법사가 어디에 묻혔는지를 물어서 그곳으로 찾아가서, "사람에게는 예전과 지금古今이 있지만 불법에는 앞과 뒤前後가 없다"라고 하면서 7일 낮과 7일 밤 동안 선정에 들어서 불법을 청했다. 무덤의 문이 저절로 열리면서 보지공이 나와 설법하고 가사와 바리때衣鉢를 전했다. 또 구렁이 가죽蟒皮으로 만든 신발을 주면서 말하기를, "그대들 나라의 우두산 서쪽에 불법이 크게 일어날 곳이 있는데, 고국으로 돌아가면 나라를 지킬裨補 대 승가람마인 해인사를 별도로 세우게 될 것이다"라고 한 다음 말이 끝나자 다시 무덤 안으로 들어갔다.

신라로 돌아온 두 승려가 우두산으로 가서 동북으로부터 고개를 넘어 서쪽으로 가다가 사냥꾼을 만나서, 그대들은 사냥을 위해 온 산을 다닐 터이니 혹 이 산에 절을 지을 만한 곳이 있는지 아느냐고 물었다. 사냥꾼이 대답하기를, "여기에서 좀 더 내려가면 물이 고여 있는 곳(지금의 비로전이 있는 곳으로 현재는 대적광전으로 이름이 바뀌었다)에 철로 된 기와가 많이 있으니(비로전 집 위를 덮은 철 기와가 바로 그것이다) 가서 보는 것이 좋겠습니다"라고 했다. 두 스님이 물이 고여 있는 곳으로 가서 보니 자신들의 뜻과 잘 맞는지라 땅에 풀을 깔고 그곳에 앉아서 선정禪定에 들어가니 정수리頂門에서 자색 빛이 나와 하늘을 찌를 듯이 높게 뻗쳤다.

이때는 신라 제39대 애장왕이 재위하던 때로 왕후가 등에 부스럼이 생겨 고통받고 있었는데, 명의와 좋은 약재를 찾아 치료해도 효험이 없었다. 대왕이 크게 걱정하여 사신을 사방으로 나누어 보내서 덕이 높은 신이神異한 승려의 도움을 받아 병을 고칠 수 있기를 바랐다. 국왕과 승려의 교류를 중개하는 사신中使이 길에서 멀리 바라보니 자색 기운이 보이는지라 기이한 사람이 있다고 생각하여 산기슭으로 가 덤불을 헤치고 깊은 곳으로 수십 리 정도를 가니 물은 깊고 골짜기는 좁아서 더는 앞으로 나아갈 수가 없었다. 한참 동안 이러지도 저러지도 못하고 있었는데, 문득 여우 한 마리가 바위 옆을 타고 가는 것이 보였다.

사신이 마음속으로 이상하게 여겨 따라가 보니 그곳에서 선정에 들어간 두 스님의 정수리에서 눈부신 광채가 나오는 것이 보였다. 정성으로 경배하여 예를 다한 뒤에 왕궁으로 모시고 가기를 청했으나 두 스님은 거절했다. 그래서 사신이 왕후의 등에 병환이 생긴 것을 말하자 스님이 오색실을 주며 "왕후가 계시는 궁궐 앞에는 무엇이 있습니까?" 하고 물으니, 배나무가 있다고 대답했다. 스님이 실의 한쪽 끝은 배나무에 매고 다른 한쪽 끝은 아픈 곳에 붙이면 병이 곧 나을 것이라고 하여 사신이 돌아와 그 사실을 왕께 말씀드렸다.

왕께서 그 말대로 했더니 배나무가 말라 죽으면서 왕후의 병이 씻은 듯이 나았다. 왕이 감격하고 공경하면서 사신에게 명하여 나라에서 절을 세워 빛내도록 명령했다. 그때가 애장왕 2년 임오년이니 당나라 정원貞元 18년(802년)이었다. 대왕께서 이 절에 친히 행차하시고 밭 2,500결을 헌납하고 경축과 찬양을 마친 뒤에 궁으로 돌아왔다.

도선이 이 절의 이름에 대해 깊은 뜻을 풀이하여 말하기를, "화엄대사華嚴大師인 시연時演 집안의 이야기에, 가야산은 삼재가 들지 않는 곳으로 굉장한 길지王侯之地이다"라고 했다. 고구려에 학식이 높은 가난한 선비措大가 있었는데, 죽어서 제석궁帝釋宮에 갔다. 제석이 개금盖金이란 부하를 불렀는데, 입은 옷이 모두 해골로 되어 있는 무상대귀無常大鬼(사람이 죽을 때 살아 있는 혼生魂을 낚아채는 저승사자)였다. 제석이 말하기를, "고구려는 불의한 일을 많이 했으니 너는 그 나라를 징벌하러 가라" 하고 선비를 돌아보면서 말하기를, "개금이 가면 너의 나라는 반드시 잿더미가 되어 사라지겠지만 가야산은 삼재가 이르지 않는 땅이니 그곳으로 가면 재난을 피할 수 있을 것이다"라고 했다. 선비가 환생하여 가야산으로 옮겨 온 후에 개소문蓋蘇文의 난이 일어났는데, 그가 바로 개금이었다. 선비는 제석의 말대로 그 난을 피할 수 있었다. 이로써 고대 성인이 말한 삼재가 이르지 않는 땅임이 명확해졌다.

신라 말의 승통僧統 희랑希朗이 이 절의 주지로 있을 때 화엄신중삼매華嚴神衆三昧를 얻게 되었다. 마침 태조 왕건王建이 부근에서 백제(후백제) 왕자 월광月光과 싸우고 있었다. 월광은 가야산 동남쪽에 있는 미숭산美崇山

에 진을 쳤는데, 먹을 것이 풍부한 데다 병사들이 강하여 마치 신의 군대 같았다. 태조는 그들을 제압할 수 없어서 해인사에 가 희랑을 스승으로 모시니 대사가 모든 중생을 지키고 보호하는 신장神將으로 혼자서 적군 1만 명을 대적할 수 있는 용적대군야차왕勇敵大軍夜叉王을 보내 도왔다. 공중에 가득 차서 오는 황금 갑옷의 병사들이 월광의 눈에 보이니 신의 군대임을 알고 두려워서 태조에게 항복했다.

이로 말미암아 더욱 공경하고 중하게 여기며 받들고 섬겨서 밭 500결을 새롭게 내린 뒤에 낡은 절을 중건했다. 산 모양은 천하에 빼어나고 땅의 덕은 해동에 으뜸이니 이름하여 최고의 수도처이며 복덕을 누리기에 합당한 곳이라고 하면서 얻을 수도 없고 비교할 수 없을 정도로 중요한 나라의 문서를 보관토록 하고 군대를 보내 지키게 했으며, 사천왕 설법자리法席를 봄가을로 열었다.

해인사 창건 설화에서 주목해야 할 것은, 첫째로 가야산은 매우 성스러운 공간이라는 점, 둘째로 순응과 이정이라는 두 승려가 왕실의 후원을 받아 해인사를 세웠다는 점, 셋째로 해인사에서 고려를 지원했다는 점 등이다. 조선 전기 서거정徐居正의 문집인 《사가집四佳集》에 따르면, 가야산의 이름은 우두산牛頭山, 상왕산象王山, 중향산衆香山, 지항산只恒山 등 다섯 가지가 있다고 한다. 대부분의 명칭에 불교와 관련이 있는 뜻이 담긴 것으로 보아 다른 것과 결부하기는 어려울 것으로 생각된다. 우두는 석가모니의 탄생지에 세운 최초의 절인 기원정사祇園精舍를 지키는 우두천왕牛頭天王에서 왔을 것으로 보이며, 상왕은 부처를 비유한 것이고, 중향은 향적여래香積如來가 있는 곳이면서 향기 나는 땅을, 지항은 높고 뛰어남을 의미하니 모두 불교와 연결 지을 수 있다. 특히 가야伽倻라는 이름은 승려들이 모여서 불도를 닦으며 중생을 제도하는 사찰이 있는 공간이자 석가모니가 깨달음을 얻은 곳이라는 의미를 함께 가지고 있다. 이처럼 신성한 가야산의 품에 해인사가 있으니 이 절이야말로 가장 좋은 땅에 세워진 사찰이라고 할 수 있다.

순응과 이정이라는 두 승려는 중국에서 신라로 돌아온 후 지금의 해인사 자리에 와서 선정에 들었는데, 등창에 걸린 왕비의 병을 고친 인연으로 절을 세웠다는 사연을 싣고 있는 〈해인사고적〉의 내용을 살펴보자. 순응은 이정과 함께 당나라에 유학했는데, 이때 선종禪宗과 풍수지리 사상을 접했을 것으로 추정된다. 순응이 당나라로 간 시기가 766년 무렵인데, 돌아온 시기와 해인사를 세우기 전까지의 활동 상황에 대해서는 남아 있는 자료가 없다. 다만 애장왕의 할머니인 성목태후聖穆太后의 후원을 받아 절을 세웠다고 한 점으로 미루어 귀국한 뒤에는 한동안 신라 궁중에서 활동했던 것으로 보인다. 해인사를 창건할 당시에 성목태후는 이미 세상을 떠난 뒤였기 때문이다. 순응과 이정은 왕실과 맺었던 돈독한 인연을 사찰 창건으로 풀어내어 불법을 펼치고 중생을 제도하는 공간을 마련했으니 대단한 업적을 쌓았다고 할 것이다.

8세기 말에서 9세기로 접어들면서부터 신라 사회는 극심한 혼란에 빠진다. 왕실을 중심으로 중앙에서 권력 다툼이 치열해지자 통제력이 약해지면서 각 지방의 호족들이 일어나기 시작한다. 결국에는 후고구려, 후백제, 신라 등 세 나라로 나누어지고, 후백제의 견훤과 고려의 왕건이 마지막 경쟁자로 대립한다. 이 과정에서 신라의 지식인과 승려 등은 각각 지지하는 세력을 정하는데, 해인사는 왕건을 선택했다. 희랑선사가 고려를 도와 백제의 군대를 물리친 것이 대표적이라고 할 수 있는데, 이를 계기로 해인사는 고려시대에 매우 중요한 사찰로 자리매김하는 근거를 마련한다.

의상대사로부터 시작된 신라 화엄종華嚴宗은 말기에 이르면 남악南岳과 북악北岳으로 나뉘는데, 남악의 창시자는 관혜觀惠이고, 북악의 창시자는 희랑이었다. 두 종파는 각각 후백제와 고려를 지지했는데, 고려가 삼한을 통일하고 화엄종을 중시하면서 새로운 전성기를 맞이한다. 고려 초기의 화엄종 승려였던 균여均如는 두 종파를 통합하려고 각고의 노력을 기울였다. 고려 후기에 들어 무신 정권과 맞서면서 화엄종이 위축되기는 했어도 사상적 영향력은 여전했는데, 조선 초기에 이르러서는 팔만대장경을 해인사로 옮기면서 최고의 법보종찰法寶宗刹로 자리 잡았다. 한 가지 흥미로운 사실은 〈가야산해인사고적〉에는 신라 때에 이미 대장경을 판각했다는 내용이 구체적으로 서술되어 있다는 점이다.

이거인은 합천 사람이다. 몸은 비록 가난했으나 성품과 도량은 따뜻하고 착했다. 고을의 아전里胥 벼슬을 늘 자기가 해야 할 책임所任으로 여겨 성실하게 일했으므로 고을 사람들은 그를 어진 벼슬아치仁胥라고 일컬을 정도였다. 신라 애장왕 때인 842년 어느 날 국가에 바치는 세금을 독촉하러 마을에 갔다가 집으로 돌아가는 길에 눈이 세 개 달린 강아지 한 마리를 발견했다. 집에서 거두어 길러 큰 개가 되었는데, 자질이 보통 이상으로 뛰어난 데다가 모양은 사자와 같았고 성품은 현인과 같았다. 하루에 한 번만 밥을 먹으며 주인이 나갈 때면 5리를 따라가 배웅하고, 들어올 때면 5리를 나와서 맞이하여 돌아왔다. 이로 말미암아 마음으로 개를 사랑하면서 어여삐 여겨 정성껏 돌봤다. 그로부터 3년이 지난 844년 가을에 개가 병이 없는 데도 앉아서 해를 쳐다보다가 죽었다. 거인이 관에 넣어서 절차를 갖추어 매장하고 제사를 지내는 것을 마치 사람의 장례를 치르듯이 했다.

2년 뒤인 846년 10월에 거인도 죽었다. 염라국으로 가는 첫 관문에 이르러서 자세히 보니 한 왕이 있는데, 눈이 세 개이고 머리에는 다섯 봉우리가 있는 관五峯冠을 썼으며, 손에는 진귀한 홀寶笏을 받쳐 들었고, 몸에는 주홍색 옷을 입었는데, 입술은 아주 붉고 이는 조개처럼 가지런했다. 상아로 만든 자리에 높이 앉아 있었는데, 좌우에서 모시는 관리들은 모두 검은 관에 붉은 옷을 입은 사람들이었다. 그들은 소머리牛頭를 한 괴상한 군사惡卒와 말 얼굴을 한 나찰羅刹이었다. 이들은 늘어서서 호위하며 엄숙하게 나열해 있는 것이 이승의 나라님이 정무를 보는 모습 같았다.

거인을 보더니 왕이 곧바로 자리에서 아래로 내려와 손을 잡고 말하기를, "놀랐습니다. 주인께서는 어찌하여 여기까지 오셨습니까?"라고 했다. "저는 명부의 징계를 받아 잠시 귀양 가게 되어 털옷을 입고 꼬리를 가지고 3년 동안을 주인의 대접을 받으면서 잘 지내다가 돌아와 이 자리에 있으나 감동을 누르지 못하겠습니다. 지금 갑자기 서로 만나니 그 덕을 어찌 잊겠습니까?" 부축하고 인도하여 계단에 오르니 거인이 그 이유를 비로소 깨닫고 눈물을 닦으며 말하기를, "저는 천한 신분으로 원래 배우지 못하고 무지한 자니 명부에서 묻는 말에 어찌 답하겠습니까? 엎드려 바라건대 왕께서는 보여 주고, 깨우쳐 주고, 가르쳐 이롭게 하며, 칭찬하는 것示教利喜처럼 가르침을 주소서"라고 했다. 왕이 말하기를, "좋습니다. 마음이 어진 분이로군요. 내가 하는 말을 잘 살펴서 듣고 염라대왕께 아뢰소서"라고 했다.

거인이 고개를 숙여 가르침을 받은 후에 저승사자를 따라 명부에 들어가니 염라대왕이 묻기를, "그대는 인간 세상에 있을 때 어떤 인연을 만들었는고?" 답하기를, "저는 젊을 때부터 관직에 있어서 선행을 닦을 겨를이 없었습니다. 앞으로 큰일을 하여 인연을 맺으려고 했으나 명부의 명을 받는 바람에 돌아가 그것을 할 수 없게 되었으니 한스러운 마음뿐입니다" 염라왕이 말하기를, 바로 앞으로 오라고 하니 거인이 염라대왕 자리 아래까지 갔다. 염라왕이 말하기를, "그대가 무엇을 하려고 하다가 못했는지를 바로 말해보라" 거인이 말하기를, "미천한 제가 들은 바로는 불교에서 가장 귀하게 여기는 것이 대장경이라고 하는데, 그것을 판각하고 간행하여 널리 유포하고자 했으나 이루지 못했습니다. 하려고 하는 마음은 있었으나 끝내 실천하지는 못했으니 민망하고 두려울 뿐입니다"

염라대왕이 뜰에 내려와 절揖하면서 말하기를, "그대는 전각에 올라가 잠시 쉬도록 하라"라고 했다. 거인이 굳이 사양하니 대왕이 즉시 판관에게 명을 내려 거인의 이름을 죽은 자의 명부鬼籍에서 지우도록 하고 참모와 보좌진과 함께 문밖에까지 나와 위로하며 배웅했다. 거인이 물러 나와 삼목왕이 있는 곳으로 오니 왕이 자리를 만들어서 기다리다가 앉도록 권하고 온화한 얼굴로 조용히 담화하면서 단단히 부탁해서 말하기를, "주인께서는 아무런 걱정을 말고 집으로 돌아가셔서 종이 가게에 가서 글 쓰는 도구를 사다가 보시할 것을 권하는 글勸善文을 만드는데, 그 글의 제목을 〈팔만대장경판의 공덕을 권하는 말八萬大藏經板勸功德說〉이라고 한 후 합천 관아의 관인을 찍어서 집에 두고 내가 돌아오기를 기다리면 제가 장차 인간 세상을 순찰하러 갈 것입니다"라고 했다. 이때 거인이 시키는 대로 물러나와 기지개를 켜면서 깨어나니 한바탕 꿈이었다.

삼목왕이 시키는 대로 권선문을 써서 관인을 찍어 보관한 다음 그를 기다렸다. 신라 문성왕文聖王 9년(847년) 3월 16일에 신라 공주 자매가 같은 날에 돌림병行疫을 앓아 드러누웠는데, 침상 위에서 고통스럽게 말하기를, "부왕께서는 대장경의 주인化主을 불러 주십시오. 만약 그렇지 않으면 소녀 등은 이로부터 영원히 이별할 것입니다"라고 했다. 왕은 즉시 나라에 명령을 내리니 합천의 태수가 이미 알고 거인을 불러 수레에 태워 서울로 올라가서 궁궐 문에 이르러 아뢰고 들어갔다. 공주가 말하기를,

"잘 오셨습니다. 주인께서는 요새 아프거나 한 적은 없습니까? 저는 삼목귀왕三目鬼王입니다. 그대와 약속했기 때문에 여기에 왔답니다"라고 했다. 또 왕에게 말하기를, "이 사람은 명부에 잠시 들어갔었는데, 명부에서 세상에 나가도록 권해서 대장경을 판각하여 퍼뜨리도록 한 자입니다. 원하건대 왕께서는 큰 시주大檀越가 되어 큰일을 할 수 있도록 해 주십시오. 만약 그렇게 한다면 불신자가 아니더라도 공주는 병이 낫고 나라는 영원히 굳건하며 왕께서도 향수를 누릴 것입니다"라고 했다. 왕이 명을 받들고 그러겠다고 했다. 또한 거인과는 이별할 때 모습을 드러내 보이고 저승으로 갔다. 공주들이 본래의 상태로 돌아오니 즉시 일어나 절하고 왕과 왕비에게 아뢰기를, "저승에서도 오히려 선행을 숭상하고 있는데, 하물며 이승의 현자 나라仁國에서이겠습니까? 부모님께서는 이를 소홀히 하지 마십시오"라고 하니 왕이 좋다고 말했다.

이때 거제도巨濟島 바다 가운데에는 큰 배가 대장경을 가득 실은 채로 있었는데, 어느 나라에서 왔는지는 알 수 없으나 글자가 모두 금은金銀으로 되어 있었다. 화주(국왕과 왕비)가 사재를 다 털어 널리 보시하여 불교와 깊은 인연佛緣을 맺고, 안팎으로 명을 내려 기술자들을 불러 모아 거제도로 가서 가래나무에 대장경판을 새긴 다음에 금으로 색을 칠하여 꾸며서 가야산 해인사에 옮겨 놓고 경축하면서 부처의 덕을 찬양하는 십이경찬회十二慶讚會를 열었다. 이것은 삼목귀왕 개인의 뜻이 아니라 모두 명부가 그렇게 하도록 한 것이었다. 거인 부부는 몸이 건강하고 마음이 편안하게 오래 살다가 나란히 극락정토에 들어가서 말하기를, "아, 불법을 보물로 삼는다면 보물이 없는 곳이 없다는 것이 확실하구나. 왜 그런가 하면 염라대왕이 그것을 보물로 삼으면 저승冥府이 잘 다스려지고, 한 나라의 왕이 보물로 삼으면 민심을 모두 얻을 것이요, 천자天王가 보물로 삼으면 오랜 세월 쾌락을 누릴 것이요, 부처覺皇가 보물로 삼으면 만물에 인仁이 베풀어질 것이라고 했기 때문이다"라고 했다.

이 이야기는 대장경을 나무에 새긴板刻 것이 신라 말기에도 있었다는 사실을 보여 준다. 이 내용대로라면 고려 때 만들어진 팔만대장경보다 400여 년이나 앞서 대장경이 판각된 것이 된다. 신라는 정치와 종교가 결합한 상태에서 호국불교와 불국토를 지향했던 나라였다는 점에서 대장경에 대한 필요성과 관심이 높아서 이것을 판각했을 가능성 역시 배제할 수 없다. 그러나 이 이야기는 설화 요소가 강해서 사실적인 내용이 약하다는 점과 그것을 입증할 자료와 증거물이 부족하다는 결정적인 단점이 있다. 구체적인 시대와 장소까지 특정해서 서술하고 있기는 하지만 실제로 있었던 역사적 사실과 일정한 주제를 가진 설화가 결합한 점들이 너무나 뚜렷이 드러나기 때문에 확실한 물증이 될 유적이나 유물이 발견되지 않는 한 이것이 실제로 있었던 일이라는 근거를 찾기는 어려울 것으로 보인다.

가야산으로부터 해인사를 매개로 중생과 이어지는 인연이 이처럼 유구하고 광대하니 해인사야말로 우주에 존재하는 모든 것이 분명하게 찍히는 바다와 같은 존재라고 해도 지나친 말이 아니다.

## 역사와 문학이 절묘하게 조화된
# 신륵사

경기도 여주시 북내면 봉미산鳳尾山 아래 남한 강변에 자리한 신륵사神勒寺는 신라의 승려인 원효元曉가 창건한 것으로 알려져 있으나 그것을 뒷받침할 구체적인 자료는 없다. 신라와 고려 전기까지는 어떤 모습이었는지 제대로 알 수 있는 자료 역시 없어서 신륵사를 이해하는 데 어려움이 있다. 그러나 신륵사의 명칭이나 창건에 관한 이야기가 고려 후기를 지나면서부터 설화의 형태로 등장하고 있는 점은 특이하다. 13세기에서 14세기 무렵의 승려 두 사람이 신통력으로 용마龍馬를 길들였다는 데에서 절의 이름이 유래된 것으로 보아 신륵사도 이 무렵에 세워진 것으로 추측하기도 한다. 그러나 이것 역시 절의 창건과 직접적인 관련이 있는 것으로 보기는 어려운 점이 있어 신륵사가 언제, 어떤 과정을 거쳐 세워졌는지는 여전히 수수께끼로 남아 있다. 다만 사찰 경내에 있는 유적이나 유물이

강월헌. 고려 말기의 승려 나옹과 그의 다비식을 거행한 공간을 기념하기 위해 삼층석탑을 세웠다. 강월헌은 그의 호를 이름으로 한 것이다.

주로 고려 후기의 것이므로 이것을 중심으로 사찰의 창건과 변천의 역사를 살펴볼 필요가 있다.

신륵사에서 가장 먼저 살펴야 할 것은 명칭의 의미이다. '신의 말굴레', '신통한 말굴레'라는 뜻인데, 이름이 생기게 된 유래를 추적하면 실마리를 잡을 수 있다. 일반적으로는 고려 후기의 승려인 나옹懶翁선사의 행적과 관련이 있는 것으로 알려져 있는데, 여주 지명의 유래와도 일정한 연관이 있는 것으로 보여 여러 측면에서 눈길을 끈다. 역사와 문학이 절묘하게 결합하여 생긴 이름이면서 현재까지도 그대로 이어지고 있는데, 조선시대에는 세종과 왕비의 합장릉인 영릉英陵이 여주로 옮겨 오면서 왕릉의 원찰願刹로 지정되어 보은사報恩寺로 이름을 바꿔야 하는 어려움을 겪었음에도 시대가 바뀌면서 다시 원래의 이름을 되찾아 지금에 이르고 있다.

신륵사의 위치가 강 바로 옆이라는 점 역시 흥미롭다. 사찰의 앞은 단단한 암석으로 된 절벽이고 그 아래가 남한강이어서 나루터로 삼기에도 전혀 손색이 없을 만큼 물과 가까이 있다. 조선시대의 다양한 기록에는 수많은 문인이 그곳에 배를 대고 신륵사에 올라가 머물기도 하고, 유람하기도 하면서 시를 지었던 것으로 나타난다. 우리나라 사찰은 대부분이 산속에 있고 바닷가에 있는 경우에도 물과는 상당한 거리를 두고 있는데, 신륵사처럼 큰 강과 바로 인접하여 있는 사찰은 드물다는 점에서 매우 특이하다. 신륵사가 강 바로 옆에 있다는 사실은 사찰의 창건과 일정한 관련이 있을 수 있다는 가능성을 제공하는 요인이 되기도 한다.

여주라는 지명은 말馬과 관련이 깊은데, 어떤 역사 자료에도 이 지역에서 좋은 야생마를 잡았다거나 명마를 키웠다는 기록은 없다. 여기에서 주목해야 할 것은 말이 물가에서 나왔고, 고려시대에는 용마로 바뀌었다는 점이다. 말이나 용 등이 모두 물과 관련이 있는 것으로 해석될 수 있는 대목이다. 여주의 중심지는 신라, 고려, 조선을 거치면서 행정 부서가 있었고 지금도 여주시청이 자리하고 있다. 이 지역은 동남쪽에서 들어와서 북서쪽으로 흘러 나가는 남한강이 바로 앞에 있고, 남쪽은 산으로 둘러싸인 지형이어서 홍수가 발생하면 언제든지 수해水害가 나는 곳이다.

그런 위험이 있는 데도 신라 때부터 행정의 중심 지역이 된 이유는 주변이 산으로 둘러싸여 있어 방어하기 좋은 데다가 바로 앞에 큰 강이 있어서 물류의 유통과 다른 지역으로 이동할 수 있는 교통수단을 확보하는 것이 쉬웠기 때문이다. 충주와 원주 방향에서 내려온 물이 신륵사 근처 금당천과 만나 북서 방향으로 꺾이는데, 강폭이 좁아지면서 물이 빠르게 소용돌이칠 가능성이 매우 컸다. 이 물살을 막아서는 것이 암벽으로 되어 있으면서 신륵사의 동쪽 강언덕에 있는 동대東臺이다. 단단한 바위 절벽이 강을 향해 툭 튀어나와 있는 모양으로 되어 있는 이곳은 휘어지면서 속도가 빨라진 강물이 부딪치면서 그 힘이 약화되는 위치에 있다. 그곳에서 한 번 힘이 꺾인 강물은 신륵사로부터 1킬로미터 하류 건너편에 있는 말바위에 부딪혀 속도가 더 줄어들면서 여주 고을이 겪을 수 있는 홍수의 피해를 막아 주는 구실을 했다.

말바위가 급류를 막아 여주 고을에 끼친 혜택이 크다는 사실은 고려와 조선의 여러 기록에 나온다. 여말선초의 문인인 목은 이색牧隱李穡은, "물을 막아 공이 드높은 것은 말바위요, 하늘에 닿아 형세가 웅대함은 용문산일세.捍水功高馬巖石 浮天勢大龍門山"라고 노래했다. 또한 조선의 문인인 최숙정崔淑精은, "높고 둥글넓적한 말바윗돌, 앉아 있는 모양새도 기괴하구나. 물살이 그 밑동을 할퀴어도, 오랜 세월 꿋꿋하여 망가지지 않네. 성난 파도는 마구 넘실대지만, 여기에서 쪼개어져 기세가 약해지네. 외로운 여주 고을 덕분에 평안하니, 공은 찬양해도 빚 갚기는 어려우리라.穹窿馬巖石 盤礴亦奇怪 江流齕其根 萬古堅不壞 怒濤方蕩潏 分此勢漸殺 孤城賴以安 論功難償債"라고 노래하기도 했다. 1751년에 이중환李重煥이 편찬한 《택리지擇里志》 〈복거총론卜居總論〉에서는, "여주읍驪州邑은 한강 상류 남쪽 강가에 있다. 한강 남쪽의 들판이 곧바로 40여 리를 통하여 기상이 맑고 멀다. 강이 웅장하거나 급하지 아니한 데다가 동쪽에서 서북쪽으로 흘러가는데, 상류에 말바위馬巖와 벽사甓寺(신륵사)의 바위가 있어서 물살을 약하게 만든다. 또 서북쪽이 평탄하기 때문에 읍이 된 지가 수천 년이 되었다"라고 서술하기도 했다.

이런 일련의 기록을 보면 신륵사의 동대 아래 바위와 그 하류에 있는 말바위가 남한강의 거센 물길을 약하게 만들어서 여주 고을을 홍수로부터 보호했다는 사실을 알 수 있다. 특히 신라가 가야, 고구려, 백제 등을 무너뜨리고 삼한을 합치는 과정에서 여주에 기병 군단을 설치하여 운영할 만큼 군사적 요충지로 삼았다는 점도 이런 지형적 환경이 충분히 고려되었을 것이다. 여주의 지명은 신라 경덕왕 때에 와서는 고구려의 지명이었던 골내근骨乃斤이란 이름을 없애고 황효黃驍로 고쳤으나, 고려시대에 황려黃驪로 다시 변경된다. 한자어로 된 두 가지 명칭 모두 용맹하거나 뛰어난 말이라는 뜻을 가진 글자를 쓰고 있다. 이와 관련된 이야기로 여주 영월근린공원 남쪽 강가에 있는 마암馬巖의 유래에 대한 전설이 내려오고 있다.

옛날에 한 노인이 이곳 강에서 낚시를 하고 있었다. 그런데 건너편을 바라보니 다급한 몸짓으로 손을 내저으면서 강 쪽으로 달려오는 여인이 있었는데 무척이나 급하게 사공을 찾는 것처럼 보였다. 다른 배가 없었던 관계로 노인은 낚시를 거두고 배를 몰아 건너편으로 향했다. 그때 여인의 뒤편에서 험상궂게 보이는 사내가 달려오는 것이 보여서 더 빠르게 노를 저어 건너편으로 간 노인이 여인을 배에 태우려는 순간 갑자기 하늘에서 뇌성벽력이 치면서 비바람이 몰아치고 물안개가 자욱하게 끼더니 누른 말黃馬과 검은 말驪馬이 나타났다. 그러자 여인은 누른 말을 타고 사내는 검은 말에 탔는데, 한참이 지난 후에 바람과 물결이 잦아들면서 안개가 걷히자 두 사람은 온데간데없고 커다란 바위가 강 언덕에 덩그러니 남아 있었다. 말이 나왔던 바위라고 하여 이때부터 이것을 말바위馬巖라 부르게 되었으며, 황려라는 지명도 여기에서 유래했다.

고려 말기의 문인인 이규보李奎報는 이 이야기를 소재로 〈마암에 놀다遊馬巖〉라는 시를 짓기도 했다. "준마 두 마리가 물가에서 나왔으니, 고을 이름도 이를 따라 황려로 했네. 옛것 즐기는 시인 번거롭게 따지지만, 오가는 어옹이야 어찌 알 리 있으랴.雙馬權奇出水涯 縣名從此得黃驪 詩人好古煩徵詰 來往漁翁豈自知" 고려시대에 이르면 말과 관련된 이러한 전설이 신륵사 관련 이야기로 확장되면서 용마로 바뀌는데, 고종高宗(재위 1213~1259) 때 부근 마을에 사나운 용마가 나타나서 사람들을 괴롭히자 인당대사印塘大師가 고삐를 잡아서 순하게 만들었다는 이야기와 우왕禑王(재위 1374~1388) 때에 말바위 부근에 용마가 나타나서 사람들에게 피해를 주므로 나옹선사가 신통력으로 굴레를 씌워 말을 다스렸다고 하는 이야기가 있다. 이 두 가지 설화 모두 신륵사라는 이름과 관련이 있는데, 말바위 전설이 절 명칭의 유래를 알려주는 이야기로 확장되었다고 볼 수 있다. 특히 신라 경덕왕 때에 이미 황효라는 지명을 만들었던 것을 보면 말바위 전설은 그 이전부터 전해져 내려온 것이라는 추정이 가능하다.

신륵사의 창건과 관련이 있는 직접적인 자료나 전하는 이야기가 없다는 점은 아쉽지만, 여주의 지명 유래와 신륵사라는 명칭의 의미가 일정한 연관성이 있다는 점은 주목할 필요가 있다. 여주라는 지명은 조선시대에 고친 것이 그대로 내려오고 있는데, 이 역시 말과 관련이 있다. 고구려 때의 지명은 해석이 되지 않아서 그 뜻을 알 수 없지만 나머지 명칭에는 모두 말을 의미하는 글자가 공통으로 들어가 있다. 황효에는 누런색을 가진 좋은 말이라는 뜻이 담겨 있고, 황려, 여흥, 여주 등의 지명에는 검은색을 가진 좋은 말이란 뜻이 담겨 있다.

지형상으로 보면 여주는 큰 강을 끼고 있는 지역으로 토양이 비옥하고 물산이 풍부하여 사람이 살기에 최적의 지역으로 꼽혔던 곳이다. 여주 지역을 흐르는 강을 여강驪江이라고 하는데, 충주 방향에서 내려오는 금탄金灘이 앙암仰巖 앞에서 섬강蟾江과 합쳐져 커다란 물줄기를 이루어서 흐르는 강이다. 신라 때에는 10정이라는 기병 군단의 하나가 주둔할 정도로 중요시되었던 곳이고, 조선시대에는 여주목驪州牧으로 승격되면서 관아를 강 바로 앞에 세웠으며, 지금의 시청도 그 옆에 있다. 강이 휘감아 돌면서 소리 내어 흐르는 풍광이 장관이어서 조선의 문인들이 극찬을 아끼지 않았던 지역이기도 하다. 앞서도 말했듯 전하는 이야기에 따르면 신륵사는 신라시대에 원효대사가 창건했다고 하는데, 그 사실을 뒷받침하는 증거나 흔적은 찾기 어렵다. 원효 전설의 내용은 다음과 같다.

> 어느 날 원효의 꿈에 흰옷을 입은 노인이 나타나서 지금의 신륵사 자리에 있는 소沼를 가리키며 하는 말이, 이곳은 신성한 절이 들어설 자리라고 한 뒤 사라졌다. 원효는 노인이 가르쳐 준 대로 소를 메우고 절을 지으려고 했으나 뜻대로 되지 않았다. 이에 원효는 7일 동안 기도를 올리며 정성을 드렸는데, 갑자기 용 아홉 마리가 소에서 나와 하늘로 올라갔다. 그 후에야 비로소 절을 지었는데, 그것이 신륵사였다.

이에 대한 흔적은 신륵사에 남아 있지 않다. 다만 굳이 찾는다면 극락보전 앞에 있는 것으로 1858년에 중건된 구룡루九龍樓를 들 수 있다. 이 누각의 의미, 누각을 세운 목적, 건축의 과정 등은 확인할 자료가 존재하지 않으므로 원효 창건 설화를 참고하여 만든 것일 가능성이 높다고 추정할 뿐이다. 사찰 창건 설화나 누각의 건축 등에 대한 정보가 부족하기는 하지만 한 가지 분명한 것은 물과 관련이 깊은 용이란 존재가 등장한다는 점이다. 이것은 여주의 지명과 관련을 지닌 물, 용마, 말 등과 일맥상통하는 부분이라고 할 수 있다. 원효의 기도로 승천한 아홉 마리의 용 이야기, 신라시대 강가에 나타난 황마와 흑마 이야기, 고려시대에 등장한 사나운 용마 이야기 등이 모두 물과 관련이 있는 것이며, 그런 신물神物에 대한 통제나 제압을 통해 사람들의 삶이 평안해지고 안정되었다는 점이 모든 설화에서 볼 수 있는 공통적인 특징이다.

여주 지역은 물이 충분한 강과 그 주변에 있는 비옥한 토지로 인해 물산이 풍부하고 유통이 수월하다는 장점이 있는 반면에 홍수로 인한 수해를 당할 위험이 언제나 도사리고 있어서 그것을 막거나 가볍게 하려는 방법의 하나로 설정되었을 가능성이 높다. 즉, 신륵사는 상류에서 굽이쳐 내려오는 물결의 소용돌이를 약하게 만들기 위한 비보裨補 사찰로 창건되었을 가능성이 높으며, 말바위 설화는 신륵사의 동대 절벽을 거쳐 내려오는 거센 물길을 막아 내는 기능을 강조하기 위해 특별한 능력을 지닌 용마나 흑마 같은 존재를 통해 재난을 일으킨 다음 그것을 제압할 수 있는 초능력자를 등장시켜 정당성을 확보하는 수단으로 삼았다고 볼 수 있다.

이러한 성격을 띠는 신륵사에는 법당에 해당하는 극락보전極樂寶殿을 중심으로 하여 바로 앞에는 다층석탑多層石塔이 서 있고, 뒤편에는 조사당祖師堂이 있다. 조사당의 뒤편 산기슭에는 나옹의 부도인 보제존자 석종普濟尊者 石鐘과 석종 앞에 있는 석등, 그 옆에 보제존자 석종비普濟尊者 石鐘碑 등이 있다. 또한 절의 동쪽 여강 언덕東臺에는 팔만대

서방정토의 극락세계를 관장하는 아미타불을 모신 극락보전과 그 앞에 있는 다층석탑. 다층석탑은 보물로 지정되었다.

장경을 보관하기 위해 여말삼은麗末三隱의 한 사람인 이색李穡과 나옹화상의 제자들이 힘을 합쳐 세운 대장각과 그 사연을 기록한 대장각기비大藏閣記碑가 있고, 그 아래에는 현존하는 유일한 고려 벽돌탑塼塔인 여주 신륵사 다층전탑多層塼塔이 우뚝 서 있다. 그 아래 바위 위에는 나옹의 다비식을 거행한 장소를 기념하기 위해 세운 삼층석탑이, 강가 바위 절벽에는 그의 호號를 따서 지은 강월헌江月軒 등이 있다.

절의 중심이라고 할 수 있는 극락보전은 세종의 능인 영릉을 여주로 옮겨 오면서 왕릉의 원찰로 지정되어 크게 중창할 때 세웠던 것이 임진왜란 때 소실되었으므로 1800년에 다시 지은 것이다. 극락보전은 아미타불阿彌陀佛을 주불로 모시는 법당인데, 무량수전, 보광전, 아미타전 등으로도 불린다. 아미타불은 서방정토의 극락세계를 관장하는 존재로 죽은 사람의 극락왕생과 중생의 어려움을 도와주는 부처이다. 신륵사 극락보전에는 보물로 지정된 목조아미타여래삼존상이 있는데, 아미타불 좌상을 중심으로 좌우 양쪽에 관음보살과 대세지보살이 협시불脇侍佛로 서 있다. 앉아 있는 아미타불은 높이가 1.5미터이고, 협시불은 높이가 각각 2미터인데, 본존불은 앉고 협시불이 서는 방식은 고려시대부터 내려온 것으로서, 목조아미타여래삼존상은 조선 중기인 17세기 초에 조성되었다.

극락보전 바로 앞뜰에는 흰색 대리석으로 만든 다층석탑이 있다. 1963년에 보물로 지정된 이 탑은 조선 전기인 1472년에 절의 여러 당우堂宇를 지을 때 함께 조성된 것으로 보이는데, 현재는 8층까지지만 남아 있다. 탑을 받치는 구실을 하는 기단基壇은 2단으로 되어 있으며, 1층의 받침돌台石과 뚜껑돌甲石 사이의 면석面石에는 파도 모양波狀의 문양이 조각되어 있고, 2층의 받침돌과 뚜껑돌 사이의 면석에는 용과 구름무늬가 조각되어 있다. 1, 2층의 받침돌과 뚜껑돌은 위로 향한 연꽃仰蓮 문양과 아래로 향한 연꽃覆蓮이 각각 조각되어 있다. 8층에 이르는 석탑의 몸돌塔身石은 두께가 매우 얇아서 뚜껑돌蓋石의 두께와 비슷한데, 아마도 당시에는 대리석이 귀한 재료였기 때문에 두껍게 하지 못했던 것으로 보인다. 탑의 꼭대기인 차트라刹多羅는 모두 사라지고 철로 된 찰주擦柱만 남아 있는 것으로 미루어 원래는

8층 이상이었을 것으로 보인다. 사각方形의 이 석탑은 신라나 고려 전통을 그대로 따르고 있으나 대리석이라는 특이한 재료 덕분에 각 부분에 새긴 조각과 탑의 모양이 우아한 멋을 잘 드러내고 있다.

나옹화상이 경기도 양주 회암사檜巖寺에서 일으킨 불사로 문제가 되어 밀양의 영원사瑩源寺로 가던 도중 신륵사에 머무르다가 열반에 들었던 것과 관련된 유적이 있는데, 보제존자 석종, 보제존자 석종비, 보제존자 석종 앞 석등普濟尊者 石鐘 前 石燈, 다층전탑, 삼층석탑三層石塔, 강월헌 등이 그것이다. 조사당 뒤편 산에 있는 석종, 석종비, 석등은 모두 보물로 지정되었으며, 나옹화상의 사리를 모신 승탑이다. 1379년에 신륵사를 크게 중창한 뒤에는 나옹의 사리를 모시고 승탑을 건립했던 것으로 알려져 있다. 일반적인 승탑과는 달리 라마탑 형식으로 되어 있는데, 석종의 몸돌은 타원형이고 받침돌은 금강계단처럼 네모난 모습이다. 석종 바로 앞에는 팔각으로 된 우아한 모습의 석등이 있다. 받침돌인 지대석, 불을 놓는 화사석火舍石, 윗부분인 옥개석屋蓋石 등이 모두 팔각으로 되어 있으며, 각 부분에 화려한 문양을 넣어서 장식하고 있다. 나옹화상의 석종비는 받침돌에 연꽃무늬를 새겼는데, 비석의 몸돌은 대리석으로 하고 양옆에 화강암 기둥을 세워 보강하여 고정했다. 꼭대기에는 기왓골을 조각한 옥개석을 올렸는데, 화려하지는 않지만 아담하면서 안정된 모습을 보여 준다.

나옹화상의 부도와 석등은 경기도 양주 천보산 기슭에 있는 회암사터 뒤편에도 있지만 신륵사의 것과는 모양이 다르다. 나옹화상의 부도탑은 원주 영전사지 보제존자탑에도 모셔져 있으며, 이 승탑은 1915년에 경복궁으로 옮겨지는 과정에서 사리장엄구가 발견되기도 했다. 현재는 국립중앙박물관에 있다. 이색이 쓴 보제존자 탑명普濟尊者 塔銘에 따르면, "나옹을 화장하고 유골을 수습할 때 구름이 없는 하늘에서 비가 내려 땅을 적셨다"고 했다. 또한 "사리는 155과顆를 얻었는데, 기도를 마친 뒤 다시 정리해서 558과를 얻었다"라고 한다. 그 사리를 수습하여 회암사 북쪽 언덕에 부도를 세웠고, 신륵사에는 머리頂骨에서 나온 사리를 안치했으니 나옹이 세상을 떠난 곳임을 보여 주기 위함이며, 그 위를 석종으로 덮은 것은 누구도 손을 대지 못하게 하기 위해서라고 서술하였다.

신륵사 동쪽 강가에 동대東臺로 불리는 언덕에는 벽돌로 쌓은 탑이 하나 있다. 진흙을 네모난 모양으로 빚어 불로 구워 만든 벽돌로 만든 탑을 전탑塼塔이라고 하는데, 흙으로 만든 것이라 내구성이 약하다 보니 남아 있는 유적이 많지 않다. 현재까지 전하는 전탑은 안동 신세동 칠층전탑, 안동 동부동 오층전탑, 안동 조탑동 오층전탑, 칠곡 송림사 오층전탑, 여주 신륵사 다층전탑이 전부이다. 신륵사 전탑은 조선 후기인 1726년에 보수하면서 원형이 많이 훼손되어 층수가 얼마였는지조차 알기 어렵지만 현재는 7층의 모양이다. 전탑이 언제 만들어졌는지도 알 수 없지만 신륵사를 벽절甓寺로 부르기도 했다는 조선시대의 기록으로 미루어 이 탑이 신륵사를 대표하는 상징으로 자리하고 있었던 것으로 추측된다. 18세기의 학자였던 이익

李瀷이 지은 《성호사설星湖僿說》에서는 동대탑으로 불렸던 이곳에 나옹화상의 사리가 보관되어 있었다고 하니 고려 후기에 건립된 것으로 볼 수 있다.

이 탑은 1963년에 보물로 지정되었는데, 맨 아래 받침을 이루는 지대址臺와 기단基壇은 모두 화강암이며, 기단석은 7층으로 되어 있는 점이 흙벽돌로 만든 탑의 몸체와는 달라서 이색적이다. 탑신은 위로 갈수록 높이가 약간씩 낮아지는 형태인데, 맨 위의 7층은 다른 층에 비해 훨씬 더 낮은 점이 특이하다. 다층전탑 동쪽 바로 아래 절벽 위에는 고려시대에 건립된 것으로 보이는 삼층석탑이 있다. 나옹화상의 다비식茶毘式을 거행한 장소를 기념하기 위해 세운 것으로 알려져 있다. 탑의 모양은 보존되어 있지만 지대석과 기단만 그대로이고 3층의 탑신은 사라졌으며, 탑의 꼭대기를 장식하는 차트라도 모두 없는 상태이다. 삼층석탑 옆 강가에는 나옹화상의 호를 따서 만든 강월헌이 있는데, 고려시대의 것은 아니고 근래에 다시 세운 정자이다.

다층전탑에서 북쪽으로 산을 30여 미터 올라가면 고려 말에 이색과 나옹의 문도들이 힘을 합쳐 간행印出한 대장경을 보관했던 대장각大藏閣의 조성과 관련된 여러 사적을 기록한 대장각기비大藏閣記碑가 있다. 1963년에 보물로 지정된 대장각기비는 이색의 제자인 이숭인李崇仁이 지었는데, 대장경을 간행한 동기와 대장각을 세운 과정 등이 기록되어 있다. 비석의 뒷면에는 재산을 출연해서 조력한 사람들의 이름을 갖추어서 기록했다. 대장각기비는 나옹의 부도 비석인 보제

신륵사 동대에 서 있는 다층전탑.
이곳에 나옹화상의 사리를 모신
것으로 알려져 있다.

존자 석종비와 같은 형식으로 되어 있다. 극락보전 서쪽 명부전 근처에 있었을 것으로 추정되는 대장각에 보관되어 있던 대장경은 1414년(태종 14년)에 일본으로 보내졌는데, 현재는 대장각도 사라지고 동쪽 산기슭에 있는 비석만이 남아 있다.

지명, 역사, 문학, 종교, 인물이 하나로 어우러져서 형성된 신륵사는 우리 문화에서 매우 특이한 성격을 띠는 사찰이라고 할 수 있다.

# 겨울에도 칡꽃이 피는
# 쌍계사

경상남도 하동군 화개면 운수리에 있는 쌍계사雙磎寺는 당나라 때 승려로 중국 남종선南宗禪의 창시자인 혜능惠能의 머리를 모신 사찰로 알려져 있다. 화개면은 지리산의 반야봉과 세석평전을 북쪽 경계로 하고 동쪽과 서쪽이 모두 높은 산으로 둘러싸인 협곡이며, 남쪽으로는 섬진강과 접하고 있는 지역이다. 화개면을 북에서 남으로 관통해 흘러서 섬진강으로 들어가는 시내를 화개동천花開洞川이라고 하는데, 이 공간은 쌍계사를 세우게 된 연기 설화를 비롯하여 신라 말기의 대문장가인 최치원崔致遠과 관련된 유적과 이야기가 서려 있는 곳이기도 하다. 동쪽으로는 불일암을 지나 성불재를 넘으면 청학동으로 이어지고, 북쪽으로는 지리산의 영봉들이 줄줄이 늘어서 있으며, 서쪽으로는 반야봉, 아래쪽으로 피아골과 이어져 있는 지역이니 고대사에서부터 현대사에 이르기까지 역사적·문화적으로 가치가 매우 큰 공간이기도 하다.

대한불교 조계종 제13교구의 본사로 43개의 절末寺을 거느리고 있는 쌍계사는 화개동천 골짜기의 중앙에 자리하는데, 신라 중대에 해당하는 724년(성덕왕 23년)에 처음으로 산문을 열어 840년(문성왕 2년)에 창건된 사찰이다. 오랜 역사가 있는 절이며 유적과 기록이 비교적 많이 남아 있어 그 역사를 잘 알 수 있다.

쌍계사는 산문을 처음 연 개산開山의 과정과 사찰의 모습을 처음으로 갖춘 창건의 과정으로 나누어 볼 수 있다. 혜능의 머리를 모셔 와서 산문을 처음 연 개산의 시기에는 사찰의 모습을 갖춘 것이 아니라 움막이나 암자 정도였을 것이므로 이것은 산문을 처음으로 연 개산으로 보아야 하고, 진감국사가 정식으로 사찰을 창건한 시기와는 나누어서 보아야 한다. 진감국사가 절을 처음 창건했을 때의 이름은 옥천사였지만 헌강왕憲康王 혹은 정강왕定康王 때에 쌍계사로 바꾸었다.

최치원이 지은 〈진감화상비명 병서眞監和尙碑銘 竝序〉에서는 886년에 헌강왕이 진감선사라는 시호를 내리고 탑을 세웠다고 되어 있는데, 진주에 이미 옥천사라는 이름을 가진 절이 있으므로 혼동을 주지 않으려면 절의 이름을 바꿀 수밖에 없었다. 이에 불당이 자리 잡은 곳을 살펴보니 사찰의 문이 두 줄기 냇물과 마주하는 곳에 있었으므로 이름을 쌍계雙溪로 지었다. 어느 왕이 그렇게 했는지는 정확하게 밝히지 않았는데, 진감선사의 시호를 내리고 탑을 세운 것과 절 이름을 바꾼 것이 함께 이루어진 것인지 아닌지의 여부를 자세하게 기록하지 않고 있으며, 《삼국사기》에 따르면 886년 음력 7월 5일은 헌강왕이 세상을 떠나고 그의 동생 정강왕이 즉위한 때이므로 절의 이름을 쌍계사로 바꾼 것이 어느 왕 때인지를 정확하게 알 수는 없다.

개산과 창건이라는 두 과정을 거쳐 사찰의 모습을 갖춘 쌍계사는 신라 말기에서부터 고려와 조선 초기까지의 자료는 1446년 선비대사의 팔상전 중수, 1506년 진주목사 한사개韓士价의 중수 외에는 남아 있는 것이 거의 없으나, 1540년부터 1549년까지의 중수 과정은 서산대사 휴정이 쓴 〈지리산쌍계사중창기〉에 자세하게 기록되어 있다. 이 자료에 따르면, 1540년에 승려 중섬仲暹이 폐허가 된 사찰을 보호하고자 조정에 청을 넣은 것이 받아들여져 금표를 세워 일반인의 출입을 막으면서 점차 옛 모습을 갖추기 시작했고, 1543년에는 탁발승 혜수慧修가 중창을 시도하여 대웅전, 금당 등을 세워 절의 면모를 새롭게 하면서 번듯한 사찰의 모습을 되찾았다고 기록하고 있다. 그 후 임진왜란으로 폐허가 된 것을 벽암당碧巖堂 각성覺性과 소요당逍遙堂 태능太能 등이 1632년(인조 10년)에 옛터에서 지금의 자리에 중창했다. 그 뒤에는 1675년에 인계印械 스님이, 1735년에 법훈法訓이 각각 중수했다. 그 뒤 소소한 중수 과정을 거쳐 1864년(고종 1년) 봄에는 담월潭月과 용담龍潭이라는 두 승려가 절의 금당 안에 탑을 건립하고 육조정상칠층보탑六祖頂相七層寶塔이라고 이름했으며, 1975년에는 승려 고산杲山에 의해 현존하는 모든 전각의 중수가 이루어졌다.

쌍계사의 입구임을 알리는 쌍계석문. 최치원의 글씨를 바위에 새긴 것으로 알려져 있다. 이곳에서 500미터 정도를 올라가면 쌍계사 일주문이 있다. 석문 주변에는 식당들이 즐비하게 들어서 있다.

쌍계사는 들어가는 초입부터가 남다르다. 사찰의 맨 앞에서 방문객을 맞이하는 것은 보통 일주문인데, 이곳은 쌍계석문雙磎石門이라는 글자가 새겨진 바위문이 입구를 지키고 있다. 화개천을 건너 쌍계사로 들어가는 다리는 두 개인데, 안내판을 따라가면 쌍계2교를 건너게 된다. 길을 따라 약 160미터를 가면 회전교차로를 만나게 되고, 여기에서 쌍계사 방향으로 가면 석문을 볼 수 없다. 회전교차로에서 청계1교와 쌍계사 방향 사이인 12시 방향으로 나가 식당이 있는 곳으로 올라가야 최치원이 왕명에 의해 쌍계석문이란 글자를 새겼다는 석문을 만날 수 있다.

조선시대의 여러 기록을 보면 쌍계사의 입구가 바로 이 석문이었는데, 지금은 이곳에서부터 500미터 넘게 올라가야 일주문을 만날 수 있다. 쌍계사의 옛 이름이 옥천사였을 때 최치원이 이곳에 와서 책을 읽곤 했는데, 당시 진감선사眞鑑禪師와 교분을 맺어 절 앞으로 두 개의 시내가 흐르므로 바위에 쌍계석문이란 글자를 새겼고, 그 뒤 사찰을 크게 중건하면서 쌍계사라는 이름을 썼다고 전한다. 또한 일설에는 헌강왕이 옥천사의 이름을 쌍계사로 바꿀 때 최치원에게 명해서 글자를 쓰도록 했는데, 이때 그가 철 지팡이로 바위에 쌍계석문이라는 네 글자를 쓴 뒤 청학동으로 들어갔다고 한다. 어느 것이 사실인지 알 길은 없지만 지금까지도 바위에 새긴 글자만은 선명하게 남아 있다.

쌍계석문에서 곧바로 동쪽으로 올라가면 일주문에 닿는데, 그 뒤로 금강문과 사천왕상이 있는 천왕문과 팔영루八詠樓, 진감선사탑비, 대웅전이 일직선으로 배치되어 있다. 팔영루는 진감선사 혜소慧昭가 쌍계사를 창건할 당시에 세운 것으로, 섬진강에서 뛰어노는 물고기를 보고 여덟 음률로 어산魚山이라는 범패를 지었던 데에서 비롯된 것이다. 이곳은 최치원이 올라서 책을 읽으며 공부했던 곳이기도 한데, 조선시대의 여러 문헌에 나타나 있기는 하지만 그 위치를 정확하게 짚어 내기는 어렵다. 지금의 금당 영역의 공간을 보면 금당의 조금 앞쪽에 나란히 두 개의 방장方丈이 있으며 이것을 영주각瀛洲閣이라고도 한다. 그 아래에 팔상전이 있고, 조금 아래에 봉래당, 그 아래에는 영주당이 있다. 조선시대의 기록에 따르면 영주각에 가려다가 먼저 팔영루에 기대었고, 다음으로 요학루邀鶴樓에 올랐다고 한 글이 보이는데, 영주각은 지금의 동서 두 방장을 지칭한다. 이런 점으로 볼 때 팔영루는 금당 수행 영역으로 불리는 금당, 동방장東方丈, 서방장西方丈, 옛 법당인 팔상전八相殿, 봉래당蓬萊堂, 청학루靑鶴樓 등이 있는 곳의 입구나 그 북쪽에 있었을 가능성이 큰 것으로 보인다. 진감선사가 팔영루를 세웠다고 했으니 지금의 대웅전이 있는 방향으로 그것을 만들었을까 하는 의심이 들기 때문이다.

쌍계사에서 절의 기원과 관련된 이야기와 역사적 의미를 간직하고 있는 곳은 금당 수행 영역이라고 부르는 공간이다. 팔영루 왼쪽에 있는 전각들이 그것인데, 여기에서 중심을 이루는 것은 금당이다. 금당은 진감선사가 절을 세울 때 지은 것으로 육조영당六祖影堂이라고도 하는데, 중국에서 가져온 혜능의 머리를 담아 묻은 돌 상자石龕를 보호하기 위해 세웠다. 전각 안에는 칠층석탑이 있는데, 1800년대에 용담선사龍潭禪師가 목암사의 석탑을 옮겨와 세운 것으로 육조정상탑六祖頂相塔이라고 부른다. 이 금당은 1979년에 중수했는데, 정면에 걸려 있는 현판은 추사 김정희金正喜의 글씨이다.

금당의 약간 앞 방향에 좌우로 나란히 두 개의 전각이 있어 동방장과 서방장이라고 한다. 그 아래에는 사찰의 중심을 이루는 법당에 해당하는 팔상전이 있고, 옆에는 봉래당과 청학루가 있다. 방장方丈, 봉래蓬萊, 영주瀛洲는 신선들이 사는 세 개의 산三神山인데, 우리나라에서는 지리산, 금강산, 한라산을 일컫기도 한다. 혜능의 머리를 모신 금당을 삼신산 위에 배치하고 있는 점으로 볼 때 절을 창건할 당시 사회에서 혜능선사를 얼마나 존경하고 숭배했는가를 알 수 있다. 조선시대 문인들이 남긴 기록을 보면 동방장과 서방장 중 하나는 영주각이라고 밝힌 점으로 보아 신성함을 상징하는 삼신산이 금당을 에워싸고 있었음을 짐작할 수 있다. 혜능이 살아생전에 머리를 탈취해 가는 사람들이 자신을 부모처럼 받들고 모실 것이라고 한 예언이 그대로 실현된 셈이다.

쌍계사의 모든 불공과 기도를 봉행하는 신행信行의 중심이 되는 공간을 대웅전 신행 영역이라고 하는데, 이곳에서 사찰의 모든 일이 계획되고 이루어진다. 팔영루와 대웅전 사이에는 국보로 지정된 진감선사탑비가 있는데, 887년에 최치원이 글을 짓고 승려 환영奐榮이 글자를 새긴 것으로 진감선사의 일대기와 업적 등의 내용이 담겨 있다. 이 탑은 전체 높이가 3.63미터이며, 비신碑身의 높이는 2.13미터이고 너비는 1.035미터, 두께는 22.5센티미터인데, 비신을 올려놓는 받침인 귀부龜趺와 머리 부분에 해당하는 이수螭首가 온전하게 보존된 탑비로 1962년에 국보로 지정되었다.

진감선사탑비 뒤에 있는 대웅전은 선사가 절을 창건할 때부터 있었던 것이지만 임진왜란 때 불탔다가 1628년에서 1644년 사이에 현재의 자리로 옮겨 사찰을 중창할 때 건립한 것으로 보인다. 그 뒤로 여러 차례 중수를 거쳐 지금에 이르고 있는데, 이곳에 모신 석가모니불, 약사여래불, 아미타불의 삼존불과 보현보살, 문수보살, 일광

쌍계사 대웅전. 사찰의 중심을 이루는 불전이다. 현재 건물은 조선시대 후기인 17세기에 세워진 것으로 보인다. 조선시대의 사찰 건축 양식을 잘 간직하고 있다.

보살, 관세음보살의 사보살과 대웅전 전각은 조선시대 불교예술과 건축의 모습을 잘 보존하고 있어서 보물로 지정되었다. 이 외에도 금당 영역에 있는 팔상전 팔상탱, 팔상전 영산회상도와 괘불도, 대장경 목판 368점 등도 보물로 지정되어 있다.

사찰 경내에 있는 것은 아니지만 보물로 지정된 문화유적이 하나 더 있는데, 진감선사승탑眞鑑禪師僧塔이 그것이다. 이 승탑은 쌍계사에서 불일폭포 방향으로 올라가다가 대략 500미터 지점의 좌측 봉우리 능선에 있다. 평평하게 다져 만든 2단으로 된 돌 축대 위에 서 있는데, 받침돌과 몸돌, 지붕돌이 모두 단면 팔각으로 조성된 전형적인 팔각원당형圓堂型 부도이다.

탑의 맨 아래 바닥 돌은 거친 돌의 모양 그대로이고 아래 받침돌은 2단으로 조성되어 있다. 별다른 장식은 없지만 연꽃잎이 아래로 향하는 복련覆蓮 무늬를 여덟 개 새겼다. 그 위에는 굄돌을 높게 마련한 다음, 역시 여덟 개의 꽃잎이 위로 향하는 앙련仰蓮 연꽃무늬를 여덟 개 새겼다. 그 위에는 다시 구름무늬가 여덟 줄씩 새겨진 넓은 굄돌을 놓았다. 사리를 모신 몸돌은 팔각으로 되어 있는데, 모서리 기둥을 포함하여 아무런 조각이 없는 것이 특징이다. 지붕돌은 밑면에 서까래를 상징하는 널찍한 받침이 있고 몸돌의 바로 윗부분에는 낮고 각진 받침이 새겨져 있다. 추녀는 직선에 가까우며 팔각의 모서리에 꽃모양이 조각되어 있다. 윗면인 비내림판은 평평하고 굵직한 귀마루隅棟가 내려와서 꽃 모양과 조화를 이룬다. 꼭대기 부분에는 구름무늬가 조각되었고, 그 위에는 탑의 윗부분인 상륜부相輪部가 얹혀 있다. 상륜부는 마치 지붕돌을 축소한 것 같은 모습의 덮개寶蓋와 그 위에 올려진 높직한 돌기둥竿柱에는 연꽃 봉오리 모양을 한 커다란 보주寶珠가 장식되어 있다. 덮개, 돌기둥, 보주 등의 상륜부는 모두 하나의 돌로 이루어져 있다.

이 탑은 진감선사를 기리기 위해 세운 탑비보다 2년 정도 빠른 885년에 세워진 것으로 추정된다. 장식적인 기교가 없으며 탑을 이루는 재료도 균형을 유지하지 못하고 있는 데다가 무늬 조각도 섬세하지 못한 점으로 미루어 신라에서 고려로 넘어가는 과정에서 승탑 양식의 변화를 보여 주는 자료로 평가할 수 있다.

유구한 역사를 간직하고 있으면서 대찰의 면모를 갖춘 쌍계사는 사찰을 세우게 된 계기가 무척이나 신비롭고 기이한 데다 그 사연이 고려시대 승려 각훈覺訓에 의해 문자로 기록되었다는 점이 대단히 흥미롭다. 국보인 진감선사탑비를 필두로 승탑僧塔을 비롯한 보물 13점 등 국가유산을 두루 갖추고 있는 쌍계사가 자리하고 있는 화개동천 계곡은 지금으로부터 약 1,200년 전인 신라시대에 최치원崔致遠이 호로병 속의 별천지壺中別有天地 같다고 극찬했을 만큼 속세를 벗어난 면모를 보여 주어 언제나 사람들에게 관심의 대상이 되어 왔던 것이 사실이다. 쌍계사 창건 설화라고 할 수 있는 〈선종 여섯 번째 조사 혜능의 머리가 동쪽으로 온 유래禪宗六祖慧能大師頂相東來緣起〉라는 기록을 보자.

신라 성덕왕(702~737) 때 낭주군朗州郡(전남 영암) 운암사의 승려 삼법三法은 중국 선종의 여섯 번째 조사인 혜능대사의 도道와 덕을 사모하고 있었으나 당나라 현종 개원 2년(714년)에 입적했다는 소식을 전해 듣고 직접 만나지 못한 것을 애통하고 한스러워했다. 그때 금마국金馬國(전북 익산) 미륵사의 규창圭晶이라는 스님이 당나라로부터 돌아오면서 가지고 온 육조 혜능의 사상과 일대기를 기술한 《법보단경法寶壇經》 초본을 보았다.

삼법 스님은 향을 사르고 공경히 예를 올린 다음 《단경》을 읽어 보니 마치 혜능에게서 직접 가르침을 받는 것처럼 구구절절이 감명받고 깨닫게 되어 기쁨과 슬픔이 말할 수 없이 교차되었다. 그런데 《단경》에서 혜능이 말하기를, "내가 입적한 후 5, 6년 뒤에 어떤 사람이 나의 머리를 탈취해 갈 것이다"라고 했다는 부분이 눈길을 끌었다. 이를 본 삼법 스님은 혜능 스님이 이미 머리를 탈취해 갈 것이라는 사실을 예언했으니 다른 사람의 손에 들어가기 전에 내 힘으로 이 일을 도모하여 우리나라 만대의 복전福田이 되도록 하겠다고 결심했다. 그리하여 김유신의 부인으로 영묘사靈妙寺의 비구니가 된 법정法淨 스님을 찾아가 이 일을 이야기했다.

"만약에 혜능의 두상을 모셔다가 우리나라에 잘 모시고 봉안하여 향화로 공양한다면 나라에 부처님의 복락이 많이 있을 것입니다"라고 하니 법정은 즉시 2만 금을 희사하여 이 일을 도모하도록 했다. 삼법은 즉시 상선을 타고 바다를 건너 당나라로 들어갔다. 이때가 722년 5월이었다. 3개월 후 소주韶州에 있는 보림사에 도착한 삼법은 육조탑에 나아가 무수히 절을 올리고 마음속 깊이 자기의 소원이 성취되도록 빌었는데, 7일째 되는 날 밤에 한 줄기의 빛이 육조탑 꼭대기에 머물다가 동쪽 하늘을 가로질러 뻗치는 것이었다. 삼법은 상서로운 광채를 우러러 예배를 드리면서 소원이 이루어질 것 같은 감응에 기뻐했다.

그러나 주변 형세를 보니 혜능의 정상을 몰래 가지고 간다는 것은 그리 쉬운 일이 아니었다. 백방으로 계책을 다 궁리해 보았지만 자기와 함께 상의할 수 있는 사람이 없어 울적한 마음을 금할 수가 없었다. 그러던 중 경주에 있는 백률사栢栗寺 스님 대비선사大悲禪師가 마침 홍주 개원사 보현원에 머무르고 있다는 소식을 들었다. 삼법은 곧바로 대비선사를 찾아가 마음에 가지고 있던 계획을 고백하니 그는 기뻐하면서 “내 마음도 역시 마찬가지입니다. 그러나 전에 감탑龕塔을 만들 때 나 역시 자세하게 관찰했습니다만 예언으로 훈계했기 때문에 얇은 철판과 보포를 겹겹으로 감싸고 탑의 출입문도 단단하게 잠가 놓은 데다가 엄중히 감시하며 지키고 있어서 여간 뛰어난 힘을 가진 사람이 아니고서는 감히 손을 댈 수도 없습니다”라고 했다.

그때 개원사에는 용기와 힘이 뛰어난 장정만張淨滿이란 사람이 살고 있었다. 그에게 부탁하려고 했지만, 함부로 말을 꺼내기가 어려웠다. 그러던 어느 날 갑자기 그의 부모님이 세상을 떠났다는 소식이 왔는데, 장례를 제대로 치를 비용이 없었던 장정만은 무척이나 괴로워하며 슬퍼하고 있었다. 대비선사는 삼법 스님과 상의한 후에 1만 금을 건네주면서 부조했더니 장정만은 그 돈을 받고 매우 감격했다. 집으로 돌아가 장례를 치르고 돌아온 장정만에게 대비선사가 육조대사의 머리頂相을 탈취해 올 일을 은밀히 부탁했다. 장정만이 말하기를, “비록 끓는 물에 들어가고 타는 불을 밟는 위험이라도 마다할 수 없는데, 하물며 이 정도의 일을 거절할 수 있겠습니까”라고 한 다음 보림사를 향해 발길을 옮겼다.

이튿날 보림사의 육조탑에 도착한 장정만은 사람이 없는 한밤중의 조용한 틈을 타서 탑의 문을 열고 몰래 혜능의 머리를 탈취하여 재빠른 걸음으로 달려서 개원사로 돌아와 대비선사에게 드렸다. 삼법과 대비 스님은 그날 밤에 육조 혜능의 머리를 짊어지고 낮에는 숨고 밤에 길을 재촉하여 항주에 도착한 후 배를 타고 신라의 당진에 도착하자 곧바로 운암사로 돌아왔다. 이 일은 절대 비밀로 하여 아무에게도 말하지 않고 대비선사와 함께 영묘사로 가서 법정 스님에게 혜능의 머리를 보여 드렸다. 법정은 매우 기뻐하며 예배하면서 맞이하여 삼가 신중히 육조의 머리를 조심스럽게 단상에 모시고 공양 올린 다음 예배를 드렸다.

그러던 어느 날 삼법 화상이 꿈을 꾸었는데, 오색의 구름이 은은하게 비치는 가운데 한 노스님이 나타나서 말하기를, "나의 머리가 이 땅에 돌아옴은 불국토와 인연이 있기 때문이다"라고 했다. 삼법 화상은 그 이튿날 대비선사와 함께 동쪽 지리산으로 갔다. 이때는 12월이었기 때문에 온 천하가 눈에 쌓여 길이 막혀 있었는데, 어디선가 나타난 사슴 한 마리가 길을 안내하는 듯이 보여 따라갔더니 동굴에 석문이 있었고 그 안에는 샘물이 솟고 있었는데, 봄과 같은 날씨에 칡꽃이 피어雪裏葛花處 있는 것이었다. 이곳을 복된 땅이라고 여긴 삼법 화상이 혜능의 머리를 임시로 봉안하고 장차 탑을 세워 모시려고 했다.

그날 밤에 그 노스님이 또다시 꿈에 나타나 "탑을 세워 드러내지顯彰 말라. 비문을 만들어 기록하거나 새기지도 말라. 무명 무상이 제일이니라"라고 했다. 그 꿈을 꾼 후 탑 세우는 것을 단념하고 돌을 쪼개고 다듬어서 석함을 만들어 깊숙하게 묻어 안치한 다음에 땅을 평평하게 만들었다. 이때가 724년(신라 성덕왕 23년)이었다. 그 일이 끝나고 몇 개월 뒤에 대비선사는 백률사로 돌아가서 선업을 닦다가 그해에 입적했다. 삼법 화상은 혜능의 머리를 모신 곳 옆에 암자를 짓고 그곳에서 선정을 닦다가 17년 뒤에 입적했는데, 그가 출가한 곳이 운암사였으므로 그곳으로 돌아가 장례를 치렀다. 그 뒤 삼법이 수도하던 암자는 불에 타 없어져 버렸는데, 나중에 당나라에 유학하고 돌아온 진감국사眞監國師가 이 터에 다시 와서 육조 혜능의 머리를 봉안한 자리에 육조영당六祖影堂, 雙磎寺 金堂을 세우면서 번듯한 절의 모습을 갖추게 되었다. 처음에는 대나무 통을 잘라서 가로질러 놓아 시냇물을 끌어다가 축대를 돌아가며 물이 흐르도록 만들었으며 절의 이름을 옥천사玉泉寺라고 했다.

이 기록에 대해서는 몇 가지 짚고 넘어가야 할 문제가 있다. 우선 짚어야 할 것은 거의 같은 내용이 중국 측 문헌에도 남아 있는데, 결정적인 부분이 다른 데다가 그것이 기록된 시기가 각훈의 자료보다 훨씬 빨라 중국 문헌을 토대로 고려 때에 각색되었을 가능성이 크다는 점이다. 고려 승려인 각훈이 지은 〈선종 여섯 번째 조사 혜능의 머리가 동쪽으로 온 유래禪宗六祖慧能大師頂相東來緣起〉와 거의 같은 내용이 실려 있는 중국의 문헌은 《육조단경六祖壇經》, 《송고승전宋高僧傳》, 《경덕 전등록景德 傳燈錄》 등이다.

이 기록들에 따르면 신라 승려 둘이 와서 장정만이라는 사람을 시켜 혜능의 머리를 탈취해 가려고 했으나 실패했고, 범인은 5일 안에 잡혔다고 되어 있다. 사찰과 행정 조직이 함께 신속하게 대처한 덕분에 혜능의 머리는 신라로 넘어간 것이 아니라 중국에 온전하게 보존되었다는 것이다. 시간의 차이는 있지만 동일한 내용이 무슨 이유로 두 나라의 문헌에 수록되었는가에 대해서는 그렇게 될 수밖에 없었던 당시의 사회·문화적 필연성을 짚어 보아야 할 것으로 생각된다.

다음으로 짚어 보아야 할 것은, 혜능의 머리 탈취 사건 이야기에서 어떤 것을 핵심으로 보아야 할 것인가 하는 점이다. 자료의 신빙성과 기록된 시기 등을 종합해 보았을 때는 중국 측의 자료가 절대 우위를 점하고 있다. 중국 측 자료가 시간상으로도 훨씬 앞설 뿐만 아니라 사건이 발생했을 당시의 상황과 증거도 구체적으로 제시하고 있기 때문이다. 살아생전에 혜능이 남긴 예언적 유언, 시신을 지키기 위한 제자들의 철저한 준비, 관청과 긴밀한 협조를 통해 범인을 신속하게 체포한 점, 신라 승려의 실명을 구체적으로 밝힌 점 등이 그것이다. 그러나 자료의 신뢰성과 기록의 시기가 앞선다고 해서 그것만으로 무엇인가를 단정 짓는다면, 자료가 전달하고자 하는 중요한 핵심을 놓칠 가능성이 크다는 것을 염두에 두어야 한다.

이 이야기가 전하려고 하는 핵심을 정확하게 파악하려면 두 가지 점을 유의해야 한다. 하나는 혜능이 열반에 든 후 오래지 않아 신라의 승려들이 자기 머리를 가지러 올 것을 미리 알고 있었다는 점이고, 다른 하나는 그들이 자신을 부모처럼 받들고 모실 것이라는 점이다. 이것은 모두 신라에서 선종에 대한 호감도가 매우 높아서 선종의 조사를 존경하고 숭배할 정도의 문화가 조성되어 있었다는 것으로 해석할 수 있다. 신라의 승려들이 혜능의 머리를 가지러 올 것이라는 말은 선종의 사상과 혜능의 존재가 이미 신라에 널리 알려져 있으며, 영향력 역시 대단했다는 사실을 보여 주는 증거라고 할 수 있다.

혜능은 남종선南宗禪의 창시자이지만 중국 선종의 역사에서는 6세기 초인 520년 무렵에 중국으로 들어온 달마達摩를 시작으로 여섯 번째 조사의 자리에 오른 승려였다. 선종은 석가모니의 의발을 물려받은 가섭존자迦葉尊者로부터 시작하여 달마가 스물여덟 번째 조사에 해당하니 그 역사는 깊다고 할 수 있다. 불국토라는 자부심이 있었던 신라에는 가섭존자와 관련된 유적과 유물이 많이 존재하는 것으로 설정된 데다가 석가모니를 포함하여 앞 시대의 일곱 부처의 유적지가 있다고 했을 정도이니 선종에 대한 인식과 지식이 일찍부터 있었던 것으로 볼 수 있다. 신라에 이러한 선종 문화가 있었기에 혜능을 숭배하기 위해 그의 머리 탈취를 시도할 수 있었던 것으로 보인다.

혜능이 입적한 시기가 8세기 초인 714년인데, 그로부터 불과 10년도 지나지 않은 722년에 신라의 승려들이 당나라로 건너가 그의 머리를 탈취하려고 한 사건이 발생했다는 것은 이러한 문화를 반영한 것이라고 할 수 있다. 또한 37년 동안 중국에 머무르면서 혜능의 선종을 이어받은 도의道義선사가 신라로 돌아와 종지를 펼치려고 시도하려던 시기가 821년이니 8세기 초반 훨씬 이전부터 신라에는 선종에 대한 믿음과 관심이 널리 퍼져 있었을 것으로 추정할 수 있다. 8세기 초의 승려인 삼법이 혜능의 도와 덕을 사모한다고 기록될 정도인 데다가 8세기 초에 《법보단경》 초본이 전해졌다는 사실 등도 이러한 문화를 잘 보여 주는 사례라고 할 수 있다. 신라의 두 승려가 혜능의 머리를 탈취하려고 했다는 사건은 그 결과와는 상관없이 신라에 선종의 기운이 매우 강했으며, 그것이 머지않은 미래에 크게 힘을 떨칠 것이라는 점을 보여 주는 단초라는 점에 중점을 두고 이해해야 할 것으로 보인다.

혜능은 중국의 선종에서도 영향력을 가진 존재이지만 신라, 고려, 조선 등에서도 막강한 영향력을 지닌 인물이다. 혜능의 머리를 실제로 모셔 왔는지 모셔 오지 못했는지에 대해서는 현재 알아낼 방법이 없지만 혜능에 대한 자료가 만들어졌던 송宋나라와 동시대였던 고려 때의 자료에도 그에 대한 다양한 종류의 기록을 확인할 수 있다. 13세기 말에서 14세기 초의 인물인 익재益齋 이제현李齊賢의 글에도 혜능에 관한 내용이 나오고, 여말삼은麗末三隱으로 유명한 목은牧隱 이색李穡의 문집에도 이와 관련된 시와 글이 등장한다. 또한 조선시대 유학자들의 시문에도 쌍계사와 관련된 내용이 많은 점으로 보아 고려와 조선 사회에서 혜능의 선종이 가지는 문화적 의미와 가치가 얼마나 컸는지를 짐작할 수 있다.

즉, 쌍계사에 혜능의 머리가 묻혔는지 묻히지 않았는지가 중요한 것이 아니라, 그로 인해 생겨난 문화적 현상이 지니는 의미와 가치가 중요하다는 점을 확실하게 보여 주는 것이 혜능의 머리가 동쪽으로 온 유래에 관한 이야기라고 할 수 있다.

제 2 장

# 불교적으로 승화된 남녀의 사랑 이야기

## 승화된 사랑의 결정체인
# 부석사

경상북도 영주시 부석면 부석사로 345에 있는 부석사浮石寺는 신라 의상義湘대사와 중국 선묘善妙낭자의 사랑이 불교적으로 승화한 이야기가 창건 설화로 전한다. 부석사는 세상이 알아볼 수 있는 모습으로 변신하여 나타난 부처應身인 석가모니의 본질적 형상이라고 할 수 있는 비로자나불毗盧遮那佛을 교주로 모신 화엄사상의 중심 사찰華嚴宗刹이다. 해동 화엄종의 시조인 의상이 676년(문무왕 16년)에 왕명으로 세운 사찰로 천 년을 넘게 내려오는 동안 여러 차례의 외침과 병란 등을 겪으면서도 큰 화를 당하지 않고 건재했다. 유학을 숭상하고 불교를 억압하는 정책崇儒抑佛을 펴면서 불교를 탄압했던 조선시대에도 꿋꿋하게 자리를 지켜 냈으며 현재에 이르기까지 사람들에게 사랑받는 불교 성지로 자리하고 있다.

특히 사찰의 창건과 명칭의 유래를 알려 주는 배경이 되는 이야기는 누구나 수긍하면서 폭넓은 공감대를 형성할 수 있는 소재와 주제를 가지고 있는 데다 극적인 구조를 보여 주고 있어서 눈길을 끈다. 당唐나라에 유학하기 위해 원효元曉와 의상이 국경을 넘으려고 했던 시도부터 예사롭지 않았는데, 그 과정에서 깨달음을 얻는 원효는 신라로 돌아가 버리고 홀로 유학길에 오른 의상을 당나라 여성 선묘가 사모하게 되면서 이야기는 시작된다. 죽음을 무릅쓰면서까지 자신의 사랑과 믿음을 지키고자 했던 여인의 숭고한 헌신이 사람들의 마음을 끌어당기기에 부족함이 없다. 의상과 선묘의 이야기는 《송고승전宋高僧傳》에 실려 있다.

신라의 의상은 황복사에서 머리를 깎고 출가했는데, 경전을 중시하고 교리를 이론적으로 체계화하는 교종教宗이 당나라에서 활발하게 연구되고 있다는 말을 듣고 원효법사와 함께 유학길에 오른다. 당진 부근에 이르러 배를 구해 서해를 건너려고 하다가 큰비를 만나 시체를 안치해 두는 흙구덩이 속에서 하룻밤을 지내게 되었다. 밤중에 목이 말라 잠을 깬 원효가 더듬거리다 그릇에 담긴 물을 마셨는데, 다음 날 아침에 보니 해골에 담긴 물이었다. 이에 크게 깨달음을 얻은 원효는 신라로 돌아가 버렸다.

의상은 홀로 남겨졌지만 죽어도 물러서지 않겠다는 각오로 669년 상선에 몸을 싣고 등주登州에 도착해 믿음이 독실한 한 신도의 집에 머물게 되었다. 의상의 용모가 빼어난 것을 본 그 집에서는 가능하면 오랫동안 집에 머물 수 있도록 배려했다. 그 집에는 선묘라고 하는 아리따운 소녀가 있었는데, 의상을 사모하여 그에게 사랑을 고백하고는 유혹하려고 했다. 그러나 의상의 마음은 돌처럼 굳어서 아무리 해도 돌릴 수가 없었다. 사랑이 이루어질 수 없음을 안 선묘는 불심을 내어 말하기를, "몇 번을 환생하더라도 소녀는 몸과 마음을 모두 대사에게 의지할 것이며, 제자로서 스승에게 필요한 모든 물건을 공양하겠나이다"라고 소원을 빌었다.

의상은 장안長安으로 가서 남산의 지엄智嚴에게 배워 《화엄경》을 모두 익혔다. 훌륭한 승려들과 교류하면서 미세한 것과 빛나는 것을 깨닫게 되고 드디어는 부처님을 위한 공양의 도구가 되기에 부족함이 없을 정도가 되었으며, 《불경》 또한 통달했다. 이에 고국으로 돌아가 불법을 전하고 중생을 깨우칠 것을 생각하게 되었다. 신라로 돌아오는 길에 자신을 위해 아낌없는 공양을 해 주었던 선묘의 집에 들러 감사의 인사를 표한 뒤 상선을 타고 귀국길에 올랐다. 선묘가 의상을 위해 법복과 여러 기물을 준비하여 상자에 가득 싣고 항구에 이르니 이미 배가 떠난 뒤였다. 선묘가 하늘에 빌며 말하기를, "내가 진심으로 법사에게 공양하고자 하니 원하오니 이 상자가 배에 닿도록 하라"라고 했다. 그러면서 법복을 담은 상자를 물에 던지자 마치 기러기 깃털처럼 가볍게 떠가서 배 위로 올라갔다. 그가 다시 기도를 올리기를, "원하노니 이 몸이 변하여 큰 용이 되려고 한다"라고 했다. 이에 바다에 뛰어들어 용으로 변한 후 배를 보호하여 무사히 신라에 도착했다.

의상은 신라로 돌아온 뒤 전국을 돌아다니면서 화엄종을 펼칠 수 있는

> 자리를 찾아다녔는데, 이때도 선묘용이 늘 곁에서 보호했다. 봉황산 기슭에 화엄종을 펼칠 만한 자리를 찾아 절을 세우려고 했는데, 여기에는 이미 다른 종파를 믿는 승려捲宗異部가 500명이나 모여 있으면서 거세게 반발했다. 이에 의상이 묵념하며 말하기를, "대화엄교는 복되고 선한 땅이 아니면 흥하는 것이 가능하지 못하다"라고 했다. 이에 선묘용이 의상의 바람을 알고 큰 돌로 변해 권종이부가 섬기는 절의 지붕을 덮고 떨어질 듯하면서도 떨어지지 않는 모양으로 공중에 떠 있는 것이었다. 이에 놀란 이교도들이 기이함에 놀라서 어찌할 바를 몰라 하다가 사방으로 흩어져 달아났다. 이에 화엄교를 펼칠 사찰을 짓고 설법하니, 부르지 않아도 뛰어난 제자들이 전국에서 구름처럼 모여들었다.

이 이야기는 부석사의 창건 설화로 '뜬 돌浮石'이라는 의미를 지닌 사찰 이름의 유래를 보여 주는 것인데, 의상과 선묘의 이야기가 구체적으로 언급된 점이 흥미롭다. 더욱 눈길을 끄는 것은 화엄 사상과 함께 의상의 전기가 일본에도 전해졌으며, 13세기경에는 그림으로 그려져서 지금까지 전하는 데다가 이 속에는 의상과 선묘의 이야기가 상세하게 묘사되어 있다는 사실이다. 이 그림은 일본의 국보로 지정될 만큼 높은 가치를 인정받고 있지만 정작 우리나라에서는 의상과 선묘 관련 내용이 어디에도 기록되어 있지 않다. 《송고승전》보다 300여 년이 지난 뒤 우리나라에서 편찬된 《삼국유사》에도 이에 대한 언급이 전혀 없다.

태백산과 소백산의 중간에 자리한 봉황산 기슭에 남동쪽을 향해 서 있는 부석사는 치밀하게 설계된 여러 장치가 숨어 있는 관계로 이것을 제대로 알고 탐방하느냐, 그렇지 못하느냐에 따라 이해와 감동의 폭에 상당한 차이가 난다. 부석사 입구에 도착하면 가장 먼저 살펴야 할 것은 매표소 옆에 있는 안내도이다. 사찰의 건물 배치를 선으로 연결하면 화엄을 나타내는 華(빛날 화)와 같은 모양으로 되어 있다는 사실을 아주 잘 보여 주고 있기 때문이다. 사찰의 맨 꼭대기에 있는 조사당과 응진전 등은 華의 맨 위를 장식하고 있는 艹(풀 초)를 나타내고, 무량수전, 선묘각, 부석, 삼층석탑 등은 풀 초의 바로 아래에 있는 一(하나 일)이 되는 형상이다.

안양루의 아래를 뚫어 계단을 만들고 그곳으로 사람이 오르내리는 통로가 되는데, 이것은 부석사 경내를 북에서 남으로 관통하는 것이면서 華의 중앙을 꿰뚫는 획인 丨(뚫을 곤)이 된다. 동서로 배열되어 있는 건물과 석탑은 글자의 양옆을 구성하는 것에 해당한다. 중간에 자리하고 있는 범종각과 천왕문의 아래 길은 일주문으로 이어지는 통로 역할을 하면서 글자가 연결되는 부분을 표시한 것으로 이해할 수 있다. 이처럼 화엄의 상징을 나타내는 글자 모양에 맞추어 승가람마僧伽藍摩의 건물 배치를 한 것으로 보아 부석사를 창건할 때 얼마나 많은 것을 고려하면서 지었는지를 짐작할 수 있다.

매표소 앞 안내도를 지나면 곧바로 사찰의 입구를 나타내면서 이곳에 들어서는 중생들은 세속의 번뇌를 불법으로 말끔히 씻고 한마음으로 진리의 세계에 들어가라는 상징적 의미를 지닌 일주문一柱門과 본래는 인도인들이 숭배하는 귀신의 왕이었으나 불교에 귀의하여 부처와 불법을 수호하는 존재가 되어 수미산의 중턱에서 동서남북의 각 방위를 지킨다는 사천왕상을 봉안한 천왕문天王門을 지나게 된다.

다음으로 주의 깊게 봐야 할 것은 범종각梵鍾閣이다. 여기에는 범종, 운판雲板, 목어木魚, 법고法鼓 등 불교 기물 네 개가 안치되어 있다. 범종각의 네 기물은 불국토의 원음圓音을 연주하는 악기이며, 중생과 수많은 생명체의 영혼을 교화하는 도구라는 상징성이 있다. 즉, 범종은 사람의 영혼을 제도하고, 운판은 날짐승의 영혼을, 목어는 물짐승의 영혼, 법고는 길짐승의 영혼을 다스리는 소리라는 상징성을 지닌다. 범종각은 모든 생명체를 소중하게 여겨 교화함으로써 원만하면서도 균형 잡힌 세상을 만들어 가려는 불교의 의지가 잘 반영된 것이라고 할 수 있다.

부석사에는 선묘와 관련이 있는 유적이 여럿 있는데, 뜬 돌인 부석浮石, 무량수전 아래에서 시작하여 석등 앞까지 나와 있는 것이면서 돌로 조각된 용石龍, 선묘의 영정을 모신 선묘각, 부석사 자리가 깊이를 알기 어려운 늪沼이었다는 사실을 보여 주는 선묘정善妙井 등이 그것이다. 선묘정은 입구가 폐쇄되어 찾기가 매우 어려운데, 그 유래는 이렇다. 무량수전 자리는 크고 깊은 늪으로 명주 실꾸리를 세 개 풀어도 끝에까지 닿지 않을 정도였다. 의상대사는 그 위를 메우고 무량수전을 지었는데, 늪의 흔적을 남기기 위해 동쪽의 한 부분을 남기고 우물처럼 만든 다음 문을 달아 사람들이 볼 수 있게끔 했다. 그런데 그것을 구경하러 들어갔던 사람들이 실족하여 자꾸 물에 빠지므로 수십 년 전부터는 아예 입구를 막아 버렸다. 보장전 동쪽의 길을 올라가다 보면 지장전으로 들어가는 바로 앞에 물이 빠지는 수로 같은 것이 있는데, 중간쯤에 네모난 형태로 된 작은 문 같은 것이 바로 선묘정 입구인데, 주의해서 보면 흔적을 느낄 수 있다.

이곳에서 동쪽의 지장전地藏殿 쪽으로 좀 더 높은 곳에 가면 보장전寶藏殿 지붕 위로 안양루安養樓가 보이는 장소가 있는데, 여기서 볼 수 있는 것이 바로 황금공포불黃金栱包佛이다. 공포栱包는 지붕과 처마 끝의 무게를 분산해서 효율적으로 받치기 위한 구조물로 기둥과 보, 서까래 사이에 자리하는 부재인데, 비어 있는 공간의 모양을 다양하게 연출할 수 있어서 건물을 높여 웅장한 멋을 낼 뿐 아니라 장식적인 효과가 커서 중요한 기능을 한다.

부석사의 안양루는 조선시대에 중건된 것으로 알려져 있는데, 건물을 지을 때 의도했는지 아닌지는 알 수 없지만, 공포에서 비어 있는 공간의 모양이 가부좌를 틀고 앉아 있는 부처의 형상을 하고 있어서 사람들의 눈길을 사로잡는다. 더욱 절묘한 것은 안양루 바로 뒤에 있는 무량수전의 처마 아래 금색을 띠고 있는 벽을 연결해서 보면 황금부처 다섯 분이 앉아 있는 형상으로 나타난다는 사실이다. 다만 보장전과 부속 건물을 짓기 전에는 지장전으로 들어가는 언덕에서 보면 이것이 뚜렷하게 보였는데, 그것이 지어진 뒤로는 황금공포불을

무량수전으로 들어가는 누문(樓門)인 안양루. 누각의 밑을 계단으로 통과하면 바로 앞에 무량수전이 나온다.

제대로 볼 수 있는 장소를 찾기가 무척 어려워졌다.

다음으로 숨어 있는 장치는 안양루 서쪽에 있는 무량수전 앞뜰에서 남쪽으로 몸을 돌려 눈앞에 펼쳐지는 영남의 산천을 바라보면 나타나는 기이한 모습이다. 바로 앞에서부터 먼 데까지 줄줄이 펼쳐져 있는 산의 모양들은 마치 하얀 파도가 일어나는 바다처럼 보인다고 하여 무량수전이 있는 공간을 육지용궁陸地龍宮이라고 부른다. 이 풍광은 봄가을이나 여름에 낮은 구름이 골짜기를 덮고, 그 위로 산들이 솟아 있는 상태일 때 비로소 뚜렷하게 드러난다. 특히 여름에 비가 오다가 개인 후 이곳에 오르면 사람들이 모여 사는 골짜기나 들판은 흰 구름이 모두 덮어 버리고 그 위로 솟아오른 산의 모습이 보일 때면 마치 바다 위에 파도가 넘실대는 것 같아서 저절로 탄성이 나올 수밖에 없는 풍광이 만들어진다.

이곳에서 봉황산 쪽으로 방향을 약간 돌리면 사찰의 명칭 유래를 보여 주는 증거물인 부석이 있다. 무량수전 서쪽에 있는 부석은 지금은 돌이 공중에 떠 있다는 느낌을 전혀 주지 못하고 있는 상태인데, 불과 수십 년 전까지만 해도 부석은 현재와는 아주 다른 모습이었다. 부석의 남쪽 아래는 곧바로 절벽인 데다가 깊은 골짜기가 형성되어 있어 사람들은 그 아래에서 까마득하게 느껴지는 부석을 보려면 고개를 뒤로 젖혀 올려봐야만 했다. 그러면 부석은 마치 공중에 떠 있는 것처럼 보이는 데다가 실을 넣어서 당겨 보면 막힘없이 그대로 나온다고 알려져서 그 신빙성이 더욱 높아져 실제로 돌이 공중에 떠 있다는 것을 누구나 믿을 수 있었다. 조선 후기 실학자인 이규경李圭景이 지은 《오주연문장전산고五洲衍文長箋散稿》에서는 뜬 돌에 대해 다음과 같이 서술하고 있어서 눈길을 끈다.

> 대웅전大雄殿 뒤에 하나의 큰 바위가 가로 세워져 있고 그 위에는 또 하나의 큰 바위가 마치 지붕처럼 덮여 있는데, 얼핏 보면 두 바위가 위아래로 맞닿은 듯하나 자세히 보면 맞닿지 않아 상당한 공간이 있다. 그 공간에 노끈을 넣어서 잡아당기면 걸림 없이 잘 통하므로 비로소 떠 있음을 알게 된다. 부석사란 이름도 이 때문에 붙은 것인데, 참으로 오묘한 이치이다.

사찰 이름의 근거가 된 뜬 돌(浮石). 아래가 절벽에 가까운 골짜기여서 아득하게 올려봐야 했지만 지금은 그 앞을 메워서 평지처럼 만들어 놓는 바람에 뜬 돌처럼 보이지 않는다.

그러나 돌이 허공에 떠 있다는 것을 전혀 느낄 수 없도록 만들어 버린 현재의 모습에 안타까운 마음이 앞선다.

다음으로 신경을 써서 봐야 할 것은 무량수전 건물 구조와 그 내부이다. 무량수전은 남동으로 향해 있는데, 신도가 참배하는 불상이 중앙에 놓여 있지 않고 서쪽 맨 끝에 앉아서 동쪽을 바라보고 있는 특이한 방식이다. 참배하는 신도나 탐방객은 동쪽에 있는 작은 문으로 들어가서 서쪽을 보면서 예를 올리게 되어 있다. 여기에 모신 부처는 아미타불阿彌陀佛인데, 화엄종에서 교주로 모시는 비로자나불毗盧遮那佛이 아니라는 점도 염두에 둘 필요가 있다. 비로자나불은 사람의 눈으로는 볼 수 없는 광명의 부처인데, 세상의 모든 부처를 낳는 근본으로 광명 혹은 진리를 나타낸다. 비로자나불은 너무나 크고 장엄하여 우주의 만물을 간직하고 있으며, 모든 존재에게 가득 차 있지만 빛깔이나 형상도 없는 것으로서 우주의 진리가 형상화되어 나타난 법신불法身佛이 된다. 불교 경전에 따르면, 이러한 성격을 띠는 비로자나불은 화엄종의 교주로 모셔지면서 경배를 받는 존재인데, 화엄종찰인 부석사에 직접 모셔지지 않는다는 것은 매우 특이한 점이다.

화엄종의 중심 사찰이기는 하지만 부석사는 아미타불과 관련된 정토淨土 사상을 기반으로 설계되었다. 아미타불이 주관하는 극락정토의 세계는 하품, 중품, 상품의 세 단계로 나누어지는데, 하나하나 계단을 오르듯이 단계를 밟아야 극락정토에 다다를 수 있다. 아미타불은 한량없는 광명, 한량없는 수명을 지닌無量光, 無量壽 존재로 무량수불無量壽佛로 불리기도 한다. 원래 법장法藏이라는 이름을 가진 보살이었으나 최상의 깨달음을 얻으려는 뜻을 세우고 살아 있는 모든 존재를 구제하고자 마흔여덟 가지 소원四十八大願을 세우고 정진한 뒤 부처가 되어 서방의 극락세계에 있으면서도 동쪽에 있는 중생을 아끼고 사랑했다.

부석사 경내는 바로 이러한 아미타불을 중심으로 하는 정토 신앙에 맞춰 구획을 나누어 구성하고 있다. 일주문에서 천왕문에 이르는 구간, 천왕문에서 안양루에 이르는 구간, 안양루에서 무량수전에 이르는 구간 등이 그것이다. 일주문에서 안양루까지 오르는 구간은 끝없이 펼쳐진 돌계단을 올라야 하는데, 극락정토에 왕생往生하기 위해 각 단계에 속하는 사람이 거쳐야 하는 구품왕생九品往生의 상징적 표현이라고 할 수 있다. 돌계단의 끝에 있는 안양루 역시 정토 신앙에 기반을 둔 것이다. 안양이라는 말은 극락세계를 가리키는 것으로 서

부석사의 주불전인 무량수전. 아미타불을 봉안하고 있다. 아미타불은 서쪽에서 동쪽을 바라보는 모양으로 모셔져 있다.

방정토, 극락정토 등의 뜻으로도 쓰인다. 부석사에서 안양루까지 오르면 바로 아미타불이 있는 무량수전으로 이어진다는 점에서 이러한 사실이 더 분명하게 드러난다.

안양루의 계단을 올라가면 석등 뒤로 정면에 보이는 것이 아미타불을 모셔 놓은 무량수전이다. 무량수전은 건물의 무게를 떠받치는 중심인 지대석地臺石, 네 면을 이루는 벽체 부분인 면석面石, 그 위에 다시 쌓은 갑석甲石 등을 잘 다듬어 만든 기단 위에 세워졌다. 기둥이 놓일 자리에 초석礎石을 놓은 다음, 그 위에 배흘림이 뚜렷한 원기둥을 세웠다. 공포栱包는 기둥 위에만 있는데, 바깥으로 드러나 있다. 지붕은 팔작지붕이며, 추녀의 뿌리를 받치는 네 귀퉁이에 활주活柱를 세워 받치고 있어서 한층 아름다운 모습을 보여 준다. 중앙 처마 아래에 있는 무량수전이라고 쓰인 현판은 고려 말에 공민왕恭愍王이 쓴 것으로 전한다. 배흘림기둥과 지붕 사이에 있는 벽면은 황색으로 되어 있는데, 안양루에 있는 공포불을 황금색의 부처 모양으로 보이도록 해 주는 역할도 한다. 안으로 들어가 참배할 수 있는 입구는 건물의 동쪽 문만을 이용할 수 있도록 했는데, 중생은 동쪽에 있고 부처는 서쪽의 정토에 있다는 것을 형상적으로 나타낸 것이다.

내부의 바닥은 원래 유약을 바른 네모난 전돌을 깔았다고 하는데, 이것은 아미타불이 있는 극락세계의 바닥이 유리로 되어 있다는《불경》의 내용을 반영한 것이다. 일반적으로는 부처님을 모셔 놓은 사찰의 불전佛殿은 건물의 정면을 향하여 중앙에 불상을 놓지만, 무량수전은 서쪽에서 동쪽을 향하도록 안치했다. 이것 역시 아미타불이 서방의 극락세계에서 동방의 중생을 바라보고 있다는《불경》의 내용을 구현한 것이다.

무량수전의 동쪽 언덕 위에는 신라시대에 세워진 삼층석탑이 있으며 무량수전과 석탑 사이 산기슭에는 선묘의 영정을 모신 선묘각善妙閣이 있다. 무량수전을 지나 오른쪽으로 가파른 길을 몇십 미터 올라가면 의상의 영정을 모시는 조사당祖師堂이 있는데, 여기에는 건물의 처마 밑에 심겨 있는 관계로 비를 맞지 않고도 늘 푸르게 살아 있는 나무가 하나 있어서 눈길을 사로잡는다. 의상대사가 생전에 사용하던 지팡이가 변해서 된 것이라고 하는 이 나무는 선비화禪扉花라고 하며 다음과 같은 전설이 전한다.

의상이 득도한 뒤 서역의 천축天竺으로 들어가려고 할 때 평소 거처하던 방문 앞 낙수가 지는 자리에 지팡이拄杖子를 꽂으면서 말하기를, “내가 떠난 뒤에 이 지팡이에 반드시 가지와 잎이 생겨날 것이다. 이 나무가 말라 죽지 않으면 내가 죽지 않았음을 알 것이다”라고 했다. 그가 떠난 뒤에 승려寺僧들이 흙으로 그의 소상塑像을 만들어 거처하던 방안에 안치했다. 창문 밖에 꽂아 놓은 지팡이는 바로 가지와 잎이 생겨나 해와 달만 내리비치고 비와 이슬이 내리지 않아도 죽지 않고 집 높이의 길이로 자랐다. 집 높이보다 더 자라지도 않아서 겨우 3미터 남짓하며 천 년이 지난 오늘에도 변함이 없다.

선비화가 있는 공간은 조사당의 처마 밑에 서 있어서 직접 관찰하거나 만질 수도 있었지만 20세기 후반에 이르러서부터는 철조망과 유리로 둘러싸여 있는 모습으로 바뀌었다. 영험한 나무라는 소문이 나면서 사람들이 잎을 뜯어 가거나 흠집을 내어 손상되는 일이 자주 발생했기 때문이었다. 갖은 수난을 당하면서도 꿋꿋하게 살아남은 선비화는 부석사의 역사와 그 맥을 같이한다는 점에서 매우 의미 있는 존재라고 할 수 있다.

부석사는 의상과 선묘의 이야기, 그와 관련 있는 여러 유적, 절의 구조와 의미 등을 새기면서 탐방한다면 한층 의미 있는 시간이 될 것으로 생각된다.

# 서동과 선화공주가 세운 미륵사

백제 사찰 중 규모가 가장 컸던 것으로 알려진 미륵사彌勒寺는 전라북도 익산시 금마면 미륵산 혹은 용화산龍華山의 남쪽 아래 넓은 평지에 세워졌던 절이다. 유네스코UNESCO 백제유적지구로 등재된 유적지 중 하나인 미륵사지의 석탑은 국보로 지정되었다. 미륵사지가 사람들에게 관심의 대상이 되는 이유는 사찰과 관련된 여러 유적과 지명, 다양한 종류의 이야기 등이 풍부하고 질서정연하게 얽혀 있어 훌륭한 콘텐츠로 활용될 수 있는 소재와 자격을 충실히 갖추고 있기 때문이다. 미륵사는 아직도 밝혀지지 않은 내용이 많아 가능성이 무한하며, 사찰과 관련된 것 중에 기이한 사연을 간직한 유적이 주변에 다양한 형태로 분포하고 있어 이를 제대로 활용하면 많은 사람에게 아름다움과 감동을 주는 새로운 콘텐츠를 다양하게 창조할 수 있을 것으로 보인다.

한 가지 아쉬운 점은 사찰의 창건과 관련된 자료가 충분하지 않은 데다가 절이 완전히 복원된 상태가 아니어서 본래의 모습을 제대로 느끼기 어렵다는 점이다. 그러나 역사적 기록과 설화적 내용의 상이성과 연관성, 사찰 창건에 결정적으로 기여를 한 인물에 대한 유물의 기록과 구전 설화에 나타나는 역사성과 모호성, 역사적 인물로서의 무왕武王과 설화적 인물로서의 서동薯童이란 존재가 가지는 동질성과 이질성, 백제 무왕과 신라 진평왕의 역사적 대립과 설화적 친분 등의 요소는 사람들에게 흥미와 관심을 불러일으키기에 충분한 소재가 될 수 있으므로 치밀한 분석과 전문가의 손길을 거친다면 누구나 공감할 수 있는 콘텐츠로 거듭날 수 있을 것이라고 믿는다.

절의 명칭에서 알 수 있듯이 미륵사는 미륵보살을 중심으로 하는 미륵 신앙의 결정체라고 할 수 있다. 석가모니의 제자였던 미륵보살은 석가모니불의 지위를 이어받아 먼 훗날에 부처가 될 것이라는 예언受記을 석가모니에게서 받은 미래불이다. 미륵은 원래 인도의 바라문婆羅門 가문에서 태어나 나중에 석가모니의 제자가 되었으며, 부처님보다 먼저 열반에 들어 도솔천의 내원內院에 다시 태어난다. 이것을 미륵상생彌勒上生이라고 한다.

그는 석가모니가 열반寂滅에 든 뒤 이 세상의 시간으로 56억 7천만 년이 지난 후에 인간 세상으로 내려와 시두성翅頭城의 화림원華林園에 있는 나무로 꼭대기 가지가 용의 머리처럼 생겼다는 용화수龍華樹 아래에서 완전한 깨달음을 얻어 부처成佛가 된 뒤 세 번에 걸친 설법을 하니 이것이 용화삼회龍華三會이다. 석가모니 시대에 불도를 제대로 닦지 못하여 성불하지 못했던 속인이나 승려도 미륵의 설법을 듣고 불법승佛法僧 삼보에 귀의하여 살생하지 않음不殺生, 도둑질하지 않음不偸盜, 음란한 짓을 하지 않음不邪婬, 거짓말하지 않음不妄語, 술을 마시지 않음不飮酒 등의 다섯 계율五戒을 잘 지키고 세 번째 설법까지 모두 들어 깨우침을 얻으면 성인의 경지에 들어갈 수 있다. 이것이 바로 미륵하생彌勒下生이다.

이러한 미륵 신앙을 바탕으로 세워진 미륵사는 미륵이 세상으로 내려와 중생을 구한다는 미륵하생 신앙을 근거로 하고 있는데, 용화산이나 사자사 등의 지명과 유적은 미륵상생 신앙에 뿌리를 둔 것이라고 할 수 있다. 미륵사를 품고 있는 산을 지금은 미륵산이라고 부른다. 그러나 산 정상 부근에 있는 산성을 조선 후기의 사찬私撰사서인 《연려실기술燃藜室記述》에서 용화산성이라고 한 점과 《삼국유사》에서 용화산 아래 연못을 메우고 미륵사를 세웠다고 한 것으로 미루어 미륵산보다는 용화산이라 하는 것이 바람직할 것으로 보인다. 용화산이란 지명은 미륵보살이 용화수 아래에서 성불한 뒤 세 번 설법龍華三會하여 중생을 구제한다는 전설을 근거로 한 것인데, 이런 점에서 볼 때 미륵사가 세워지기 전부터 이미 용화산이라는 지명이 있었을 가능성이 크다.

용화산 정상에서 남쪽으로 500여 미터 떨어진 곳으로 현재 사자암이 있는 부근에 무왕과 선화공주가 찾아가 불공을 드리던 사자사

獅子寺가 있었다. 신통력이 있어서 서동이 모은 황금을 하룻밤에 신라의 궁중으로 보내기도 하고, 미륵삼존불이 솟아 나온 연못에는 산을 무너뜨려 메워서 절을 지을 수 있도록 만든 지명법사가 마물렀던 곳이기도 하다. 지명법사는 무왕이 어렸을 때부터 친분이 있었던 존재이면서 그에게 많은 가르침과 도움을 주었던 점으로 볼 때 스승처럼 여겼던 사람이거나 그 이상의 관계를 지닌 인물로 여겨진다.

사자사가 있었던 정확한 위치와 원래 모습을 복원하기는 어려우나 절이 있었던 공간으로 추정되는 곳을 발굴한 결과 사자사라는 글자가 새겨진 기와 조각이 발견되었고, 부근에 바위 절벽 두 개가 문처럼 서 있는 것이 사찰에 대한 기록과 일치하는 점 등으로 미루어 현재 사자암이 있는 부근에 절이 있었던 것으로 보인다. 사자사라는 절의 이름 역시 미륵보살과 관련이 깊다. 문수보살, 관음보살 등과 함께 불법을 수호하며 중생을 옹호하고 제도하는 팔대보살八大菩薩의 하나이며 자비를 기본으로 하는 미륵보살은 석가모니께서 지정한 후계자인데, 도솔천兜率天의 칠보대七寶臺에 있는 마니전摩尼殿의 사자 평상獅子床에서 성불했다. 백수의 왕인 사자는 동물이라는 점에서는 자비로 중생을 제도하는 미륵보살과는 근본이 서로 다르지만, 같은 불도를 닦는 사이同修之誼로서 보살들이 타고 다니는坐騎 신령스러운 존재이다. 최고의 지혜를 상징하는 문수보살文殊菩薩은 푸른 사자를 타며, 관음보살은 금색 털의 사자를 타는 것으로 알려져 있다.

지명법사知命法師가 머물렀던 곳인 사자사는 미륵보살과 같은 길을 가는 사이同修之誼임과 동시에 미륵보살의 탈것이 된 사자에서 이름을 따온 것이기 때문에 이 절은 미륵 신앙을 근거로 하고 있음을 알 수 있다. 사자사는 미륵사가 세워지기 훨씬 이전부터 있었을 가능성이 높은 절인 만큼 오랜 역사를 간직한 사찰이라고 할 수 있는데, 자세한 역사를 알 수 없는 데다가 관련된 유적을 발굴하기가 어려운 점 등이 있어서 명칭에 담긴 의미를 근거로 유추해 보는 것 외에 다른 방법이 없다. 용화산과 사자사 등 미륵과 관련된 지명과 사찰 등의 문화적 기반을 바탕으로 세워진 것이 미륵사인데, 이 절을 세운 사람 역시 사자사와 관련이 있는 인물이어서 눈길을 끈다. 미륵사 창건에 관해 서술하고 있는 《삼국유사》 권2 기이紀異 무왕조의 내용을 보자.

제30대 무왕의 이름을 장璋이었다. 어머니가 과부가 되어 서울의 남쪽에 있는 연못가에 살았는데, 못의 용과 서로 교통하여 낳은 아이이다. 어릴 때 이름은 서동으로, 능력과 도량은 가늠하기 어려울 정도로 대단했다. 늘 마薯를 캐어 팔아서 생계를 유지했으므로 사람들이 서동이라고 불렀다. 신라 진평왕의 셋째 공주인 선화善花가 비교할 만한 사람이 없을 정도로 아름답다는 말을 듣고는 머리를 깎고 신라의 서울로 가 거리에서 아이들에게 마를 나누어 주면서 친해진 다음 노래를 지어 부르게 했다. 노래의 내용은 다음과 같다.

선화공주님은 남몰래 시집가 놓고 서동 서방을 밤에 몰래 안고 가다.

노래가 서울 거리에 널리 퍼져서 모르는 사람이 없을 정도가 되자 궁궐에까지 소문이 들어갔다. 이에 신하들이 강력하게 주장하여 공주를 먼 지방으로 귀양 보내도록 했다. 유배길을 떠나려고 할 즈음에 왕후가 순금 한 말을 노자로 주어서 보냈는데, 공주가 유배지 가까이 갔을 무렵 서동이 도중에 나타나 절을 올리면서 호위해 가겠다고 했다. 공주는 그가 어디서 온 누구인지를 몰랐으나 그저 믿음이 가고 좋아하는 마음이 생겨 서동을 따라가다가 몰래 남녀의 정을 통했다. 후에 서동의 이름을 알고는 동요의 효험을 믿게 되었으며, 함께 백제로 가서 귀양 올 때 어머니가 준 황금을 꺼내 보여 주며 이것을 생활비로 쓰자고 했다.

이를 본 서동이 크게 웃으며 이 물건이 무엇이냐고 물었다. 공주가 말하기를, 이것은 황금인데 이 정도면 한평생 먹고사는 데에는 지장이 없다고 했다. 서동이 다시 말하기를, 어릴 때부터 마를 캐던 곳에서 이것을 많이 보았는데 모아서 산더미처럼 쌓아 놓았다고 말하자 공주가 듣고 놀라면서 말하기를, 이것은 천하의 최고 보물이니 금이 있는 곳을 안다면 그 보물을 부왕의 궁궐로 보내는 것이 어떠하냐고 물었다. 서동이 좋다고 하면서 산으로 가서 황금을 모아 보니 작은 동산을 이룰 정도로 쌓였다.

용화산 사자사에 머무는 지명법사에게 가서 황금을 보낼 방법을 물었더니 법사가 말하기를, 내가 신통력으로 보낼 수 있으므로 황금을 가져오시면 된다고 했다. 공주가 글을 써서 황금과 같이 사자사 앞에 가져다 놓았더니 법사가 하룻밤에 신라 궁중으로 보냈다. 진평왕이 이것을 기이하게 여기고 서동을 더욱 존경하여 늘 편지를 보내 안부를 묻곤 했다. 서동은 이 일 덕분에 인심을 얻어서 왕위에 올랐다. 어느 날 왕과 부인이 사자사에 가려고 용화산 아래에 있는 큰 못가에 이르니 미륵삼존이 연못에서 솟아 나오므로 수레를 멈추고 예를 갖추었다.

왕비가 왕에게 말하기를, 이 자리에 큰 절을 짓는 일이 제가 정말로 바라는 것이라고 하니 왕이 허락하고 지명법사가 있는 사자사로 가서 못을 메울 방법을 물었다. 지명법사가 신통력으로 하룻밤 사이에 산을 무너뜨려서 못을 메워 평지로 만들고 부처가 현신한 모습처럼 미륵삼존불을 만들었다. 금당과 탑과 회랑回廊 등을 각각 세 곳에 만들어 절의 이름을 미륵사라고 했으며, 진평왕이 기술자들을 보내어 절의 창건을 도왔다.

미륵사 서탑의 〈금제사리봉안기〉가 발견되기 전까지는 위의 내용이 사찰의 창건을 알려 주는 유일한 기록이었는데, 설화적인 요소가 강한 것이 특징이다. 서동과 혼인했다는 선화공주는 실존 여부를 확인할 수 없으므로 설화적으로 가공된 인물일 가능성이 크다. 또한 역사 기록에서는 무왕과 진평왕 때 두 나라가 불편한 관계여서 서로 충돌하는 일이 잦았던 것으로 나오므로 국가 간에 혼인하여 인척 관계를 맺고 절을 지을 때 기술자를 보내 돕는 일 따위는 이루어지기 어려웠을 것으로 보인다. 마를 캐 팔아서 생계를 유지해야 할 정도로 가난했던 서동이 민심을 얻어서 왕이 되었다는 것 역시 신분이 세습되던 당시 사회에서 가능한 일이라고 보기 어렵다는 점도 설화적인 요소가 가미되었다는 사실을 뒷받침하는 근거라고 할 수 있다.

이런 의문은 서동의 아버지가 누구인가 하는 것으로 눈을 돌릴 수밖에 없도록 만드는데, 이 부분이 출생의 미스터리와 연결되어 있어서 더욱 관심을 끈다. 그의 어머니가 과부였을 때 밤중에 연못가를 거닐다가 용이 안아서 가진 아이가 서동이라는데, 여기에 신령스러운 용이 등장한 것에 주목할 필요가 있다. 설화에서 용은 주로 왕, 황제 등의 상징으로 나타난다는 점을 고려하면 서동의 아버지가 어떤 신분의 사람이었는지를 어느 정도 짐작할 수 있다.

아버지 없이 어머니와 함께 살았던 서동은 지독히 가난했다고 하는데, 근래에 서동 생가터에서 저온 저장고 터가 두 개, 땅에 기둥을 박아 만든 건물터가 세 개, 땅의 기운을 누르기 위해 574년에 만들어진 중국 북주北周의 동전을 넣어 땅에 묻은 항아리 등이 발견된 점 등으로 미루어 상당한 부와 세력을 가진 집안이었음이 드러나고 있어 기록과 유적이 상반된 모습을 보여 준다.

지명법사가 보여 준 신통력도 설화적인 성격이 짙다. 산더미처럼 쌓인 황금을 하룻밤에 신라 궁중으로 보낸 일이나 하룻밤에 산을 무너뜨려 연못을 메우는 일 등은 일반인의 힘으로는 불가능하기 때문이다. 또한 백제의 불교와 불승에 대한 기록에서 왕실이 창건한 사찰에 승려가 직접적으로 관여한 사실을 찾아보기 어렵다는 점에서 볼 때 지명법사가 직접 관여했다는 것도 새로운 각도로 살펴보아야 한다. 이야기로 만들어지면서 각색된 내용에서 설화적인 요소를 제거하고 보면, 선화공주는 가공의 인물이라는 점, 용이 가지는 상징성으로 볼 때 서동의 부계는 왕족이었을 가능성이 높다는 점, 지명법사는 익산 지역에서 상당한 부와 권력을 가진 서동 혹은 무왕과는 상당히 긴밀한 관계를 지닌 존재였을 것이라는 점 등을 뽑아낼 수 있다. 이렇게 정리하면 서동이 민심을 얻어 왕위에 올랐다는 일도 어느 정도 설명할 수 있고, 백제 왕족이었을 가능성 역시 열리는 셈이다. 이런 추정에 대해서는 앞으로 유적과 유물의 발굴이 더 많이 이루어지면 진실에 좀 더 가깝게 다가갈 수 있을 것으로 생각된다.

미륵사를 세운 사람은 백제 30대 군주인 무왕으로, 왕이 되기 전의 이름이 서동이며 신비한 출생과 기이한 행적으로 인해 미스터리적인 존재로 인식되었다. 용의 아들로 탄생, 노래를 활용한 결혼, 황금의 운송 과정, 왕위에 오르는 과정, 지명법사와의 관계, 미륵사 창건 과정 등 신기하고 신비한 내용이 다양하게 담겨 있다. 아버지를 용으로 설정한 것은 아버지가 누구인지를 함부로 드러낼 수 없는 존재이거나 아주 높은 신분의 사람이기 때문이다. 여기에는 또 하나의 복선이 있으니, 서동의 신분이 범상하지 않음을 비유적으로 보여 주며, 서동이 왕위에 오르는 것과도 직접 연결되어 있어 더욱 중요하다.

역사 기록에 따르면 무왕의 성은 부여夫餘이고 이름은 장璋인데, 부여 씨는 백제 왕족이다. 무왕의 어린 시절 이름을 서동이라고 하면서 용의 아들이라고 한 것을 보면 아버지가 왕족이라는 사실을 이렇게 표현한 것이라고 볼 수밖에 없다. 그 사람이 누구인지는 알 수 없지만 서동이 왕위에 오를 수 있도록 뒷받침하고 이끌면서 물심양면으로 도왔던 사람임에는 틀림없는 것으로 생각된다. 산더미처럼 모아 놓은 황금을 신라 궁중에 보낸 일로 민심을 얻어 왕위에 올랐다고 한 것은 그런 사정을 말해 준다. 황금을 신라로 보내는 일을 주관한 사람이 미륵사를 창건할 때도 역시 주도적인 역할을 하는 것 등이 모두 일정한 관련이 있는 것으로 보아야 할 것이다. 지명법사와 서동의 관계는 이러한 점에 기반하여 재정립하는 것이 필요하다.

사람의 입은 쇠도 녹인다는 말을 증명이라도 하듯 서동은 신라의 서울로 가 노래를 지어 아이들에게 부르게 하고, 이 소문을 이용하여 여론을 조성함으로써 궁궐 안에 있는 공주를 밖으로 나오도록 한 뒤 결국 결혼까지 성공한다. 노래의 힘으로 민심을 제어할 수 있다는 사실을 잘 알고 있을 정도로 서동은 뛰어난 전략가라고 할 수 있다. 이처럼 높은 신분과 엄청난 재력과 막강한 세력을 갖춘 존재가 바로 서동이었던 셈인데, 위에서 살펴본 것처럼 그가 태어났다고 알려진 생가터 발굴에서 이러한 사실을 일부 확인할 수 있다.

서동 생가터 주변 역시 서동과 관련된 유적이 많은데, 그의 어머니와 정을 통한 용이 살았다는 마룡지馬龍池, 서동 가족이 물을 길어다 먹었다는 우물터, 마를 캐다가 황금을 발견했다는 오금산五金山, 서동이 왕이 된 뒤 어머니를 위해 지었다는 오금사五金寺, 무왕과 왕비의 능으로 알려진 익산 쌍릉雙陵 등이 있다. 쌍릉은 말통대왕릉이라고도 하는데, 말통은 서동의 우리말식 표현일 가능성이 크다. 확실한 증거가 발견되지는 않았지만 근래에 이루어진 발굴조사 결과 무왕과 왕비의 능으로 추정하고 있다. 서동의 어머니가 용과 정을 통했다는 사연을 가진 유적은 부여에 있는 궁남지宮南池라는 주장도 있는데, 이를 뒷받침할 만한 근거는 충분하지 않은 것으로 보인다.

서동이 신라의 서울로 가서 아이들에게 마를 나누어 주면서 가르친 것이 향가鄕歌인데, 이 노래 역시 매우 기발하다. 선화공주와 서동이 밤에 몰래 만나서 무슨 짓을 했다고 하는 식인데, 지금으로 말하자면 알나리깔나리 종류에 속하는 노래이다. 이것은 사실과는 관계없이 추문처럼 소문이 나서 당사자를 강하게 압박하여 노래에서 말하는 것처럼 일이 진행되도록 하는 힘을 지니는데, 이것을 노래의 주술성謠讖이라고 한다. 서동은 노래가 가지는 예언적 주술성을 충분히 활용하여 신분이 높고 아름다운 여성을 부인으로 맞이한다. 이것 역시 서동이 왕위에 오르는 데에 적지 않은 기여를 한 것으로 볼 수 있다. 부인으로 말미암아 황금의 가치를 알게 되어 신라로 보내는 일을 하면서 장인이 되는 신라왕의 인정도 받았고 마침내 민심을 얻어 왕위에 오르는 계기를 마련했기 때문이다.

이런 사연을 간직한 미륵사는 신라, 고려, 조선 등을 거치는 동안 벼락을 맞기도 하고 규모가 축소되기도 하다가 조선 중기를 지나면서 폐허가 된 것으로 보이는데, 오랜 기간에 걸친 발굴조사 결과 매우 거대한 규모의 사찰이었음이 밝혀졌다. 금당, 탑, 중문이 일직선을 이루면서 그것을 회랑이 둘러싸고 있는 모습의 사원寺院 세 개가 나란히 배열된 삼원병립식三院竝立式 구조로 되어 있다. 중문, 탑, 금당

복원된 상태의 미륵사 조감도. 중앙에 있는 가장 큰 규모의 탑은 목탑이고, 동서 양쪽에 있는 것은 석탑이다. 금당 하나, 탑 하나가 짝을 이뤄 3개의 원(院)으로 이루어진 삼탑삼금당 구조의 사찰이다.

이 하나의 짝을 이루었는데, 중앙에는 금당과 목탑이 자리하고, 좌우 양 측면에는 금당과 석탑이 각각 조성되었다. 또한 중문의 양쪽으로부터 시작하여 사방에 회랑을 둘러 금당과 탑을 보호할 수 있도록 했다. 회랑은 행사가 있을 때 좌석이나 통로 등으로 사용되기도 한다. 회랑의 형태도 구조가 특이하여 눈길을 끈다.

동탑과 서탑에 비해 중앙의 목탑이 가장 크고 높은데, 그 앞에 있는 중문 역시 셋 중에서 가장 크고 웅장하다. 중앙 중문의 양방향으로 회랑이 뻗어 나갔으며, 중앙의 금당을 사방으로 두르는 회랑으로 이어지고, 동서의 중문을 지나 바깥을 사방으로 두르는 회랑으로 연결되고 있다. 동쪽과 서쪽의 금당과 탑은 회랑으로 막혀 있지 않고 통하도록 만들어졌다. 미륵사는 중앙의 금당과 탑을 동서의 금당과 탑이 보좌하면서 회랑이 이중으로 둘러싸고 있는 형태로 된 특이한 구조의 사찰이라고 할 수 있다.

금당과 탑이 세 개로 되어 있으며, 가운데 있는 것이 크고 양옆에 있는 것이 작게 되어 있는 점은 미륵삼존불과 관련이 있다고 할 수 있다. 삼존불은 중앙에 있는 본존불本尊佛과 좌우에서 모시는 보살脇侍佛을 가리키는 말인데, 우리나라의 사찰 전각 안에는 대부분이 삼존불의 형태로 봉안되어 있다. 미륵삼존은 미륵부처를 주불로 하면서 왼쪽의 법화림보살法花林菩薩, 오른쪽의 대묘상보살大妙相菩薩을 아울러 이르는 말이다. 미륵사에 금당이 세 개 있었다는 것은, 미륵삼존불을 각 전각에 한 분씩 모시기 위한 것으로 보인다. 중앙에 있는 금당, 목탑, 중문 등이 나머지 둘에 비해 훨씬 크고 높으며 웅장한 것도 미륵불을 중심으로 하고 있기 때문이다. 세 개의 탑과 세 개의 금당三塔三金堂이 모여서 하나의 절이 된 것은 우리나라에서 미륵사가 유일하다는 점에서 역사적 의미와 사료적 가치가 크다.

나머지 유적은 아직이지만, 동탑과 서탑은 현재 복원된 상태이다. 동탑은 발굴조사를 통해 주변에 흩어졌던 석재들을 모아 복원했고, 서탑은 한쪽이 부서진 상태에서 일제강점기에 시멘트로 보강해 놓은 것을 해체한 뒤에 복원했다. 서탑을 해체하는 과정에서 석탑 1층의 사리를 봉안하기 위해 만든 구멍舍利孔에서 금으로 만든 사리병金製舍利壺, 금으로 만든 사리 봉안 기록金製舍利奉安記, 은으로 만들어서 왕이나 왕비의 관을 꾸미던 장식물銀製冠飾 등 수많은 유물이 발견되었다.

미륵사지 전경. 사진 맨 뒤에 보이는 것이 용화산이고, 중턱쯤에 사자사가 있다. 동서 양쪽 석탑은 어느 정도 복원되었지만 중앙에 있었던 목탑은 복원이 이루어지지 못한 상태이다.

여기에서 가장 주목받은 것이 사리 봉안 기록인데, 미륵사의 창건 연대와 재산을 희사한 사람이 누구인지를 구체적으로 밝혀 놓았기 때문이다. 그동안은 역사 기록에는 존재하지 않는 선화공주가 미륵사 창건의 주역으로 알려져 있었으며 절의 창건 연대 역시 정확히 알기 어려웠는데, 이 기록 덕분에 두 가지 의문을 동시에 풀 수 있게 되었다. 금으로 만든 사리봉안기는 가로 15.5센티미터, 세로 10.5센티미터 크기의 금판에 오목새김陰刻으로 글씨를 넣고 붉은색 옻칠朱漆을 하여 글씨가 선명하게 드러나도록 만들었다. 무왕의 부인으로 사택적덕의 딸我百濟王后佐平沙乇積德女이었던 사택왕후沙宅王后가 깨끗한 재물을 희사하여 미륵사를 세우고 639년 정월 29일에 사리를 받들어 모셨다고 기록했다. 또한 미륵사를 창건한 목적은 왕실의 안녕과 대왕의 만수무강을 기원하기 위함이라고 썼다. 사택 가문은 백제의 유력한 여덟 가문大姓八族 중에서 으뜸의 위치를 차지하고 있던 귀족 집안으로서, 무왕의 든든한 정치적 배경이었을 가능성이 크다.

이 유물로 무왕의 왕비가 사택 가문의 사람임이 밝혀진 셈인데, 《삼국유사》에서 신라의 공주라고 서술한 것과 어떤 관련이 있는지는 아직 밝혀내지 못하고 있다. 그럼에도 백제 최대 사찰이었던 미륵사의 창건 연대를 정확하게 알 수 있었다는 것만으로도 금제사리봉안기는 중요한 의미를 지닌다. 다만 한 가지 짚고 넘어가야 할 것은 사택왕후의 사리봉안기가 하필 서탑에 있느냐 하는 점이다. 미륵사는 미륵이 성불하여 도솔천에서 내려와彌勒下生 중생을 제도하기를 바라면서 지은 절이기 때문에 서탑보다는 중앙의 목탑이 중심인데, 중앙에 자리한 목탑에 사리병이 있었다면 다른 사람의 발원을 담은 기록이 존재했음도 배제할 수 없게 된다. 이런 점으로 미루어 아직은 선화공주라는 인물이 미륵사를 세운 주체였을 수도 있다는 가능성을 완전히 배제하기는 어렵다. 미륵사에 대한 발굴조사는 아직도 진행 중이므로 어떤 유물이나 기록이 추가로 나올지 가늠하기 어렵다.

신분이 고귀하다는 것을 나타내기 위해 용의 아들로 설정한 다음, 마를 캐는 아이薯童로부터 시작하여 신분이 높은 공주와 결혼한 뒤에 백제의 왕이 되고, 이후 미륵사를 창건하여 나라의 안정과 중생의 편안함을 도모하려고 했던 무왕과 얽힌 사연을 중심으로 하는 미륵사 창건 설화는 잠재적 능력을 품고 있는 영웅이 어떤 과정을 거쳐 성공하고 세상을 움직이며 나라를 이끄는지를 잘 보여 주는 사례이다.

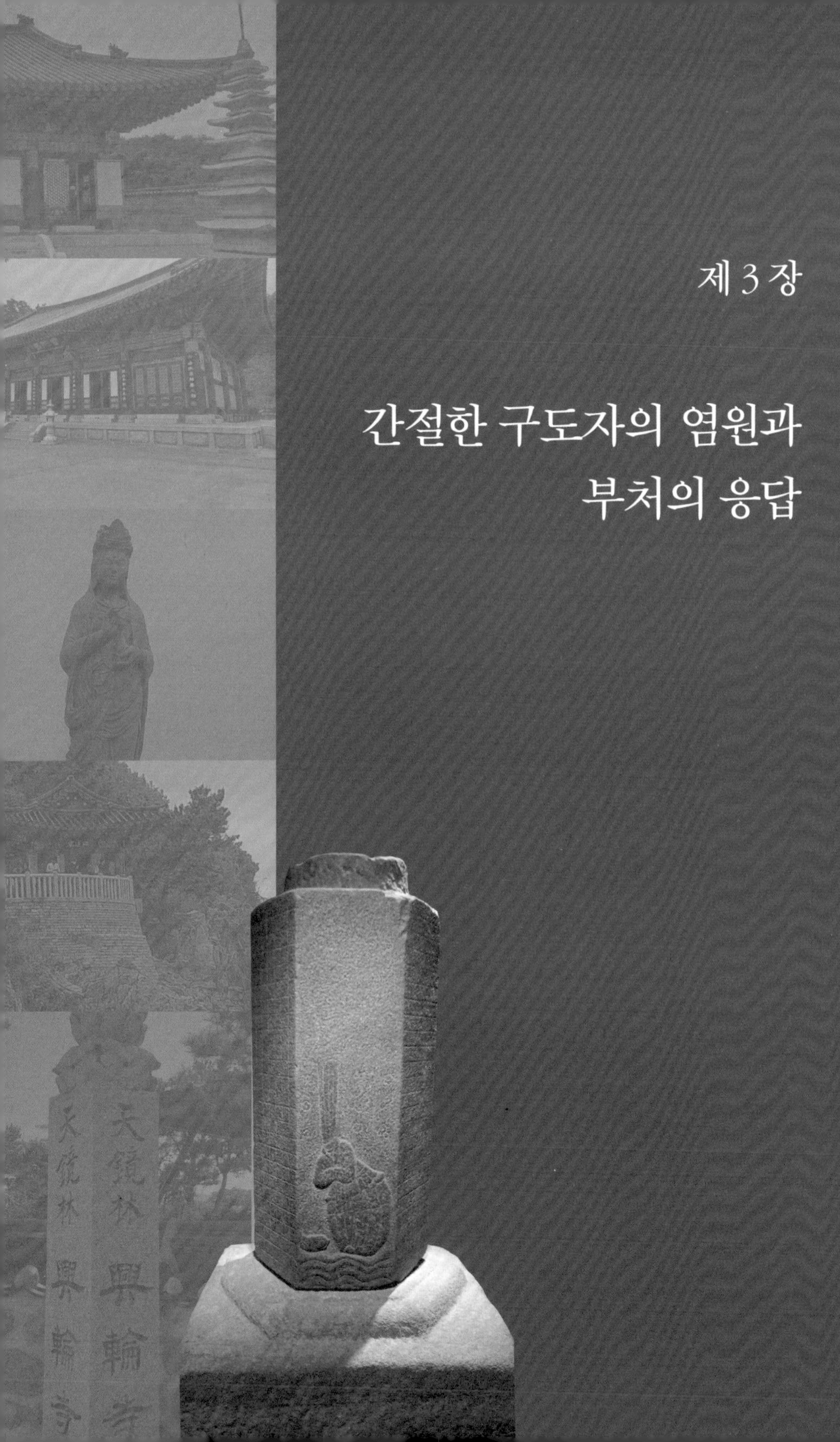

제 3 장

# 간절한 구도자의 염원과 부처의 응답

# 조신의 깨달음과 관음보살이 머무는 낙산사

강원도 양양군 강현면 전진리 오봉산 기슭에 있는 낙산사洛山寺는 신라시대의 승려이며 해동 화엄종의 시조인 의상義湘이 세운 절이다. 중국에서 돌아온 의상은 이곳 해변에 있는 굴 안에 대비보살의 진신이 계신다는 말을 듣고 7일 동안 기도를 드렸다. 이에 감응하여 나타난 관세음보살이 가르쳐 준 곳에 세운 사찰이 바로 낙산사이다. 인도에는 관세음보살이 머문다고 믿는 공간이 있는데, 남쪽 해안에 다섯 봉우리가 우뚝 솟아 있는 산이라고 한다. 이곳을 범어梵語로 'potalaka'라고 하는데, 그 소리를 그대로 옮긴 한자 표현이 보타락가補陀落迦이다. 팔각 모양으로 되어 있는 이 산은 언제나 자비의 광명으로 빛난다고 알려져 있으며, 낙산은 보타락가산을 줄여서 부르는 말이다. 의상이 관세음보살을 친견하고 세운 사찰이 있는 곳으로 남해 보리암, 강화 보문사와 함께 양양 낙산사를 우리나라 3대 관음기도 도량으로 꼽는다. 이 세 곳은 관세음보살의 진신眞身이 머무는 곳으로 일컬어지며 모두 바다와 연결된다는 공통점이 있다.

관음보살의 진신이 산다는 낙산사는 신라 때 의상이 창건한 것이기는 하지만, 여러 차례 화재를 겪으면서 당시의 유물이나 유적이 상당수 소실되었다. 더군다나 2005년에 일어난 양양 지역의 대형 산불로 전소에 가까운 피해를 입는다. 나머지 건물이나 유적도 대부분이 조선시대의 것인데, 조선 초기의 유물로서 보물로 지정되었던 동종銅鐘이 이때의 화재로 녹아 버렸고, 조선 세조 때에 중건된 칠층석탑 역시 일부가 훼손되었다. 그런데도 낙산사가 많은 사람의 사랑과 관심을 꾸준하게 받는 이유는 자비로 중생을 구하고 제도하는 관음보살에 대한 전설이 증거물과 함께 전하고 있는 것과 그에 대한 믿음이 크고 깊기 때문이다. 낙산사 원통보전의 동북쪽 언덕 위에 바다를 향해 서 있는 해수관음상과 관음전, 바닷가 절벽에 걸려 있는 것처럼 되어 있는 홍련암 등이 이러한 상황을 잘 보여 준다. 의상이 낙산사를 창건한 배경을 알 수 있는 《삼국유사》의 〈낙산의 두 성인인 관음, 정취 두 보살洛山二大聖 觀音 正趣〉과 〈조신調信〉 이야기에 실려 있는 기록을 보자.

> 옛날 의상법사가 당나라에서 돌아온 때로부터 관음보살大悲의 진신이 이 해변의 절벽 굴 안海邊崛內에 머문다는 말을 들었는데, 이런 인연으로

이름을 낙산이라고 했다. 인도西域에서 관세음보살이 머무는 것으로 알려진 산을 보타락가산이라고 명명하기 때문이다. 이것을 여기서는 소백화小白華라고 부르는데, 양양의 오봉산 아래가 흰옷을 입은 관음보살의 진신이 머무는 곳이므로 이를 근거로 이름을 지은 것이다. 의상이 여기에서 기도를 드린齋戒 지 7일째 되는 날 새벽 바다의 물 위晨水上에 방석座具을 띄웠더니 불법을 수호하는 신장인 용천팔부龍天八部 시종이 그를 굴 안으로 인도했다. 공중을 향해 예를 올리자 수정으로 만든 염주 한 꾸러미를 내주었다. 의상이 받아서 물러나오니 동해의 용이 또 여의보주 한 개를 바쳤다.

의상이 받들고 나와 다시 7일 동안 몸과 마음을 깨끗이 하여 부정한 일을 하지 않고 기도하니 비로소 관음의 참모습眞容이 보이며 말하기를, "앉은 자리의 산꼭대기에 대나무 한 쌍이 솟아날 것이니, 그곳에 불전을 짓는 것이 좋을 것이다"라고 했다. 의상이 말을 듣고 절벽의 굴 안에서 나오니 과연 대나무가 땅에서 솟아 나오는 것이었다. 관음보살의 말씀에 따라 그 자리에 금당을 짓고 불상을 만들어塑像 모시니 원만한 모습과 고운 자질에 의젓하기가 하늘이 낸 듯 늠름했다. 대나무가 도로 없어지므로 그를 통해 이곳이 바로 관음보살의 법신이 사는 곳임을 알 수 있었다. 이런 영험을 보여 준 인연으로 승가람을 지었으므로 이것으로 인해 그 이름을 낙산사라고 했다. 그 뒤에 의상은 자신이 관세음보살과 용에게서 받은 염주와 여의보주二珠를 성전에 모셔 두고 떠났다.

그 후에 원효법사가 의상의 뒤를 따라 이곳에 와서 예를 올리려고 했다. 처음에 남쪽 교외에 이르렀는데, 논 가운데에서 흰옷을 입고 벼를 베는 한 여인을 만났다. 원효가 농담으로 그 벼를 달라고 하자 그 여인도 벼가 제대로 되지 않았다고 농담처럼 대답했다. 또 가다가 어떤 다리 밑에 이르니 한 여인이 생리대月水帛를 빨고 있었다. 법사가 물을 달라고 하자 여인은 빨래하던 더러운 물을 떠서 바쳤다. 법사는 그 물을 엎질러 버리고는 다시 냇물을 떠서 마셨다.

그때 들 가운데 있는 소나무 위에서 파랑새 한 마리가 부르짖으며 말하기를, "그만하시오. 어리석은醍醐 스님이여!"라고 하고는 갑자기 숨어 버려 보이지 않았다. 다만 파랑새가 사라진 소나무 밑을 보니 벗어 놓은 신발 한 쌍이 놓여 있었다. 대수롭지 않게 생각한 원효가 절에 들어가서 보니 관음보살상의 자리 밑에 조금 전에 보았던 벗어 놓은 신발 한 쌍과 같은 것이 있었다. 그제야 먼저 만난 성녀가 관음의 진신임을 알았다. 이런 연고로 사람들이 그 소나무를 관음송이라고 불렀다. 원효가 관음보살의 진용을 다시 보기 위해 성스러운 굴聖崛에 들어가려고 했으나 풍랑이 크게 일어나 들어가지 못하고 떠났다.

이 이야기의 핵심은 관세음보살을 직접 만나 절을 지으라는 계시를 받은 의상이 낙산사를 창건했다는 것이다. 신라 때 지어진 사찰은 창건 유래를 알려 주는 배경 설화가 많은데, 낙산사는 관음보살의 현신과 계시가 결정적인 역할을 했다는 사실을 적시하고 있다. 그러한 사실을 한층 강조하기 위해 같은 시대에 의상과 쌍벽을 이루었던 원효 관련 이야기가 이어서 나오는데, 의상과 달리 원효는 관음보살을 친견하지 못하고 아무런 소득 없이 돌아간 것으로 되어 있다.

의상과 원효의 이야기는 보살을 만난 것과 만나지 못한 것이라는 큰 차이를 보이는데 그 과정이 흥미로워 눈길을 끈다. 고려시대의 승려인 일연이 의상과 원효의 이야기를 앞뒤로 놓아 서술한 것은 의상을 돋보이게 하려는 의도가 있었던 것으로 보이지만, 이야기의 내면을 잘 들여다보면 관세음보살은 의상보다는 원효에게 훨씬 적극적이라는 사실을 드러내고 있기 때문이다. 의상이 관음보살을 만나는 과정은 먼저 7일 동안 기도한 후 용천팔부 시종의 안내를 받아 염주를 얻고 난 뒤 다시 7일 동안을 기도하고 나서야 비로소 이루어지는 데 비해 원효에게는 벼를 베는 여인과 빨래하는 여인으로 모습을 바꾸어 두 번씩이나 스스로 나타나고 마지막에는 파랑새로 변신해서 호통까지 친다. 이것은 자신을 제대로 알아보지 못하는 원효에게 경고하면서 자신을 직접 만나지는 못할 것이라는 사실을 미리 알려 주는 것이다.

파랑새가 원효를 부르는 명칭이 '제호醍醐 화상'인데, 여기에서 눈여겨봐야 할 것은 제호라는 표현이다. 소의 젖을 여러 차례 정제하여 마지막 단계에서 만들어지는 것이 제호이며 최고의 유제품으로 손꼽힌다. 불교에서는 이것을 오미五味라고 하면서 제호를 불교 최고의 경지를 지칭하는 표현으로 사용한다. 다섯 단계에 속하는 유제품의 이름은 우유, 타락駝酪, 생수生穌, 숙수熟穌, 제호로 매 단계는 정제를 거쳐 이루어지고, 마지막 단계에서 나오는 제호는 가장 깨끗하며 맛도 좋아서 번뇌가 모두 사라진 법계의 청정한 상태를 비유하는 것으로 쓰인다.

파랑새로 변신한 관세음보살이 원효를 부르는 명칭이 제호 화상이었다는 것은 애정을 가득 담아 표현한 것이라고 할 수 있는데, 해골바가지 물을 마시고 깨달음을 얻었던 승려가 겉으로는 더럽게 보이지만 최상의 경지에 이를 수 있는 선물을 몰라봤다는 것이 못내 아쉽다는 것을 나타낸 것으로 볼 수 있다. 특히 제호는 마지막 단계에서 만들어지는 최상의 유제품이지만 냄새는 별로 좋지 않을 수 있는데, 생리대를 빨던 물에서 나는 냄새와 절묘하게 연결된다. 최상의 치즈와 비슷한 제호와, 빨래를 한 더러운 물은 표면상으로는 별로인 것처럼 보일지 모르지만 실제로는 최고의 경지를 보여 주는 것이기 때문이다. 옛사람들의 비유가 돋보이는 표현이라고 할 수 있다. 이 이야기 뒤에 나오는 낙산사의 관세음보살과 관련이 있는 〈조신의 꿈〉 역시 정곡을 찌르는 문학적 비유가 매우 뛰어난 설화이다.

> 옛날 신라가 이 지역을 북쪽의 서울北原京로 삼았을 때 영월군에 있던 세달사의 농장莊舍이 강릉부 안에 있었는데, 본사本寺에서는 조신調信이라는 승려를 책임자로 보내 관리하도록 했다. 조신은 농장에 온 뒤로 태수 김흔金昕의 딸을 좋아하여 깊이 매혹되었다. 낙산사 관음보살 앞에 나아가 그 여인과 인연이 맺어질 수 있도록 해 달라고 여러 해 동안 남몰래 빌

었지만, 그 여인은 이미 혼인해 버린 뒤였다. 그는 다시 불당 앞에 가서 간절한 소원을 들어주지 않는 관음보살을 원망하며 날이 저물 때까지 슬프게 울다가 그리운 마음에 지쳐 옷을 입은 채로 잠이 들었다. 꿈에 홀연히 김 씨 낭자가 기쁜 모습으로 문으로 들어와 상큼하게 웃으면서 말하기를, "저는 일찍이 스님을 잠깐 뵈었지만 느낌이 있어 마음으로 사랑하여 한순간도 잊은 적이 없었지만, 다그치는 부모의 명령 때문에 어쩔 수 없이 딴 사람에게 시집갔던 것입니다. 이제는 평생을 함께하고자 이렇게 왔습니다"라고 하는 것이었다.

이에 조신은 뛸 듯이 기뻐하며 함께 고향으로 돌아갔다. 40여 년을 함께 살면서 자식을 다섯이나 두었다. 가난을 벗어나지 못하여 집 안에는 벽만 있을 정도였으며 변변치 못한 거친 끼니마저도 계속할 수 없을 정도의 지독한 가난에 처하여 서로 의지해 사방으로 다니며 구걸하며 지내기를 10년 동안이나 하면서 거친 들판草野으로 두루 다니니 누더기도 다 헤져서 몸을 가릴 수가 없을 지경이 되었다. 때마침 강릉溟州의 해현령蟹縣嶺을 지나는데, 15세이던 큰아이가 굶어 죽으니 통곡하면서 거두어 길옆에 매장했다. 남은 네 식구를 데리고 우곡현羽曲縣에 이르러 길가에 움집을 엮어서 살았는데, 부부는 늙고 병들은 데다 굶주려서 제대로 일어나지도 못할 상태가 되었다. 10세짜리 딸아이가 밥을 구걸하러 다니다가 마을 개한테 물려 통곡하면서 앞에 와 쓰러지니 부모도 깊게 탄식하며 눈물을 하염없이 흘렸다.

부인이 머뭇거리면서 눈물을 닦고 생각할 겨를도 없이 말하기를, "내가 처음 당신을 만났을 때는 용모도 곱고 나이도 젊었으며, 옷도 많고 깨끗했습니다. 맛난 음식 하나라도 생기면 당신과 나누어 먹었고 조그만 옷이라도 생기면 따뜻함을 당신과 함께하며 50년을 같이 보냈습니다. 정이 들어 매우 친해졌고 사랑은 깊어져 정녕 두터운 인연이라고 하겠습니다. 그러나 근래에 이르러서는 쇠약해져 생긴 병이 해가 갈수록 깊어지고 굶주림과 추위도 날로 심해지니 남의 움집살이에 하찮은 음식마저도 남에게 빌 수 없게 되었습니다. 수많은 집 문 앞에 걸식하는 치욕스러움의 무게가 산과 같습니다. 아이들이 추위에 떨고 굶주려도 어찌할 방도가 없습니다. 어느 겨를에 부부간의 사랑을 기뻐할 수가 있겠습니까! 붉은 얼굴과 예쁜 웃음도 풀 위의 이슬처럼 사라졌고, 백년가약의 굳은 약속도 바람에 나부끼는 버들가지처럼 되었습니다. 이제 나는 당신에게 폐가 되고, 당신 때문에 걱정이 됩니다. 지나간 날의 기쁘던 일을 가만히 생각해 보니 그것이 바로 걱정과 근심의 시작이었습니다. 그대와 내가 어찌해서 이런 지경에 이르렀습니까? 여러 새가 모두 함께 굶주리는 것보다 짝을 잃은 난조鸞鳥가 되어 거울을 향하여 당신을 그리워하는 것만 못할 것입니다. 어려우면 버리고 좋을 때 가까이하는 것은 인정상 차마 할 수 없는 일입니다만 나아가고 멈추는 것은 사람의 힘으로 되는 것이 아니며 헤어지고 만나는 것도 운수에 달려 있습니다. 제 말을 좇아 서로 헤어지기로 합시다"라고 하니 조신이 그 말을 듣고 크게 기뻐했다. 각각 아이 둘씩 데리고 떠나려 할 때 부인이 말하기를, "저는 고향으로 갈 테니 당신은 남쪽으로 가십시오"라고 했다.

서로 잡았던 손을 놓고 길을 떠나려는 찰나에 꿈에서 깼는데, 타다 남은 등잔불은 깜박거리고 막 날이 밝으려고 하는 중이었다. 아침이 되어서 보니 머리털은 하얘졌고 정신이 멍하여 인간 세상에 뜻이 없어져 힘들게 사는 것도 아예 싫어지면서 마치 평생의 고생을 다 겪은 것처럼 욕심과 더러운 마음이 얼음 녹아 버리듯 말끔히 사라지는 것이었다. 관음보살의 성스러운 모습을 대하기가 부끄러워 참회에 참회를 거듭해 마지않았다. 돌아오는 길에 꿈속에서 아이를 묻었던 해현령 자리를 파 보았더니 돌미륵이 나와 깨끗하게 씻어 근처에 있는 절에 모셨다. 영월로 돌아와서는 세달사의 농장 관리 임무를 그만두고 개인 재산을 털어 정토사淨土寺를 세우고 부지런히 착한 일白業을 행했는데, 그 후에 어떻게 세상을 마쳤는지 알지 못한다.

불교 설화에는 꿈을 매개로 하여 깨우침과 가르침을 주는 이야기가 많은데, 〈조신의 꿈〉 역시 이런 범주에 속한다. 이 설화는 현실-꿈-현실의 구조로 되어 있는데, 앞의 현실은 깨달음의 세계로 가는 도입부에 해당하고 뒤의 현실은 깨달음을 얻은 이후로 결말에 해당한다. 설화의 중간 부분이면서 이야기의 대부분을 차지하는 꿈속의 세계가 바로 본론 혹은 핵심이라고 할 수 있다. 앞에서 살펴본 의상과 원효의 이야기가 관세음보살이 실제로 나타나 계시를 내리거나 불심의 깊이를 시험하는 구조였다면 뒤의 〈조신의 꿈〉은 사찰에 모신 관세음보살 영험 설화라고 할 수 있다.

승려이지만 불심이 약한 존재인 조신 같은 사람에게는 신비한 체험을 하게 함으로써 커다란 깨우침을 주는 구조로 되어 있는데, 여기에서 중요한 구실을 하는 것이 기도와 꿈이다. 사람들이 관세음보살을 부르면서 기도를 올리는 가장 핵심적인 이유는 자신이 원하는 바가 이루어지기를 바라는 마음이라고 할 수 있다. 조신은 승려이면서도 속세에 대한 미련을 버리지 못하고 아름다운 여인과 맺어지게 해 달라고 낙산사의 관음보살상에게 기도를 올렸지만 이루어지지 않아 원망하는 마음이 인다. 이때 관음보살은 승려인 조신에게 꿈을 통해 깨달음을 줌으로써 중생의 부름에 언제든지 응해서 바라는 바를 이루어 준다는 사실을 잘 보여 준다.

현실-꿈-현실이라는 구조를 통해 말하는 이의 생각을 강조하여 보여 주는 〈조신의 꿈〉과 같은 설화는 후대 문학에 상당한 영향을 미친 것으로 나타나기 때문에 중요한 의미를 지닌다. 일상적인 삶을 영위하던 주인공이 어떠한 계기를 통해 꿈속의 세계로 들어가 자신이 평소에 바라던 것을 이루거나 인간 세상에서는 겪을 수 없는 신비한 체험을 한 후 다시 현실로 돌아오는 방식으로 구성된 것을 통틀어 몽유록夢遊錄이라고 한다. 우리 문학에서는 《삼국유사》에 등장하는 〈조신의 꿈〉이 처음이라고 할 수 있다.

고려시대 이규보와 관련된 시화詩話와 시론을 모아 엮은 《백운소설》에 이런 구조를 가진 시화가 나오며, 조선 초기 김시습이 지은 《금오신화》에 담겨 있는 이야기 다섯 편 역시 몽유의 형상을 빌려 작품을 이끌어 나가고 있다. 꿈을 빙자하여 자신이 하고 싶은 말을 펼치는 몽유록은 후대에 더욱 구체화되는데, 조선 중기의 문인 임제林悌가 지은 〈원생몽유록〉 이후로 사대부들이 현실에 대한 비판과 정치적 이념 등을 강력하게 표출하는 수단으로 삼으면서 상당수의 작품이 한문소설로 지어졌다.

이런 몽유록과는 성격을 좀 달리하지만 조선 후기에 김만중金萬重이 지은 《구운몽》은 한편으로는 꿈의 구조를 빌려 깨달음을 얻는 방식을 취하면서 다른 한편으로는 영웅의 일대기를 다루는 방식을 취하고 있어서 눈길을 끈다. 또한 〈조신의 꿈〉은 1947년에 이광수가 발표한 《꿈》이라는 제목의 소설로 계승되면서 20세기의 현대문학에까지 큰 영향을 미치기도 했다.

낙산사는 동해 해변에 세워진 하나의 사찰이지만 그것의 창건과 관련이 있는 인물 설화, 그곳에 상주하는 것으로 알려진 관세음보살의 영험 설화와 해수관음상이나 홍련암처럼 절의 공간에 증거로 구현된 구조물 등을 통해 거대한 흐름을 가진 콘텐츠를 형성함으로써 사람들의 마음을 움직여 관심과 흥미를 유발할 수 있는 조건을 잘 갖추었다고 할 수 있다. 창건된 때로부터 천 년이 넘는 세월을 거치는 동안 전쟁, 화재 등을 통해 숱한 재난을 겪으면서 거의 소실된 적도 많았지만, 그때마다 발전적인 모습으로 다시 세워지면서 오늘날까지 건재한 이유는 사람들의 마음을 움직일 수 있는 강력한 문화적 공감대에 있지 않을까 한다. 문화적 공감대를 불러일으키는 데에 결정적

▌ 낙산사의 법당인 원통보전. 의상이 관세음보살의 계시를 받아 대나무가 솟아난 자리에 세웠다.

인 역할을 하는 것은 역시 관세음보살이라고 할 수 있는데, 낙산사에서 중요한 의미가 있는 것은 모두 이와 관련이 있다.

의상이 관세음보살의 계시를 받고 처음 세운 금당이 바로 원통보전圓通寶殿으로, 일반적으로는 관음전이라고 한다. 보타전普陀殿의 남쪽에 자리한 원통전은 마른 옻칠乾漆을 해서 조성한 관음보살을 주불로 모신 법당으로 해가 떠오르는 쪽인 동해를 향해 있다. 법당 바로 앞에는 보물로 지정된 칠층석탑이 있다. 사찰 창건 당시에는 삼층이었을 것으로 추정되나 조선시대 세조 때 낙산사를 중창할 당시 고려시대 탑의 양식을 계승하여 칠층으로 조성하였다고 알려져 있다.

원통보전을 사각으로 둘러싸고 있는 담장은 역시 세조 때 낙산사를 중창하면서 만든 것으로 조화로운 모습을 하고 있어 눈길을 끈다.

담 안쪽의 벽은 기와로 쌓고 바깥쪽은 막돌로 쌓은 형태이다. 안쪽은 진흙과 평기와平瓦를 차례로 쌓아 가로세로의 줄을 맞추었으며 일정한 간격으로 둥근 모양이 보이는 화강석을 배치하여 변화를 줌으로써 단조로움을 해소했다. 바깥쪽은 막돌로 벽면을 고르게 쌓고 그 사이를 진흙으로 메우는 방식을 택했다. 이것을 낙산사 원장垣墻이라고 하는데, 원垣은 담의 가로 폭이나 길이를 나타내고, 장墻은 담의 높이를 지칭하는 것으로 보면 된다. 낙산사 원통전 담장은 가로의 폭인 원垣이 220미터이고, 세로의 높이인 장墻은 3.7미터이다.

1993년에 완공된 보타전은 본당인 원통전의 북쪽에 있는데, 이것 역시 바다를 향하고 있다. 이곳은 일곱 관음七觀音을 모신 불전인데, 근본이 되는 본신은 성관음聖觀音이며, 천수천안관음千手千眼觀音, 십일면관음十一面觀音, 여의륜관음如意輪觀音, 마두관음馬頭觀音, 준제관음准提觀音, 불공견삭관음不空羂索觀音 등의 변화신을 합쳐 칠관음이라고 한다. 우리나라 관음신앙 역사에서 볼 때 천수천안관음, 십일면관음, 양류관음 등이 가장 많았던 것으로 파악된다. 천수천안관음은 보통 천수관음이라고 하는데, 신라시대 경주에 사는 희명希明이란 여인이 5세 때 눈이 멀어 앞을 볼 수 없게 된 아들을 위해 분황사에 있는 천수관음 앞에서 〈천수대비가千手大悲歌〉라는 향가를 지어 불렀더니 아이가 눈을 떠서 광명을 보게 되었다는 노래와 이야기가 《삼국유사》에 실려 전한다. 낙산사 보타전에 모셔져 있는 일곱 관음 중 가운데에 자리하고 있는 불상도 천수관음이다.

▌ 칠관음을 모시고 있는 보타전. 주불은 천 개의 눈과 손을 가진 천수관음이다.

보타전에서 해수관음상 방향으로 가다 보면 중간쯤 되는 지점에 낙산사 공중사리탑空中舍利塔이 있다. 조선 후기에 세워진 이 사리탑은 숙종 때인 1683년 홍련암 불상에 금색을 다시 칠할改金佛事 당시 주변에 상서로운 기운이 가득하더니 공중에서 사리가 떨어졌는데, 이 사리를 봉안하려고 1692년에 세운 것이다. 공중사리탑은 신라 하대부터 고려 초기까지 유행했던 팔각원당형八角圓堂形을 기본으로 하고 있는데, 기단부의 상대석, 중대석, 하대석에는 다양한 문양이 있으며 옥개석과 함께 모두 팔각형이다. 탑신과 옥개석 위의 차트라는 둥근 모양을 하고 있으며 통돌로 되어 있다. 2006년에 탑을 해체, 보수하는 과정에서 진신사리와 사리장엄구가 발견되었다. 공중사리탑은 조성연대가 확실한 데다가 탑과 비석, 장엄구 등을 모두 온전하게 갖추

2011년에 보물로 지정된 공중사리탑. 조선시대에 조성된 것이지만 신라·고려시대에 유행한 팔각원당의 모양을 하고 있다.

고 있어서 문화적 가치를 인정받아 일괄해서 보물로 지정되었다. 사리병, 금합, 은합, 동합의 순서로 제작하는 사리 그릇舍利器의 전통적인 제작 방식이 조선 후기까지 전해졌음을 보여 주는 소중한 유물이며, 사리장엄구와 함께 나온 비단 보자기 11점은 상태가 매우 양호한데다 색채나 무늬도 선명하고 다양해서 직물사 연구에도 도움이 되는 자료이다.

보타전의 북쪽 산 위에 우뚝 서 있는 해수관음상은 동해를 굽어보고 있는데, 바로 아래에는 관음전이 있으며, 바닷가 절벽에는 홍련암이 있다. 해수관음상은 서 있는 모습立像으로 조성되었는데, 750톤이나 되는 화강암을 전라북도 익산의 채석장에서 반입해 와서 1972년부터 시작하여 5년에 걸친 작업 끝에 1977년 11월 6일에 점안했다. 역사가 오래된 불상은 아니지만, 낙산사를 방문하는 사람들이 반드시 찾아 소원을 비는 명소이며 낙산사가 관음성지라는 사실을 보여주는 상징으로 자리를 잡았다. 해수관음상 바로 앞 아래에는 관음전이 있는데, 법당 내부에 관음상을 따로 모시지 않고 있다. 그 대신 해수관음상 방향으로 유리로 된 창을 만들어 놓음으로써 불자들이 그곳을 통해 관음상을 직접 보며 기도를 드릴 수 있도록 했다.

홍련암紅蓮庵은 해수관음상이 있는 곳에서 멀지 않은 바닷가 절벽에 있으나 바로 내려갈 수 있는 길이 없으므로 의상대 방향으로 돌아서 가야 한다. 의상대에서 바닷가로 난 길을 따라 200여 미터가량 가면 만나게 되는 작은 암자가 홍련암이다. 의상이 이곳을 찾았을 때

낙산사 해수관음상. 20세기에 조성된 것이지만 많은 사람이 찾아 소원을 비는 명소로 자리 잡았다.

홍련암. 바닷가 돌절벽 위에 지은 암자로 의상이 관음보살을 친견하고 가르침을 받은 곳에 세웠다.

푸른 새를 만났는데 그 새가 석굴 속으로 자취를 감추었다. 의상이 굴 앞에서 기도를 드린 지 7일이 지난 날에 바다 위에 붉은 연꽃紅蓮이 솟아나고 가운데에 관음보살이 현신했으므로 그 위에 세운 암자를 홍련암이라고 했다고 전한다. 오랜 역사를 가지고는 있으나 신라 때의 모습이나 고려, 조선시대의 상황에 대한 문헌은 전하지 않으며, 임진왜란 이후인 18세기와 19세기에 여러 차례 중수했다는 기록이 남아 있다. 현재의 법당은 1975년에 복원한 것이다. 바닷가 석굴 위에 지어진 홍련암 법당의 마루 밑을 뚫어서 넘실대는 바다를 볼 수 있도록 했는데, 여의주를 바친 동해의 용이 불법을 들을 수 있게 하려고 만든 장치로 알려져 있다. 홍련암은 고려시대와 조선시대 때까지는 관음굴로 불렸는데, 특히 조선의 건국 시조인 태조 이성계와 인연이 깊다.

이성계의 증조부인 이행리李行里는 나중에 익조翼祖로 추존되었는데, 첫 배필이었던 손부인이 아들 둘을 낳았으나 일찍 세상을 떠나니 두 번째로 장가든 부인이 최씨였다. 함경남도 남부에 있는 등주登州, 안변에 거주했는데, 몇 년이 지나도 아들을 낳지 못했다. 이에 부인과 함께 양양의 낙산에 있는 관음굴에 가서 기도를 드렸다. 어느 날 밤 꿈에 승복僧服을 입은 중이 나타나서 말하기를, “반드시 귀한 아들을 낳을 것이니 마땅히 이름은 선래善來라고 하십시오”라고 했다. 그런 일이 있고 나서 얼마 지나지 않아 아이를 가져 함경남도에 있는 의주宜州에서 아들을 낳았다. 꿈의 계시를 따라 이름을 선래로 지었으니, 태조 이성계의 할아버지인 이춘李椿이다. 이춘은 꿈에 자신을 괴롭히는 흑룡을 죽여 달라는 백룡의 부탁을 받았는데, 잠에서 깬 후 지시한 연못에 가 보았더니 실제로 백룡과 흑룡이 싸우는 것이었다. 활로 흑룡을 쏘아 죽였더니 그날 밤 꿈에 백룡이 나타나 말하기를, “공의 큰 경사는 장차 자손에 나타날 것입니다”라고 했다. 《조선왕조실록》에서는 이것을 두고 태조가 나라를 세우리라는 사실을 계시한 것이라고 기록하고 있다.

이춘의 둘째 아들이 환조桓祖로 추존된 이자춘李子春으로 부인 최씨와의 사이에 아들을 낳으니 그가 바로 이성계였다. 이런 인물이 조선을 건국했으니 낙산사의 관음굴이 만든 인연이 조선조까지 꾸준히 이어질 수 있었던 것으로 보인다. 태조는 재위 시절이나 보좌에서 물러난 뒤에도 관음굴에 행차하여 부처께 재齋를 올리기佛事도 하고, 능엄법회를 열기도 했다. 세조 때에 대대적으로 낙산사 중창이 이루어진 점도 뿌리를 중시하던 조선 왕실의 생각을 잘 보여 주는 것이라고 할 수 있다.

낙산사는 창건한 때로부터 지금에 이르기까지 이민족의 침략으로 인한 약탈과 화재로 인한 피해를 가장 많이 겪었던 사찰 가운데 하나로 승가람의 건물, 여타 유적이나 유물이 아주 오랜 역사를 가진 것은 거의 없다. 대부분이 조선시대에서 현대에 이르는 시기의 것임에도 불구하고 사람들의 관심과 사랑을 꾸준히 받는 이유는 관세음보살이 언제나 머무르는 공간이라는 점과 그것을 기반으로 하면서 오랜 세월에 걸쳐 만들어진 다양한 형태의 콘텐츠가 자연환경과 절묘한 조화를 이루면서 커다란 공감대를 형성했기 때문이다. 자연적인 배경을 바탕으로 이야기나 노래 등의 예술성 높은 콘텐츠가 만들어지고 그것을 구체화하여 감각적으로 느낄 수 있도록 하는 여러 장치가 수반되니 더 큰 효과를 낼 수 있었던 것으로 보인다.

# 구도자의 간절한 염원이 담긴 남백사

경상남도 창원시 의창구 북면의 마산리와 월백리의 경계를 이루고 있는 백월산은 지명의 유래가 매우 특이하다. 이 산을 중심으로 남쪽과 북쪽 기슭에는 불도를 열심히 닦던 두 승려가 성불한 설화를 간직한 신라시대의 사찰이 있어 더욱 눈길을 끈다. 두 승려가 불도를 닦으며 성불한 사찰로 남암南庵과 북암北庵이 있었으며, 그것을 기반으로 하여 신라 때 세워진 남백사가 있었지만 아주 오래전에 폐사되어 사라졌고, 백월산이란 이름으로 불리게 된 유래만 사람들의 입에 오르내리고 있다.

백월산 이름의 유래와 남백사 창건의 계기가 된 두 승려의 사연은 모두 《삼국유사》에 실려 전하는데, 불교와 관련된 사연이면서 문학적 성격 역시 상당히 짙어 문화적 가치가 높은 자료라고 할 수 있다. 특히 바다를 접하고 있으면서 아름답고도 신비로운 모습의 산세를 지닌 창원 지역은 신라 때부터 국가적으로 중요시했던 곳이어서 더욱 의미가 깊다. 고려시대와 조선시대에는 군사적 요충지로 부상했으며, 일본인의 왕래와 거주를 허락했던 개항 포구의 역할도 담당했던 공간이다. 신라 때부터 왜구의 침입이 빈번했던 지역이었기 때문에 불력을 통해 이를 물리치겠다는 의지를 담아 성주사聖住寺, 성흥사聖興寺, 봉국사奉國寺와 같은 호국사찰이 여럿 세워졌는데, 그러한 흐름 속에서 남백사가 창건되었을 가능성이 매우 크다.

이런 점에서 볼 때, 백월산 명칭의 유래, 노힐부득努肹夫得과 달달박박怛怛朴朴의 성불, 남백사의 창건에 이르는 일련의 이야기와 자료에 대한 올바른 이해는 중요한 의미를 지닌다. 백월산이라는 명칭의 유래를 살펴보자.

〈백월산 두 성인이 성불한 기록白月山兩聖成道記〉에서 말하기를, "백월산은 신라 구사군仇史郡(창원 지역)의 북쪽에 있다. 백월산의 봉우리는 기이하고 빼어났는데, 사방으로 뻗은 줄기는 수백 리에 걸쳐 있어 고을을 지키는 커다란 중심 뫼鎭山이다"라고 했다. 옛 노인들에 의해 대대로 전하는 이야기에, "옛날 당나라 황제가 궁중에 연못을 하나 만들었는데, 매달 보름이 가까워져서 달빛이 휘영청 밝으면 못 가운데에 산이 하나 나타나곤 했다. 봉우리 꼭대기에 사자처럼 생긴 바위의 그림자가 꽃 사이로 은은히 비치면서 못 가운데에 보이는 것이었다. 황제가 화가에게 명을 내려 그 모습을 그리게 한 후에 사신을 파견하여 천하를 돌면서 그런 산이 있는지 찾아보도록 했다. 사신이 신라 땅海東에 이르러 이 산속에 커다란 사자바위大師子嵓가 있는 것을 보았다. 또한 이 산의 서남쪽 2보 정도 되는 곳에 서 있는 봉우리 세 개를 꽃 뫼花山라고 하는데, 그림의 모양과 아주 비슷했다. 그러나 이 바위가 연못에 비치는 바위가 맞는지 아닌지眞僞를 정확히 알 수 없었으므로 사자바위의 꼭대기에 신발 한 짝을 걸어 둔 뒤 사신은 본국으로 돌아가서 황제에게 그 사실을 아뢰었는데, 보름이 되자 사자암에 걸어 놓고 온 신발의 그림자가 역시 연못에 나타나는 것이었다. 황제가 이를 매우 신기하게 여겨 백월산白月山이라는 이름을 지어 붙였더니 그 뒤로부터는 연못 가운데에 뫼 그림자가 나타나지 않았다"라고 했다.

백월산 이야기는 노힐부득과 달달박박이 성불한 사실을 바탕으로 남백사가 창건된 배경을 강조하여 설명하기 위한 도입부로서의 의미가 있다. 이 이야기에서 중심을 이루는 것은 사자의 모양을 한 바위獅子嵓와 꽃 모양을 한 세 개의 봉우리三山, 花山이다. 사자는 동물 중에서 가장 으뜸인 존재여서 백수의 왕으로 불린다. 불교에서는 위엄 있는 부처의 설법을 비유해서 나타내기 위해 사자의 우렁찬 울부짖음을 뜻하는 사자후獅子吼라는 표현을 사용한다. 석가모니가 세상에 태어나자마자 곧바로 한 손으로는 하늘을 가리키고, 한 손은 땅을 가리키면서 일곱 발자국을 걸은 후에 "천상천하유아독존天上天下唯我獨尊"이라고 한 것을 사자후 같은 소리라고 지칭하는 것에서 이러한 사실을 확인할 수 있다. 이에 기반하여 불교의 조형물이나 이미지 등에 광범위하게 사용되는 사자상은 불탑의 구조물, 보살의 탈것, 불법의 수호자 등으로 형상화되면서 커다란 영향력을 가지게 된다.

따라서 백월산의 사자바위는 불교와의 관련성을 강력하게 드러내기 위한 수단과 도구로 형상화되면서 백월산이야말로 불보살이 머물면서 중생의 바람에 응하여 나타날 준비가 되어 있는 공간이라는 사실을 암시적으로 보여 준다. 불교에서 보살 중의 보살이 바로 관세음보살인데, 백월산의 사자바위는 관음보살이 머물면서 중생의 고난이나 부름에 응답하기 위해 사람이 알아볼 수 있는 모습으로 직접 나타난다現身는 상징적 의미로 보면 될 것이다.

《삼국유사》에서 화산 혹은 삼산은 백월산의 서남쪽으로 2보 떨어진 지점에 있다고 했는데, 그것이 지금의 화산마을 뒤쪽에 있는 화산봉을 지칭한 것인지, 아니면 백월산에 있는 봉우리 세 개를 가리킨 것인지는 확정하기 어렵지만, 기록 내용으로만 본다면 백월산에 있는 바위 봉우리 세 개를 가리키는 듯하다. 그러나 이어지는 뒷부분의 이야기로 유추할 때 천千이 빠진 것으로 보이기 때문에 2천 보로 해석하기도 한다. 2천 보는 지금의 거리로 환산하면 약 4킬로미터인데, 백월산에서 서남쪽으로 그 정도 되는 거리에 실제로 봉우리 세 개가 있는 화산봉이 있는 데다가 그 아래 마을이 화산마을이다.

화산은 꽃봉오리 모양을 하고 있다고 해서 붙은 이름인데, 이것 역시 불교와 연관성이 깊다. 불교에서는 석가모니가 설법 중에 연꽃을 들어 보였을 때 가섭迦葉이 미소를 지었다는 염화시중拈花示衆으로부터 시작하여 부처께 꽃을 뿌려 공덕을 기린다는 산화공덕散花功德에 이르는 다양한 형태의 이야기와 불단, 불탑, 불화, 사찰 등을 꾸미는 장식에 중요한 구실을 하는 것으로 나타나기 때문이다. 관음보살의 적극적인 도움과 보살핌을 받아 성불한 두 승려의 이야기를 보자.

백월산의 동남쪽으로 3천 보가량 되는 곳에 선천촌仙川村이라는 마을이 있는데, 이곳에 두 사람이 있었다. 한 사람은 노힐부득으로 아버지의 이름은 월장月藏이고, 어머니는 미승味勝이었다. 또 한 사람은 달달박박으로 아버지의 이름은 수범修梵이고, 어머니의 이름은 범마梵摩였다. 노힐부득과 달달박박은 모두 우리말인데, 두 사람은 아주 높은 마음 수행과 어떤 어려움에도 굴하지 않는 굳센 절개를 가졌기 때문에 두 가지 뜻을 취해 이름을 지은 것이다. 두 사람 다 풍채와 골격이 매우 뛰어난 데다가 속세를 초월하는 원대한 뜻을 품었던 관계로 서로 좋은 벗이 되어 사이좋게 지냈다.

두 사람의 나이가 20세가 되자 마을의 동북쪽 고개 너머에 있는 법적방法積房에 가서 의탁하여 머리를 깎고 중이 되었다. 오래지 않아서 서남쪽에 있는 치산촌의 법종곡法宗谷에 있는 승도촌僧道村이란 곳에 오래된 절이 있는데 옮길 만하다는 말을 듣고 함께 그쪽으로 가서 대불전大佛田과 소불전小佛田이라는 마을에서 각각 살았다. 부득은 다른 이름으로는 양사壤寺로도 불리는 회진암懷眞庵에 살았는데, 고려시대까지만 해도 회진동에 있었던 옛 절터가 바로 그것으로 보인다. 박박은 고려 때에 이미 폐허가 된 옛 절터가 있던 이산梨山 위의 유리광사瑠璃光寺에 살았다. 두 사람 모두 결혼해서 계획적으로 가정을 잘 운영하면서 서로 간에 자주 왕래하였다. 몸을 안정시키고 정신을 편안하게 하면서 수양했는데, 속세를 떠나려는 생각을 잠시도 버린 적이 없었다.

두 사람은 자신들의 육신과 세상살이가 덧없음을 직관하여 알아보고 서로에게 말하기를, "비옥한 밭떼기와 풍년이 들면 농사는 좋은 이득을 내지만 옷과 밥이 응당 마음으로부터 생겨나 저절로 배부르고 따뜻하게 되는 것만 못하다. 아내와 가정에 정이 깊어 좋기는 하지만 비로자나불이 계시는 광대하고 장엄한 세계蓮池花藏의 수많은 부처千聖와 앵무, 공작과 함께 놀면서 서로 즐기는 것만 못하다. 하물며 불법을 배우면 당연히 성불해야 하고 참된 마음을 닦으면 반드시 참된 진리를 얻어야 함에 있어서이겠는가. 지금 우리는 이미 머리를 깎고 중이 되었으니 당연히 복잡하게 얽혀서 맺어진 인연들에서 벗어나 가장 높은無上 도를 이루어야 할 것인데, 세상의 어지러운 일風塵에 정신을 쏟는다면 어찌 세속의 무리와 다를 것이 있겠는가"라고 했다. 마침내 인간 세상과의 인연을 완전히 끊어 버리고 깊은 골짜기에 은거하고자 했다.

그날 밤에 꿈을 꾸니 석가모니의 미간에 오른쪽으로 말려서 나 있는 희고 부드러운 털白毫에서 나오는 빛이 서쪽으로부터 오는데, 빛 가운데에서 황금색 팔이 내려와 두 사람의 이마를 어루만지는 것이었다. 잠에서 깨어난 후 꿈 이야기를 해 보니 두 사람이 완전히 일치하는지라 감탄해 마지않다가 마침내 고려시대에는 남수동南藪洞으로 불렸던 곳이면서 백월산 아래에 있는 무등곡無等谷으로 들어갔다. 박박은 사자바위 고개의 북쪽에 자리를 잡고 한 사람이 누우면 약간의 여유가 있을 정도의 작은 방 하나八尺房를 가진 판잣집을 짓고 살았으므로 판방板房이라고 불렀다. 부득은 동쪽 고개의 큰 바위磊石 아래 물이 나오는 곳에 역시 작은 방方丈을 만들고 살았으므로 뇌방磊房이라고 불렀는데, 두 사람은 각각의 암자에 살았다. 부득은 미륵彌勒의 불도를 부지런히 수행하여 탐구했고, 박박은 아미타불彌陀에게 정성스레 예를 드리면서 부처를 마음에 새기며 그 이름을 부르는 염불禮念을 게을리하지 않았다.

두 사람이 암자에 살기 시작한 지 3년이 다 되어 가는 4월 초파일은 기유년에 해당하는 경룡景龍 3년으로 성덕왕聖德王이 즉위한 지 8년(709년)이 되는 날이었다. 해가 뉘엿뉘엿 넘어가려고 하는 저녁 어름에 나이가 20세 정도 되어 보이는 여인이 절묘하게 아름다운 모습으로 난초꽃과 사향의 향기를 풍기며 갑자기 북쪽에 있는 암자北庵에 와서는 하룻밤 자고 가기를 청하면서 곧바로 시 한 편을 지어서 주는 것이었다.

느린 걸음에 해는 떨어지고 온 산이 어둑한데, 行遲日落千山暮
길은 막혔고 인가는 멀리 있어 사방이 적막하다네. 路隔城遙絶四隣

오늘은 이 암자에 머물러 값을 내고 묵어 가려고 하니, 今日欲投庵下宿
사랑으로 자비를 베푸는 스님이여 화내지 마소서. 慈悲和尙莫生嗔

박박이 말하기를, “승려가 불도를 닦는 절蘭若은 청정함을 지키는 것을 의무로 삼습니다. 그대가 가까이 접근할 곳이 아니니 이곳에 머무르지 말고 즉시 떠나도록 하시오”라고 한 다음 문을 닫고 들어가 버리는 것이었다. 혹은 “나는 모든 생각이 불타고 남은 재처럼 식었으니 육체血囊로 시험하지 마시오”라고 했다는 기록도 있다. 여인은 다시 남쪽의 암자南庵로 가서 북암에서 했던 것처럼 자고 가기를 원한다고 하니 부득이 말하기를, “그대는 어디에 사는 사람이길래 늦은 밤에 이리 왔습니까?”라고 했다. 그녀가 대답하기를, “맑고 깨끗함湛然과 만물의 근원太虛은 한 몸이니 어찌 오고 감이 있겠습니까. 다만 스님께서는 뜻하는 바가 깊고 소망하는 것이 무거우며, 공덕이 높고 수행이 굳음을 들었는지라 도와서 깨달음의 지혜菩提를 이루어 드리고자 왔습니다” 라고 하면서 곧바로 불교의 참뜻을 설파하는 시偈頌 한 편을 주었다.

첩첩한 산중에는 해가 저물어 가는데,日暮千山路
가도 가도 사방에 인가는 보이지 않네.行行絶四隣

대나무와 소나무의 그늘은 점점 짙어지는데,竹松陰轉邃
골짜기의 냇물 울리는 소리는 다시금 새롭구나.溪洞響猶新

하룻밤 묵어 가기를 청하는 것은 길을 잃어서가 아니라,乞宿非迷路
공경하는 스님에게 성불에 이르는 길 알려 주기 위함이라네.尊師欲指津

바라건대 오직 내가 청하는 것만 해 주고,願惟從我請

당분간은 어떤 사람이냐고 묻지를 마소서.且莫問何人

부득이 이것을 듣고 크게 놀라워하며 그녀에게 이르기를, "이 땅은 부녀자와 더불어 혼란스럽게 할 곳은 못 되지만 중생의 뜻에 따르는 것도 역시 보살행의 하나일 것입니다. 하물며 깊고 깊은 골짜기에 밤은 깊었으니 어찌 모르는 채 할 수 있으리오"라고 했다. 곧 그녀에게 예를 갖추어 맞아들여 암자에 머물도록 했다. 부득은 한밤중에도 맑은 마음으로 굳은 의지를 더욱 갈고 닦으며 벽 가운데에 걸려 있는 희미한 등불 아래에서 염불을 더욱 열심히 외웠다. 곧 날이 밝으려는 새벽쯤에 여인이 부득을 불러 말하기를, "불행하게도 내가 아이 낳으려고産憂 하니 스님께서는 거적자리를 준비하여 깔아 주소서"라고 하는 것이었다. 부득은 가련하고 불쌍하게 여겨 거절하지 못하고 정성스럽게 촛불을 밝혔다. 그사이 여인은 이미 아이를 낳았는데, 이번에는 목욕까지 했으면 좋겠다고 요청하는 것이었다. 부득은 한편으로는 부끄럽고 한편으로는 두려운 마음이 있었지만, 불쌍히 여기는 마음이 거듭 생겨나서 또다시 통을 준비하여 그녀가 들어가 앉도록 한 뒤에 물을 데워 목욕시켰다. 그로부터 오래지 않아 통 속에서 향기로운 냄새가 아주 짙게 풍기면서 물이 황금색으로 변하는 것이었다. 부득이 매우 놀라니 여인이 말하기를, "스님께서도 이 물에 목욕하시지요"라고 했다.

부득이 마지못해 그 말을 좇아 목욕하니 갑자기 정신이 맑고 상쾌해지는 것을 느끼면서 온몸의 피부가 금색으로 바뀌었다. 그리고 자신의 옆을 보니 문득 연화대 하나가 생겨나 있었다. 그녀는 부득이 좌대에 앉기를 권유한 다음에 말하기를, “내가 바로 관음보살이니 대사가 위대한 깨달음大菩提을 이루도록 도우려 여기에 왔느니라”라고 한 후에 사라져 버렸다. 어젯밤에 부득은 틀림없이 계율을 어겼을 것이니 놀려 주어야겠다고 생각한 박박이 남암으로 가니 예상했던 것과는 달리 그가 미륵존상彌勒尊像이 되어 연화대에 앉은 것이었다. 그런 데다가 찬란한 빛을 내뿜으면서 몸에는 금빛 광채가 나고 있는지라 자신도 모르는 사이에 머리를 조아리고 절을 하면서, “어떻게 해서 이 경지에 이르게 되었습니까”라고 물으니 부득이 그렇게 된 사연을 자세히 말해 주었다.

이 말을 들은 박박이 탄식하면서 말하기를, “나는 전생에 지은 죄 때문에 받는 장애業障가 너무나 무거워서 다행스럽게도 부처님大聖을 만났지만 도리어 만나지 못한 것으로 되어 버렸군요. 대덕大德께서는 더없이 인자하여 나보다 먼저 성불著鞭했습니다. 부처를 위한 일은 함께하는 것이니 부디 옛날의 인연을 잊지 마소서”라고 하니 부득이 말하기를, “통에 금색 물이 남아 있으니 목욕할 수 있을 것입니다”라고 했다. 박박도 그 물로 목욕했더니 먼저 부득이 경험했던 것과 같은 깨우침을 통해 아미타불이 되었다. 두 부처가 서로 마주하는 모습이 장엄하고 엄숙했다.

산 아래의 마을 사람들이 그 소식을 듣고 다투어 와서 삼가 우러러보며 칭찬하고 감탄하여 말하기를, “놀랍고 놀라운 일이로다”라고 하니 두 성인이 불법의 핵심法要을 쉽게 풀어 사람들을 가르친 후에 함께 구름을 타고 가 버렸다. 755년은 신라 경덕왕 재위 14년인데, 왕이 두 성인에 대한 일을 듣고는 757년에 사신을 보내 그곳에 큰 사찰大伽藍을 세우도록 하고 절의 이름을 백월산 남사라고 지었다. 764년(경덕왕 23년) 7월 15일에 절이 완공되자 다시 미륵존상을 조성하여 금당에 모시고 현판에 '사람의 몸으로 와서 성불한 미륵보살의 전각現身成道彌勒之殿'이라고 새겼다. 또 아미타상을 조성하여 강당에 모셨는데, 금색 물이 부족하여 전체에 두루 바르지 못했으므로 얼룩덜룩한 흔적이 있었다. 현판에는 '사람의 몸으로 와서 성불한 무량수불의 전각現身成道無量壽殿'이라고 새겼다.

백월산 유래를 보여 주는 이야기와 두 승려가 성불한 사연을 핵심 주제로 하는 남백사 창건 설화는 구조가 매우 특이하다. 백월산이란 명칭의 유래를 보여 주는 사연과 두 승려가 성불하여 생불生佛이 된 사실, 그것을 인연으로 남백사가 세워지게 된 사연이라는 설화 세 개가 부처를 매개로 하나로 꿰어지면서 중생에 대한 관세음보살의 대자대비를 잘 보여 주는 방식으로 구성되어 있기 때문이다.

백월산 명칭의 유래를 남백사 창건 설화의 첫머리에 놓은 이유는 불교와 밀접한 관련이 있는 사자의 모양을 한 바위가 있는 산이 가지는 영험함을 부각함으로써 백월산이 불도를 닦기에 적합한 공간임을 강조하기 위한 것이라고 할 수 있으며, 관세음보살이 실제로 현신하여 수행자에게 도움을 줄 것임을 암시하는 하나의 장치가 되고 있다. 성불이라는 위대한 소원을 이루기 위해 속세를 떠나고 싶은 욕망은 강했으나 그 인연을 끊어 내지 못하고 가정까지 이루어서 세속에 얽매여 살았던 노힐부득과 달달박박이 백월산으로 들어가 암자를 짓고 성심으로 열심히 불도를 닦자 이에 응답하여 관세음보살이 직접 나타나서 두 사람의 성불을 도왔으며, 그것을 인연으로 남백사라는 큰 절이 세워질 수 있었음을 보여 주는 설화가 되는 것이다.

이 설화에서 여인으로 나타난 관세음보살이 두 승려에게 지어 준 시는 전체 내용이 불교적인 의미를 지닌 상징으로 이루어져 있어서 눈길을 끈다. 두 시에 공통으로 등장하는 것으로, '해가 저무는 첩첩 산중'은 불도를 이루는 것이 멀고도 험한 여정임을 암시한다. 두 번째 시 둘째 연에서 '대나무와 소나무의 그늘이 점점 짙어진다'는 것이나 '골짜기 냇물이 울리는 소리가 새롭다'고 한 것 등은 모두 부처의 가르침과 교화를 나타내는 것이며, 관세음보살이 가까이 있음을 암묵적으로 드러낸 것이 된다. 첫 번째 시 셋째 구句에서 '값을 내고 묵어 가려고 한다'라고 한 것은 도움을 주겠다는 표현이지만, 박박이 알아보지 못할 수도 있어서 화를 내지 말라고 조언하기도 한다.

또한 두 번째 시 셋째 연에서 길을 잃어버린 것이 아니라고 하거나 부처의 길을 알려 주겠다指津고 하는 것 역시 부득의 수행을 돕겠다는 관음보살의 의지를 비유적으로 표현한 것이 된다. 마지막 넷째 연에서는 자신에게 아무것도 묻지 말고 시키는 대로만 하면 될 것이라고까지 하는데, 이것은 모두 중생을 바른길로 제도하기 위한 관음보살의 자비로운 마음을 보여 주기 위한 비유적 장치라고 할 수 있다. 《삼국유사》에 나오는 지명, 노힐부득과 달달박박의 이름, 두 주인공이 머물렀던 장소 등에 대한 정확한 고증은 아직 이루어지지 않았기 때문에 현재의 위치나 올바른 의미를 특정할 수 없는 한계가 있다.

남백사는 경덕왕의 명을 따라 757년에 공사를 시작하여 764년에 완공한 사찰이다. 왕이 직접 명을 내려 창건을 지시했으며, 8년이란 긴 시간에 걸쳐 대가람을 지었다고 하니 그 규모는 매우 컸을 것으로 추정된다. 그러나 지금은 사찰의 흔적은 말할 것도 없고, 남백사가 있었을 것으로 추정되는 골짜기는 절골과 같은 지명만 남아 있는 데다 주변은 모두 농경지로 바뀌었고 발굴이나 복원의 시도는 이뤄지지 않은 상태이다. 이곳에서는 마애석불좌상이 발견되기도 했는데, 백월산 사자바위 바로 아래에 있는 백운암에 모셨지만 지금은 사라지고 없다. 남백사 터에는 최근에 지은 억불사億佛寺라는 작은 절이 들어서 있다.

북암이 있었을 것으로 추정되는 장소에는 백월선원 혹은 백월암이란 이름을 가진 작은 절이 근래에 세워졌다. 신라 때의 석탑이 땅속에 반쯤 묻혀 있는 모양으로 있는 북암 주변 역시 과수원으로 변해 있는데, 석탑을 보려면 땅 주인의 허락을 받아야 들어갈 수 있다. 이 석탑도 부서져서 냇가에 뒹굴고 있었는데, 월계리의 칠성계 회원들이 힘을 모아 복원하여 현재의 자리에 세웠다. 이 탑은 2층으로 된

탑의 뿌리가 땅속에 묻힌 상태로 백월선원 앞 골짜기에 버려져 있는 삼층석탑. 아무런 안내판도 없고, 길도 없는 데다가 산속 깊은 곳에 있어서 찾기가 매우 어렵다.

기단석 위에 세운 삼층석탑으로 기단부의 갑석, 상하 중대석 등은 원래의 재료로 추정되는데, 지붕돌인 옥개석은 복원할 때 새로운 석재를 추가한 것으로 보인다. 탑의 높이는 약 240센티미터이다. 나머지 불상이나 연좌대의 파편 등은 백월암 대웅전의 뒤편 처마 밑에 방치되어 있다. 그리고 삼성각 옆에는 석조여래좌상으로 보이는 작은 크기의 석불이 덩그러니 놓여 있으며, 그 앞에는 부서진 석탑의 돌기둥石柱이 있다.

남백사는 《삼국유사》의 기록으로만 보아도 아주 큰 규모의 사찰이었음을 알 수 있고, 사찰 창건의 배경이 되는 설화 역시 신비하여 역사적으로나 문화적으로 가치가 대단히 크다. 사찰 창건 이야기 중 이처럼 체계적인 구조와 앞뒤가 일사불란하게 연결된 것은 드물다. 그러나 두 승려가 속세를 떠나 머물면서 불도를 닦았던 남암과 북암에 대해서는 아직 발굴이나 복원 시도가 거의 없었던 것으로 파악되는데다 경덕왕의 명으로 세워졌다는 남백사 유적에 대한 것도 비슷한 상황이어서 안타깝다.

# 이차돈의 순교로 세워진 흥륜사

불국토를 표방했던 신라에 불교가 공인되면서 처음으로 세워진 사찰은 경상북도 경주시 사정동 281-2 일대에 그 터가 남아 있는 흥륜사였다. 《삼국사기》와 《삼국유사》에 이를 뒷받침하는 기록이 나온다. 흥륜사가 왕실과 국가에서 공인한 최초의 사찰이기는 하지만 신라가 불교를 정식으로 공인하기 수백 년 전에 고구려에서 온 아도阿道가 처음으로 세운 것이라고 전하는 설도 있는 것을 볼 때 그 뿌리가 매우 깊음을 알 수 있다. 신라의 불교 기반을 닦은 아도我道, 阿道에 대한 《삼국유사》의 기록에서는 신라 제13대 미추왕未鄒王 재위 2년인 263년에 지은 절을 흥륜사로 이름 지었다고 했다. 아도를 기리는 돌비석我道本碑의 내용은 다음과 같다.

아도는 고구려 사람으로 어머니는 고도령高道寧이고, 아버지는 위魏나라 사람 아굴마我崛摩이다. 아굴마가 고구려에 사신으로 왔을 때 정을 통해 아이를 낳았는데, 5세가 되자 어머니가 출가시켰다. 16세에 위나라로 가서 아버지를 뵙고 현창玄彰에게 불법을 배운 후 19세가 되어 고구려로 돌아왔는데, 어머니가 말하기를, "고구려는 아직 불법을 알지 못하지만, 지금으로부터 3천 달(250년)이 지나면 신라에 성스러운 군주가 나타나서 불교를 크게 일으킬 것이다. 계림鷄林에는 석가모니 이전前佛 시대의 절터가 일곱 곳이 있는데, 천경림天鏡林(흥륜사), 삼천기三川岐(영흥사), 용궁남龍宮南(황룡사), 용궁북龍宮北(분황사), 사천미沙川尾(영묘사), 신유림神遊林(사천왕사), 서청전婿請田(담엄사)이 그것이다. 이곳은 모두 불법이 번창할 곳이다. 네가 그곳으로 가서 불교를 퍼뜨리면 동방에서 석가를 모시는 일을 맡게 될 것이다"라고 했다.

어머니의 말을 들은 아도가 미추왕味鄒王 재위 2년인 263년에 경주로 와서 왕궁 서쪽 마을에 머물렀다. 대궐에 나아가 불법을 실행하기를 청했는데, 사람들은 그 전에 듣지도 보지도 못하던 것이라고 매우 싫어하여 그를 죽이려는 자들까지 생겨나니 선산善山에 있는 모례의 집으로 가 숨었다. 다음 해에 미추왕의 딸 성국공주成國公主가 병이 났는데, 무슨 병인지 아는 사람이 아무도 없어 고치지를 못했다. 아도가 급히 대궐로 들어가 공주의 병을 고치니 왕이 크게 기뻐하며 소원을 물었다.

대답하기를, "소승貧道이 원하는 것은 하나도 없습니다. 다만 천경림에 절을 지어 불교를 크게 일으켜 나라의 복을 빌었으면 좋겠습니다"라고 했다. 왕이 이것을 허락하고 절 짓는 공사를 시작하도록 했다. 당시는 풍속이 매우 검소하여 삘기(띠풀)를 엮어 지붕을 만들어 집을 지었는데, 아도가 설법하니 가끔 하늘 꽃天花이 땅으로 떨어졌다. 절의 이름은 흥륜사라고 했다.

284년에 미추왕이 세상을 뜨자 사람들이 아도를 해치려고 했는데, 선산으로 돌아와 스스로 목숨을 끊었으니 이로써 신라의 불교 또한 사라졌다. 514년에 법흥왕이 보위에 올라 불법을 일으킨 것이 그때로부터 대략 252년 뒤의 일이었으니 아도의 모친인 고도령이 예언한 3천 달이 거의 들어맞았다고 할 수 있다.

신라의 경주에 석가모니 이전에 있었던 절의 터 일곱 곳 중 아도의 어머니가 가장 먼저 거론한 곳이 바로 천경림인 것을 보면 이곳에 세워진 흥륜사가 얼마나 중요한 의미를 지니는지 짐작할 수 있다. 그러나 아도가 신라에 왔던 시대만 해도 불교에 대한 인식이 부족했으므로 낯선 사상에 대한 배척이 심해 왕명으로 세웠던 절마저 폐사되면서 불법도 일어나지 못하고 말았다. 이처럼 폐사되었던 흥륜사는 수백 년이 지나 법흥왕 때에 이르러 이차돈의 순교로 새로운 전기를 맞이한다. 이차돈이 순교한 시기는 법흥왕 14년인 527년이었는데, 이것이 계기가 되어 귀족들의 반대로 번번이 실패했던 국가에 의한 불교의 공인이 정식으로 이루어진다. 또한 국가가 공식적으로 인정한 첫 사찰인 흥륜사를 528년에 짓기 시작하여 진흥왕 때인 544년에

흥륜사의 위치에 대해서는 아직 논쟁 중인데, 근래에 세워진 흥륜사로 들어가는 길목에 돌로 된 표지석이 서 있다.

완성했으니 이 사찰은 이차돈의 죽음이 보여 준 기적의 결과물이라고 할 수 있다.

이차돈의 순교, 불교의 공인, 흥륜사의 창건 등의 사건이 가지는 역사적 의의가 큰 이유는 이때부터 신라가 왕실을 주축으로 하는 중앙집권체제를 갖추고 한반도의 주인으로 자리하기 위한 힘찬 도약의 기반을 마련한 것으로 보이기 때문이다. 〈이차돈厭髑이 목숨을 버리고, 법흥왕原宗은 불법을 일으킨다〉라는 제목이 붙어 있는 《삼국유사》의 권3 흥법에 이르기를, "법흥왕 14년(527년)에 궁중에서 높은 사람을 받들어 시중드는 하급 관리小臣인 이차돈이 불법을 위하여 제 몸을 바쳤다"라고 했다. 이때는 중국에서 불교를 진흥한蕭梁 양梁 무제武帝 재위 보통普通 8년 정미년과 같은 시기이며, 서인도에서 달마가 남경金陵으로 온 때이기도 하다. 또한 이 해는 낭지법사朗智法師가 영취산靈鷲山에 머물면서 처음으로 불법을 열었던開法 때이기도 했는데, 《화엄경》을 중심으로 하는 불교大敎가 진흥하고 쇠퇴하는 것이 멀건 가깝건 간에 반드시 같은 시기에 서로 감응한다는 것을 알 수 있다. 중국 당나라 현종이 재위하던 시대元和(806~820)에 경주시 탑동에 있던 남간사南澗寺의 승려인 일념一念이 〈이차돈의 묘소에 분향하고 예불하는 결사문髑香墳禮佛結社文〉을 지었는데, 여기에 그가 순교한 사실을 자세히 실었다. 전반적인 내용은 다음과 같다.

옛날에 법흥대왕이 대궐紫極之殿에서 밝고 평화롭게 나라를 다스리기 위해 정무를 처리할 때垂拱에 경주 지역扶桑之域을 굽어살피면서 말하기를, "옛날 중국에 처음으로 불교를 도입한 한나라의 명제明帝가 꿈에서 감응받은 대로 불교가 동쪽으로 흘러 들어왔다. 내가 즉위함으로부터 원하건대 모든 백성을 위해 복을 닦고 죄를 없앨 수 있는 곳을 마련하고자 한다"라고 했다. 조정의 신하들은 그 깊은 뜻을 헤아리지 못하고 오직 나라를 다스리는 큰 뜻만 신봉하느라고 절을 세우겠다는 신성한 계획을 따르지 않았다.

대왕이 한탄하기를, "슬프도다! 덕이 없는 내가 왕업을 이어받으니 위로는 음양의 조화가 무너지고, 아래로는 백성의 기쁨이 없어지니 정사를 보살피는 틈틈이 석가의 교화에 마음을 두었건만 누구와 더불어 같이하겠는가!"라고 했다.

이때 왕의 시중을 드는 사인舍人으로 일하는 사람이 있었는데, 성은 박이고, 이름은 염촉厭髑 혹은 이차돈이라고 했다. 그의 아버지는 알 수 없으나 할아버지는 왕족으로 씨족장에게 주어지는 갈문왕葛文王의 작위에 있었던 습보習寶의 아들인데, 신라의 관등 17등급 중 넷째 등급인 아진찬阿珍飡의 신분을 가진 종宗이라는 분이었다. 신라의 관직과 작위官爵는 대개 17등급인데, 넷째 등급을 파진찬 혹은 아진찬이라고 한다. 종과 습보는 모두 사람의 이름이다. 신라에서는 왕족이 죽은 후에 내리는 칭호가 갈문왕이었는데, 그 실상은 역사 기록을 담당했던 사관들조차도 제대로 알지 못한다. 김용행金用行이 지은 아도阿道의 비문에서는 사인이었던 이차돈의 나이는 26세인데, 아버지는 길승吉升이고, 할아버지는 공한功漢이며, 증조할아버지는 신라 제16대 군주인 걸해대왕乞解大王이라고 했다. 걸해는 흘해訖解와 같은 말인데, 신라 제16대 왕이다.

이차돈은 타고난 자질이 대나무와 잣나무처럼 곧았고, 사사로움이 전혀 없는 바른 뜻을 품고 있었다. 선한 업을 쌓은 가문의 증손으로 궁중에서 임금의 측근爪牙이 되기를 바랐으며, 거룩한 왕조의 충신으로 태평한 시대河淸의 시종이 되고자 했다. 나이 22세에 사인이 되었다. 사인은 신라의 관직으로 대사大舍, 소사小舍 등을 가리키는 것으로 낮은 등급의 벼슬이다. 그는 왕의 얼굴을 우러러만 보아도 눈치로 저간의 사정을 알아맞힐 정도였다.

왕께 아뢰기를, "소신이 들으니 옛사람은 나무꾼 같은 하찮은 사람에게도 계책을 물었다고 했습니다. 비록 큰 죄가 될지라도 말씀드리고자 합니다"라고 했다. 왕이, "네가 할 수 있는 일이 아니다"라고 하니 다시 아뢰기를, "나라를 위해 한몸을 희생함은 크게 빛나는 신하의 절개요, 군주를 위해 목숨을 바침은 백성의 올바른 의리입니다. 그릇되게 왕명을 전한 것으로 죄를 물어 저의 목을 베면 모든 사람이 복종하여 감히 가르침을 어기지 못할 것입니다"라고 했다.

왕이 다시 말하기를, "석가모니 전생의 한 사람이었던 시비왕尸毘王은 매에게 쫓겨 자신의 품으로 들어온 비둘기를 살림과 동시에 매도 굶주리지 않도록 만들기 위해 비둘기의 무게만큼 자신의 살점을 베어 내 저울에 달아 매에게 먹이로 주었다. 석가모니 전생의 또 다른 존재의 하나였던 마하살타摩訶薩埵 태자는 굶주려서 새끼를 먹으려는 호랑이를 불쌍히 여겨 자기의 목을 찔러 피를 뿌려 스스로 먹이가 됨으로써 새끼 일곱 마리를 구했다捨身飼虎. 나의 뜻은 사람들을 이롭게 하려는 것인데 죄 없는 사람을 어찌 죽이겠느냐. 너는 비록 공덕을 쌓으려 하지만 죽을 죄를 피하는 것이 나을 것이다"라고 했다.

이차돈이 다시 아뢰기를, "버리기 어려운 모든 것 중에 육신과 목숨보다 더한 것은 없을 것입니다. 그러나 소신이 저녁에 죽으면 큰 가르침이 아침에 행해져서 부처님의 해는 다시 중천에 뜰 것이고, 대왕께서는 길이 편안하실 것입니다"라고 했다. "난조와 봉황의 새끼는 어릴 때부터 하늘 뚫고 날고자 하는 마음이 있고, 큰기러기와 고니는 태어날 때부터 파도를 헤쳐 갈 기세를 품는다고 했다. 네가 이렇게 할 수 있다면 불법에 귀의하여 믿음이 두터운 보살大士의 행동이라고 할 만하다"라고 왕이 말했다.

곧이어 대왕이 자리를 가지런히 하여 엄숙한 법도를 갖추어 동서 방향에는 날카로운 칼을 늘어세우고 남북 방향으로는 무시무시한 무기를 벌려 놓은 후에 모든 신하를 대궐로 불러들여서 물었다. "내가 절을 지으려고 하는데, 그대들이 일부러 훼방을 놓고 있는가?" 그러나 《향전鄕傳》에서는, '이차돈이 왕명을 거짓으로 꾸며 건축기술자들에게 절을 짓겠다는 뜻을 전했다. 신하들이 와서 옳지 못한 처사라고 반대하자 대왕이 대단히 화를 내면서 왕명을 거짓으로 전한 죄를 물어 형벌로 다스렸다'라고 했으니 약간의 차이가 있다. 그러자 신하들이 두려움으로 벌벌 떨면서 몸을 낮추어 조심하면서 특정의 인물東西을 손으로 가리켰다.

9세기 초에 세웠을 것으로 추정되는 이차돈순교비. 경주시 백률사 터에 있던 것을 국립경주박물관으로 옮겼다.

대왕이 이차돈을 불러서 따져 물으니 그는 얼굴색이 변하며 아무 말도 하지 못했다. 대왕이 크게 분노하여 법적 효력이 있는 공문서로 명령勅令을 내려 그의 목을 베도록 했다. 왕명을 집행하는 관리有司가 그를 결박하여 관아로 끌고 가니 이차돈은 맹세의 말을 했다作誓. 옥졸이 그의 목을 베니 흰 젖 같은 액이 한 길이나 솟구쳤다. 이에 대해서는 《향전》에서는, '이차돈이 맹세하여 말하기를, "큰 성인인 법왕大聖 法王께서 불교를 진흥시키고자 하매 내가 육신과 목숨을 바쳐 여러 겁劫波에 걸쳐 맺은 인연을 버리고자 하니 하늘은 상서로운 징조를 내려 주시어 만백성에게 두루 보여 주소서"라고 했다. 그때 목이 날아가서 경주 북쪽에 있는 금강산 꼭대기에 떨어졌다고 한다'라고 했다. 곧바로 하늘 전체가 침침해지고 저녁나절인데 햇빛이 어두워지기도 하고 밝아지기도 하면서晦明 땅이 울리며 크게 흔들리고 꽃비雨花가 내렸다.

대왕이 그의 죽음을 비통해 하여 슬픔의 눈물이 곤룡포 자락을 적셨다. 우두머리 재상冢宰은 근심하고 괴로워하여 땀이 나서 머리에 쓴 관모蟬冕에까지 배어 나왔다. 물맛 좋은 샘이 갑자기 말라 버리고, 물고기와 자라가 다투어 뛰어오르며, 곧은 나무가 먼저 부러지고 잔나비가 떼 지어 울었다. 태자궁春宮에서 말고삐를 나란히 하던 동무들은 피눈물을 흘리며 서로 돌아보고, 달 밝은 뜨락月庭에서 소매를 나누며 사귀었던交袖 벗들은 애끊는 심정으로 이별을 슬퍼했다. 관을 보며 우는 소리는 부모상을 당한 것과 같았다. 모두가 말하기를, "굶어 죽게 된 주군을 위해 자신의 넓적다리를 베어 먹인 개자추介子推의 절개도 이차돈의 곧은 절개에 비할 바가 못 되며, 반란군에게 죽임을 당한 주인의 간을 자신의 배 속에 넣어 스스로 죽은 홍연弘演의 절개도 이차돈의 드높은 의기에 어찌 견줄 수 있겠는가! 이것은 부처의 가르침을 믿는信力 대왕丹墀을 떠받쳐 도와서 아도화상의 본래 뜻을 이룬 것이니 성자이다"라고 했다. 마침내 경주 북쪽에 있는 금강산의 서쪽 봉우리에 장사를 지냈다.

《향전》에는 머리가 날아가서 떨어진 곳이어서 그곳에 장사를 지냈다고 했는데, 이에 대해서는 말이 없으니 이유를 알 수 없다. 대궐 사람들內人이 슬퍼하여 좋은 곳을 점쳐서 절蘭若을 세우고 이름을 자추사刺楸寺라고 했다. 이때부터 각 집이 모두 부처에게 예를 올리면 대대로 영화를 누리게 되고, 사람마다 불도佛道를 행하면 불법의 이익을 누릴 수 있다는 믿음이 전파되었다. 진흥대왕이 즉위한 지 5년이 되는 갑자년에 대흥륜사를 완공했다. 《국사國史》와 《향전》을 살펴보면 법흥왕 14년인 527년에 터를 닦기 시작하고 534년에 천경림天鏡林을 크게 벌목하여 건축 공사를 시작했다. 대들보와 기둥 등의 재료는 모두 천경림의 나무로 충분히 조달할 수 있었고, 섬돌이나 주춧돌, 법당의 불상을 모시는 닫집石龕 등도 모두 있었다.

진흥왕 재위 5년이 되는 544년에 흥륜사의 공사를 마쳤으므로 갑자년이라고 했다. 547년大淸之初에는 양梁나라의 사신인 심호沈湖가 사리를 가져왔고, 565년天嘉六年에는 진陳나라 사신 유사劉思와 승려 명관明觀이 《불경》을 받들고 함께 왔다. 절들은 하늘의 별처럼 벌려 서고 탑들은 기러기 행렬처럼 줄지어 섰다. 불법을 강설하는 깃발法幢이 서고 범종을 달았으며, 깨달음이 높은 훌륭한龍象 승려들은 세상의 복된 밭福田이 되어 대소승大小乘의 불법이 온 나라를 부처의 은혜로 덮으니 다른 세계의 보살이 세상에 나타나기도 했다. 다른 세계의 보살이란, 불교 논리학을 확립한 인도의 고승이면서 원효로 환생하여 분황사에 깃들었던 진나陳那, 나중에 부석사를 세운 의상으로 환생하여 나타났다는 보개보살寶蓋菩薩, 양양의 낙산洛山에 머물렀던 관음보살觀音菩薩, 오대산에 나타난 문수보살文殊菩薩 등이다. 또한 서역의 이름난 승려들이 흥륜사 경내에 강림하기도 했으니 이로 말미암아 고구려, 백제, 신라三韓를 통합하여 하나의 나라로 만들고, 온 세상을 아울러 한 집안으로 만들었다. 이런 연유로 덕 있는 이름德名을 하늘 왕의 나무天鎭之樹에 새기고, 영험한 흔적神迹은 은하수의 물에 그림자를 비추니 어찌 아도阿道, 법흥法興, 이차돈厭髑 등 세 성인三聖의 위엄과 덕망으로 이룬 바가 아닐 수 있겠는가!

순교, 사찰의 창건, 불교의 진흥이 신라의 발전에 얼마나 큰 영향을 미쳤는지를 보여 주는 이 이야기는 이차돈의 사람 됨됨이, 법흥왕의 고뇌, 법흥왕에 대한 설득, 이차돈의 죽음과 기적, 불교의 공인과 흥륜사의 창건, 불교의 성행과 나라의 발전, 삼한의 통합 등의 순서로 구성되어 있다. 흥륜사는 법흥왕이 527년부터 터를 닦기 시작하여 534년에 본격적인 공사를 시작했고, 진흥왕 때인 544년에 완공했다. 무려 16년에 걸쳐 지은 절이었으니 대단히 크고 웅장했을 것으로 짐작된다. 그뿐만 아니라 신라 최초의 절이면서 법흥왕과 진흥왕이 승려가 되어 머물렀을 정도로 중요한 의미를 지닌 사찰이었다. 이런 역사를 가지는 흥륜사는 신라의 대법회를 주관하는 도량이 되었고, 왕실과 국가의 재앙을 물리치고 복을 빌면 영험을 볼 수 있는 곳으로 자리를 잡았다.

흥륜사에 관한 《삼국유사》의 다른 기록도 이 절의 중요성을 잘 보여 주고 있어서 눈길을 끈다. 549년에 중국 사신과 승려가 부처의 사리를 가져왔을 때 왕이 흥륜사 앞에서 맞이했으며, 불국사와 석굴암을 창건한 김대성金大城이 자신의 모든 재산을 시주한 절도 흥륜사였고, 김현金現이란 사람이 탑돌이를 하다가 호랑이와 인연을 맺은 곳도 바로 흥륜사였다. 이런 이야기 외에도 《삼국유사》에는 흥륜사와 관련이 있는 자료가 많은데, 왕이 직접 행차했다는 것에서부터 누각 아래에 설치하는 문樓門을 귀신 혹은 도깨비가 세웠다는 것에 이르기까지 아주 다양하다. 또한 《삼국사기》에는 국가적으로 중요한 일에 대해 흥륜사의 승려에게 물었다는 기록이 여러 차례 나온다. 이런 기록으로 볼 때 신라 왕실에서 흥륜사가 차지하는 위치가 아주 대단했음을 짐작할 수 있다.

또한 《삼국유사》에 따르면, 흥륜사의 법당에 해당하는 오당吳堂에는 주불인 미륵불과 좌우 협시보살이 있는데, 선덕여왕 때의 승상이었던 김양도金良圖가 소상塑像을 만들어 봉안한 것이다. 김양도는 몹쓸 병에 걸려서 입이 붙어 버리는 바람에 말도 하지 못하고 먹지도 못하다가 밀본密本이 신통력으로 귀신을 물리쳐 준 덕분에 살아나서 불교를 열심히 믿었는데, 오당의 벽면에 금색으로 벽화를 그리기도 했다. 또한 흥륜사의 금당金堂에는 신라 10대 성자十聖를 흙으로 빚은 소상塑像을 만들어 모셨는데, 동쪽 벽 앞에 앉아서 서쪽을 보고 있는 성인은 아도, 염촉, 혜숙惠宿, 안함安含, 의상義湘이었고, 서쪽 벽 앞에 앉아서 동쪽을 보고 있는 성인은 표훈表訓, 사파蛇巴, 원효元曉, 혜공惠空, 자장慈藏이었다고 한다.

이처럼 흥륜사는 신라의 수도인 경주를 중심으로 수많은 문화 현상이 만들어지기도 하고 새로운 것이 모여드는 공간이었으며, 왕실을 중심으로 하여 국가적 차원에서 바라는 바를 이루어 준다고 믿는 비원悲願의 사찰이었다. 법흥왕의 뒤를 이어 신라를 다스렸던 진흥왕은 왕위에서 물러난 뒤 스스로 삭발하고 법운法雲이라는 법명을 받아 흥륜사의 주지승이 되어 머물렀다는 사실에서도 이 절이 얼마나 중요했는지를 확인할 수 있다. 나라의 흥망을 결정하는 핵심이라고 할 수 있는 정복 전쟁에서 승리하고 한반도의 주인이 되려는 것은 신라 사람이라면 누구나 바라는 것이었는데, 이것을 이룰 수 있다고 믿으면서 기원할 수 있는 대상의 중심에 바로 흥륜사가 있었던 것이다.

20세기 초까지는 절의 위치가 어디였는지를 제대로 알지 못했는데, 1910년 무렵에 사정동 281-2 지역에서 금당터로 보이는 토단土壇과 일부만 남은 석불, 배례석拜禮石, 석등의 일부 파편 등이 발견됨으로써 이 부근의 민가와 논밭 일대를 흥륜사가 있었던 자리로 비정했다.

조선시대 초기에 이미 완전히 폐허가 되어 버린 흥륜사터에는 절에서 물을 받아 사용하도록 만든 석조石槽가 발견되었던 것으로 나오기도 한다. 조선 초기의 문인이었던 김시습金時習은 금오산金鰲山에 은거하면서 경주의 유적지를 돌아보고 《유금오록遊金鰲錄》을 지었는데, 흥륜사에 관한 내용이 있다. 경주에 금오산실을 짓고 6년이라는 긴 시간 동안 머물렀던 그는 폐허가 된 흥륜사터興輪寺址를 찾아보고 칠언율시 한 편을 지어 남겼다. 시에 대한 설명에 따르면, 이 시기에 이미 흥륜사는 완전히 폐허가 되어 마을로 바뀌었고, 오직 석조와 가마솥만이 남아 있을 뿐이라고 했다. 그가 지은 칠언율시를 보자.

보리 이삭 점점 자라 옛터를 덮었는데, 麥秀漸漸擁故墟
이차돈의 큰 공로가 끝내 무슨 소용인가. 舍人功業竟何居

지금까지도 닭과 개는 규칙적으로 짖어 대니, 至今鷄犬喧齋粥
이것이 바로 당시에 불경 읊는 소리인가 하네. 便是當時誦佛書

석조는 고달프고 쇠솥은 불과 멀어졌으니, 石槽遇困鑊辭炎
불전과 산신각 옛터는 마을로 변해 버렸네. 殿閣餘墟化里閭

속인은 스님께 시주하고 스님은 속인에게 시주하니, 俗古施僧僧施俗
은덕 갚음의 돌고 돎 또한 의심의 여지가 없다네. 輪回報德亦無嫌

셋째 구절을 닭과 개가 규칙적으로 짖는다고 해석한 이유는 재죽齋粥이 사찰 생활에서 지켜야 할 모든 규칙적인 규범과 의식의 절차를 지칭하는 용어이기 때문이다. 세 번째 연은 대對를 이루고 있어서 무릎을 치며 공감하게 만드는 표현이다. 절은 폐허가 되었어도 석조와 가마솥은 흔적이라도 남아 있는데, 그 터는 완전히 사라져 마을로 바뀌었으니 참으로 세월의 무상함을 느낀다고 했다. 사라진 것과 남아 있는 것의 대비를 통해 흥륜사의 폐허에 대한 아쉬운 생각을 절묘하게 드러내고 있다. 마지막 두 연은 불교의 교리에 대한 작가의 주관을 아주 잘 보여 주는 것으로 해석된다.

흥륜사에 대한 내용은 《삼국유사》 이후의 고려시대 기록에는 전혀 나오지 않아서 절이 언제 사라졌는지를 알 수 없는데, 이 내용으로 볼 때 고려 말기 이전에 이미 사찰의 존재는 사라졌던 것으로 짐작된다. 김시습이 금오산에 머물렀던 시기는 1465년부터 1471년까지로, 조선이 건국한 때로부터 100년이 채 되지 않았을 때이다. 절이 허물어져서 사라지고 그 터가 마을로 변했을 정도라면 최소한 100년은 훌쩍 넘었을 것으로 생각되기 때문에 흥륜사는 고려 말기나 그보다 훨씬 전에 이미 사라진 상태라고 보는 것이 합리적인 추론이라고 할 수 있다.

흥륜사터에서 발견된 석조가 어느 때에 만들어졌는지는 정확하게 알 수 없으나 신라 하대에 해당하는 시기로 추정된다. 이 유물은 조선 중기에 들어와서 갖은 수난을 겪었다. 1638년에는 경주부윤慶州府尹

흥륜사의 석조. 석조는 돌로 만든 물통인데, 사찰에서 물을 받아 모아서 사용하는 것이었다. 흥륜사 석조는 갖은 수난을 겪었지만 원형 그대로 잘 보존되었다. 현재 국립경주박물관에 있다.

이필영李必榮이 관아 안에 있는 금학헌琴鶴軒 뜰로 옮겨 와서 흰 연꽃을 심어 놓고 감상했다는 내용의 글을 새겨 넣기도 하고, 그로부터 약 10년 뒤에는 이교방李教方이라는 인물이 자신이 지은 한시를 석조 앞면에 새겨 넣기도 했으며, 그 아래쪽에는 천광운영天光雲影이라는 글자를 음각해 놓기도 했다. 이처럼 여러 사람의 손을 타며 이리저리 굴러다녔던 흥륜사의 석조는 1963년에야 국립경주박물관으로 옮겨져 정원에 전시되고 있다. 네모난 장방형의 통돌 가운데를 65센티미터 깊이의 사각형으로 홈을 파서 만든 석조는 높이 90센티미터, 너비 177센티미터, 길이 392센티미터의 규모로 우리나라 석조 유물 가운데 가장 큰데, 박물관에서 붙인 정식 이름은 '문자새김돌홈통/흥륜사터돌구유'이다.

흥륜사터에 대한 발굴은 1972년과 1977년에 두 차례 있었지만, 금당터 일부를 조사하는 정도에 그쳤다. 더구나 1980년대에 흥륜사라는 이름으로 새롭게 세워진 절이 자리를 차지하고 있어서 앞으로 발굴은 더욱 힘들 것으로 보인다. 국가에서 공인한 신라 최초의 사찰에 대한 조사, 발굴, 연구 등이 걸음마 수준에 머물고 있는 점은 참으로 안타까운 일이다.

제 4 장

# 고뇌와 자비를 바탕으로 한 불교적 성취

# 범일국사의 신통력과 굴산사

오랜 전쟁을 통해 백제와 고구려 등을 무너뜨리고 당나라 군대까지 만주로 몰아낸 신라는 7세기에서 8세기에 이르는 시기 최고의 전성기를 누리는데, 불교 역시 절정기를 맞이한다. 이 시기는 의상의 화엄華嚴 사상과 원효의 화쟁和諍 사상이 중심이 되어 불교 교리에 대한 연구가 활발하게 진행되었고, 8세기 후반부터는 신라가 쇠퇴기에 들어서면서 개인주의적인 성향을 띠는 선종禪宗이 유행했다. 선종은 지방호족에게 자립의 이론적 근거를 제공하고, 그들의 후원을 받으며 크게 성행했는데, 아홉 개의 산문九山禪門을 성립시키면서 신라 하대의 불교계와 사상계를 이끌어 가게 된다.

이 과정에서 범일梵日이 개창한 사굴산파闍崛山派는 강릉 지역을 중심으로 일대 선풍을 일으켰는데, 그 주축이 된 사찰이 바로 굴산사崛山寺이다. 강원도 강릉시 구정면 학산2리 윗골마을에 있었던 굴산사는 범일국사가 창건한 것으로 신라 구산선문의 한 종파인 사굴산파의 중심 사찰이었다. 고려시대까지는 번성했던 것으로 확인되나 조선시대부터는 어떤 기록에도 나오지 않는 것으로 보아 조선 초기 이후에는 폐사된 것으로 추정된다.

표현이 맑고 활달한 시풍으로 이름이 높았던 고려 명종明宗 때 문인 김극기金克己는 강릉 지역을 유람하면서 팔영시八詠詩를 남겼는데, 그중 〈굴산사의 종崛山鐘〉이라는 제목의 작품이 전한다.

> 우아하고 품위 있는 굴산사 종은,舂容崛山鍾
> 범일선사가 주조해 만든 것이네.梵日師所鎔
>
> 보면 놀라고 마음이 황홀해지니,駭看心慌悅
> 소중히 공경하며 눈물 흩뿌리네.珍敬淚橫縱
>
> 귀신은 오직 도를 행할 뿐이니,鬼神但行道
> 날짐승들은 발붙이기 어렵다네.禽鳥難著蹤
>
> 그대여 함부로 종을 치지 말라,請君莫擊考
> 동해의 어룡을 놀라게 할 것이니.東海驚魚龍

김극기는 고려 후기인 12세기 말 13세기 초의 인물이니 이때까지만 해도 굴산사는 건재했다고 보아야 할 것이다. 굴산사터에는 우리나라에서 가장 큰 규모의 당간지주幢竿支柱(보물)와 범일국사의 것으로 추정되는 부도浮屠(보물), 석불좌상(강원도 문화재자료) 등이 남아 있어 전성기 사찰의 규모가 얼마나 웅장했는지를 짐작할 수 있게 해준다. 굴산사터는 1936년에 있었던 대홍수 때 처음으로 모습을 드러냈는데, 경작지 일대에서 주춧돌, 계단 등 일부 건물의 흔적과 기와 조각이 발견되면서였다. 그 뒤 여러 차례에 걸쳐 발굴조사를 했으나 정확한 규모를 알 수가 없었다. 굴산사가 있었던 주변이 모두 마을이나 농경지로 바뀌어 있어서 사찰 경내寺域가 얼마나 큰지 조사하기 어려웠던 것이다.

그러다 2002년에 태풍 루사가 강릉 지역을 덮치면서 땅속에 묻혀 있던 유적과 유물이 드러남에 따라 긴급 발굴조사를 다시 하게 되었다. 조사한 결과 사찰의 크기는 동서 약 140미터, 남북 약 250미터 정도의 크기로 확인되었지만, 새로운 유적이나 자료가 나타나면 언제든지 바뀔 가능성이 남아 있다. 그 뒤 2010년부터 2016년까지 약 일곱 차례에 걸쳐 발굴조사가 이루어져서 건물의 터 30여 개소, 연못터, 배수로, 출입문터, 보도 시설, 방아터, 계단터, 부도의 지하 석실, 구리종의 파편, 소조불상塑造佛像과 굴산사·오대산 등의 글자가 새겨진 명문 기와류, 중국 도자기, 분청사기 등이 확인된 바 있다. 여러 차례에 걸친 발굴조사에도 불구하고 사찰의 전모를 밝혀내지는 못하고 있어서 제대로 된 복원을 할 정도까지는 이르지 못했으니 아

굴산사 당간지주. 들판에 우뚝 서 있는데, 우리나라의 당간지주 중 가장 크고 웅장하다.

굴산사터에 있는 석불 좌상. 한 손이 다른 손의 검지를 감싸고 있는 모양으로 보아 비로자나불로 추정한다.

직 갈 길이 멀다고 할 수 있다. 특히 굴산사의 범종이 발견되지 않는 것은 안타까운 일이 아닐 수 없다.

범일국사에 대해서는 출생, 행적, 사후 등과 관련이 있는 자료가 상당히 많은데, 탄생과 관련이 있는 민간 설화, 행적과 관련을 가지는 《삼국유사》 기록, 대관령 산신과 강릉단오제의 주신主神 설화, 중국 남당南唐 때인 952년에 선종의 역사를 기록한 《조당집祖堂集》의 기록 등이 전한다. 그중 《조당집》의 내용이 가장 현실적이며 공식적인 기록이라고 할 수 있으므로 이것을 살펴본다.

강릉溟州 사굴산闍崛山의 통효대사通曉大師는 항주杭州 염관현鹽官縣의 승려인 제안齊安에게 배워 그 맥을 이었으며, 법호는 범일이다. 경주鳩林 귀족 집안 출신으로 속성은 김씨이다. 할아버지의 성명은 술원述元으로 관직이 명주도독溟州都督에 이르렀다. 그의 조부는 조심스럽고 공평하게 민속을 살폈는데, 사람을 대함에 있어 때로는 관대하고 때로는 엄격했다. 맑은 기풍風尚이 민간의 노래民謠에 남아 있으며, 나머지는 그의 전기에 전한다. 범일의 어머니 지支 씨는 누대에 걸친 호족 집안 사람으로 부녀자의 모범이라고 일컬어졌다. 그를 임신할 때 해를 떠받드는捧日 상서로운 꿈을 꿨다. 서기 810년元和 五年 庚寅 1월 10일에 태어났으며 임신한 지 13개월 만이었다. 태어났을 때부터 머리카락이 한 올씩 오른쪽으로 소라 껍데기처럼 말린 석가모니의 머리 모양을 가진 특별한 자태螺髻殊姿였고, 정수리에는 지혜를 상징하는 살이 솟아오른 모양을 가진 기이한 용모頂珠

異相를 하고 있었다.

나이 열다섯이 되자 원을 세워 이루기를 맹세하고 출가하여 승려가 되고자 부모에게 상의하니 두 분이 함께 말하기를, "전생에 맺어진 인연을 심은 좋은 결과善果니 뜻을 굽히게 할 수 없다. 너는 모름지기 제도 받지 못한 나를 먼저 제도하도록 하라"라고 했다. 이에 예를 갖추어 인사드리고 부모 곁을 떠나落采辭親 산으로 들어가 불도를 닦았다. 나이 20세에 경주에 가서 비구比丘가 지켜야 할 계율具足戒을 받아 순수한 품행으로 원만함을 갖추었으며, 근면하고 성실하게 거듭 힘써서 불교 사회의 본보기로 작용하면서 승려의 모범이 되었다. 대화大和(827~835) 연간에 이르러 혼자서 중국에 들어가 불법을 구하리라 원을 세워 맹세한 후 마침내 신라 조정에 들어가 흥덕왕의 둘째 왕자인 김의종金義琮에게 마음에 품은 뜻을 말했다. 공이 선사의 좋은 뜻을 중하게 여겨 동행할 것을 허락하므로 그 배를 빌려 타고 당나라에 들어가니 오래전부터 바라던 바를 이루旣諧宿願었다.

곧 순례의 길에 올라 선지식을 두루 탐문하던 끝에 염관의 제안대사濟安大師를 뵈었다. 제안대사가 묻기를, "어디에서 왔습니까?" 대답하기를, "동방에서 왔습니다." 대사가 다시 물었다. "수로로 왔습니까? 육로로 왔습니까?" 대답하기를, "두 길 모두 밟지 않고 왔습니다." 다시 물었다. "그 두 길을 밟지 않았다면 그대는 어떻게 여기까지 왔습니까?" 대답하기를, "해와 달, 동과 서가 어찌 장애가 되겠습니까?"라고 하니 대사가 말하기를, "동방의 보살이로다"라고 했다. 범일이 물었다. "어찌해야 성불할 수 있습니까?” 대사가 대답했다. “도는 닦을 필요가 없고 단지 더럽히지 말 것입니다. 부처라는 생각佛見, 보살이라는 생각菩薩見을 만들지 말 것입니다. 평상의 마음이 바로 도입니다.” 범일이 이 말에 크게 깨닫고 6년 동안 더욱 정진한 후 약산藥山대사에게 갔다.

약산이 물었다. “근래에 어디서 떠났습니까?” 범일이 대답했다. “근래에 강서를 떠났습니다.” “무엇 하러 왔습니까?” “화상을 찾아서 왔습니다.” “여기는 길이 없는데, 그대는 어떻게 찾아올 수 있었습니까?” 범일이 말하기를, “화상께서 다시 한 걸음 나아가신다면, 곧 수행승을 얻을 것입니다. 어찌 화상이 보이지 않겠습니까?” 이에 약산이 말하기를, “대단히 기이하구나, 대단히 기이하구나. 밖에서 들어온 맑은 바람이 사람을 얼려서 죽이는구나”라고 했다.

그 뒤 마음 닿는 대로 사방을 주유하다 당나라의 서울帝里에 이르렀다. 때마침 회창會昌 4년(884년)이었는데, 나라에서 불교를 탄압하는 재난沙汰을 만나 스님들은 흩어지고 절은 훼손되어 무너져서 사방 어디를 가도東奔西走 몸을 숨길 곳이 없었다. 황하의 신인 하백河伯의 안내와 산신령의 영접을 받아 섬서陝西의 상산商山에 들어가 홀로 선정禪定을 닦았는데, 떨어진 과일을 주워 배를 채우고 흐르는 냇물을 마셔 목마름을 달랬다. 행색이 바짝 마르고 기력이 다해서 길 떠날 엄두를 내지 못하는 상태로 반년이 지났다. 홀연히 꿈에 신비한 사람이 나타나서 말하기를, “이제 떠나야 합니다”라고 했다. 억지로 걸으려고 했으나 도저히 힘이 미치지 못했는데, 어느 사이에 산짐승들이 떡과 먹을 것을 물어다가 자리 옆에다 두니 그 이유를 생각하면서 받아먹었다.

그 후 소주韶州에 가서 혜능조사의 탑에 예배를 드린 후 천 리를 멀다 않고 혜능이 선풍을 드날렸던 조계曹溪에 이르렀는데, 홀연히 향기 어린 구름이 일어나 탑묘塔廟 앞에 서리었고, 신령스러운 학이 훌쩍 날아와서 누대 위에서 지저귀는 것이었다. 절의 스님들이 모두 놀라 서로 말하기를, "이처럼 상서로운 현상은 실로 전에 없었던 일이니 필시 선사가 오신 징조일 것이다"라고 했다.

이때 고향에 돌아가 불법을 펼 생각을 하여 회창 6년 정묘丁卯(신라 문성왕 9년, 847년) 8월에 다시 뱃길에 올라 신라鷄林로 돌아오니, 밝은 달은 높이 솟아 그 빛은 반월성玄兎之城에 흐르며, 밝고 맑은 여의주如意珠는 동방靑丘의 끝까지 비추었다. 대중大中 5년(문성왕 13년, 851년) 정월에 백달산白達山, 鷄足山에서 참선하는데, 명주도독 김공이 굴산사에 머물기를 청했다. 한번 숲속에 앉은 뒤로는 40여 년 동안 늘어선 소나무로 도를 행하는 별채行道之廊로 삼고 넓적한 돌로는 참선하는 자리로 삼았다. 어떤 이가 물었다. "무엇이 조사의 뜻입니까?" 범일이 대답했다. "여섯 대가 지나도 잃은 적이 없느니라." 또 묻기를, "어떤 것이 승려衲僧가 힘써야 할 일입니까?" 범일이 대답했다. "부처의 품계를 밟지 말고, 남을 따라 깨달으려고 하지 말 것이다"라고 했다.

함통咸通 12년(871년) 3월에는 경문景文대왕이, 광명廣明 원년(880년)에는 헌강憲康대왕이, 광계光啓 3년(887년)에는 정강定康대왕의 세 군주가 특별히 모시는 예를 다하여 멀리서 흠모하고 숭앙하여 국사에 봉했으며, 모

굴산사 당간지주가 있는 곳에서 서쪽으로 약 500미터 떨어져 있는 산기슭에 있는 승탑. 범일국사의 것으로 보인다.

두 사신을 보내 경주로 모시려고 했으나 선사가 오랫동안 곧고 굳은 덕을 쌓았기에 끝내 나아가지 않았다. 문덕文德 2년(889년) 기유년 4월 말에 문득 제자들을 불러 말하기를, "내 바야흐로 다른 곳으로 길을 떠날 것이니 이제 너희들과 작별을 고하노라. 너희들은 세속적인 감정과 얕은 생각으로 야단스럽게 슬퍼하지 말라. 다만 스스로 마음을 닦아서 우리 종파의 교의宗旨가 무너지지 않게 하라."

5월 1일이 되자 중생들이 생로병사의 이치를 깨우치게 하려고 부처께서 죽음을 보여 줄 때의 자세로 머리를 오른팔로 받치고 오른쪽으로 비스듬히 누워 허벅지와 발을 구부려 포갠 후 왼팔을 몸 위에 얹은右脇累足 모습으로 굴산사의 상방에서 입적示滅하니 속세 나이春秋는 80세이고, 승려 나이僧臘는 60세이며, 시호諡號는 통효通曉, 탑명塔名은 연휘延徽라고 했다.

이 내용으로 볼 때 범일은 15세에 출가하여 불도를 닦았고, 당나라에 유학하여 깨달음을 얻은 후 돌아와 사굴산파를 열어 신라 하대의 불교계를 이끌었던 선종禪宗의 한 종파인 사굴산파를 창시했으며, 강릉을 중심으로 영동 지역에서 크게 활약한 승려이면서 그 지역 사람들의 추앙과 존경을 받았던 인물임을 알 수 있다. 굴산사가 있었던 학산리 부근과 대관령 일대에는 당간지주, 석불좌상 등을 비롯한 사찰의 터뿐만 아니라 범일국사의 출생과 사후 등이 신격화되는 과정을 담은 전설과 유적이 많이 남아 있다. 범일국사의 탄생과 관련이 있는 배경 설화를 보자.

범일국사의 출생 배경이 된 석천. 그의 어머니가 해가 떠 있는 바가지에 담긴 물을 마시고 범일을 잉태했다고 한다.

신라 말기 학산 마을에 사는 문씨 집안의 처녀가 물을 긷기 위해 집 앞에 있는 샘으로 갔다. 우물에서 물을 긷던 중 목이 말라 바가지에 물을 퍼 담았다. 그랬더니 바가지 안에 해가 들어 있는 것이었다. 이상하게 생각한 처녀는 그것을 버리고 다시 물을 펐는데, 여전히 물속에 해가 들어 있었다. 약간 주저하면서도 할 수 없이 그 물을 마셨다. 그날로부터 몸에 태기가 느껴지더니 열 달이 훨씬 지난 후인 13개월 만에 건강한 사내아이를 출산했다. 혼인도 하지 않은 여자가 아비도 알 수 없는 아이를 낳았기 때문에 마을에서는 불길하다고 하면서 수군거리기 시작했다. 이를 견디지 못한 어머니는 밤이 되기를 기다렸다가 뒷산에 있는 커다란 바위 아래에 아이를 내다 버렸다.

여러 날이 지난 후에 아이가 죽었을 것으로 생각한 어머니는 시신이라도 거둘 양으로 뒷산의 바위로 다시 가 보았다. 그랬더니 매우 놀라운 상황이 벌어지고 있었다. 바위 아래에 있는 아기는 죽기는커녕 방긋방긋 웃으면서 건강하게 자라고 있었는데, 학이 날개로 덮어 춥지 않게 해 주고, 호랑이가 젖을 먹여서 키웠다는 사실을 알게 되었다. 아이를 죽이지 말라는 하늘의 뜻이라고 여긴 어머니는 아기를 집으로 데려와 길렀고, 맑고 깨끗한 해의 정기를 받아 잉태했기 때문에 범일梵日이라는 이름을 지어 주었다. 그로부터 아이를 버렸던 곳은 학바위라고 했고, 바가지 물에 들어 있는 해를 마시고 아이를 가졌던 우물은 석천石泉이라고 부르게 되었다.

민간에서는 사람들이 영웅이라고 생각하는 존재에 대한 신성화는 출생, 성장, 사후의 세 단계로 이루어지는데, 범일국사 설화 역시 이러한 모습을 잘 보여 준다. 공식적인 기록이라고 할 수 있는 《조당집》에 따르면 범일의 부모는 신라의 귀족과 호족인 것으로 확인되지만 설화에서는 범일의 어머니가 처녀 시절에 하늘의 정기를 받아 아이를 잉태하여 아버지가 없는 상태에서 출산한 것으로 나타난다. 이것은 신성한 인물의 탄생 이야기에 가장 보편적으로 나타나는 것이기 때문에 범일의 출생 설화 역시 신성한 탄생의 범주에 속한다고 할 수 있다.

이렇게 출생한 주인공은 어렸을 때 큰 시련을 겪지만, 신령한 존재의 도움으로 이겨 내고 훌륭한 영웅으로 성장해 가는 양상을 보이는데, 뒷산의 바위 아래에 버려진 범일 역시 학과 호랑이의 도움을 받아 고난을 이겨 나간 것으로 구성되어 있다. 설화 주인공의 신성화는 죽은 뒤에 더욱 구체화되는데, 우리 민족의 문화에서는 산을 지배하는 산신령이나 마을을 지키는 서낭신 등으로 모셔지는 특징을 보인다. 범일국사는 굴산사에서 열반에 든 이후 민간의 백성들에 의해 대관령의 산신령으로 좌정함과 동시에 단오제의 주신으로 모셔지는데, 살아생전에 불도를 닦는 과정에서도 신기하고 기이한 행적을 보였다고 한다. 이러한 내용은 《삼국유사》에 실려 전한다.

《조당집》의 내용처럼 범일국사는 굴산사에서 입적했지만, 중생을 위해 평생을 바쳤던 그였기에 민간에서는 대관령 산신이면서 강릉단

대관령국사성황사. 범일국사가 열반에 든 후 대관령으로 올라가 산신령이 되었다는 전설이 내려오는 곳이다.

오제의 주신으로 좌정시킴으로써 강릉 일대에서는 지금도 살아 숨쉬는 전설이 되었다. 주로 민간과 무속에서 믿는 신앙이며 사회적 풍속의 하나인 서낭신 혹은 산신령은 살아생전 사람들을 위해 훌륭한 일을 했거나 고귀한 혈통을 지닌 인물이면서 비극적 죽임을 당했던 인물이 모셔지는데, 중생을 제도하는 데에 평생을 바쳤던 범일이 바로 이 범주에 속했으므로 대관령 성황신으로 모셔질 수 있었다. 대관령성황사는 신라 말에 이미 존재했던 것으로 추정되는데, 가장 빠른 기록은 《고려사高麗史》에 나온다.

> 태조가 후백제의 신검을 토벌할 때 왕순식王順式이 강릉으로부터 군사를 거느리고 와 합세하여 적을 격파했다. 태조가 그에게 말하기를, "짐의 꿈에 이상한 중이 군사 3천과 함께 온 것을 보았는데, 다음 날 그대가 군사를 거느리고 와서 도우니 이는 꿈에서 현몽한 것이다"라고 했다. 순식이 대답하기를, "신이 강릉을 떠나 큰 고개大峴에 이르렀을 때 이상한 불사佛舍가 있어서 제물을 준비하여 제사를 지내고 기도했는데, 주군께서 꾼 꿈은 반드시 이것일 것입니다"라고 하니 태조가 신기하게 여겼다.
>
> —《고려사》권92, 열전列傳 5, 왕순식

왕순식이 강릉에서 출발하여 경상도의 선산으로 가 왕건을 도우려면 대관령을 넘어 원주의 치악산 고개와 소백산의 죽령을 거쳐서 남쪽으로 내려가는 경로가 선택할 수 있는 가장 빠른 진격로였다. 이런 점을 고려할 때 그가 왕건에게 말한 큰 고개大峴는 바로 대관령을 지칭한 것이며, 제사를 지낸 대상은 이 지역에서 강력한 영향력 가졌던 승려에 대한 신앙으로 보는 것이 가장 합당할 것으로 생각된다. 이 시기를 전후하여 강릉 지역에서 가장 큰 영향력과 세력을 가졌던 존재로는 범일과 굴산사를 지목할 수밖에 없으므로 대관령에 있었던 불사는 바로 범일선사를 추모하기 위한 사당이었을 가능성이 가장 크다. 이제 범일이 서낭신과 단오제의 주신으로 모셔지는 과정을 지역의 설화를 중심으로 살펴보기로 하자.

강릉 지역에 전하는 전설에 따르면 당나라에 유학하고 신라로 귀국한 뒤 고향인 학산으로 온 범일국사는 자신이 짚고 다니는 지팡이를 던져 그것이 꽂힌 곳에 절을 지어서 심복사尋福寺라고 이름하여 강릉 지역에 불법을 전파했으며, 죽은 뒤에는 대관령으로 올라가 성황신이 되었다. 옛날에 강릉 땅에 정씨 성을 가진 사람이 살았는데, 혼기가 찬 딸이 있었다. 어느 날 꿈에 대관령서낭신이 나타나 자기의 집에 장가들겠다고 청을 하는 것이었다. 정 씨는 서낭신에게 딸을 줄 수 없다고 거절했지만, 얼마 뒤 곱게 단장을 하고 마루에 앉아 있던 정 씨 처녀는 갑자기 나타난 호랑이에게 업혀 산으로 가 버렸고 서낭신의 부인이 되었다. 정 씨 집에서는 매우 놀라서 온 사방으로 찾아다녔는데, 대관령 서낭당 앞에서 죽은 딸의 시신을 발견한다. 죽은 처녀의 몸은 서낭에 붙어서 떨어지지 않았는데, 그림 그리는 사람을 불러 딸의 초상화를 그려서 붙이니 몸이 비로소 떨어지는 것이었다. 호랑이가 처녀를 업어 가서 대관령서낭신과 혼인한 날이 4월 15일이므로 이날을 기일로 하여 제사를 지내게 되었고, 지금까지도 이 풍습은 그대로 전한다.

강릉단오제는 산로山路의 안전과 풍작, 풍어, 가정의 평안 등을 기원하기 위한 무속에서 출발한 것이기 때문에 여기에서 중심을 이루는 것이 바로 단오굿이다. 오랜 역사를 지닌 무속은 민간에서 자연스럽게 생겨난 것으로 우리 민족 고유의 신앙이라고 할 수 있는데, 강릉 지역에서는 대관령서낭신을 모시고 굿을 하면서 제사를 지냈던 것으로 보인다. 이러한 강릉단오제는 조선시대를 지나면서 무속과

민관이 합동으로 주관하면서 성대한 지역 축제로 자리 잡았고, 이 과정에서 무속이 대관령서낭신으로 모시던 범일국사와 정 씨 처녀 부부가 자연스럽게 단오제의 주신으로 좌정하게 된 것으로 보인다.

신이한 탄생, 승려의 삶과 행적, 사굴산파와 굴산사의 영향력, 민간 신앙에 의한 신격화, 정 씨 처녀와 혼인, 단오제 주신으로 좌정 등을 종합해 볼 때, 범일국사야말로 과거와 현재와 미래를 관통하는 융합 콘텐츠 소재이며 세계에 통할 수 있는 특수성과 보편성을 갖춘 콘텐츠로 거듭날 수 있는 조건과 배경을 가장 잘 구비하고 있는 최고의 존재라고 할 수 있다. 그러나 아직 우리 사회는 이것을 제대로 연결하여 유기적이면서도 미래지향적인 콘텐츠로 재창조하지는 못하고 있다.

범일의 탄생 설화를 간직한 공간이면서 굴산사가 세워졌던 학산에 대한 조사와 발굴을 통해 사찰과 관련 유적을 최대한으로 복원하고, 범일의 행적을 보여 주는 심복사, 낙산사 등과 연결함은 물론이고 대관령성황사 신앙과 이어질 수 있는 장치 또한 마련하는 것이 우선적으로 필요할 것이다. 이렇게 되면 자연스럽게 강릉단오제와 범일국사 관련 문화 현상 전체가 통일성을 갖춘 커다란 문화권역으로 재탄생할 것이다. 이런 모든 것이 현실과 가상을 결합한 증강현실 기법을 통해 융합적으로 구현된다면 시간과 공간을 넘어 무한한 확장성을 가질 수 있는 거대한 콘텐츠로 거듭날 것이기 때문이다.

# 호랑이의 보은으로 세운 희방사

한반도의 북쪽에서 내려온 백두대간이 태백에서 서남쪽으로 꺾어져 솟아오른 산이 충북 단양과 경북 영주의 경계를 이루고 있는 소백산이다. 소백산은 남동쪽이 급경사인 데 비해 북서쪽은 완만한 산세를 이루고 있어서 북서와 남동의 풍광이 아주 다르다. 소백산의 중심을 이루는 봉우리는 비로봉과 연화봉인데, 연화봉과 제2연화봉 사이에 만들어진 깊은 골짜기에 있는 사찰이 바로 희방사이다.

《문화유적총람》의 기록에 따르면 643년에 승려 두운杜雲이 창건한 것으로 기록되어 있는데, 이것은 두운이 주로 활동했던 시기인 9세기와 시간적 거리가 너무 멀어 그대로 믿기에는 어려운 점이 있다. 두운이 세운 것이 맞다고 한다면 창건 시기는 《신증동국여지승람》의 기록에 따라 신라 하대에 해당하는 시기인 883년이 될 수밖에 없다.

이처럼 희방사의 창건과 역사에 대해서는 남아 있는 자료가 많지 않아서 혼란이 있는 것이 사실이다. 희방사가 속했던 순흥도호부는 조선 초기까지만 해도 안동도호부와 더불어 영남 북부 지역을 관장했던 관청으로 넓은 지역을 통치하는 중요한 행정기관이었다. 조카를 내쫓고 왕위에 오른 세조가 친동생인 금성대군錦城大君을 순흥부로 귀양 보냈는데, 이곳에서 반란을 일으키자 순흥도호부는 혁파되어 사라지고 죽령에 이르는 서쪽 지역의 일부는 풍기군이 다스리면서 희방사도 풍기에 속하게 되었다. 지금은 영주시에 속한 지역으로 되었지만, 일반적으로 풍기 희방사라 일컬어지는 이유가 여기에 있다.

고대 사회로부터 순흥이 번성했을 때까지의 역사를 중심으로 기록한 《재향지梓鄕誌》에는 희방사가 번듯한 모양을 갖춘 사찰로 창건된 이유를 보여 주는 이야기가 실려 있으며, 주변 지역에서는 구전 설화로도 전해지고 있다. 또한 사찰을 창건하는 과정에서 만들어진 여러 유적과 이야기도 다양하게 존재하고 있다. 《재향지》에 실린 내용을 보자.

희방사는 소백산 연화봉 아래에 있는데, 세상에 전하기를 신라의 고승인 두운이 소백산 아래에 들어와 작은 암자를 짓고 살았다. 암자 아래쪽에는 호랑이 한 마리가 새끼를 낳아 두고 늘 서로 왕래했다. 하루는 호랑이가 스님 앞에 웅크리고 앉아서 머리를 숙이고 마치 답답함을 하소연하는 시늉을 하는 것 같았다. 스님이 살펴보니 호랑이의 목구멍에 뼈가 걸려 있어 손을 넣어 그것을 빼 주었다. 호랑이가 고개를 숙이고 꼬리를 흔들어 감사하다는 인사를 하는 것만 같았다.

어느 날 저녁에 호랑이가 커다란 멧돼지를 지고 왔는데, 스님이 호랑이의 뜻을 헤아리고 호랑이 새끼에게 먹였다. 하루는 어미 호랑이가 오랫동안 나가서 돌아오지 않았는데, 스님이 죽을 쑤어 그 새끼를 보살폈다. 사흘이 지난 후 스님이 밤에 염불하면서 앉아 있노라니 호랑이가 또 어떤 물건을 지고 와서 내려놓는 것이었다. 스님이 불을 켜고 가서 살펴보니 아직 결혼하지 않아서 머리를 올리지 않은 앳된 처녀였다. 몸에 난 상처가 없었으므로 그대로 따뜻한 온돌에 누인 뒤 간호하니 얼마 지나지 않아서 깨어나 정신을 차렸다. 그가 사는 곳과 성씨를 물어보니 놀랍게도 경주 상호장上戶長인 유석兪碩의 딸이라고 했다. 놀란 스님이 그녀에게 남자 복장을 하게 한 후 데리고 상호장의 집을 찾아갔는데, 그 집에서는 무당을 불러 놓고 한창 푸닥거리를 하는 중이었다. 얼마 뒤에 한 여종이 나왔다가 스님과 그녀를 보고 놀라 집 안으로 들어가 주인에게 말하기를, "저 노스님의 상좌上佐가 우리 집 아가씨와 많이 닮았습니다"라고 했다. 그 아버지가 나와서 보니 죽은 줄로만 알았던 자신의 딸이 과연 살아서 돌아온 것이었다. 마침내 부둥켜안고 통곡한 뒤 곧바로 스님을 맞이하여 상방으로 모신 뒤에 말하기를, "노스님의 두터운 은혜를 갚을 길이 없으니 제 딸이 스님을 섬기도록 하고 싶습니다"라고 했다. 이에 스님이 화를 내며 엄숙하게 말하기를, "지금 무슨 말씀을 하는 것입니까?" 하고는 옷깃을 떨치고 가 버리는 것이었다.

그녀의 아버지가 자기의 재물을 희사하여 비용을 대고, 기술자들을 모아 암자 아래에 탑 두 기를 세우게 했다. 그런데 탑을 만들 돌을 실은 수레를 끄는 말이 마을 입구에 이르렀을 때 지쳐서 거꾸러져 더는 나아가지 못하게 되자 마침내 소로 바꾸어 옮기도록 했다. 그 돌을 실은 수레가 지나간 바위 위에 소의 발자국이 생겼는데, 그래서 후세 사람들이 이를 '우적석牛跡石'이라고 불렀다. 절 이름을 '희방'이라고 했는데, 딸이 살아 돌아온 기쁨의 뜻을 담아서 그렇게 지은 것이라고 전한다.

《재향지》에 따르면 희방사는 딸을 살려 준 은혜를 갚기 위해 유호장이 세운 것이다. 깊은 산속에 절을 세우는 것이 얼마나 힘든지 짐을 실은 말이나 소가 죽을 정도였다고 하는데, 이와 관련된 유적과 지명이 지금까지도 풍기 곳곳에 남아 있다. 소의 발자국이 찍힌 바위는 현재 사라지고 없으나 19세기의 기록에 나오는 것을 볼 때 20세기 초까지는 존재했을 가능성이 크다. 돌과 절을 지을 재료를 실은 말과 소가 시내를 건널 수 있도록 만든 다리와 관련된 지명이 수철 혹은 무쇠달이라는 이름으로 지금까지도 남아 있으며, 근래에 복원된 무쇠다리도 그 흔적을 잘 보여 준다. 또한 풍기 읍내 119안전센터 앞에 있는 오래된 돌다리는 유석의 성을 따서 붙인 유다리라는 이름으로 남아 있다. 유호장이 세워서 유석암이라는 이름을 붙인 암자도 있었다고 하는데, 현재는 흔적을 찾을 수 없고 한글 이름은 같으나 한자 표기가 다른 유석사留石寺라는 이름의 사찰이 부근에 있다.

희방사 창건의 유래를 보여 주는 《재향지》의 이야기는 은혜를 갚은 동물과 관련이 있는 것으로 전형적인 보은報恩 설화에 해당한다. 일반적으로 보은 설화는 사람의 도움으로 생명을 구하거나 위기를 넘긴 짐승이 은혜를 갚는 내용으로 되어 있어 동물담의 일종이라고 할 수 있는데, 희방사 창건 설화에서는 동물과 사람이 함께 은혜를 갚는다는 점이 특이하다. 이런 범주에 들어가는 보은 설화로는 집에서 기르는 동물이 보은하는 경우, 사람에게서 구함을 받아 위기를 벗어난 동물이 보은하는 경우, 사람에게서 아낌을 받은 동물이 보은하는 경우 등으로 나눌 수 있다. 개, 말, 매 등과 같이 집에서 기르는 가축이 주인에게 은혜를 갚는 동물인 경우, 호랑이, 뱀, 잉어, 제비, 까치 같은 동물이 위기에 처한 것을 구해 준 사람에게 은혜를 갚은 경우, 두꺼비와 같이 우연한 기회에 보살핌을 받은 동물이 은혜를 갚는 경우 등을 들 수 있다.

호랑이의 보은 설화는 전국적으로 분포하는데, 목에 뼈나 비녀가 걸려서 어려움을 겪는 호랑이를 사람이 구해 주고 호랑이가 무엇인가를 해 주어 은혜를 갚는 형식으로 되어 있다. 호랑이를 소재로 하면서 하나의 문화 현상으로 자리 잡은 것에는 산신으로 모시는 민간 신앙, 사방을 수호하는 풍수 사상의 방위신, 인간으로 변하는 술법을 쓰는 영물, 위기에서 구해 준 사람에게 은혜를 갚는 존재, 꾀가 많은 토끼에게 당하는 우직한 존재 등이 있는데, 다양하면서도 풍부한 내용으로 된 호랑이 문화 콘텐츠를 가지고 있는 민족은 세계에서도 유례를 찾아보기 어려울 것으로 보인다.

희방사 창건 설화는 위기에 빠진 어미 호랑이를 구해 주고 새끼들까지 돌봐 준 스님에게 보답한 말 못 하는 짐승의 보은은 속세의 사람이 승려에게 다시 보은하는 것으로 연결되면서 이중의 보은이 일어나고 있다는 점이 흥미롭다. 호랑이의 보은은 말 못 하는 짐승이 할 수 있는 것으로 멧돼지나 혼인할 나이가 된 처녀 등의 물질적 선물을 보내는 행위로 실현되고, 잃어버렸던 딸을 되찾은 부모는 기쁨과 고마움을 표시하기 위해 불심을 일으켜 사찰을 세우는 것으로 보은을 실천하기 때문이다. 자비와 신심으로 성실하게 불도를 닦는 승려가 불법을 펼치는 데에 중요한 역할을 하는 사찰을 세움에 있어서 동물과 중생의 도움이 함께했다는 사실을 보여 주는 것은 사람과 자연을 비롯한 우주의 삼라만상이 끝없이 넓은 부처의 세계에서 모두가 하나라는 사실을 드러내는 훌륭한 방법이라고 할 수 있다. 희방사 설화는 단순한 보은을 하는 동물 이야기가 불법佛法을 펼치기 위해서는 절대적으로 필요한 사찰의 창건 설화로 연결되면서 발전하는 모습을 잘 보여 준다는 점에서 문학적인 의미와 가치가 큰 자료라고 할 수 있다. 다시 희방사로 돌아가 보자.

중앙선 철도의 개통으로 1942년에 영업을 시작했던 희방사역은 2020년에 폐역이 되어 현재 운영을 중단한 상태이다. 역 아래로 흐르는 남원천에서 연화봉 방향으로 골짜기를 따라 4킬로미터 정도 올라간 해발 700미터 지점의 산 중턱 계곡에 자리하고 있는 희방사는 대한불교조계종 제16교구의 본사인 고운사孤雲寺에 딸린 사찰末寺이다. 규모가 크지 않은 절이지만 신라 때부터 지금까지 명맥을 유지해 온 사찰인 만큼 민족문화에 이바지한 바가 매우 컸던 것으로 보인다.

지금은 희방사로 불리지만 17세기까지는 지질방사池叱方寺였던 것으로 확인된다. 이두吏讀로 되어 있는 池叱은 우리말을 한자로 표기한 것인데, '지池'와 'ㅅ叱'이 합쳐진 것이라고 볼 수 있다. 영남 지역에서는 '기'와 '지'가 함께 어울려 쓰이며 기쁘다는 뜻을 가진 '깃' 혹은 '짓' 등으로 나타나는데, 池叱은 이것을 이두로 표기한 것이라고 할 수 있다. 조선 후기에 이르러서는 이두 표기보다 한자로 된 뒷부분의 글자와 맞추기 위해 '기쁘다'는 뜻을 가진 '喜'로 바꾸는 것이 낫다고 보아 희방사를 공식 명칭으로 정했고, 지금까지 이 이름이 사용되고 있다. 절 이름의 중간 글자로 '네모나다'는 뜻을 가진 '方'은 동서남북의 사방을 나타내기도 하고, 두루, 널리, 모두, 더불어 등의 뜻으로 쓰이기도 한다. 그러므로 여기에서 쓰인 '방'은 온 사방, 두루두루, 모두 등의 뜻이 되어 '희방'은 온 사방 혹은 모두가 기쁘다는 뜻이라고 보면 타당할 것이다. 사방이 두루 기쁘다는 것은 부처의 불력이 온 사방을 밝히고 교화한다는 것과도 이어질 수 있으니 재물을 공양하여 사찰 창건을 주도한 사람의 바람과 불력으로 온 세상을 밝힌다는 승려의 바람을 잘 조화한 이름이라고 할 수 있다.

이런 유래와 의미를 지닌 희방사에 대해서는 자세한 기록이 없어 전체 역사를 알기 어렵다. 다만 17세기까지는 지질방사로 불렸으며, 1850년(철종 1년)에 화재로 완전히 소실되었다가 1852년에 강월江月대사와 혼허渾虛 대강백이 다시 세웠으나 1951년 6·25전쟁으로 다시 불타 버렸는데, 이때 이곳에 보관되어 있던 《월인석보》, 《훈민정음》 서문, 《법화경》 등의 목판 200여 점이 소실되었고, 두운대사의 영정도 사라졌다고 한다. 1954년에 안대근安大根 스님이 법당을 다시 세우고 절을 정비하여 지금에 이르고 있다. 대웅보전, 지장전, 산신각, 요사체가 있는데, 대웅보전 안에는 1742년(영조 18년)에 제작된 동종이 있다.

요사체의 오른쪽 연화봉 방향으로 약 60미터를 올라가면 밭둑에 부도 두 기가 있으나 누구의 것인지, 언제 만들어졌는지에 대해 아는 사람도 없을뿐더러 기록도 남아 있지 않아 자세한 내용을 전혀 알 수 없다. 부도는 옥개석屋蓋石이 사각 지붕으로 되어 있고, 지대석地臺石에는 연화문이 새겨져 있다. 탑의 형식은 조선시대의 것으로 보이며, 탑의 몸은 종형鐘形인데, 전체 높이는 각각 1.5미터, 1.3미터 정도이다. 하나의 부도에는 띠가 둥글게 둘러 있는데, 희방사를 세울 때 짐을 싣고 온 뒤 지쳐서 죽은 소를 위한 것으로 전하기도 한다.

희방사 동종은 1742년(영조 18년)에 제작된 것으로 명문이 새겨져 있는데, 전체 높이는 84센티미터, 종의 지름은 57.5센티미터, 몸통의 두께는 1.5센티미터로 경상북도 유형문화재이다. 종에 새겨진 명문에 따르면 이 종은 원래 충청북도 단양에 있었던 대흥사에서 해

희방사 대웅전. 제1연화봉과 제2연화봉에서 각각 내려온 골짜기의 물이 합류하는 지점에 자리하고 있다. 이곳에서 아래로 조금 더 내려가면 희방폭포가 있다.

철海哲, 초부楚符 등에 의해 300근의 무게로 만들어졌는데, 절이 없어지면서 희방사로 옮겨 온 것으로 보인다. 또 한 가지 흥미로운 것은 서울특별시 강북구 수유리에 있는 화계사 종각에 봉안된 화계사 동종에 승려 주종장이었던 사인思印의 지휘 아래 1683년 4월에 희방사에 봉안하기 위해 주조한 것을 1897년(광무 1년)에 사들였다고 기록되어 있다는 점이다. 17세기까지만 해도 종을 만들 만큼 희방사의 교세가 성했다는 사실과 19세기에는 절에서 종을 사고파는 사회 현상이 있었다는 것을 보여 주는 중요한 자료라고 할 수 있다. 희방사에서 계곡을 따라 아래로 약 200미터를 내려가면 낭떠러지가 있는데, 그 아래로 물이 떨어지면서 생긴 폭포가 나타난다. 희방폭포로 불리는 이것은 높이가 무려 28미터나 되는데, 물이 절벽 아래로 떨어지면서 일으키는 물보라가 장관이다.

희방폭포 아래로 골짜기를 따라 계속 내려가면 무쇠달마을로 불리는 수철리水鐵里가 있다. 이곳은 죽었다고 생각했던 딸을 다시 찾은 경주의 유호장이 은혜를 갚기 위해 절과 탑을 만들 재료를 옮기던 중에 짐을 싣고 가던 말이 쓰러져 일어나지 못하자 소로 바꾸어서 옮겼다고 하는데, 이때 소 발자국이 바위에 찍혔다는 우적석牛跡石과 시내를 건너기 위해 놓았다는 무쇠다리가 유적으로 남아 있는 곳이다. 우적석은 18세기의 인물인 권정침權正忱이 지은 〈소백산유록〉에 나오는 것으로 보아 조선 말까지는 존재했던 것으로 짐작되지만 지금은 흔적조차 찾을 수 없다. 수철이란 지명은 단단하지만 부러지기 쉬우며, 주조하기가 쉬운 쇠로 종, 솥, 그릇 등을 만드는 재료인 물쇠 혹은 무쇠의 이두 표기라고 할 수 있다. 희방사 쪽으로 올라가기 위해 건너야 하는 시내에 놓았던 무쇠다리로 인해 그런 지명이 생겼는데, 과거의 무쇠다리 역시 지금은 사라지고 없다.

근래에 유적지를 복원하면서 아주 작은 규모의 다리를 희방사역 아래쪽에 만들어 놓았다. 희방사와 관련이 있는 유적과 유물 상당수가 20세기에 있었던 일제의 강점, 전쟁, 산업화 등의 과정에서 사라진 점은 커다란 아쉬움으로 남는다.

무쇠달마을을 감아 흐르는 남원천을 따라 풍기 쪽으로 내려오면 희방사와 관련이 있는 유적 하나를 다시 만날 수 있다. 금계동에서

풍기 읍내에 남아 있는 오래된 돌다리. 경주 사람인 유석이 희방사를 지을 자재를 옮기기 위해 놓았다는 다리로 유다리라고 불린다.

내려와 남원천에 합류하는 작은 시내를 건너기 위한 것으로 풍기 119안전센터 앞 큰길 건너에 놓여 있는 돌다리인데, 유호장이 탑과 절을 지을 재료를 싣고 가는 수레가 개울을 건너기 위해 놓았던 것으로 이 지역에서는 유다리라고 부른다.

풍기는 죽령으로 가기 위한 길목에 위치하고 있어 한강 유역으로 진출하려는 신라로서는 매우 중요한 전략적 요충지로 여겼다. 그래서 신라시대에는 기목진基木鎭이라는 군사행정 기관을 설치하고 성을 쌓았다고 한다. 기목진은 고려 초기까지는 존재했던 것으로 보이는데, 이것이 지명으로 되어 고려시대에는 기주基州 혹은 기천基川으로 불렸다. 조선시대인 1451년에는 서쪽에 있는 은풍현을 통합했는데,

두 지역의 이름에서 한 글자씩 따서 풍기군으로 고친 이래로 지금까지 사용되고 있다. 풍기는 순흥도호부에 속하지 않는 작은 지역이었으나 성이 있었기 때문인지 이와 관련이 있는 지명과 유적이 많이 있으며 유다리 역시 이 범주에 속하는 것이라고 할 수 있다. 과거에 성이 있었을 때 서문이 있는 바로 앞 바깥이면서 죽령 방향으로 나 있는 거리를 '서문밖'이라고 했는데, 희방사로 가려면 금계동에서 내려와 이곳을 가로지르는 시내를 건너야만 했다.

희방사를 세우기 위한 짐을 나르던 유호장이 놓은 다리가 바로 여기에 있었고 이것이 바로 지금까지 유다리로 불리는 돌다리이다. 산업화 과정에서 사라질 뻔했던 이 다리는 남아 있는 석재를 활용하여 현재의 자리에 복원해 놓았지만 돌과 같이 무거운 짐을 실은 수레가 건널 정도의 규모인지 의심스러울 정도로 초라한 상태이다.

유다리와 함께 유호장과 관련을 지닌 유적으로 풍기읍 창락마을 소백산 연화봉 끝자락에는 앞서 잠깐 언급했던 유석사留石寺가 있다. 신라시대에 의상대사가 절 앞에 있는 돌에서 쉬어 갔다고 해서 이런 이름을 얻었다는 전설과 희방사를 세운 유석이 두운대사와의 인연을 이어 가기 위해 이곳에 지었던 암자에서 비롯되었다는 두 가지 창건 설화가 전한다. 유석사는 고려 1368년(공민왕 17년)에 나옹화상懶翁和尙 혜근慧勤이 중창했고, 1387년(우왕 13년)에는 구곡龜谷이 중수했다는 기록이 있는 것으로 보아 고려시대까지는 건재했던 사실을 알 수 있다. 조선시대에는 거의 기록이 없다가 조선 말기인 1876년에 다시 세웠다는 사실과 1928년에 또다시 세웠다는 것으로 미루어 우여곡절이 많았던 사찰이라는 사실을 짐작할 수 있을 뿐이다.

동물이나 사람이 은혜를 갚는다는 모티브를 지닌 이야기를 사찰 창건의 배경 설화로 가지고 있는 희방사는 관련 이야기와 유적 등이 경상북도 풍기 지역에 산재해 있지만, 이것을 제대로 해석해서 일정한 주제로 묶어 새로운 형태의 콘텐츠로 재생산해 내는 데까지는 나아가지 못한 것으로 보인다. 중심을 이루는 주제에서부터 아주 작을지라도 관련성이 있는 것들을 섬세하게 연결하여 희방사라는 대주제 아래 일사불란하게 꿰어질 수 있도록 하는 것이 미래지향적 콘텐츠를 창조하는 바탕이 될 것으로 보인다.

# 김수로왕의 깊은 불심과 만어사

경상남도 밀양시 삼랑진읍과 단장면의 경계를 이루는 만어산은 석가모니와 관련된 이야기를 담고 있는 영험한 산이다. 만어산에는 부처의 형상佛影이 남아 있으며, 산속에 있는 맑은 물은 부처가 가사를 빨았다는 곳으로 일컬어진다. 부처가 직접 와서 머물 정도로 신비한 공간인 데다 나쁜 짓을 일삼는 괴물을 감화시켜 부처에게 귀의하도록 한 공간이니 신성한 곳이라고 하기에 부족함이 없다. 만어산 정상에서 남서 방향으로 산 중턱에 있는 만어사의 창건 설화는 부처의 영험으로 가득한 만어산과 맑고 조화로운 소리를 내는 돌너덜이 생기게 된 유래를 잘 보여주고 있다.

만어사의 창건에 대해 일연은 《삼국유사》에서 1180년에 세워졌다고 서술하고 있지만, 이 시기에 중창된 것으로 보는 것이 더 적절하다. 가야를 건국한 김수로왕이 부처의 신통력을 빌려 백성을 괴롭히는 나쁜 용毒龍이나 나찰녀 같은 괴물을 감화시켜 불교에 귀의하도록 한 이야기를 창건 설화로 하는 데다 신라시대에 왕들이 공양을 드리기도 했다는 사실 등으로 보아 오랜 역사를 가진 사찰이라는 것을 짐작할 수 있기 때문이다. 만약 이런 내용을 실증할 수 있는 자료나 유적이 발견되기만 한다면 만어사는 우리나라 최초의 사찰로 지정될 가능성이 높다. 《삼국유사》에서 인용한 《고기》의 기록에 따르면, 만어사가 창건된 시기는 가야의 건국 시조인 김수로왕 재위 5년인 46년으로 나와 있어서 373년(소수림왕 5년)에 세워졌던 초문사肖門寺와 이불란사伊弗蘭寺보다 수백 년이나 빠른 시기에 세워진 절이 되기 때문이다.

만어사의 창건 설화로는 두 종류의 이야기가 전한다. 하나는 가야의 건국 시조인 김수로왕이 중생의 안전을 지키기 위해 불심을 일으켜서 창건했다는 것이며, 다른 하나는 동해 용왕의 아들이 수많은 물고기를 거느리고 와 머물렀는데, 왕자는 커다란 돌미륵의 형상이 되었고, 물고기는 맑은소리를 내는 돌로 변했다는 곳에 세워진 사찰이라는 이야기가 그것이다.

만어사 미륵전 바로 앞 남쪽에는 산 아래 방향으로 수많은 돌이 마치 하늘을 향해 우러러보면서 설법을 듣는 물고기 모양으로 되어 있는 너덜지대가 있다. 이것은 천연기념물로도 지정되었는데, 만어산암괴류萬魚山岩塊流라고도 한다. 돌무더기의 길이가 700미터 이상이고 그 폭도 가장 넓은 지역은 100미터를 넘는다. '돌강', '만어석' 등으로

만어사 남쪽 비탈에 있는 돌너덜. 돌의 모양이 하늘을 향해 고개를 들고 있는 모양이다. 물고기가 변해서 된 것이라고 전한다.

도 불리는 이 돌무더기는 빙하기에 산 정상으로부터 돌과 흙이 느린 속도로 흘러내리면서 동결과 융해를 반복하다가 경사가 완만해지면서 빗물이나 흐르는 물에 흙은 씻겨 나가고 돌만 남아서 지금과 같은 모습이 된 것으로 본다. 너덜지대의 돌은 오랜 시간에 걸쳐 진행된 풍화작용 같은 자연현상에 의해 만들어진 것이지만 불교와 연결되면서 만어사 창건의 당위성과 정당성을 높여 줄 수 있는 증거물로 작용하며 또한 신비함을 더해 줌으로써 많은 사람들에게 사랑받으면서 지금에 이르고 있다. 《삼국유사》 〈어산불영魚山佛影〉조에 실려 전하는 만어사 창건의 유래를 보자.

만어산은 옛날에는 자성산慈成山 혹은 아야사산阿耶斯山이라고 했다. 아야사는 마야사摩耶斯인데, 물고기라는 뜻이다. 만어산 부근에 가라국이 있었다. 아주 오랜 옛날 하늘의 알이 바닷가로 내려와서 사람으로 태어나 나라를 다스렸는데, 이분이 바로 수로왕首露王이다. 수로왕 시대에는 나라 안에 옥지玉池라는 연못이 있었는데, 그곳에는 못된 용이 살고 있었다. 만어산에는 매우 아름다운 모습을 가지고 있는 존재인데, 바다 가운데 있는 섬에 살면서 사람을 잡아먹기도 하는 악귀로 알려진 나찰녀羅刹女 다섯이 있어 옥지에 사는 독룡과 서로 오가며 교접했다. 그것이 원인이 되어 때때로 번개가 치고 비가 내려 4년 동안이나 농사가 제대로 되지 않았다.

왕은 주문을 걸어 이 재난을 물리치려고 했으나 자기 능력으로는 도저히 할 수 없게 되자 부처님에게 머리를 조아려 설법해 주기를 청했다. 그렇게 한 뒤에야 나찰녀가 불제자라면 마땅히 지켜야 할 다섯 가지 계율五戒을 받아 회개했고, 그 뒤로는 이런 재해가 없어졌으며, 동해에 사는 물고기와 용이 부처의 설법에 따르기 위해 돌로 변해 골짜기를 가득 메웠다. 각각의 돌들은 절에서 예불의 준비로 종을 치면서 진언이나 게송을 읊을 때 나는 쇳송鐘磬 소리를 냈다.

만어산은 석가모니의 형상이 머물면서 세상을 어지럽게 만드는 못된 용과 악귀의 일종인 나찰녀를 불교에 귀의하도록 함으로써 사람들에게 고통을 안기는 재해를 없애 세상의 안정과 중생의 평안을 도모할 수 있었다. 또한 석가모니의 설법을 듣고 따르기 위해 동해의 수많은 물고기와 용이 이곳으로 와 맑은 쇳송 소리가 나는 돌로 변해서 너덜지대로 불리는 '돌강'을 만들었다. 특히 가야의 건국 시조인 김수로왕이 백성을 위한 어진 군주로 그려지면서 석가모니에게 직접 요청을 드려서 재난을 해결하는 방식에 주목할 필요가 있다. 이것은 가야가 건국할 즈음에 이미 한반도에 불교가 전래되어 있었다는 것을 보여 주는 증거가 될 수 있기 때문이다. 그러나 아직은 그것을 입증할 수 있는 자료나 유적을 발굴해 내지는 못하고 있다.

《삼국유사》에서는 이곳에 사찰을 창건했다는 직접적인 언급이 없지만, 불영佛影이라는 것이 부처의 모습을 그린 진영眞影이나 부처를 대신하는 불상 등을 의미하므로 이런 공간에 절을 세웠을 것이라는 사실은 쉽게 짐작할 수 있다. 이런 점에서 본다면, 만어사의 창건은 가야가 건국된 초기이거나 늦어도 수로왕이 통치하던 시기로 보아야 하며, 고려시대에는 크게 중창된 것으로 보는 것이 합리적일 것으로 생각된다. 《삼국유사》에서는 옛 기록을 먼저 소개한 뒤 만어산과 만어사의 당시 상황을 덧붙여서 서술하고 있는 점이 흥미롭다.

또 살펴보건대, 대정大定 20년 경자년(1180년)은 곧 고려 명종 10년으로 이때 비로소 만어사를 세우기 시작했다. 승려의 직책僧職으로 동량棟梁이란 벼슬을 하는 보림寶林이 임금께 올린 것으로 소위 〈산속에 있는 기이한 유적〉이라고 일컬어지는 글에서 말하기를, "인도의 북서쪽에 위치한 나라北天竺인 가라국訶羅國에 있었던 부처의 일과 맞아떨어지는符同 것이 세 가지가 있습니다. 첫 번째는 이 산의 근처에 있는 땅으로 양산梁州 경계 지역에 옥지玉池라는 못이 있는데, 여기에 못된 용이 숨어 산다는 것이 그것입니다. 두 번째는 때때로 강가에서 구름 기운이 올라오기 시작하여 산꼭대기에 이르면 그 속에서 음악 소리가 난다는 것이 그것입니다. 세 번째는 부처님 형상이 있는 곳 서북 방향에 커다란 너럭바위가 있는데, 이곳은 언제나 물이 고여서 마르지 않는다고 합니다. 석가모니께서 가사를 빨았던 곳이라고 일컬어진다는 것이 그것입니다"라고 했다.

이상은 모두 승려인 보림의 말인데, 지금 와서 직접 예배를 드리고 보니 또한 너무나 분명하여 공경하고 믿을 만한 것이 두 가지가 있었다. 골짜기에 있는 돌은 3분의 2 정도가 금으로 시작하여 옥으로 마치는 아름답고 조화로운 소리金玉之聲를 내는 것이 하나이고, 멀리서는 또렷하게 나타나고 가까이서는 보이지 않으니 혹 보이기도 하고 보이지 않기도 하는 것이 다른 하나이다.

이 기록은 전설로 전하는 만어산의 유적과 신비한 현상에 대한 현장 답사 보고서 같은 성격을 띤다. 《고기》의 기록과 보림이란 승려의 보고서에 나오는 것들에 대해 실증적인 조사를 해 본 결과 자연적인 변화 때문에 일어나는 여러 현상이 사람에게 그러한 이야기와 믿음을 만들어 내도록 하기에 충분하다는 사실을 현존하는 증거물과 자연현상을 근거로 명확하게 밝히고 있기 때문이다. 승려가 임금께 올린 세 가지 신기한 유적 중 두 가지를 인정함으로써 만어사를 세우는 근거로 삼았다고 할 수 있다.

만어사 대웅전 앞뜰에 있는 '밀양 만어사 삼층석탑'이 고려시대 중

▌ 만어사 대웅전과 삼층석탑. 고려시대의 불탑인 삼층석탑은 1968년에 보물로 지정되었다.

기의 것으로 추정되는 만큼 1180년에 사찰을 중건할 때 함께 세웠을 가능성이 높은 것으로 보인다. 신비하기까지 한 만어산 유래에서부터 만어사 건립의 당위성에 이르기까지 자세하면서도 명쾌한 논리를 바탕으로 하고 있지만 《삼국유사》를 편찬한 일연은 그것만으로는 부족하다고 생각했는지 만어산과 만어사에 관한 이야기의 유래와 근거를 알려 주는 것들이 어디에서 왔는지를 아래에서 다시 설명하는 치밀함을 보이기도 한다.

《팔만대장경》은 방대한 분량이라 내용과 주제와 명칭 등에 따라 여러 개의 질帙, 函로 분류하여 나누는 것이 필요한데, 이것을 효율적으로 하기 위해 천天으로 시작하여 야也로 끝나는 천자문의 글자 배치 순서에 따라 《불경》을 배열하고 이름을 붙였다. 이것을 순서에 해당하는 천자문 글자와 함函을 결합하여 명칭을 붙였는데, 그중에서 가함可函에 들어 있는《관불삼매경觀佛三昧經》 제7권에서 이르기를, "치자꽃이 있는 숲薝蔔花林에 못된 용이 사는 못의 옆이면서 푸른 연꽃이 피어 있는 샘 북쪽의 나찰굴羅刹穴에 있는 아나사산阿那斯山의 남쪽인 야건가라국耶乾訶羅國에 있는 고선산古仙山으로 불리는 곳에 부처가 이르렀다. 그때 이 굴에는 다섯 나찰 악귀羅刹가 살았는데, 암컷용女龍으로 변해서 못된 용毒龍과 교접했다. 용은 거듭해서 우박을 내리고, 나찰 악귀는 하는 짓이 음란하여 흉년으로 인한 기근과 역병이 유행하는 일이 4년이나 계속되었다. 왕이 놀라고 무서워서 하늘땅의 신들께 기도하고 제사했으나 아무런 영험이 없었다.

당시에 총명하고 지혜가 많은 범지梵志가 대왕께 사뢰어 아뢨다. "가비라伽毘羅 정반왕의 아들이 도를 이루어 석가문釋迦文이라 일컫는다고 합니다." 왕이 이 말을 듣고 마음으로 크게 기뻐하여 부처를 향해 예배를 올리고 말하기를, "지금 이미 부처님의 광명한 세상이 시작되었는데, 어찌하여 이 나라에는 이르지 않는가!"라고 했다. 이때 석가여래는 모든 제자比丘를 잘 다스려 가르쳐서 여섯 가지 신통력을 가진 자들에게 뒤를 따르게 하고 야건가라국 왕인 불파부제弗婆浮提의 요청을 들어주기로 했다.

그때 석가세존은 이마에서 빛을 발산하며 1만 명이나 되는 여러 부처의 모습大化佛으로 변하여 그 나라로 갔다. 바로 그 순간에 용왕과 나찰녀 등은 최고의 존경을 표시하는 오체투지五體投地를 하며 부처께 계율을 지키겠다는 서약受戒을 청했다. 부처께서는 불佛, 법法, 승僧에 의지하여 귀의하는 삼귀三歸와 불제자가 지켜야 할 다섯 가지 계율五戒에 대해 설법했다. 용왕이 설법을 들은 뒤 무릎을 마주 대고 몸을 세운 채 꿇어앉아 절하고長跪 두 팔을 가슴께로 들어 올려 손바닥을 마주 대어 합合掌하는 예를 올리며 석가세존께서 이곳에 늘 머무르기를 권하여 요청하면서 말하기를, "만약 부처께서 계시지 않으면 제게 나쁜 마음이 생겨나서 수행한 인연으로 도달하는 최상의 지혜와 지덕의 경지인 아누다라 삼막 삼보리阿耨菩提를 이루어 낼 도리가 없습니다"라고 했다.

그때 범천왕梵天王이 다시 와서 세존께 절을 하고 청하기를, "부처婆伽婆께서는 앞으로 올 세상의 모든 중생을 위하시므로 유독 작은 용 한 마리에만 치우치게 하지는 마소서"라고 하니 사바세계를 주관하는 모든 신들梵王이 함께 이처럼 간청했다. 이때 용왕이 칠보로 장식한 자리七寶臺를 내어 석가세존께 바쳤는데, 부처께서, "이 자리는 필요하지 않으니 괜찮다. 다만 그대는 나찰의 석굴을 가져다가 나에게 시주하도록 하라"라고 말하니 용왕이 크게 기뻐했다. 석가여래께서는 용왕의 마음을 편하게 해주면서 위로하여 말하기를, "내가 그대의 청을 받아들여 그 굴 안에 앉아서 1,500년을 지낼 것이다"라고 하면서 몸을 솟구쳐서 돌 안으로 들어갔다. 그 돌은 마치 맑은 거울 같아서 사람의 얼굴이 비쳐서 보이고 여러 용에게도 모두 보였으며, 부처께서는 석굴 안에 있으면서도 밖에까지 그 모습이 비쳐서 나타났다.

이때 모든 용이 크게 기뻐하며 그곳을 떠나지 않으면서 늘 부처를 뵈었다. 석가세존께서는 두 발등을 포개서 앉는 가부좌跏趺坐를 틀고 앉아 계셨는데, 중생이 뵐 때 멀리서는 보이고 가까이 가면 보이지 않았다. 여덟 하늘의 모든 신들諸天이 부처께 공양하면 또한 설법으로 답을 했다. 또 이르기를, "부처께서 바윗돌을 밟으면 곧바로 아름답고 조화로운 소리가 났다"라고 했다.

이 이야기는 못된 짓을 하는 용과 나찰녀, 백성을 사랑하는 왕, 석가모니의 신통력과 그의 형상, 조화로운 소리를 내는 돌 등이 무슨 인연으로 만나서 신비스러운 현상을 만들어 냈으며, 그것이 중생에게는 어떤 의미로 다가오는지를 밝힌 것으로 만어산과 만어사가 만들어지고 세워진 유래와 근거가 모두 《불경》에서 왔다는 사실을 적시하고 있다. 석가모니가 득도하여 불교를 연 뒤 처음으로 불법을 통해 감화시킨 존재가 못된 용과 나찰녀 등인데, 이들의 요청에 따라 자신의 형상을 굴 안에 남겨 설법으로 중생을 제도한 곳이 바로 인도의 북서쪽 가라국訶羅國에 있는 고선산 바위굴의 부처 형상인데, 만어산의 굴속에 있는 부처의 형상佛影이 부합하고 있다는 사실을 강조하는 것 역시 특별한 의미가 있다. 김수로왕이 세운 나라인 가야국은 가라국訶羅國, 가락국駕洛國 등으로도 불렸는데, 인도의 나라 명칭을 그대로 음차한 한자어 표기와 일치하고 있는 점 때문이다.

이것은 두 가지 정보를 알려 주고 있는 것으로 보이는데, 가야를 세운 인물과 나라의 명칭 등이 인도와 일정한 연관을 가진 것일 수 있다는 점과 가야와 불교의 관계가 밀접했다는 것 등이다. 허황옥이 인도의 아유타국에서 왔다는 것은 《삼국유사》에서 분명하게 밝히고 있는 데다가 왕이 된 뒤에도 혼인을 미루었던 김수로는 자신의 배필이 될 사람이 정해진 날짜에 가야로 올 것이라는 사실을 정확하게 알고 있었다는 것 등이 이러한 주장을 뒷받침하는 근거가 된다.

《고기》와 《삼국유사》에 기록된 만어사 관련 자료를 보면 가야국 만어산의 너덜지대에 있는 소리 나는 돌과 부처 형상 등은 《관불삼매경》에 나오는 인도 가라국 고선산의 굴 안에 있는 부처 형상과 바위 등과 완전히 부합하기 때문에 이것을 기반으로 하면서 못된 용과 나찰녀는 《불경》 이야기에서 가져오고, 불파부제왕은 김수로왕으로 대체해서 유래와 의미를 창조해 낸 것이다.

이처럼 《불경》에 있는 이야기를 당시의 사회적·공간적 환경에 맞도록 각색한 것은 만어산이 석가모니와 연결되어 있는 영험한 공간이라는 점을 부각함으로써 중생을 제도하는 부처의 법력을 강조하여 드러내고 만어사 창건의 당위성을 확보하기 위한 시도로 해석하는 것이 가장 합리적이다. 따라서 만어사는 신성함과 영험함이 다른 어느 사찰보다 뛰어날 수밖에 없음을 인정할 수밖에 없다. 다른 사찰의 창건 유래를 보면 관음보살, 문수보살, 정취보살, 아미타불, 비로자나불 등이 중심되는 부처로 자리하고 있는 데에 반해 만어사는 불교의 현세불이며 가장 높은 지위에 있는 석가모니를 주불로 하고 있기 때문이다.

이러한 유래와 의미를 지닌 만어사는 밀양시 삼랑진읍에서 만어로를 따라 약 8킬로미터를 올라간 만어산 중턱에 자리하고 있다. 만어사를 구성하는 크고 작은 건물堂宇로는 법당인 대웅전, 미륵돌을 모신 미륵전, 민간의 세 신을 모시는 삼성각, 승려의 생활공간인 요사채, 방문객을 접대하는 객사 등이 있다. 현재의 만어사는 아주 작은 규모인 데다 유적으로는 고려시대에 세워진 것으로 보이는 삼층석탑 정도밖에 없지만 다른 곳에서는 보기 어려운 진풍경이 펼쳐지고 있어서 사람들의 사랑을 한몸에 받고 있다.

만어사에서 눈여겨봐야 할 것은 미륵전의 안에 있는 높이 5미터 정도의 커다란 암석과 너덜지대를 이루고 있는 돌의 강이다. 미륵전 안에 있는 암석은 남쪽에 있는 너덜지대의 돌들을 향해 우뚝 솟아 있는 커다란 바위로 끝이 뾰족한 모양으로 되어 있는데, 용왕의 아들龍子이 변해서 된 것으로 미륵돌이라고 일컬어진다. 이 돌에 바라는 바를 빌며 기원을 올리면 아이를 낳을 수 없었던 여성도 아들을 얻을 수 있다고 하여 신통력을 지닌 미륵불로 숭배되었다고 전한다. 이 돌의 뾰족한 끝이 너덜지대의 소리 나는 돌磬石, 萬魚石 무리를 향하고 있어서 더욱 이채롭다. 전설에 따르면 용왕의 아들을 따라온 수많은 물고기가 변해서 만들어진 것이 바로 너덜지대의 돌로 일컬어지는데, 이것은 민간에서 전하는 것으로 《고기》와 《삼국유사》에 실려 있는 이야기와는 다소 차이가 있다.

《삼국유사》의 기록에 따르면 만어산의 불영魚山佛影이라는 명칭이

미륵전 안에 있는 돌. 동해 용왕의 아들이 변해서 된 것이라고 전하며, 사람들의 소원을 이루어 준다고 하여 미륵불로 일컬어진다.

붙은 근거로 보이는 만어사의 돌미륵은 부처의 형상이 깃들어 있는 것으로 가까이 가면 그 형상이 잘 보이지 않지만 멀리서는 잘 보이는 것으로 알려져 있다. 그래서 이것은 《관불삼매경》에 나오는 이야기처럼 부처가 남겨 놓은 자신의 형상과 같은 것으로 볼 수밖에 없다. 그래야만 동해의 용과 수많은 물고기가 모여들어서 부처의 설법을 듣기 위해 하늘을 향해 머리를 쳐들고 있는 상태로 되어 맑은 소리를 내는 너덜지대의 돌로 변했다는 이야기를 뒷받침하는 근거 혹은 증거물로 작용할 수 있기 때문이다.

《삼국유사》의 기록에 따르면 현재의 만어사 미륵전 안에 있는 돌은 석가모니불이 되고, 전설의 내용에 따르면 용왕의 아들이 변해서 된 미륵불이 되는데, 석가모니불은 현세의 부처이고, 미륵불은 내세의 부처이니 이 돌은 참으로 묘한 존재가 된다. 산 중턱에 불쑥 솟아 있는 형태의 바위도 신기하지만, 여기에 현세불과 미래불이 동시에 깃들어 있다고 하니 이보다 더 영험한 존재가 어디에 있겠는가!

이러한 사연을 가지고 있는 만어사萬魚寺의 역사와 아름다움을 노래한 작품도 여럿 있는데, 조선 후기인 17세기에 태허당太虛堂이라고 일컬어졌던 승려가 지었다는 칠언율시가 일품이다.

> 천축의 부처 형상 우리나라에 비치어,西竺金身影青丘
>
> 불법의 신령함이 이 사이에 머물렀네.釋門靈異此間留

천년 불사 추녀 끝에는 구름이 피어오르고,千年棟宇雲生角
수만의 돌 물고기는 고개를 조아리네.萬介魚鱗石點頭

수로왕의 자취가 남아 있는 향나무는 늙어 있고,首露遺蹤香樹老
나옹선사가 노닐었던 옛 누대만 그윽하네.懶翁遊處古臺幽

지팡이를 머물러 절경을 탐구하기 반나절,停笻半日探形勝
산마루 명승지는 그야말로 딱 가을일세.絶頂名區政是秋

시상을 일으키는 수련首聯에 해당하는 1구와 2구는 만어산에 있는 부처 형상이 우리나라에 깃들어 있어서 불법의 영험함이 만어산에 머물렀다고 하여 만어사가 세워진 곳이 얼마나 신성한 공간인지를 강조하고 있다. 앞에서 일으킨 시상을 이어받아 본격적으로 정서를 펼치는 함련頷聯인 3구와 4구는 만어사의 역사가 아주 오래되었다는 사실과 그것을 증험하는 것으로 물고기가 변해서 만들어진 돌 수만 개가 만들어 내는 진풍경을 노래하고 있다. 5구와 6구는 경련頸聯인데, 시인의 정서를 더욱 발전시켜 살짝 뒤집는 방식으로 노래한다. 사찰을 창건한 것으로 알려진 가야 김수로왕의 흔적이 남아 있는 향나무와 고려의 선승인 나옹화상이 노닐었다는 누대를 통해 시대를 초월하여 사람들이 만어사를 사랑했음을 보여 준다. 시상을 마무리하는 결련結聯인 7구와 8구는 한나절이나 아름다운 풍광에 빠져 있었던 시인 자신과 가을이 깊어 가는 만어산의 자연을 연결함으로써 만어사가 있는 공간이 매우 영험한 곳이며 풍광 또한 아주 빼어난 곳이라는 점을 부각하고 있다. 사람이 만든 역사와 신불이 조각해 낸 자연이 어우러진 영험한 사찰이 우리의 삶에 얼마나 커다란 의미로 다가오는지를 잘 보여 주는 작품이라고 할 수 있다.

만어사의 유적 중에서 특히 주목해야 할 것은 대웅전 앞뜰에 서 있는 삼층석탑이다. 국가유산 보물로 지정된 이 석탑은 고려시대인 1180년에 만어사를 중창할 당시나 그 이듬해에 조성된 것으로 추정되는데, 바닥돌이 드러나 있는 데다 지붕돌은 파손된 상태이다. 탑의 맨 아래에 있는 바닥돌은 판판하면서도 넓게 떠낸 널돌 네 장으로 이루어져 있는데, 2단으로 된 굄돌이 마련되어 있는 형태이다. 널돌 네 장으로 된 단층의 받침돌은 네 개의 면에 배치하면서 그것을 지탱해 줄 짧은 면석面石으로 고정하고 있는 구조를 이루고 있어서 고려시대에 조성된 일반 석탑의 모양임을 알 수 있다. 석탑의 몸통을 이루는 구조물도 모두 비슷한 형식으로 되어 있는데, 탑의 꼭대기를 이루는 차트라는 당시의 것이 없어져서 다른 돌로 보주寶珠를 해서 얹었는데, 이것 역시 파손되어 있다. 이 석탑은 신라의 것처럼 화려하지는 않지만 단아하면서도 안정감을 주는 비율로 조성되어 있어서 보는 사람이 편안함을 느끼도록 하는 매력을 지니고 있다.

# 당간지주를 세우지 못한
# 거돈사

강원도 원주시 부론면 정산리 157번지 일대에는 신라 때 창건된 큰 사찰이었지만 지금은 터만 남아 있는 거돈사지가 있다. 창건 시기, 창건한 인물, 폐사된 시기 등 사찰의 역사를 살필 수 있는 자료가 거의 남아 있지 않아서 자세한 정보를 알기는 어렵다. 다만 남아 있는 유적과 절터의 크기, 발굴 과정에서 수습된 유물 등으로 볼 때 신라 말에서 고려 초에 이르는 시기에 대찰大刹의 면모를 갖추었을 것으로 추정된다. 조선 전기에 만들어진 《신증동국여지승람新增東國輿地勝覽》에 그 위치가 기록된 것으로 미루어 최소한 이 시기까지는 절이 존재했던 것으로 보인다. 그러나 언제 어떤 일 때문에 폐사되었는지는 알 수 없다.

현재 남아 있는 유적으로는 금당터, 강당터, 불대좌佛臺座, 원공국사승묘탑圓空國師塔, 원공국사승묘탑비圓空國師塔碑, 삼층석탑, 배례석拜禮石,

미완성의 당간지주幢竿支柱 등이 있다. 비록 절이 폐사되기는 했지만, 거돈사지와 주변 지역에 애틋한 사연을 간직하고 있는 다양한 형태의 콘텐츠가 많이 있어 불교사·역사·문화사적으로 매우 중요한 의미를 지닌 공간이라고 할 수 있다.

하나의 탑과 하나의 금당이 일직선상에 배열되는 방식一塔一金堂式의 가람배치는 백제에서 완성된 것으로 일본과 신라에 지대한 영향을 미쳤는데, 신라에서는 9세기 무렵부터 지어진 사찰에 이런 모습이 많이 나타난다. 이런 점으로 비추어 볼 때 거돈사는 9세기 무렵 대찰의 규모를 갖추었을 것으로 생각된다. 단의장옹주端儀長翁主처럼 역사 기록에는 나타나지 않는 인물에 대한 정보가 사찰에 대한 기록을 통해 드러나는 점도 중요하게 인지할 필요가 있다. 사찰과 관련된 주변 지역의 여러 설화는 콘텐츠를 풍부하게 만드는 핵심적인 자양분이 되므로 이것 역시 소중한 문화유산이라고 할 수 있다. 폐허가 된 사찰의 터가 우리에게 말하고 보여 주는 것은 아주 작은 현상일지라도 놓치지 않고 발굴하고 보존하여 새로운 형태의 콘텐츠를 생산하는 바탕으로 삼는 것이 필요하기 때문이다.

사찰로 들어가는 초입에 서 있는 것이면서 돌로 만들어진 당간지주는 절이 폐허가 되었어도 대부분은 그대로 남아 있다. 그런데 거돈사지에는 어디를 봐도 서 있는 당간지주가 없다. 대신 당간지주라고 추정할 수 있는 것이면서 누워 있는 길쭉한 돌 하나가 눈길을 끈다. 지금은 거돈사지 유적센터로 사용하고 있는 곳이지만 얼마 전까지만

거돈사지 유적센터 앞마당에 누워 있는 돌. 전하는 이야기에 따르면, 거돈사 당간으로 쓸 것이었으나 나머지 하나를 옮겨 오지 못해 미완성으로 누워 있다고 한다.

해도 부론초등학교 정산분교였던 건물의 앞 서쪽 방면에 누워 있는 모양으로 하나만 남은 당간지주가 있다.

당간지주는 불화를 그린 깃발인 당幢을 고정하기 위해 왼쪽과 오른쪽의 두 방향에 세우는 기둥으로 사찰의 입구에 세워 영역을 표시하기 위한 깃대와 같은 것이다. 신라 때부터 세워지기 시작한 것으로 보이는데, 돌로 만든 석당간石幢竿, 쇠로 만든 철당간鐵幢竿, 금동당간金銅幢竿, 나무로 만든 목당간木幢竿 등이 있으며, 석당간이 가장 많이 남아 있다. 모든 사찰에는 당간지주가 두 개 있지만 거돈사 당간지주로 추정되는 것은 하나밖에 없는 데다 세워지지도 못하고 누워 있는 형태인 것이 특이하다. 거돈사지에서 남쪽으로 시내 건너편에는 부론초등학교 정산분교였다가 폐교된 뒤 지금은 거돈사지 유적센터로 쓰이고 있는 건물 앞뜰 한쪽 편에는 누워 있는 긴 돌을 거돈사에 세우려던 당간지주로 본다. 거돈사의 당간지주가 한 짝만 있게 된 사연이 이 지역에 전설로 남아 있다.

옛날에 이 지역의 사찰에 세울 당간지주를 만드는 일을 맡았던 남매가 있었다. 누나는 법천사 당간지주를, 남동생은 거돈사 당간지주를 세우게 되었는데, 사촌이 논을 사면 배가 아프다고 한 속담이 있듯이 남동생을 시기한 누나는 잔꾀를 부렸다. 남동생이 누나에게 당간지주로 만들 돌을 옮기려면 어떻게 해야 하느냐고 물었다. 힘이 센 장정을 많이 구해서 힘을 쓸 수 있는 음식을 많이 먹여야 하는데, 콩을 볶아서 먹이면 된다고 누나가 말했다. 남동생은 누나의 말을 듣고 시키는 대로 했다. 장정들이 볶은 콩을 많이 먹고 목이 말라 물을 마셔 대니 전부 배탈이 나서 설사를 해 대는 바람에 기운이 다 빠져 일을 할 수 없게 되었고, 당간을 만들 돌을 다 옮겨 오지 못했다. 겨우 하나만 옮겨 왔는데, 옮겨 오지 못한 나머지는 사기막골 뒤의 산속에 아직도 남아 있다.

이 이야기는 충청도 지역을 중심으로 우리나라 전역에 분포되어 전하는 〈오누이 힘내기 설화〉의 변형된 형태이다. 〈오누이 힘내기 설화〉에서는 힘이 센 남매와 어머니가 주로 등장하는데, 이 계통의 이야기에는 오누이가 반드시 나오기 때문에 이런 제목이 붙었다. 힘자랑을 하는 오누이가 목숨을 걸고 힘내기 하는 방식으로 진행되고, 그 어머니가 어느 한쪽을 편들면서 승부가 나지만 모두 죽음을 맞이하는 방식으로 다분히 교훈적이다.

거돈사 당간지주 설화에서는 어머니와 교훈적인 내용이 빠진 상태에서 누이의 잔꾀로 남동생이 지는 것으로 나타난다. 거돈사에 당간지주가 세워지지 못한 이유를 알려 주는 것으로는 이 이야기밖에 없는데, 세워지지 못한 당간지주를 증거물로 하여 설화가 결합된 것으로 보인다. 누워 있는 돌에는 가공의 흔적은 있으나 완성하지 못한 것이라서 그런지 매우 거친 느낌을 주는데, 길이가 7미터나 된다. 사기막골의 산에도 이와 비슷한 모양의 돌이 있으니 원래 한 짝을 이루도록 할 목적이었던 것으로 보인다. 이에 대해서는 아직 자세한 발굴조사가 이루어지지 않은 상황이라 단정적으로 말하기는 어려운 점이 있다.

유적관을 지나 현계산에서 내려오는 작은 시내를 건너 오른쪽으로 조금만 가면 거돈사지로 올라가는 돌계단이 보인다. 계단을 다 올라가면 곧바로 광활하다고 할 정도로 넓은 공간에 삼층석탑과 금당지의 불대좌가 서 있는 거돈사터가 보인다. 발굴조사를 통해 밝혀진 거돈사터의 규모는 7,500여 평에 이를 정도라고 하니 대단한 사찰이었음을 알 수 있다. 또한 금당터는 전면 6줄, 측면 5줄의 초석이 남아 있는 것으로 보아 20칸 정도 크기의 대법당이었음을 알 수 있다. 금당터 중앙에는 2미터 높이의 불대좌佛臺座가 덩그러니 놓여 있다. 화

거돈사터 전경. 삼층석탑, 금당, 불대좌가 일직선으로 배열되어 있다. 삼층석탑은 보물로 지정되었다.

강석으로 만든 대좌의 크기가 이 정도이니 그 위에 모셨을 불상의 규모도 장대했을 것으로 추측할 수 있다. 불상은 흔적도 없이 사라졌고, 남아 있는 불대좌도 파손이 워낙 심해서 원래의 모습을 찾기 어렵다.

금당지 불대좌 바로 앞에는 1983년에 보물로 지정된 삼층석탑이 있다. 높이는 5.4미터인데, 맨 아래에는 흙으로 다져 쌓은 터를 마련하고 그 위에 길게 다듬은 돌長臺石을 쌓은 기단基壇을 만든 다음 탑을 올리는 방식을 취했다. 기단 위에는 탑신과 옥개석을 삼층으로 쌓았는데, 옥개석의 받침은 모두 5단으로 표현해서 아름다움을 더했다. 옥개석의 윗부분은 2단으로 된 굄 방식으로 위의 탑신석을 받치도록 구성했다. 기단부에 얹히는 첫 탑신의 면적이 급격하게 줄어들고 있어서 왜소하다는 느낌은 있지만 신라 초기와 후기의 양식을 적절하게 잘 조화한 아름다운 석탑이다.

이처럼 거대한 규모의 절이었을 것으로 보이는 거돈사이지만 사찰의 창건과 역사에 대한 자료는 거의 남아 있지 않아 자세한 것은 알 수 없으나, 다른 자료에서 부분적으로 언급된 것을 바탕으로 재구성하면 어느 정도는 윤곽이 잡힌다. 신라 말기의 대문장가 최치원崔致遠이 893년 무렵에 찬술한 문경봉암사지증대사탑비聞慶 鳳巖寺 智證大師塔碑에 따르면, 거돈사는 신라 왕실의 옹주가 온 힘을 바쳐 지원했던 것으로 나타난다.

신라 제49대 경문왕景文王의 누이로 일찍 남편을 여읜 단의장옹주端儀長翁主는 불교에 심취하여 미륵불에게 귀의한 뒤부터는 지증대사를 공경하여 864년에 나라에서 봉읍封邑으로 받은 북원경北原京, 原州 지역의 안락사安樂寺, 居頓寺에 아름다운 자연경관이 많다고 하면서 그곳의 책임자住持가 되어 달라고 부탁한다. 지증대사가 제자들에게 말하기를, "산은 현자의 계곡이라 칭하고, 땅은 은거하기에 좋은 곳인 데다가, 절 이름은 편안하고 즐겁다는 뜻이니, 중이 어찌 머물러 법을 보존하지 않겠는가.山號賢溪地殊愚谷 寺名安樂 僧盍住持"라고 한 후 그곳의 주지승이 되어 그 지역 사람들을 교화했다. 867년에는 옹주가 여금茹金 등의 사람에게 명하여 토지와 노비 문서를 시주하도록 하여 승려의 요사채로 삼도록 하고 영원히 바뀌는 일이 없도록 했다. 이 일을 본 지증대사가 생각하기를, "왕녀도 불법의 기쁨法喜에 이바지하고자 하는데, 하물며 불제자인 내가 참선의 기쁨禪悅을 맛보면서 어찌 그냥 있을 수 있겠는가?" 하고는 879년에 장원莊園

12채와 밭 500결(약 15만 평)을 절에 희사하고자 했으나 그가 가진 땅도 모두 왕의 땅이므로 도성의 고위 관료들에게 문의해 보았다. 그 소식을 들은 헌강왕이 가상하게 여겨 그렇게 하도록 허락하고 구획을 지어 확실하게 정리해 주었다.

신라 말기에 성행한 구산선문九山禪門 중 희양산문曦陽山門의 개산조開山祖인 지증은 법명이 도헌道憲으로 824년에 태어나서 882년에 입적하였다. 지증이 입적한 곳이 바로 안락사(거돈사)라는 점이 눈길을 끈다. 그의 부도와 탑비는 문경의 봉암사에 있지만 애정을 가지고 머물면서 돌봤던 사찰은 거돈사였다는 사실을 보여 준다. 이 기록에서 추정할 수 있는 또 한 가지는 절의 이름이 안락사에서 거돈사로 바뀐 것은 지증이 머물렀던 시기이거나 그의 입적 후로부터 그리 멀지 않은 때일 수 있다는 점이다. 그가 신라 선종의 한 종파인 희양산문의 개산조였다는 사실로 미루어 그가 직접 했거나 그가 끼친 영향으로 인해 사찰의 이름을 바꾸고 선종의 절로 만들었을 가능성이 매우 높기 때문이다. 위 자료에서 추정할 수 있는 또 한 가지는 현재 남아 있는 절의 규모가 신라 말기에 이미 갖추어졌을 가능성이 높다는 점이다. 왕실과 왕이 직접 개입하여 적극적으로 지원했고, 지증 또한 상당한 규모의 재산을 희사하여 절에 소속되도록 만들었다고 했으니, 이것만으로도 상당한 규모의 사찰을 꾸리기에 충분했을 것으로 보인다.

거돈사터 옆에는 못배미라는 논이 있다. 옛날 거돈사가 있을 때 이 자리는 연못이었는데, 절이 없어진 뒤 못을 메우고 논을 만들었다고 해서 붙은 이름이다. 지명으로 남아 있지만, 논을 만들 정도로 큰 연못이 있었을 정도였으니 거돈사는 현재까지 발굴을 통해 알려진 것보다 훨씬 더 큰 규모의 사찰이었을 가능성도 배제할 수 없다.

조선 전기까지는 건재했던 거돈사는 그 뒤 폐허가 된 후 지금에 이르는데, 금당지 한가운데에 남아 있는 2미터 높이의 불대좌도 다시 살펴볼 필요가 있다. 지금까지 발굴조사한 결과에 따르면, 불대좌 위에 모셨던 것은 철불이 아닌 석불이었을 것으로 추정하는데, 그 이유를 불대좌에서 청동이나 철의 흔적을 찾을 수 없기 때문이라고 주장한다. 그러나 이러한 주장에는 재고의 여지가 있다.

문경봉암사지증대사탑비에는 지증이 거돈사에 머물 당시에 자신에게 도첩度牒을 주어 승려가 되도록 해 준 사람을 위해 높이가 4.8미터에 이르는 장륙불상丈六佛像을 쇠로 주조한 후 그 위에 황금을 입혀서 절을 지키고 죽은 이의 영혼을 인도하는 데에 쓰도록 했다고 기록되어 있다. 이 정도 규모의 불상에는 금당터에 남아 있는 불대좌 정도의 크기가 적합할 것으로 보인다. 발굴조사서에서 주장하는 바처럼 불대좌 위에 모신 부처가 석불이었다면 돌로 된 불대좌는 남았는데, 불상만 흔적 없이 사라진 이유를 설명해야 하지만 그것은 불가능한 것으로 보인다. 불대좌에 청동이나 철의 흔적이 없다는 이유만으로 석불이라고 주장하기에는 근거가 너무 빈약할 수밖에 없다.

전하는 것처럼 거돈사가 임진왜란을 겪으면서 폐허가 되었다고 한다면 불상만 감쪽같이 사라진 이유를 추정할 수 있다. 대략 5미터에 이르는 철불이었다면 철이 상당량 사용되었다는 것인데, 전쟁에 필요한 총탄 같은 물건을 만들기 위한 원료로 쓰기 위해 계획적으로 약탈되었을 가능성이 매우 크다. 돌로 된 나머지 것들은 거의 그대로 남아 있는데, 불상만이 사라진 이유를 찾기 위한 근거로는 가장 그럴듯해 보인다.

거돈사지 금당 북쪽 산기슭에는 고려의 승려인 원공국사승묘탑이 있고, 동쪽으로 100미터 정도 떨어진 곳에는 원공국사승묘탑비가 있다. 원공국사 지종智宗은 930년에 출생하여 1018년에 89세로 입적한 고려 전기의 고승이다. 광종光宗으로부터 대사의 법계를 받았으며, 대선사를 거쳐 84세에는 왕사에 책봉되었다. 1018년에 거돈사로 내려온 후 얼마 되지 않아 열반에 들었고, 원공국사로 추증되었다. 승려의 몸에서 나온 사리를 안치하기 위해 조성하는 승탑을 부도浮屠라고도 하는데, 원공국사승묘탑은 그가 입적한 후 바로 조성되었다. 원공국사승묘탑은 평면 팔각으로 팔각원당형인 신라 승탑의 전통을 계승하고 있다. 단정하면서도 균형 잡힌 형태에 팔부중상八部衆像, 사천왕상四天王像 등을 비롯하여 다양한 조각으로 장식해서 격조를 높이고 있다.

이 승묘탑은 워낙 아름다웠기 때문에 일제강점기에 일본인이 강제로 가져다가 자기 집에 두었는데, 그 뒤 1948년에 경복궁으로 옮겼다가 지금은 용산에 있는 국립중앙박물관 야외전시장에 보관되어 있다. 보물로 지정될 정도로 가치를 인정받았지만 무슨 이유에서인지 원래 자리로 돌아가지 못하고 거돈사지에는 모조품이 그 공간을 지키고 있다.

원공국사승묘탑비는 1025년에 세워졌는데, 고려시대의 대표적 문필가 겸 교육가이고 정치가였으며, 해동공자海東孔子로도 일컬어졌던 최충崔沖이 비문을 지었고 김거웅金巨雄이 썼다. 그리고 글자를 새긴 사람은 정원貞元, 계상契想, 혜명惠明, 혜보惠保, 득래得來 등인데, 비의 받침돌인 귀부龜趺와 머릿돌인 이수螭首를 제대로 갖춘 상태로 잘 보존되었으며 거대하고 당당한 모습을 지니고 있다. 1963년에 보물로 지정되었다.

비신碑身을 올려놓는 귀부는 거북의 등껍질인 귀갑문龜甲紋에 꽃무늬花紋와 만卍이 규칙적으로 배열되어 있으며, 귀갑문 끝부분은 테두리가 둘러져 있다. 등 꼭대기에는 네모난 모양의 비신碑身 받침이 있는데, 네 측면에는 코끼리 눈 모양에서 유래한 안상眼象이 조각되어 있다. 귀부의 머리는 측면에 지느러미와 비슷한 모양이 있는 것으로 미루어 용의 머리를 형상화한 것으로 보인다. 비신은 잘 보존되어 글자의 내용을 쉽게 판독할 수 있다. 그 위에는 네모난 모양의 이수가 있는데, 구름과 용을 화려하게 장식했다. 아래쪽에는 구름 문양을 가득 차게 새겼으며, 그 위에는 용 아홉 마리를 새겨 위엄을 더하였다.

원주 거돈사지 원공국사승묘탑비. 고려의 승려 원공국사의 승묘탑비로 조성될 당시의 모습으로 잘 보존되어 있다. 탑의 받침과 머릿돌의 조각이 화려하고 정교하다.

이러한 원공국사승묘탑비의 조성과 관련된 설화가 이 지역에 전하고 있어서 눈길을 끈다. 강원도 원주시 문막읍에는 비두리碑頭里라는 이름을 가진 마을이 있는데, 이 지역은 예로부터 품질이 좋은 화강암이 많이 나는 곳으로 유명했다. 거돈사지에 있는 원공국사승묘탑비의 귀부와 이수도 이곳에서 만들었는데, 옮기는 과정에서 신기한 일이 일어났다는 이야기이다.

원공국사승묘탑비를 세울 때 비신은 나라의 도움으로 만들었으나 위에 올리는 이수와 비신을 올려놓은 귀부를 만들 돌을 찾기 어려워 주지승이 온 사방으로 찾아다녔다. 그러다가 현계산의 동북쪽에 있는 마을에서 화강암이 나온다는 것을 알게 되었다. 주지승은 석공을 데리고 가서 좋은 돌을 구해서 이수를 만들도록 부탁했다. 석공들은 마을 뒷산에서 크고 웅장한 돌을 구해다가 온갖 정성을 다해 귀부와 이수를 만들었지만, 무슨 이유에서인지 제대로 완성하지 못하는 바람에 장인이 주지승을 찾아가 법력으로 도와달라고 요청했다. 다시 큰 돌을 채취해서 가져온 다음 7일 동안 기도하고 작업에 들어갔다. 몇 달 동안 일을 하여 귀부와 이수를 완성했는데, 석공은 기진맥진하여 거의 쓰러질 지경이었다. 두 번째로 만든 귀부와 이수를 거돈사로 모셔 가려고 힘깨나 쓴다는 마을의 장정을 여러 명 동원했지만 무슨 일인지 아무리 애를 써도 꿈쩍도 하지 않았다. 귀신이 붙어서 그런 것이라고 믿었던 마을 장정들도 모두 흩어져서 가 버리니 주지승은 난처한 상황에 빠지게 되었다.

그때 허름한 차림의 승려 한 사람이 마을을 찾아와서는 “제가 저 성보聖寶를 옮겨 보도록 하겠습니다”라고 하자 사람들이 여러 명의 장정이 힘을 써도 옮기지 못했는데, 스님 혼자서 어떻게 옮길까 하고 걱정했다. 소리 없이 미소만 짓던 승려는 그 마을에서 가장 큰 황소를 키우는 집으로 가 주인에게 말했다. “오늘 이 집의 황소를 좀 빌렸으면 좋겠습니다.” 주인이 “소를 어디에 쓰려고 하느냐”고 묻자, “귀부와 이수를 옮기는 데에 쓸 것”이라고 했다. 이 말을 들은 소 주인은 걱정이 되기는 했지만 허락하고서 여물을 충분히 먹인 다음 마당에 매어 놓았다. 그런데 아무리 기다려도 소를 가지러 오지 않더니 해가 뉘엿뉘엿 넘어가려고 할 때 승려가 나타났는데, “이 집의 소를 아주 잘 썼으니 이제 외양간에 넣어도 되겠다”고 하는 것이었다. 그러자 주인이 “우리 소는 하루 종일 마당에 잘 매어 있었는데, 언제 소를 부렸다는 것입니까?” 하고 물었다. 승려는 껄껄 웃으면서 “제가 몸뚱이는 그대로 두고 혼신魂神만 빌려다가 쓰고 다시 데려다 놓았습니다. 소가 몹시 힘들어 할테니 먹이를 듬뿍 주도록 하십시오”라고 한 뒤 어디론가 사라져 버리는 것이었다. 주인이 소를 보니 정말로 땀을 흘리면서 힘들어 하고 있었다. 너무나 놀란 소 주인이 당장 거돈사로 달려가 보니 귀부와 이수를 소가 끌고 온 자국이 남아 있고 이미 탑비는 모두 설치된 뒤였다. 이런 일이 있은 뒤부터 ‘비 갓碑頭을 만든 곳’이라고 하여 ‘비두너미’, 혹은 ‘비두네미’로 불리다가 다시 비두리로 고쳐서 현재의 행정지명으로 되었다.

거돈사지가 자리하고 있는 곳의 지형과 지명도 특이해서 눈길을 끈다. 이곳의 현재 행정지명이 정산리鼎山里인데, 원주시의 지명자료에 따르면 1914년 행정구역 통폐합 때에 관덕, 거론, 단내, 서작, 자작, 천곡, 포담을 합병하여 정산리로 했다고 서술하고 있다. 지금의 정산1리를 둘러싸고 있는 산 세 개가 솥발 모양을 닮았다고 해서 정산리로 했다는 것이다. 그런데 조선시대의 기록을 보면 정산촌鼎山村이라는 지명이 이미 존재했던 것으로 나타난다. 거기에다 정산鼎山이라는 지명의 뜻은 솥발 세 개가 있는 모양을 의미하는 것이 아니라는 점도 유의할 필요가 있다. 정산은 여러 개의 산봉우리가 둘러싸고 있어서 마치 솥의 전처럼 높고 가운데는 솥 안처럼 낮은 모양이라서 붙은 이름이기 때문이다. 따라서 정산이라는 이름을 가지고 있는 지역은 산이 사방을 감싸고 있는 데다 가운데가 낮고 넓어 사람이 살 수 있는 공간谷이라고 하는 것이 가장 합리적이라고 할 수 있다.

지형을 고려했을 때 거돈사지가 있는 공간이 이런 모양이므로 조선시대의 기록에 나오는 정산촌은 지금의 정산1리 지역이 아니라 정산3리에 해당하는 곳으로 거돈사지가 있는 공간이라고 보는 것이 가장 합당할 것이다. 특히 정鼎은 신에게 제사를 지낼 때 사용하는 기구 중의 하나로 쓰이기 시작하다가 점차 권력과 국가의 상징으로 발전했던 솥을 가리킨다. 그러므로 이 글자가 들어가는 지명은 신 혹은 종교와 관련된 시설이 들어설 수 있는 입지 조건을 갖춘 곳이라고 볼 수 있다. 거돈사지는 사방이 산으로 둘러싸여 있는 데다 북쪽의 현계산에서 흘러온 물이 산과 산 사이에 좁다랗게 남쪽으로 뚫린 구멍 같은 곳으로 나가게 되어 있는 곳이므로 솥 안에 해당하는 공간이라고 할 수 있다.

최치원이 문경봉암사지증대사탑비에서 "산은 현자의 골짜기라 하고, 땅은 은자가 머무는 곳山號賢溪 地殊愚谷"이라고 표현한 것에서도 이러한 사실을 짐작할 수 있다. 계溪는 산과 산 사이에 난 좁고 막힌 골짜기로 물이 흘러갈 뿐 어떤 것도 통하지 못하는 공간을 말하고, 곡谷은 산에서 내려온 물이 나오는 곳이란 뜻으로 사람이 머물 정도의 공간이 확보된 땅을 지칭한다. 거돈사가 있었던 곳이 바로 현계산 골짜기에서 내려온 물이 땅을 적실 정도의 넓은 지역으로 나오는 공간이라는 의미가 된다. 거돈사가 있었던 공간이 바로 곡谷에 해당하는데, 이렇게 보면 사찰의 첫 이름이 안락安樂이었다는 점도 이해할 수 있다.

지증대사가 주지를 하면서 관리했던 시기를 전후하여 '단번에 얻는 깨달음頓悟에 머물면서 즐겁게 수행한다'라는 뜻을 지닌 거돈居頓으로 바뀐 것이라고 추정할 때 이것은 안락이라는 이름에 비해 선찰禪刹로서의 성격이 훨씬 강조된 것이라고 할 수 있다.

비록 거돈사는 폐허가 되어 복원이 어려운 상태이지만 남은 터와 유적, 전하는 이야기 등을 통해 우리에게 시사하는 바가 큰 공간이라고 할 수 있다.

# 제 5 장

# 모성과 효성이 어우러진 전통 사찰의 현장

# 지극한 효성과 불국토 사상이 어우러진
# 불국사

불국사佛國寺는 경상북도 경주시 진현동에 있는 신라 사찰로 나라를 지키고 보호하는 산신이 있는 곳이며, 국가 제사의 대상이 되는 다섯 산新羅五嶽 중 동쪽을 맡고 있는 토함산吐含山의 서쪽 산기슭에 자리하고 있다. 토함산의 동남 방향에는 국가유산 국보이면서 유네스코 세계문화유산으로도 등재된 석굴암石窟庵 석굴이 있는데, 김대성金大城이 불국사와 함께 창건한 것으로 전한다. 부모에 대한 효성이 지극했던 김대성은 가난했던 전생에 불교와 인연을 맺고 죽은 뒤 부귀한 집안에 환생했는데, 전생과 현생의 부모를 위해 각각 석굴암石佛寺과 불국사를 지어 축원했다.

불국사의 석조 기단과 석탑 두 기, 석굴암 석굴의 조각 등은 정교함과 예술적 아름다움 등에서 동북아 불교예술의 최고 걸작 중 하나로 꼽는다. 불국사는 신라 때 김대성에 의해 절이 크게 확장되어 중

불국사 대웅전. 사찰의 중심을 이루는 전각으로 석가모니가 계시는 응신토를 상징적으로 표현한 공간이다. 대웅전 앞뜰에는 서쪽에 석가탑이 있고, 동쪽에 다보탑이 있다. 전각 안에는 삼세불을 모시고 있는데, 가운데에 석가모니불을 봉안하고 있다.

창된 이래로 임진왜란 전까지만 해도 2천 칸이 넘는 엄청난 규모의 사찰이었지만, 전란과 화재의 피해를 보고 다시 중건되는 과정을 거치면서 지금의 모습으로 축소되었다. 석굴암 석굴 또한 무너지고 부서져서 폐허가 되었다가 일제강점기에 일본인이 콘크리트를 이용해 보수했는데, 지금까지도 이로 인한 여러 부작용이 남아 있어서 현재까지도 완전한 복원이 이루어졌다고 보기는 어렵지만 창건 당시의 모습이 원형 가까이 보존되었다는 사실 하나만으로도 가히 기적에 가까운 일이라고 할 수 있다.

토함산의 서남쪽 자락에 남향으로 자리 잡은 불국사는 돌로 쌓아 올려 만든 터전石壇 위에 세운 절이다. 불국사에 구현된 불국토의 공간은 셋으로 구분된다. 첫째는 석가모니불의 응신토를 구현한 대웅전이고, 둘째는 아미타불의 보신토를 구현한 극락전이며, 셋째는 비로자나불의 법신토를 구현한 비로전이다.

석가모니불을 봉안한 대웅전은 조선 후기인 1765년에 중건되었는데, 정면과 측면이 모두 5칸으로 된 전각이다. 대웅전에는 삼세불三世佛을 봉안하고 있으며, 사바세계의 교주인 석가모니불을 가운데에 모시고 좌우에는 과거불 갈라보살羯羅菩薩과 미래불 미륵보살을 협시불挾侍佛로 두고 있다. 삼세불의 양옆에는 가섭迦葉과 아난阿難 두 제자의 상이 서 있다. 불상을 모신 불단을 수미단須彌壇이라 하고, 석가모니불 뒤로는 탱화가 있으며, 천장에는 닫집을 올리고 화려하고 장엄한 여러 조각이 설비되어 있다. 보물로 지정되어 있는 불국사 대웅전의 뒤편에는 무설전無說殿이 있으며, 지붕이 있는 복도인 회랑回廊으로 사방이 둘러싸여 있다. 무설전과 대웅전의 양옆으로는 날개 회랑翼廊이 잇대어 있어서 모든 회랑이 연결되어 있다. 대웅전 남쪽 앞뜰에는 동쪽과 서쪽에 석탑 두 기가 있는데, 불국사를 창건할 당시에 세워졌다. 서쪽은 석가탑이고 동쪽은 다보탑인데, 모두 국보로 지정되었다.

두 탑은 대승불교의 근본 경전이라고 할 수 있는 《법화경法華經》과 관련이 깊다. 《법화경》은 사바세계에 있는 40년 동안 석가모니의 설법을 집약한 경전인데, 영취산에서 행한 영산회상靈山會上에서 석가모니불은 백천만겁百千萬劫 이전에 이미 삼계를 다스리는 법왕法王이 되

대웅전 뜰 서쪽에 자리한 석가탑. 장중한 느낌을 주면서도 담백하며, 수려한 자태가 인상적인 석탑이다.

었다는 사실을 설說한 내용을 담고 있다. 석가모니불의 참모습을 가장 직접적으로 보여 주는 《법화경》의 이런 내용을 바탕으로 세워진 탑이 대웅전 앞뜰 서쪽에 있는 석가탑이다. 이 탑은 2단으로 된 기단 위에 3단으로 된 탑신塔身을 올린 형태인데, 아무런 조각이 없어 간결하고 장중한 느낌을 주는 데다 각 부분의 비례가 아름답게 조화를 이루고 있어서 예술성이 뛰어난 작품으로 평가받는다. 석가탑은 석가여래상주설법탑釋迦如來常住說法塔이라고도 한다.

대웅전 앞뜰 동쪽에 있는 다보탑은 다보여래상주증명탑多寶如來常住證明塔이라고도 하는데, 석가모니불이 《법화경》을 설법할 때 보탑寶塔의 모양으로 솟아 나와 그 설법을 찬양하고 증명해 보였다는 경전의 내용을 바탕으로 건립되었다. 다보여래는 동방보정세계東方寶淨世界의 교주인데, 성불하여 세상을 떠난 뒤에도 시방세계 어디든지 《법화경》을 설교하는 곳이면 나타나 《법화경》의 참뜻을 증명하리라고 맹세했다. 영산회상에서 석가모니불이 《법화경》을 설교할 때 땅에서 칠보탑이 솟아 나와 하늘에 서 있었고 그 안에는 다보여래가 사자좌에 있었는데, 석가모니불과 자리를 반씩 나누어서 앉았다.

이러한 경전의 내용을 근거로 세워진 다보탑은 사방에 층계와 난간이 있는 네모 모양의 기단 위에 사각四角으로 된 탑신이 1단, 팔각八角 형태로 된 탑신이 2단 혹은 3단으로 되어 있어서 전체 층수를 가늠하기가 쉽지 않다. 사각 모양의 탑신은 다섯 개의 네모난 기둥돌이 받치고 있으나 팔각 모양의 탑신 기둥 돌은 층마다 모양이 달라서 어

불국사 다보탑. 다보보살이 《법화경》의 내용을 증명하기 위해 상주하면서 나타난다는 경전에 의거하여 세운 것이다. 사찰에 세워진 일반 석탑과는 전혀 다른 모습이다.

떤 의미가 있는지 추측하기 어렵다. 사각으로 된 부분부터 탑신으로 보면 사층탑이 되고, 팔각으로 된 부분을 탑신으로 보면 이층탑 혹은 삼층탑이 될 것이다. 이처럼 복잡한 구조임에도 불구하고 각 부분을 이루는 석재들이 매우 정교하면서도 공교하게 결합되어 뛰어난 조형미를 자랑한다. 석가탑과는 완전히 다른 모양이면서도 절묘한 조화를 이루고 있어 우리나라 석탑 중 최고의 걸작이라고 할 수 있다.

석가탑과 다보탑의 중간 남쪽에는 회랑 중간에 자하문紫霞門이 있고, 그 아래에 청운교青雲橋가 있으며, 청운교 아래에는 백운교白雲橋가 있다. 백운교 아래에서부터는 사람들이 살고 있는 속세이니 백운교, 청운교와 자하문은 중생이 석가모니불께서 설법하고 있는 응신토로 들어가는 연결 통로가 된다. 백운은 직역하면 흰 구름이라는 뜻인데, 이쪽 세계와 저쪽 세계의 사이에 있으면서 그것을 나누는 경계를 지칭한다. 그러므로 백운교는 속세와 불계를 나누는 경계에 있는 다리라는 뜻이고, 중생은 그 다리를 지나야 부처가 계시는 곳으로 들어가는 길이 열리는 것이다. 백운교 위에 있는 청운은 푸른 구름이라는 뜻이지만 높은 곳, 고상함, 하늘 등을 나타낸다. 그러므로 청운교는 하늘, 즉 불국토에 오르는 다리라는 의미로서, 이 다리를 지나면 불국토의 입구인 자하문에 이른다. 자하는 직역하면 자색 노을이라는 뜻이지만 신선이 있는 궁, 황제가 있는 궁궐 등을 지칭하므로 자하문은 석가모니불이 설법하는 응신토에 들어가는 문이 된다.

대웅전 서쪽에는 보신 불국토가 있는데, 이곳은 아미타불이 계시

불국사 대웅전과 극락전에 오르는 교각. 사진의 뒤에 있는 것이 대웅전으로 통하는 백운교, 청운교이다. 앞쪽의 것은 극락전으로 통하는 연화교, 칠보교이다. 두 교각을 지나면 각각 자하문과 안양루를 거쳐 대웅전과 극락전으로 들어간다.

는 극락정토이므로 극락전極樂殿이 법당이다. 극락전도 사방이 회랑으로 둘러싸여 있는데, 동쪽으로는 대웅전과 통하는 문이 있고 남쪽으로는 안양문安養門을 통해 바깥과 연결되어 있다. 극락전 앞뜰에는 석등이 있는데, 모두 김대성이 불국사를 중창할 당시에 지었던 것으로 보인다. 극락전에 모셔진 아미타불은 무량수불無量壽佛 혹은 무량광불無量光佛, 미타불彌陀佛 등으로 불리는데, 서방에 있는 극락정토의 주인이 되는 부처이다. 살아 있는 모든 존재를 구제하려는 소원을 마흔여덟 가지 세우고 오랜 수행을 해서 그것을 이룬 다음 지금으로부터 10겁 전에 부처가 되어서 사바세계로부터 서쪽으로 십만억불토十萬億佛土를 지나 있는 극락정토에 머물면서 설법을 하고 있다. 불국사

불국사 극락전. 아미타불을 모신 전각이다. 중생을 위해 48가지 소원을 세워서 실천했던 아미타불이 있다는 서방의 극락정토를 가리킨다.

극락전에는 신라 때 조성된 불상으로 국보로 지정된 금동아미타여래좌상金銅阿彌陀如來坐像을 봉안하고 있다.

보신토의 교주인 아미타불을 모시고 있는 극락전으로 들어가려면 연화교蓮華橋·칠보교七寶橋·안양문을 순서대로 지나게 되어 있다. 연화교의 연화蓮華는 연꽃을 의미하는데, 힌두교의 세 신 중 하나로 세상과 중생을 보호하는 비슈누Vishnu, 毗纽笯의 배꼽에서 처음으로 피어났고, 그 꽃 속에 창조의 신인 범천梵天이 가부좌를 틀고 앉아서 만물을 만들었다는 신화에서 출발했다. 연꽃이 불교로 수용되면서 보살과 부처가 앉는 보좌의 상징으로 되었는데, 향기, 깨끗함, 부드러움, 사랑스러움 등 네 가지 덕목德目을 가진 것으로 설정되었다. 사람이 죽을 때 아홉 가지 형태로 극락왕생하는데, 이런 중생을 맞이하러 부처와 보살 등이 연화대를 들고 온다. 《무량수불경無量壽佛經》에는 아미타불과 관음보살 등이 모두 보련화寶蓮華 위에 앉아 있는 것으로 나타난다. 그러므로 연화교는 속세에 있는 중생들이 아미타불이 계시는 극락정토로 가기 위한 첫 단계의 관문이라는 상징성을 띤다.

칠보七寶의 종류는 경전마다 약간씩 다른데, 《아미타경》에서는 금, 은, 유리, 산호, 옥돌 조개硨磲, 호박, 마노瑪瑙를 지칭한다. 속세에서 서쪽으로 10만 억이나 되는 불국토를 지난 곳에 있는 극락에서는 아미타불이 지금도 설법하고 있다고 한다. 이곳은 팔공덕수八功德水로 가득 찬 칠보 연못이 있으며, 그 바닥은 모두 금빛 모래로 되어 있다. 위에는 누각이 있는데 모두 칠보로 장식되어 있다. 연못 가운데에는 연꽃이 있으며 수레바퀴만 한 크기에다 청황적백青黃赤白의 색과 빛을 내며 미묘한 향기를 풍긴다. 그러므로 칠보교는 아미타불이 계시는 극락정토에 들어가는 문 바로 앞에 있는 다리가 된다.

칠보교를 지나면 바로 안양문이 있는데, 이것을 지나면 극락전이다. 안양安養은 극락세계의 다른 이름이기도 한데, 이 세상에 태어난 모든 중생은 마음을 편안하게 하고 몸을 양생하면서 불법을 듣고 도를 닦을 수 있는 곳이라고 해서 붙은 이름이다. 그러므로 안양문은 극락전의 정문이 된다.

불국사의 세 번째 불국토 공간은 대웅전과 극락전의 뒤쪽에 설정된 비로전毘盧殿 구역이다. 비로전은 비로자나불毗盧遮那佛을 모신 법당

불국사 비로전. 비로나자불을 모신 전각이다. 비로자나불은 사람의 눈으로는 볼 수 없는 광명의 부처이며, 시방세계의 모든 부처를 포괄하는 법신불이다.

인데, 불국사가 중창될 때 18칸의 크기로 건립되었다. 임진왜란 때 불탄 뒤 1660년에 중건했으며, 1973년에 복원할 당시 신라 때에 세웠던 기단과 초석 위에 조선 후기의 건물 양식으로 지었다. 비로자나불은 화엄 세계의 본존불로 시방十方의 모든 부처를 포괄하는 법신불法身佛이다. 광명의 부처로 빛깔이나 형상이 없는 우주의 본체인 진리의 참모습이다. 그러므로 비로자나불은 여러 가지의 몸, 여러 가지의 호칭, 여러 가지의 방편 등으로 나타나며 석가모니불이 보리수 아래에서 깨달음을 얻는 순간 비로자나불과 일체를 이루어 깨달음의 세계를 여러 보살에게 설법하게 되었던 것이다.

비로자나불은 끝이 없는 광대함과 광명의 세계 자체이기 때문에 보통 사람의 눈에는 보이지 않지만, 오직 한마음으로 간절히 바라면서 기도하면 언제, 어디서나 그에 맞는 모습으로 보인다고 한다. 부처가 되기 위해 나와 남을 이롭게 하는 원만하고 선한 행동으로 수행하는 보살행을 통해 비로자나불의 세계로 들어갈 수 있다. 불국사 비로전에는 국보로 지정된 금동비로자나불좌상金銅毗盧遮那佛坐像을 봉안하고 있는데, 극락전에 모시고 있는 아미타불좌상과 함께 진성여왕이 화엄 사상에 근거하여 조성한 것으로 보고 있다.

불국사는 사바세계와 직접 연결되는 석가모니불의 응신토, 서방의 극락세계인 아미타불의 보신토, 지극한 불심으로 볼 수 있는 비로자나불의 법신토라는 세 불국토를 정교하면서도 아름답게 형상화하여 현세의 공간에 옮겨 놓은 절이다. 역사적 기록으로 볼 때 불국사는 국가적 염원과 사업을 통해 지어진 것인데, 《삼국유사》에는 전생과 이생의 두 부모를 모셨던 효자 김대성이 지은 것으로 기록되어 있다. 가장 구체적인 창건 설화라고 할 수 있는데, 〈대성이 전생과 현생의 부모에게 효도하다大城孝二世父母〉라는 제목으로 된 글의 내용은 다음과 같다.

> 경주 서쪽에 있는 모량리牟梁里는 부운촌浮雲村이라고도 하는데, 그 마을의 가난한 여인인 경조慶祖에게 아들이 하나 있었다. 머리가 크고 정수리가 편편하여 커다란 성 같았으므로 이름을 대성大城이라고 했다. 집이 가난하여 생활하기가 매우 어려웠으므로 부자인 복안福安의 집에 가서

품팔이했는데, 그 집에서 약간의 밭을 주어서 그것으로 겨우 생계를 유지할 수 있었다.

그때 사람이 모든 감각기관으로 지은 죄를 참회하고 앞으로 선행을 많이 쌓을 것을 다짐하는 육륜회六輪會를 흥륜사興輪寺에서 베풀기 위한 비용을 마련하기 위해 점개漸開라는 고승이 복안의 집에 가서 보시하기를 권유했다. 그 집에서 베 50필을 시주하니 스님이 주문으로 축원하여 말하기를, "시주檀越께서는 보시하는 것을 즐겨 하시니 하늘의 신령天神이 보호하고 지킬 것입니다. 하나를 보시하면 만 배를 받을 것이니 평안하고 즐겁게 천수를 누릴 것입니다"라고 했다.

대성이 그 말을 듣고 집으로 뛰어 들어와서 어머니에게 말하기를, "제가 문간에서 스님이 외우는 소리를 들으니 하나를 시주하면 만 배로 받는다고 합니다. 제 생각에는 우리가 전생에 쌓은 선행이 없어서 지금 이렇게 가난한 것인데, 지금 또 베풀지를 않는다면 내세에는 더욱 어렵게 될 것입니다. 제가 품팔이로 얻은 밭을 법회에 보시하여 훗날에 응보를 받는 것이 어떻겠습니까?"라고 하니 어머니께서 좋다고 했다. 이에 점개 스님에게 밭을 보시하고 오래지 않아 대성은 세상을 떠났는데, 그날 밤에 나라의 재상 김문량金文亮의 집에 하늘로부터 외치는 소리가 들렸다. "모량리에 사는 대성이란 아이가 지금 그대의 집에 태어날 것이다"라고 하는 것이었다.

집안 사람들이 매우 놀라서 모량리에 사람을 보내 알아보게 했더니 대성이란 아이가 정말로 죽었으며, 그날이 바로 하늘에서 외치던 소리가 들렸던 날이었다. 부인이 바로 그날 임신하여 아이를 낳았는데, 왼쪽 손을 꽉 쥐고 펴지 않다가 7일이 지나서야 폈다. 손안에는 대오리처럼 생긴 금 조각金簡子이 있었는데, 대성이란 두 글자가 새겨져 있었으므로 이름을 대성이라고 지었다. 대성은 전생의 어머니를 집으로 모셔 와 함께 봉양했다.

대성이 자라 어른이 되어서는 사냥하는 것을 좋아했다. 하루는 토함산에 올라 곰 한 마리를 잡은 후 산 아랫마을에서 하룻밤을 묵던 중, 꿈에 곰이 귀신으로 변해 꾸짖어 말하기를, "그대는 왜 나를 죽였느냐? 내가 도리어 너를 잡아먹겠다"고 했다. 대성이 두려워하며 용서해 달라고 빌었다. 귀신이 말하기를, "나를 위해서 절을 세울 수 있겠느냐?"라고 하니 대성이 그렇게 하겠다고 맹세했다. 꿈에서 깨어나자 흐른 땀이 자리를 흥건히 적셨다. 그 뒤로는 사냥을 일절 하지 않고 곰을 위해 그것을 잡았던 자리에 장수사長壽寺를 세웠다.

그로 인해 마음에 느낀 바가 있어 중생을 구제하려는 자비의 서원大願이 갈수록 깊어졌다. 이에 현생의 부모를 위해서는 불국사를 세우고 전생의 부모를 위해서는 석불사石佛寺를 세웠는데, 신림神琳과 표훈表訓 두 성사聖師를 초청해서 절을 맡아 달라고 했다. 또 불상을 성대하게 갖추어 장식하여 보살펴서 키워 주신 수고에 보답했다. 한 몸으로 전생과 현생의 부모에 효를 다했으니 이는 옛날에도 드문 일이었다. 착한 보시의 증험을 어찌 믿지 않을 수 있겠는가. 돌로 된 불상石佛을 만들려고 큰 암석 하나를 다듬어서 작은 불상을 모시는 감실龕室의 뚜껑을 만들려고 하는데, 갑자기 돌이 세 개로 갈라지는 것이었다. 대성이 몹시 괴로워하다가 옷을 입은 채로 잠이 들었는데, 밤중에 하늘 신天神이 내려와서 다 만들어 놓고 돌아갔다. 대성이 자리에서 일어나자마자 남쪽 고개로 뛰어가서 향나무를 태워 천신에게 공양을 올렸다. 이런 이유로 인해 이 고개를 향령香嶺이라고 이름 지었다. 불국사의 높은 사닥다리雲梯와 석탑의 나무와 돌에 조각한 솜씨는 경주의 어느 사찰보다 뛰어나다.

《삼국유사》에 실린 불국사 창건에 관한 이야기는 설화적인 요소가 강하다. 김대성이란 인물이 젊은 나이에 세상을 떠난 후 환생으로 다시 태어났기 때문에 전생과 현생의 부모가 모두 살아 있을 가능성은 있지만, 이러한 것을 전부 기억하고 연결해서 두 세상의 부모를 모두 봉양했다는 것은 설화적인 요소가 상당히 가미된 것으로 보인다. 손에 무엇인가를 쥐고 있다가 나중에 펴 보이는 것도 영웅 설화의 전형적인 구성 방식이다. 대성이 사냥에서 곰을 잡았다는 것 역시 동북아 지역에 널리 분포되어 있는 곰 토템이 수용된 결과로 보인다. 이런 점으로 미루어 《삼국유사》의 김대성 설화는 불국사가 신라 사회에서 가지는 구실과 의미에 천착하기보다는 김대성의 선행과 효성을 강조하기 위해 설화적인 요소를 가미하여 기술했다고 볼 수 있다.

불국사가 불국토를 이 땅에 재현하려는 목적으로 세워진 사찰이라는 점, 매우 치밀한 구조를 지니고 있으며 각각의 구조물이 가지는 상징성이 강조되고 있다는 점, 남아 있는 유적과 유물이 아주 정교하면서도 예술적 아름다움을 가지고 있는 점 등으로 볼 때 개인적인 효심이나 발원에 의해 창건되었을 가능성보다 백성의 마음을 하나로 모으고자 국가적 차원에서 세웠을 가능성이 훨씬 큰 것으로 생각된다.

이런 사실을 뒷받침하듯이 불국사의 창건과 변화, 중수의 과정을 담고 있는 《불국사사적佛國寺事蹟》에는 《삼국유사》와는 상당히 다른 내용이 있어서 눈길을 끈다. 불국사의 역사를 기록한 문헌으로는 《불국사사적》을 비롯하여 《불국사고금창기佛國寺古今創記》, 《불국사고금역대기佛國寺古今歷代記》 등의 이름으로 된 문헌도 포함하는데, 《불국사고금역대기》는 불국사의 역사와 중건, 전각과 유물 등을 기록한 사적기이다. 병화로 인해 사찰의 역사를 알 수 없게 됨을 아쉬워한 귀은이 여러 기록을 수집하여 집필했는데, 1767년에 그의 제자 만연萬淵이 베껴 쓴 것이 전한다.

《불국사사적》에서는 불국사의 정확한 창건 연도나 창건자를 알 수 없다고 하면서도 6세기에 법흥왕의 어머니 영재迎宰부인이 창건했다고 주장하고 있다. 그 뒤에 진흥왕의 어머니 지소只召부인이 중창했으며, 경덕왕 때인 8세기에 김대성이 세 번째로 중창했고, 진성여왕 때 네 번째로 중창했음을 밝히고 있다. 더 나아가서 전불前佛시대에 부처가 있었던 절터에 아도阿道가 처음으로 세웠다는 흥륜사를 불국佛國의 시작이라고 보고 있다. 그러다가 법흥왕 때 이차돈의 순교를 통해 불교가 공인되면서, 눌지왕訥祇王 때인 5세기 무렵에 토함산 기슭에 세웠던 불국사터를 찾아내어 세운 것이 바로 지금의 불국사라고 했다. 이런 점으로 미루어 불국사의 시작을 신라 초기로까지 올려 잡고 있는 것을 알 수 있다.

《불국사사적》은 불국사의 창건이 아주 오래되었음을 밝히면서도 김대성이 크게 중창한 것에 대해서는 《삼국유사》의 내용을 그대로 수록하고 있다. 여러 기록에 남아 있던 내용을 가져다 연결하여 쓴 것으로 보여 신빙성은 떨어지지만, 불국사의 전각 배치와 중건의 역사를 알 수 있어서 자료로서의 가치는 매우 높다.

신라 사람들은 이승의 번뇌에서 벗어난 깨달음의 세계인 부처가 계시는 나라佛國에 대한 염원을 가슴에 품고 있었는데, 번뇌와 고통 속에 살고 있는 사람들의 세상에다 그러한 불국토를 실재하는 모습으로 옮겨 놓은 것이 바로 불국사라고 할 수 있다. 4세기경 신라에 전해졌던 불교가 법흥왕法興王 때인 6세기 중반에 국교로 공인된 이후 왕실을 중심으로 한 국가의 전폭적인 지원을 받은 데다 당나라에 유학하고 고국으로 돌아와 불법을 널리 전파한 승려들의 헌신적인 노력이 더해지면서 수많은 사찰과 다양한 사상이 세워지고 확립되었다. 그리하여 신라는 명실공히 불교국가로서의 위상을 확고하게 다지게 된다. 이 과정에서 자장율사慈藏律師가 도입한 불국토 사상과 오대산 신앙, 금강산보살주처金剛山菩薩住處 신앙 등은 신라인들을 자부심과 긍지로 뭉치게 하면서 자신들이 사는 이곳이 바로 신성한 공간이라는 점을 확신하게 된다.

사람들은 불국토가 바로 경주 안에 있다고 믿었는데, 이것의 출발은 석가모니 이전 시대에 있었던 일곱 부처의 승가람마僧伽藍摩가 신라에 있었다고 보는 칠처가람설七處伽藍說이었다. 석가모니 이전 시대에 부처가 머물렀던 사찰터 일곱 곳이 경주에 있다는 내용은《삼국유사》에 실려 있는데, 신라 최초의 사찰인 흥륜사興輪寺가 세워진 시기를 기점으로 잡는다면 6세기 무렵에 이미 이런 생각이 자리를 잡았던 것으로 보인다. 흥륜사, 영흥사, 황룡사, 분황사, 영묘사, 사천왕사, 담암사曇巖寺 등이 칠처가람의 터에 세워졌던 사찰인데, 현재까지 남아 있는 것은 분황사뿐이다. 이러한 칠처가람설은 오대산 신앙과 불국토 사상 등으로 이어져 신라를 강력한 왕권 국가로 성장시키면서 백제와 고구려를 무너뜨리고 당나라 군대까지 물리치는 성과를 내어 한반도의 주인으로 거듭나는 데에 크게 이바지한다.

불국토는 불토, 불국, 불찰 등으로도 부르는데, 부처가 거주하는 곳 혹은 부처의 가르침을 받아 교화된 국토를 가리킨다. 불교 초기에는 석가모니불이 탄생한 곳인 사바세계娑婆世界를 지칭했지만, 부처의 몸佛身에 대한 해석이 다양해지면서 법신法身, 응신應身, 化身, 보신報身 등으로 확대되면서 2종, 3종, 4종, 5종 등의 유형이 생겨났다.

2종의 불국토에는 보살의 정진과 노력으로 이루어진 인격적 불신이 있는 진불토眞佛土와 부처가 중생을 교화하기 위해 여러 모습으로 변화하여 나타나는 응불토應佛土가 있다. 3종의 불국토에는 비로자나불이 거주하는 곳인 법신토法身土, 보살이 바라밀을 수행하여 서원을 완성하고 부처가 된 아미타불이 거주하는 보신토報身土, 중생을 구제하기 위해 다양한 모습으로 나타나는 석가모니불과 미륵불이 거주하는 응신토應身土가 있다. 4종은 보통 사람과 성인이 함께 있는 동거토同居土, 여러 번뇌를 끊었으나 어리석음의 번뇌無明를 끊지 못한 상태의 존재가 있는 유여토有餘土, 가장 높은 깨달음을 얻은 보살이 머무는 과보토果報土, 법신이 머무르는 곳인 상적광토常寂光土 등이다. 5종은 여래의 청정한 법신이 머무는 법성토法性土, 여래의 원만한 보신이 머무는 실보토實報土, 모든 덕을 성취한 여래의 미진상해신微盡相海身이 머무는 색상토色相土, 깨달음의 경지를 중생에게 설법하는 타수용신他受用身이 머무는 타수용토他受用土, 여래가 여러 모습으로 변하여 나타나는 변화신變化身이 머무는 변화토變化土 등이다.

불국토에 대한 이론이 이처럼 다양하지만, 이것의 기본은 만물의 최고 진리를 의미하는 법신法身, 보살이 최고의 수행을 통해 받는 보신報身, 중생을 구제하기 위해 여러 모습으로 나타나는 응신應身이다. 신라 불국토 사상의 결정체라고 할 수 있는 불국사는 3종의 불국토를 중심으로 하여 그것을 중생이 잠시 머무는 현세의 공간에 구현해 놓은 것이라고 할 수 있다.

# 천수관음의 자비심이 가득한 분황사

경상북도 경주시 구황동 303에 있는 분황사芬皇寺는 634년(선덕여왕 3년)에 세워진 절이다. 고려시대에 승려 일연一然이 편찬한 《삼국유사三國遺事》의 기록에 따르면, 분황사는 석가모니를 비롯한 과거 7불前佛 시대부터 경주에 있었던 일곱 개의 절七處伽藍터 중 하나인 용궁 북쪽의 땅에 세워진 사찰이다. 용궁은 경주시 구황동에 있는 황룡사와 분황사 사이에 있었던 궁궐로 보이는데, 그 실체는 정확하게 알 수 없다. 절을 세우게 된 계기나 그에 얽힌 이야기 등은 전하지 않지만, 나라를 굳건하게 지키고 번영시키기 위해 통치자가 심혈을 기울여 세운 호국사찰로서의 의미가 컸던 것으로 보인다. 분황사의 의미와 역사 그리고 현존하는 유적 등에서 이러한 사실을 확인할 수 있다. 먼저 분황사라는 이름 속에 깃들어 있는 깊은 의미부터 살펴보자.

선덕여왕이 재위했던 서기 632년부터 647년까지 기간은 고구려와 백제의 침공으로 많은 성을 잃어버릴 만큼 큰 어려움에 직면한 때였다. 특히 백제의 침공이 많고 치열했는데, 대내외적인 국난을 극복하고 나라를 안정적으로 통치하기 위해 선덕여왕이 힘을 기울였던 것은 불교와 정치를 결합하여 호국정신을 함양하고 왕권을 강화하려는 시도였다. 분황사나 영묘사靈妙寺 같은 큰 사찰의 창건이 집권 초기에 이루어졌던 점, 사방에서 호시탐탐 신라를 노리는 외적을 물리치기 위해 황룡사에 구층탑을 쌓은 것 등이 이러한 사실을 잘 보여준다. 우리 역사에서 처음으로 나타난 여성 군주였던 선덕여왕은 즉위도 순탄치 않았던 데다가 왕권의 확립 과정에서도 어려움이 많았다.

따라서 그가 재위했던 16년의 역사 기록을 보면, 자신을 드러내기보다는 나라의 번영과 발전에 이바지할 수 있는 방향으로 국가 정책이 꾸려지면서 중국의 당나라와 크게 밀착되었음을 알 수 있다. 당시 신라가 처했던 상황에서는 이것 또한 어쩔 수 없는 선택이었으며, 이러한 사정 때문에 선덕여왕 시대에는 내우외환의 어려움을 극복하고 왕권을 안정시키며 신라를 강대국의 반열에 올려놓기 위한 노력이 다방면으로 시도되었고, 그것의 일환으로 창건된 것이 분황사 같은 호국사찰이었을 가능성이 높다.

《민족문화대백과사전》에서 분황사의 뜻을 '향기로운 혹은 아름다운 황제의 절'로 제시한 이래 별다른 이견 없이 받아들여져서 분황사를 '선덕여왕을 위한, 선덕여왕에 의한, 선덕여왕이 주가 되는 사찰'로 해석하게 되었다. 그러나 이것은 겉으로 보이는 글자의 뜻에 너무 집착한 나머지 한 나라의 통치자였던 왕이 가졌던 의도와 목적을 제대로 나타냈다고 보기 어렵다. 이렇게 해석하면 선덕여왕이야말로 신라의 왕 중에서 가장 이기적인 군주이며, 나라와 백성보다는 자신만을 생각하는 통치자가 되고 말 것이기 때문이다. 그러므로 분황사라는 명칭이 포함하고 있는 정확한 의미는 당시의 역사적 상황과 사찰을 창건한 배경, 각각의 글자가 가지고 있는 뜻을 면밀하게 살펴서 정의하는 것이 바람직하다. '芬'(향기 분)과 '皇'(제왕 황)의 뜻을 살펴보자.

芬이라는 글자는 봄이 되어 풀이 처음 나올 때 그 향기가 넓게 퍼지는 것을 나타내므로 향기, 아름다움, 미덕 등의 뜻으로 쓰이고 있다. 이 글자의 위는 풀이 올라오는 모양을 그린 것이고, 아래는 글자의 소리를 담당함과 동시에 향기가 흩어지는 것을 표현한 것이다. 그러므로 이 글자의 기본적인 뜻은 처음, 시초 등이 된다. 즉, 풀이 처음 나와 강한 향기를 온 사방에 뿌리기 시작한다는 것을 드러내어 나타낸 것이므로 신라가 강력한 제국으로 도약하기 위해 첫발을 내디디는 신호 혹은 상징으로 해석하는 것이 호국사찰인 분황사의 설립 목적에 잘 부합한다.

밝은 광채가 나는 등불이 받침대 위에 놓여 있는 모양을 기본적인 뜻으로 하는 글자가 皇이다. 글자 위의 白(흰 백)은 등잔의 모양을 본

떠서 만든 글자인 自(스스로 자)가 변한 것인데, '처음'이라는 뜻을 기본으로 한다. 글자 아래의 王(임금 왕)은 土(흙 토) 모양의 받침대가 변한 것으로 군주, 임금을 뜻한다. 따라서 皇은 최초, 최고의 지도자를 나타내어 황제를 의미하게 되었다. 이것이 확장되어 글자의 윗부분은 태양을, 아랫부분은 땅을 나타내어 밝은 해가 땅을 비춘다는 의미가 되어 최고의 통치자大君主라는 뜻으로 사용되었다. 그러므로 분황사의 뜻은 제왕의 향기(위엄)를 온 천하에 떨치겠다는 의지를 담고 있다. 즉, 분황사는 신라를 어떤 나라보다 훌륭한, 최고의 강대국으로 만들기 위한 출발점이며 그것을 강력하게 지지하면서 지켜 내겠다는 의지를 드러낸 절이 된다.

현재의 분황사는 창건 당시의 규모와는 비교가 안 될 정도로 작은데, 남쪽의 황룡사 방향으로 나 있는 중문으로 들어서면 모전석탑模塼石塔과 화쟁국사비부和諍國師碑趺, 돌우물石井, 보광전普光殿 등이 자리하고 있다. 지금의 분황사 금당은 조선시대 후기에 세워진 보광전으로 모전석탑과 일직선이 아니어서 어색한 모습이다. 불화佛畫를 그린 깃발을 걸기 위해 돌로 만들어 세운 것을 당간지주幢竿支柱라고 하는데, 분황사의 당간은 절의 바깥 남쪽 들판에 홀로 서 있다. 당간의 형태로 볼 때 신라시대에 세워진 것으로 보인다. 발굴조사 보고서에 따르면, 분황사는 탑 하나에 세 개의 금당이 있는 일탑삼금당一塔三金堂이었던 것으로 밝혀졌다. 세 개의 금당이 品의 모양으로 있었다는 것만 확인되었기 때문에 그 안에 어떤 불상을 모셨는지, 불전의 명칭이 무

분황사에 있는 모전석탑. 돌을 벽돌 모양으로 가공해서 쌓았다. 현존하는 신라 석탑 중 가장 오래된 걸작품이다.

엇이었는지 등은 알 길이 없으며, 현재는 보광전 하나만 남아 있고 옛 모습은 완전히 사라진 상태이다.

분황사는 여러 차례 전란을 겪으며 규모가 작아졌고, 그때마다 중창했는데, 임진왜란으로 인한 피해가 가장 컸던 것으로 보인다. 1608년에 다시 지어진 보광전의 중창과 중수에 관한 것을 기록하고 있는 상량문에 따르면, 규모가 컸던 분황사가 임진왜란을 겪은 후에 현재의 모습처럼 쪼그라들었던 것으로 보인다. 그러므로 분황사에 남아 있는 신라시대의 유적은 모전석탑, 돌우물石井, 당간지주가 전부이다.

모전석탑의 북쪽에는 금당이 자리하고 있었음이 발굴조사를 통해 밝혀졌다. 창건 당시에는 남쪽에 있는 석탑을 중심으로 금당 세 개가 品(물건 품)의 모양으로 둘러싸고 있는 모습이었으나 여러 차례에 걸친 중건이 이루어지면서 많은 변화를 겪었다. 창건 사찰의 금당은 모전석탑과 일직선상에 있는 중금당을 가운데에 두고 나머지 두 금당은 약간 아래쪽에서 동과 서로 마주 보고 있었다. 그 뒤 전란을 겪으며 폐허가 되자 세 차례에 걸쳐 중건되었는데, 1차 중건 때부터는 규모가 커진 중금당만 남고 동서 금당은 사라지고 탑과 금당이 하나씩 있는 일탑일금당의 형태가 되었다. 조선 후기에 이루어진 3차 중건에서는 가운데에 자리하고 있던 중금당도 사라지고 그것의 동쪽에 보광전이 세워지면서 현재의 모습이 되었다. 지금은 보광전이 금당 구실을 하고 있다. 불교가 큰 어려움을 겪었던 조선시대에 세워진 것이 보광전인데, 금당이라고는 하지만 신라 때의 것과는 여러 면에서 달라 옛 금당의 모습은 완전히 사라진 셈이다. 분황사와 관련된 여러 기록에는 대단히 중요한 의미를 지닌 유적과 이와 관련이 있는 향가가 있어서 눈길을 끈다.

《삼국유사》에는 〈분황사 천수대비께 빌어 맹인 아이가 눈을 뜨다 芬皇寺千手大悲 盲兒得眼〉는 제목의 글에 향가 한 편과 노래를 짓게 된 배경을 설명하는 이야기가 실려 있다.

신라 경덕왕 때 한기리漢岐里에 사는 희명希明이란 여성의 아이가 다섯 살이 되었을 때 갑자기 눈이 멀었다. 하루는 어머니가 분황사 좌전 북벽에 그려져 있는 천수대비 앞에 가서 노래를 지어 아이에게 부르게 했더니 마침내 눈을 떴다. 그 노래에 이르기를, "무릎을 곧게 세우며 두 손바닥을 모아 치며 천수관음 앞에 비옴을 두나이다. 천 개의 손, 천 개의 눈, 하나를 놓고 하나를 덜어 내면 둘 없는 나인지라 하나는 그윽이 고칠 것입니다. 아아, 내게 끼쳐 주신다면 놓고 쓸 자비는 클 것입니다"라고 했다.

이 향가는 〈천수대비가千手大悲歌〉라고 하는데, 대자대비한 관세음보살에게 자신이 바라는 바를 세 단계의 구성으로 간절하게 노래하고 있다. 첫 부분은 기원을 올리기 위한 준비 과정으로, 무릎을 바로 세우고 두 손바닥을 모아서 준비한다는 내용이다. 이렇게 함으로써 중생의 고통을 외면하지 않는 관세음보살에게 기도가 닿을 것이라고 믿었기 때문이다. 두 번째 부분은 자신이 바라는 바를 구체적으로 말하면서 천 개의 눈 중에 하나만 덜어 내어 나에게 달라고 애원한다. 중생의 절박함이 매우 잘 드러나는 부분이라고 할 수 있다. 세 번째 마지막 단계에서는 중생에게 자비를 베푸는 것을 가장 중요하게 여기는 관세음보살의 본질을 구체적으로 지적하면서 찬양함으로써 도저히 거절할 수 없는 내용으로 확실하게 매듭을 짓는다.

분황사 모전석탑의 뒤편에 있는 돌우물에 신라를 지키고 보호하는 호국용이 살았다는 이야기도 《삼국유사》에 수록되어 있다. 지금

호국룡이 살았다는 삼룡변어정(三龍變魚井). 동천사에 있었던 우물 두 개는 없어졌고, 분황사의 우물만 남아 있다.

의 분황사는 남쪽 문으로 들어가게 되어 있는데, 우람하면서도 매우 안정적인 모습으로 우뚝 솟아 있는 모전석탑의 뒤편에 돌우물石井이 하나 있다. 신라시대의 우물 중 가장 크고 잘 보존된 것인데, 화강암을 파서 물이 고이도록 공간을 만든 후 그 위에 높이가 70센티미터 정도 되는 팔각 모양의 우물전을 만들어서 보호하고 있는 형태이다. 《삼국유사》 권2 기이奇異 원성대왕元聖大王조에는 신라를 지키고 보호하는 호국용이 이 우물에 살았다는 이야기가 실려 있다.

> 왕이 즉위한 지 11년째가 되는 해인 795년에 당나라 사신이 와서 한 달 동안 머무르다 돌아갔다. 다음 날에 어떤 여자 두 사람이 대궐의 앞뜰

에 와서 아뢰기를, "저희는 동천사東泉寺의 동지東池와 청지青池 샘에 살고 있는 두 용의 아내입니다. 당나라 사신이 하서국河西國 사람 둘을 데리고 와 술법을 써서 저희의 남편인 두 용과 분황사 우물에 사는 용 등을 물고기로 변하게 하여 대나무 통에 넣어 돌아갔습니다. 원하노니 폐하께서는 그 두 사람에 명을 내려 남편 등 나라를 지키는 호국용을 두고 가게 해주소서"라고 했다. 왕이 하양관河陽館(경북 경산)까지 그들을 쫓아가서 친히 잔치를 베풀고 하서국 사람에게 말하기를, "너희들은 어찌하여 나의 호국용 셋을 잡아서 여기까지 왔는가? 만약 사실대로 말하지 않으면 반드시 극형에 처하겠다"라고 했더니 물고기 세 마리를 내어 바쳤다. 고기를 모시고 와 원래 있던 곳에 놓아주니 물이 한 길이나 솟고, 용이 뛸 듯이 기뻐하면서 물속으로 사라졌다. 당나라 사람은 왕이 명철하고 성스러운 것에 탄복했다.

분황사와 담장을 맞대고 있었던 황룡사 자리는 용궁의 남쪽 지역으로 원래 궁궐을 지으려던 곳이었으나 용이 나타나는 바람에 계획을 바꾸어 사찰을 창건했다고 기록되어 있다. 지금은 사라지고 없지만 황룡사 자리에는 과거칠불로 석가모니 바로 앞 여섯 번째 부처였던 가섭불迦葉佛의 연좌석宴坐石이 남아 있다고 《삼국유사》에서 밝히고 있다. 따라서 황룡사와 분황사 지역은 석가모니 이전 시대의 부처가 거주했던 곳이며 그 시대의 사찰이 있었던 곳인 데다가 신라 때는 용이 살고 있었던 공간이었음을 알 수 있다. 신라에서 용은 대부분 나라를 지키는 호국의 신으로 모셔졌으므로 분황사의 용 역시 호국용이었음을 짐작할 수 있으며, 호국용이 머무는 곳이 분황사였다는 사실은 이 절이 신라에서 매우 중요한 위치를 차지하고 있었다는 증거가 된다.

진골 왕족 출신인 자장慈藏은 선덕여왕이 즉위하던 해 당나라로 유학을 떠나 명성을 떨친 승려로 화엄학을 신라에 처음으로 전한 인물이다. 636년(선덕여왕 5년)에 당나라로 유학을 떠났다가 7년 뒤에 여왕의 부름으로 신라로 돌아왔다. 왕은 그를 분황사에 머물도록 하고 승려의 관직僧職으로는 가장 높은 대국통大國統으로 삼아 승려의 규범에 관한 모든 것을 주관하도록 했다. 왕이 계시는 궁궐이 나라의 중심이듯이 대국통이 있는 분황사가 신라 불교의 중심이었을 것이다. 황룡사에 있었던 구층탑도 자장의 요청으로 세워졌다고 역사는 기록하고 있으며, 강원도에 문수보살의 진신이 5만 불보살과 함께 머무는 곳을 찾아내 오대산으로 명명하고 불교의 성지로 만듦으로써 불국토 사상을 확립하는 데에 중심 역할을 한 것으로 평가받는다.

또한 이 절은 신라의 10대 성자新羅十聖 중 한 사람으로 꼽히는 원효元曉가 머물며 《화엄경소》, 《금강삼매경론》 등의 저작 활동을 펼친 곳이기도 하다. 성사聖師로도 일컬어지는 그의 행적과 업적을 기리기 위해 고려 숙종 때에는 대성화쟁국사大聖和諍國師라는 시호를 내렸고, 명종 때는 화쟁국사비를 분황사 경내에 건립했다. 그러나 여러 차례 난리를 겪으면서 비의 몸체碑身는 흔적도 없이 사라졌고 비의 받침돌

碑趺만 남아 있다. 이 받침돌은 호국용이 살았다고 전해지는 분황사 돌우물 왼쪽 바로 옆에 자리하고 있다. 이 비석이 언제 사라졌는지는 정확하게 알 수 없지만 정유재란丁酉再亂이 일어났을 때 분황사가 소실되었던 것으로 보아 비석도 함께 파괴된 것으로 추정된다. 그 뒤에 버려져 있던 것을 추사 김정희가 발견하여 고증한 후 화쟁국사비부라는 글자를 새겨 넣어서 명확하게 밝혔는데, 1979년에 경상북도 유형문화재로 지정되었다.

분황사에 대한 옛 문인의 시는 여러 편이 있는데, 그중에서 고려시대 최고의 시인이라고 할 수 있는 김극기金克己의 〈분황사〉라는 작품과 조선 전기의 문인으로 불교를 철저하게 배척했던 서거정徐居正이 경주를 유람하면서 지은 경주 십이영慶州十二詠 중 〈폐허가 된 분황사芬皇廢寺〉라는 시를 비교해 본다. 먼저 김극기의 시를 보자.

> 이끼는 빈 섬돌을 덮고 대나무는 처마에 닿았는데,苔繞空階竹拂簷
> 절의 경내는 맑고 시원해서 더위의 영향을 받지 않네.境淸不復受朱炎
>
> 스님은 소리 없이 미소 지으며 貫珠 그리는데,僧閑雅笑迴黃眼
> 나그네는 고담준론에 취해 영웅을 드높여 찬양하네.客醉高談奮紫髥
>
> 꽃핀 연못을 보면 나는 늘 혜원의 염불수행을 생각하는데,蓮沼我常尋慧遠
> 문 앞 버드나무에서 그대 또한 오류 선생을 부르누나.柳門公亦引陶潛

> 술잔 들고 오뚝하게 앉아 돌아가는 길을 잃어버렸는데,含杯傲兀忘歸路
>
> 쓸쓸한 저녁 햇살 반쯤 드리워진 주렴 아래로 드네.淅瀝殘陽下半簾

이 시는 분황사라는 사찰을 소재로 유교와 불교를 구분하려는 세속의 경계를 뛰어넘어 서로에 대한 존경과 자부심을 노래하고 있다. 그러면서도 불승에 대한 배려와 사랑을 은근하면서도 고상하게 드러내고 있으니, '시문이 맑고 활달하며, 말이 많을수록 더욱 풍성하다'라는 선인들의 평가를 실감할 수 있다.

첫째 연聯에서는 분황사가 얼마나 청정한 도량인지에 대한 것으로 시상을 일으키고 있다. 역사가 오래된 사찰임을 나타내려고 섬돌에 이끼가 끼었다고 했으며, 대나무와 같은 곧은 불심이 절을 덮고 있으니 세속의 더위 같은 것이 들어올 수 없다고 노래한다.

둘째 연은 시인과 분황사 승려가 마주 앉아 서로의 의견을 교감하는 것으로 시상을 잇고 있다. 앞의 구절에서 황안黃眼은 자주색 안료紫黃로 그린 동그라미로서, 시문의 옆에 그려 넣는 관주를 이렇게 표현한 것이다. 다음 구절의 붉은 수염紫髯이란 말은 중국 한漢나라 말기 삼국시대의 손권孫權 같은 영웅을 가리킨다. 시인이 지은 시문을 읽은 불승은 말없이 웃으며 잘된 부분에 붉은 동그라미를 그려 표시하는데貫珠, 시인은 뜻이 높고 바르며 엄숙한 말高談峻論에 취해 영웅에 대한 찬양을 늘어놓는다고 노래한다. 스스로가 불승보다 한 수 아래라는 겸손을 잘 보여 주는 부분이라고 할 수 있다.

셋째 연은 과거의 고사를 통해서 불교와 유교가 소통하면서도 서로에 대한 예의와 존경을 잊지 않는다고 노래한다. 혜원을 떠올린다는 것은 4세기 무렵 중국 동진東晉의 승려였던 혜원이 백련사白蓮社라는 염불결사念佛結社 조직을 만들어서 정토왕생의 신앙을 전파하여 중국과 우리나라에 커다란 영향을 미친 역사적 업적을 생각한다는 말이다. 분황사의 승려가 훌륭함을 노래한 부분이다. 다음 구절은 혜원이 동림사東林寺에서 백련사를 결성할 때 도연명을 초대했는데, 술을 마시는 것을 허락해 준다면 가겠다고 했다. 술을 마셔도 좋다고 허락하자 도연명이 혜원을 찾아갔다는 고사가 있다. 시인이 분황사를 찾은 것 역시 이런 고사를 떠올리게 하는 것이라고 노래한다. 맑으면서도 깊이 있는 시상詩想으로 풍성함과 벅찬 감동을 주는 표현이다.

넷째 연은 분황사의 매력에 빠져 돌아가는 길을 잃어버릴 정도가 되었는데, 서쪽으로 넘어가는 저녁 햇살이 반만 드리워진 주렴 아래로 들어온다고 했다. 군더더기 하나 없는 정결한 표현이면서 이상과 현실이 어긋나 있는 시인의 상황을 석양에 빗대어 잘 노래한 부분이라고 할 수 있다.

유학을 주 이념으로 하는 문인이면서도 불교에 대한 이해와 상호소통을 보여 주는 김극기의 작품에 비해 조선 초기의 문인인 서거정이 지은 시는 확증 편향적 사고의 표본을 보여 주는 작품이라고 할 수 있다.

분황사는 황룡사와 서로 마주 보고 있는데,芬皇寺對黃龍寺
천년 묵은 옛터에는 풀만 저절로 새롭구나.千載遺基草自新

불탑은 우뚝 서서 나그네 부르는 것 같은데,白塔亭亭如喚客
띄엄띄엄 푸른 산 사람을 시름케 할 뿐이네.靑山點點已愁人

모든 것 空이라는 말을 아는 불승은 없는데,無僧能解前三語
부질없이 장륙 부처의 불상만이 남아 있다네.有物空餘丈六身

마을 절반이 불당이었음을 비로소 알겠는데,始信閭閻半佛宇
법흥왕의 어느 때에 불법이 크게 일어났던가.法興何代似姚秦

이 시는 철저한 유학의 이념만으로 폐사가 된 분황사의 모습을 노래하고 있다. 분황사와 황룡사를 나란하게 놓은 데다가 모두 풀이 무성한 폐허가 되어 버린 참혹한 현실로 시상을 일으키고 있는 것에서부터 불교에 매우 부정적이라는 점을 느낄 수 있다. 풀만이 새로울 뿐이지 불교에는 새로울 것이 더 이상 없다는 것을 은연중이지만 의도적으로 드러내기 때문이다.

시인의 이러한 생각은 다음 연聯으로 이어지면서 한층 구체화된다. 나그네를 부르는 것은 무너지지 않고 서 있는 분황사의 모전석탑일 뿐 다른 것은 어느 것도 남아 있지 않다고 하면서 사방에 점점이 늘어서 있는 푸른 산만이 사람을 시름에 잠기도록 만든다고 노래한다. 세월의 흐름을 따라 절만 폐허가 된 것이 아니라 불교도 퇴락했음을 적시해서 노래하고 있다.

셋째 연은 지나치다고 할 정도로 노골적이다. 전삼어前三語라는 표현은 전삼삼후삼삼前三三後三三을 말한 것인데, 안과 밖, 정신과 육체 등의 구별은 무의미하고 모든 것이 공空이라는 불교의 화두話頭를 제대로 이해할 수 있는 승려는 아예 없다고 하면서 불교의 실체는 사라지고 지금은 우상숭배의 상징이라고 할 수 있는 장륙불상의 형체만 헛되이 남아 있다고 한 것이다.

불교를 철저하게 배척하려는 생각은 마지막 넷째 연까지 이어지면서 마무리하고 있다. 전성기에는 분황사 부근의 마을 절반이 절이었다는 것을 믿기는 하겠지만 이처럼 폐허가 된 것을 보면 법흥왕 어느 시대에 불교를 진흥하여 성행하게 했는지조차 잘 모르겠다는 것이다. 요진姚秦과 비슷하다고 한 것은 4세기 중국의 오호십육국五胡十六國의 하나였던 요진이란 나라의 제2대 군주인 요흥姚興의 시대를 말하는데, 인도에서 온 구마라습鳩摩羅什이라는 승려를 받아들여 불교를 크게 진작했다는 역사를 인용한 것이다. 법흥왕 때에 이차돈異次頓의 순교로 귀족들의 반대를 물리치고 불교를 국교로 공인함으로써 신라를 불교의 나라로 만들었던 것을 빗대어 이렇게 표현했다. 불교를 통해 강국을 지향했던 요진이라는 나라가 얼마 가지 못해서 망했듯이 신라 또한 역사 속으로 사라졌다면서 불교에 대해 보내는 부정적 시선을 끝까지 유지하고 있다.

이 시를 보면 유학을 정치 이념으로 하는 조선의 문인들이 불교에 얼마나 부정적이었는지를 실감할 수 있다. 조선시대가 이런 상황이었기에 분황사 뒤편의 우물에서 머리가 잘린 불상이 여러 개 발견되었던 것이 아닐까 하는 생각을 해 본다.

분황사와 관련된 또 하나의 유적으로는 절의 남쪽 들판에 세워져 있는 돌로 된 당간지주를 들 수 있다. 황룡사와 분황사의 중간 지점에 있는데, 황룡사의 정문이 남쪽을 향하고 있었던 것으로 밝혀졌으므로 이것은 분황사의 당간지주로 추정한다. 이 유적을 분황사 창건 당시에 세워진 것으로 보지 않는 이유는 현존하는 석당간은 모두 신라시대 이후에 만들어진 것이기 때문이다.

분황사는 신라의 불국토 사상이 정착되기 전에 세워진 사찰로 나라를 지키고 수호하는 호국용이 사는 곳이었으므로 황룡사 등과 함께 국가에서 매우 중요시하던 절이었다. 이웃 나라인 백제, 고구려 등과의 갈등이 본격화되어 전쟁의 소용돌이를 눈앞에 두고 있었던 신라로서는 전불시대의 절터, 호국불교, 불국토 등의 이념을 통해 모든 사람을 하나로 묶어 세워야 하는 절체절명의 갈림길에 놓여 있었다. 따라서 신라는 거대 제국으로 발돋움하기 위해 영험함을 품고 있는 분황사 같은 사찰이 절대적으로 필요했던 것이다.

# 효도를 위해 아이를 묻은 손순과 홍효사

경주 지역 여섯 부족의 장斯盧六村長들이 힘을 합쳐 박혁거세朴赫居世를 왕으로 추대하여 세운 나라가 신라인데, 서쪽의 대표 부족이 무산대수촌茂山大樹村이었다. 이 부족은 고조선이 멸망한 뒤에 유민들이 남쪽으로 내려와 경주의 서쪽에 정착했고, 구례마俱禮馬라는 사람이 하늘에서 이산伊山으로 내려와 무산대수촌의 우두머리가 되면서 세력을 형성한 것으로 보인다. 무산대수촌은 서기 32년인 유리왕 9년에 모량부牟梁部로 개편되었고, 손孫이란 성을 나라에서 하사받아 손씨孫氏의 시조가 되었다. 지금의 서천, 현곡, 건천, 서면 일대를 근거로 형성되었던 씨족 집단으로 추정된다.

신라 제42대 흥덕왕興德王(재위 826~836) 때에 경주시 현곡면見谷面 남사리南莎里에 손순孫順이란 사람이 지극한 효성으로 어머니를 봉양했는데, 나라에서 상을 받고 살던 집을 희사하여 홍효사弘孝寺라는 절

지극한 효자였던 손순이 살았다고 전해지는 자리에 세운 문효사(文孝祠)와 홍효문. 아이를 묻으려다 얻은 돌종으로 인해 나라에서 상으로 내린 집이 이곳에 있었던 것으로 보인다.

을 세웠다. 지금 절은 없어지고 절터 일부와 그와 관련된 지명만이 남아 있지만, 오랜 세월 나라에서 이를 기리며 백성의 귀감이 되도록 했다. 《삼국유사》에 실려 있는 〈손순이 아이를 묻으려 하다孫順埋兒〉라는 제목의 글을 보자.

> 손순은 경주 모량부牟梁部 사람으로 아버지는 학산鶴山이다. 아버지가 돌아가시자 부인과 함께 남의 집에 고용되어 일을 하면서 쌀을 받아 늙은 어머니를 봉양했다. 어머니의 이름은 운오運烏이다. 손순에게는 어린 아이가 있었는데, 매번 할머니의 음식을 빼앗아 먹었다. 손순은 이를 곤란하게 여겨 그의 처에게 말하기를, "아이는 다시 얻을 수 있지만 어머니는 다시 모실 수 없는데, 아이가 그 음식을 빼앗아 먹으니 어머니 배고픔

이 얼마나 심하겠소? 우선 이 아이를 묻어 버리고 어머니의 배를 채워드립시다"라고 했다. 그러고는 아이를 등에 업고 모량 서북쪽에 있는 취산醉山 북쪽 교외로 가 그곳의 땅을 파다가 문득 돌로 만들어진 종을 얻었는데 매우 신기했다. 부부가 놀라고 괴이하게 여겨 잠깐 숲속의 나무 위에 걸어 놓고 시험 삼아 종을 쳐 보았더니 그 소리가 은은하여 듣기 좋았다. 부인이 말하기를, "신기한 물건을 얻은 것은 아마도 이 아이의 복인 듯합니다. 그러니 아이를 묻어서는 안 됩니다"라고 했다. 손순도 그렇다고 생각하여 아이를 업고 종을 가지고 집으로 돌아왔다.

그 종을 들보에 매달고 두드리니 소리가 임금이 계시는 궁궐에까지 들렸다. 흥덕왕이 소리를 듣고 좌우 신하들에게 말하기를, "서쪽 교외에서 신비한 종소리가 들리는데, 맑으면서 멀리 들리니 평범하지 않구려. 빨리 조사해 보시오"라고 했다. 궁궐에서 나온 사람使者이 그 집에 가서 조사한 뒤에 그동안 손순에게 있었던 일을 자세하게 왕께 아뢰었다. 왕이 말하기를, "옛날 곽거郭巨가 아들을 묻으려 하니 하늘에서는 금이 가득한 솥을 내렸고, 지금 손순이 아이를 묻으려고 하니 땅에서 돌종이 솟아 나왔다. 옛날의 효도와 후세의 효도 모두 세상 사람들覆載이 함께 본보기로 삼을 만하다"라고 했다. 이에 집 한 채를 내리고 해마다 벼 50석을 주어 지극한 효를 숭상하게 했다. 손순은 옛날에 살던 집을 희사하여 절을 세웠는데, 이름을 홍효사라고 했고 산에서 가져온 돌종을 그곳에 안치했다. 진성여왕眞聖女王 시대에는 백제의 흉포한 도적 떼가 그 마을에 들어온 적이 있었는데, 그때 종은 없어져 버리고 절만 남았다.

이 이야기는 우리 민족의 미풍양속 중 하나인 효성과 인도에서 들어온 불교가 접합된 것인데, 신앙적인 측면보다는 부모에 대한 효도를 강조하기 위한 것이라고 할 수 있다. 누군가의 희생을 통해 부모에 대한 효성을 다했다는 방식의 이야기는 전국적으로 분포하고 있으며 중국, 일본 등에도 존재한다.

한 가지 흥미로운 것은 세 나라의 이야기 중에서 우리나라 자료에서만 부인의 의견이 적극적으로 표출된다는 점이다. 주인공이 부모의 봉양을 위해 아이를 묻으려고 하는 것은 마찬가지인데, 금이나 종 등이 발견되자 아이를 묻어서는 안 된다고 부인이 적극적으로 말하고 주인공도 그렇게 생각한다는 내용은 《삼국유사》의 자료가 유일하다. 우리나라는 대대로 남존여비男尊女卑가 심했던 것으로 알려졌으나 실제와는 다를 수 있음을 보여 주는 하나의 증거로 보이기도 한다.

이러한 성격을 띠고 있는 희생효행犧牲孝行 설화는 이야기의 주인공이 자신이나 자식 혹은 아내를 희생하는 세 가지 종류로 나눌 수 있다. 세 종류 이야기 모두 부모에 대한 효성을 강조하기 위한 방식으로 진행되는 공통점이 있는데, 자기의 부모를 위해 자식을 희생하려다가 신기한 물건을 얻어 아이도 잃지 않고 부모에 대한 효도까지 완성하는 방식의 이야기가 대세를 이룬다. 여기에서 중요한 요소는 효성을 충실하게 행하기 위한 희생이지만 그에 대한 보상이 반드시 뒤따른다는 점에서 인과응보因果應報라는 불교적 사고가 짙게 배어 있음을 알 수 있다. 손순매아 설화는 이야기의 주인공 손순이 어머니를 제대로 봉양하기 위해 자식을 묻으려다 종을 얻은 뒤 왕에게 상을 받고, 절을 세웠다는 이야기로 전형적인 자식 희생형 효도 설화이다.

이 이야기는 고려, 조선 등을 거쳐 후대로 오면서 더욱 중요하게 취급되었으며, 조선시대 500여 년에 걸쳐 국가에서 편찬한 《삼강행실도三綱行實圖》, 《오륜행실도五倫行實圖》와 같은 윤리 교훈서에 빠짐없이 실려 전하고 있다.

고려 후기에 해당하는 13세기 무렵에 편찬된 《삼국유사》에 손순 이야기가 실려 있는 점으로 볼 때 홍효사가 최소한 고려시대 후반까지는 존재했던 것으로 보인다. 그러나 현재 남아 있는 자료가 없어서 그 이후 언제, 어떤 사정으로 절이 없어지게 되었는지는 전혀 알 수 없다. 따라서 홍효사가 원래 있었던 장소를 정확하게 밝혀내기는 쉽지 않다.

홍효사가 있었던 자리를 비교적 가깝게 추정해 내려면 취산이라는 지명이 어디쯤인지를 밝히는 것이 필요한데, 그것은 醉(취할 취)에서 단서를 찾을 수 있다. 여기에서 취는 취향醉鄕을 줄인 것인데, 술에 취해 몽롱한 상태가 되어 태평하고 평안함을 느낄 수 있는 다른 세상의 공간을 지칭하는 것으로 무릉도원과 같은 이상향을 말한다. 손순 이야기에서 취산은 취향산으로 그가 살았던 마을의 서북쪽에 있었는데, 지금은 남사봉으로 불리는 산봉우리가 될 것으로 보인다. 《삼국유사》에는 취산 북쪽 교외로 갔다고 했는데, 그곳이 바로 아이를 묻으려다 종을 발견한 자리가 된다.

그 지점은 현재 인내산忍耐山으로 불리는 인출산印出山으로 보인다. 인출산은 印(도장 인)이 나온出 산이라는 뜻이다. '印'은 손으로 무엇인가를 누르다는 뜻에서 시작되었는데, 징표, 흔적, 증거 등의 뜻으로 쓰인다. 그러므로 인출은 징표가 되는 어떤 물건이 나왔다는 뜻이 되어 손순의 효성에 감동한 하늘이 내린 징표라고 할 수 있는 돌종이 땅속에서 나온 곳으로 특정할 수 있다. 손순이 살았던 남사리의 서북쪽에 있으니 《삼국유사》에서 말한 방향과도 일맥상통한다. 또한 남사리의 서북 방향에 있는 뒷산 봉우리를 지금은 남사봉이라고 하는데, 엄밀히 말하자면 취산 혹은 취향산으로 부르는 것이 더 적절한 것이다. 따라서 손순은 남사봉취산을 넘어 인내산인출산까지 가서 아이를 묻으려고 구덩이를 팠다가 돌종을 발견한 것으로 볼 수 있다.

남사리는 또한 신라 육부의 하나인 모량부의 중심 지역이었기 때문에 손순이 그곳에 살았다는 점이 한층 분명해진다. 손씨孫氏의 시조가 되는 구례마라는 사람이 하늘로부터 산으로 내려와 무산대수촌의 우두머리가 되었다는 이산伊山이 바로 지금의 구미산이다. 남사리는 남쪽에서 구미산이 보호하고, 북쪽에서는 인출산 줄기가 겹겹이 둘려져 동쪽까지 뻗치고 있어서 천혜의 요새라고 할 수 있다. 공교롭게도 동학東學의 창시자인 최제우崔濟愚가 태어나고 득도한 곳도 구미산 아래이니 남사리는 신화적인 색채가 짙은 공간이라고 할 수 있다.

남사리 일대에 손순 고사와 관련이 있는 것으로 생각되는 지명과 삼층석탑 두 기를 근거로 그가 세웠던 절의 위치를 좀 더 정밀하게 추정해 볼 수 있다. 남사리는 종을 얻은 곳이라고 해서 종동鐘洞이라는 이름을 가지고 있었으며, 마을의 서북쪽에 있는 남사봉으로 올라가는 골짜기를 '북골'이라고 하는데, 종鐘의 우리말이 '북'이기 때문에 종을 얻은 골짜기라는 뜻에서 붙은 지명임을 알 수 있다. 또한 남사1리 마을회관으로 들어가는 길목 저수지 서쪽 길 옆에는 남사리북삼층석탑南莎里北三層石塔이라는 이름이 붙은 신라시대의 석탑 하나가 있다.

이곳에서 서쪽으로 남사1길을 따라 끝까지 간 다음에 작은 연못을 두 개 지난 산골짜기에는 보물로 지정된 경주남사리삼층석탑南莎里三層石塔이라는 이름이 붙은 신라시대의 석탑 한 기가 있다. 이 주변에는 절터로 보이는 여러 흔적이 있는 데다가 골짜기의 이름도 '탑골'이어서 사찰이 있었던 자리임이 틀림없을 것으로 보인다. 그곳에 있었던 것이 손순이 세웠던 절이었다는 사실을 보여 주는 기와 편이나 기타 증거로 삼을 만한 유물 같은 것이 아직은 발굴되지 않은 상태여서 부근의 여러 지명과 삼층석탑 등을 근거로 삼아 홍효사터로 추정한다.

신라 사회는 9세기에 들어서면서 경주 부근의 사찰에 작은 석탑들이 건립되는데, 남사리에 있는 삼층석탑과 효현동에 있는 삼층석탑은 이 시기의 석탑을 대표하는 것이라고 할 수 있다. 남사리삼층석탑은 탑신을 올리기 위한 바탕이 되는 2단으로 된 기단基壇과 3단으로

홍효사터로 추정되는 곳에 있는 경주남사리삼층석탑. 신라 후기인 9세기 무렵의 석탑 양식을 보여주고 있다.

된 탑신塔身으로 되어 있다. 기단의 아래 단은 널찍한 여러 개의 장대석長大石으로 짜고 그 위에 네모난 넓적한 돌板石 네 장을 짜 올려서 만들었다. 위 기단은 판석 네 장을 세워서 짠 다음 네 모퉁이에는 돌기둥隅柱 모양을 새겼고 가운데에는 버팀돌撐柱을 네 면에 하나씩 새겼다. 그 위에는 기단 뚜껑돌甲石을 놓고 그 위에 탑신을 올리는 방식으로 조성했다. 탑신도 기단의 모양처럼 네 모퉁이에 돌기둥 모양을 새겼다. 탑신의 각 지붕돌蓋石은 맨 윗면의 치켜올림이 커서 날렵한 느낌을 주며, 그 아래면 받침은 네 겹의 단층으로 조각되어 있다. 탑의 꼭대기에는 세 겹의 뚜껑돌 위에 네모난 받침돌露盤이 있는데, 이것은 탑의 차트라를 꾸미던 보주, 보개, 보륜 등의 장식물을 받치기

아이를 땅에 묻으려다 발견했다는 석종의 모형. 홍효사 서쪽 뜰에 있다. 신라 때의 석종은 약탈당했으며, 지금 것은 근래에 만들어서 세운 것이다.

위한 것이었다. 현재 탑의 차트라는 사라지고 받침돌만 남아 있다. 석탑의 모양은 앞 시대의 탑에 비해서 크기가 작아졌으며, 탑신의 길이도 1층의 그것에 비해 2, 3층은 급격히 줄어든 형태이다. 이런 특징으로 볼 때 이 탑은 9세기 무렵에 세워진 것으로 보이는데, 9세기는 손순이 살았던 시기이니 이 탑이 있는 절터가 홍효사일 가능성이 매우 높다.

남사리삼층석탑이 있는 곳에서 경주 방향으로 약 5킬로미터를 가면 소현리 614-1에 경주손순유허지慶州孫順遺墟址가 있다. 이곳은 부모에 대한 효성이 지극했던 손순의 일이 궁궐에까지 전해져 나라로부터 받은 집이 있었던 자리로 알려져 있다. 이곳에는 1888년에 허전許傳이 지어서 세웠다가 사라졌던 비석을 1970년에 다시 만들어 세운 유허비遺墟碑와 비각碑閣이 있으며, 바로 옆에는 문효사文孝祠가 있고 뜰 한편에는 근래에 만든 돌종이 놓여 있다. 손순이 자신의 집을 희사하여 세웠던 홍효사는 그 흔적을 찾기가 어렵지만 석탑과 지명, 손순유허지 등으로 대략의 위치를 추정할 수 있는데, 그를 통해 하늘을 움직인 지극한 효성의 의미는 충분히 되새길 수 있다.

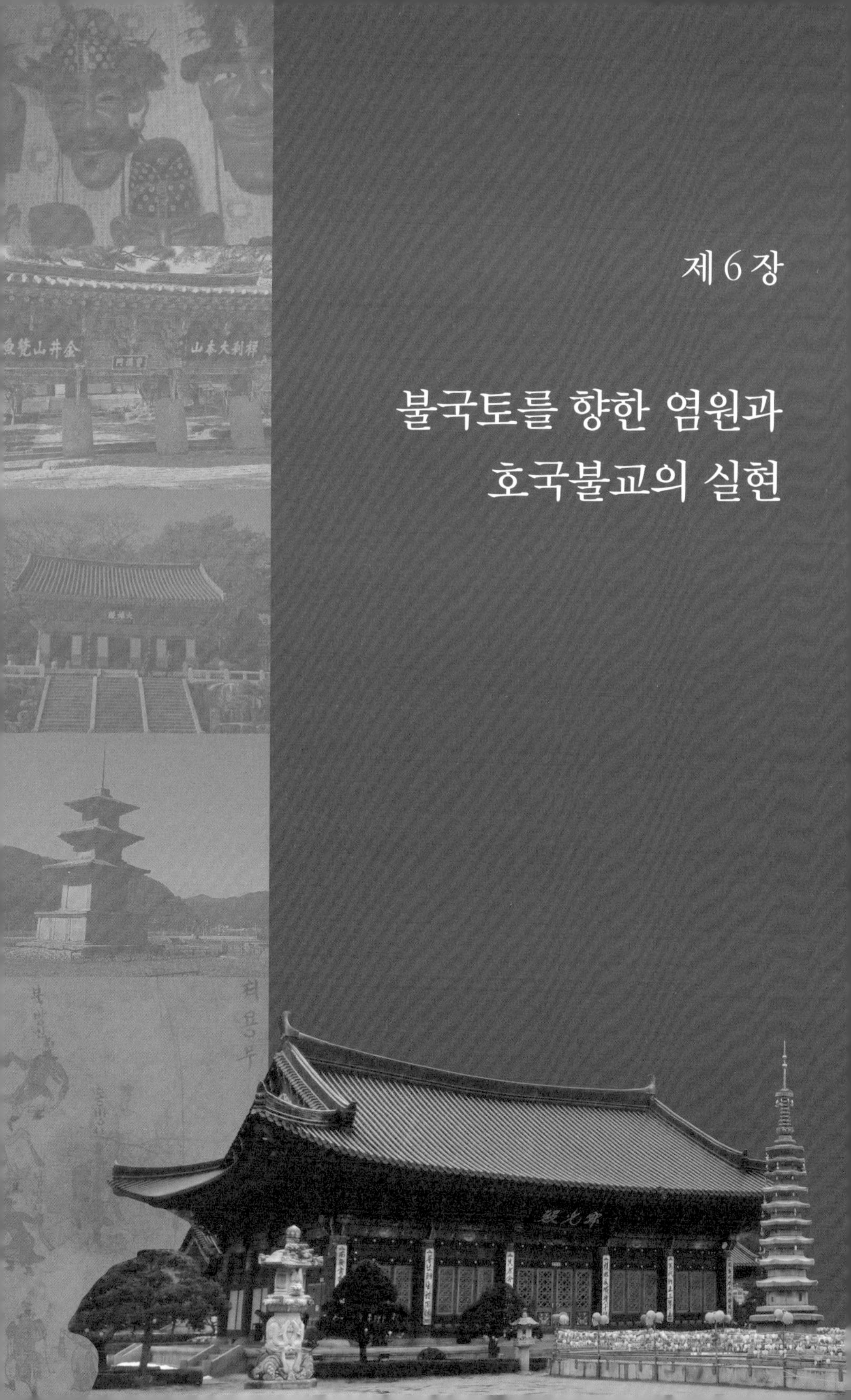

# 제 6 장

# 불국토를 향한 염원과 호국불교의 실현

## 하늘 물고기의 신통력이 살아 있는
# 범어사

부산광역시 동래구 금정산의 중턱에 자리 잡은 범어사는 신라의 승려인 의상義湘이 세운 것으로 화엄華嚴의 종지를 펼치기 위해 지었다는 열 개의 사찰華嚴十刹 중 하나이다. 범어사를 세운 유래를 알려 주는 창건 설화는 사찰을 감싸고 보호하는 구실을 하는 금정산과 관련이 깊다. 금정산이 이런 이름을 얻게 된 데에는 하늘과 관련된 신비한 현상이 있었기 때문인데, 조선 전기 성종 때 나라에서 만든 공식 지리서인 《신증동국여지승람新增東國輿地勝覽》에는 다음과 같은 내용이 기록되어 있다.

> 금정산의 꼭대기에는 돌샘石井이 하나 있다. 높이가 9미터 정도 되는 큰 돌이 있는데, 그 위에 우물이 하나 있다. 샘의 둘레는 3미터 정도이고 깊이는 약 21센티미터이다. 바위의 꼭대기에는 구멍 같은 우물이 있는데,

물이 항상 가득 차 있는 데다가 비록 가물지라도 마르지 않으며 황금색으로 빛난다. 그 아래에 범어사라는 사찰이 있는데, 세상에서 전하기를, "예전에 금빛 물고기가 오색구름을 타고 천인이 사는 하늘梵天로부터 내려와 바위샘 가운데에서 헤엄치며 놀았으므로 이름을 금정金井이라고 붙였다"라고 했다.

이 기록에는 금정산이란 이름이 붙은 유래에 대한 것만 있고 범어사가 어떤 사연으로 세워졌는지에 대한 언급은 없다. 그런데도 국가의 공식 기록에서 민간에 전하는 구전 설화를 근거로 들고 있는 점과 범어사가 금정과 깊은 관련이 있을 것이라는 암시를 주고 있는 사실은 매우 흥미롭다.

현재까지 범어사에 보관된 〈범어사창건사적梵魚寺創建事蹟〉에는 구체적이면서도 상세한 사찰 창건 기록이 실려 있다.

지금 있는 범어사는 신라 제42대 흥덕왕(재위 826~836) 때에 세워진 것이라고 일컬어진다. 그때 왜구 10여만 명이 쳐들어왔다. 왕이 여러 신하에게 왜적을 물리칠 계책을 물었으나 얼굴색이 변하면서 서로가 돌아보기만 할 뿐 감히 계책을 내놓는 사람이 없었다.

왕은 근심이 매우 컸는데, 그날 밤 꿈에 신인이 와서 왕에게 고하기를, "신라 왕국의 북쪽에 산이 하나 있으니 태백이라고 합니다. 그 산속에 신령스러운 승려神僧가 있는데, 법명은 의상입니다. 이 사람은 금산金山 보개여래寶蓋如來(부처님)의 후신이니 《화엄경》을 보호하고 받들면서 따르는 보살의 무리華嚴神衆 3천 명과 하늘의 모든 신들이 좌우에서 따르면서 수호하고 있습니다. 나라의 남쪽에는 금정이라고 불리는 산이 있는데, 꼭대기에 높이가 15미터나 되는 암석이 있고 그 위에 샘이 하나 있습니다. 물 색깔이 황금처럼 빛나는데, 언제나 물이 가득 차 있는 데다가 가물어도 마르지 않습니다. 금빛 물고기金魚가 그 안에서 헤엄치며 놀고 있는데, 오색으로 빛나면서 향기가 나는 구름이 그 위를 덮어 보호하고 있습니다. 이것이 바로 천인이 사는 곳에서 내려온 하늘 물고기梵魚입니다. 바라노니 대왕께서는 마땅히 이 법사를 모셔다가 금정 옆에서 온 정성을 다하여 화엄신중편을 암송하며 기도한다면 곧 왜군을 물리칠 수 있을 것입니다"라고 했다.

대왕이 잠에서 깨어 즉시 사신을 보내 대사를 모셔 왔다. 의상대사가 금정산에 도착하자 한 신인이 나타나 명령을 내리니 곧바로 금빛 갑옷을 입은 신병들이 무수히 나타나 산을 둘러쌌다. 왜적들이 이를 보고 놀라서 달아나 버렸다. 대왕이 크게 기뻐하여 곧 의상대사에게 예를 올리며 국사로 삼고 예공대사銳公大師라는 칭호를 내렸다.

평장사 유춘우에게 명을 내려 범어사를 창건하게 함으로써 커다란 위험으로부터 나라를 구해 낸 의상대사의 은혜에 보답하도록 했다. 또 미륵전을 조성하고 미륵상을 돌로 조각해 만들었으며, 사천왕과 화엄신중의 모습을 만들어 안치했다. 밭 360결結과 노비 100호戶를 내려 주었다.

금정산 중턱에 있는 금샘. 높게 솟은 바위 꼭대기에 움푹하게 구멍이 파였는데, 이곳에는 항상 맑은 물이 있었다고 한다. 하늘 물고기가 이곳에서 헤엄치며 살았는데, 의상이 왜적을 물리치는 신통력을 발휘한 공간이다. 범어사라는 이름도 이것에서 유래했다.

범어사의 창건 유래에 대한 것으로는 가장 상세하고 구체적인 기록인데, 몇 가지 미심쩍은 내용이 있어서 액면 그대로 믿기에는 어려운 점이 있다. 흥덕왕의 재위 기간은 826~836년으로 의상(625~702)이 생존했던 때와는 100년이 넘는 시간 차이가 있다. 즉, 범어사를 의상이 세웠다고 한다면 흥덕왕 때일 수가 없다. 이런 점으로 미루어 678년(문무왕 18년)에 의상이 세웠던 범어사를 흥덕왕 때에 다른 사람이 중창했을 가능성이 크다고 보는 것이 합리적이다. 다만 여기에 대해서는 자세한 기록이 전하지 않는 관계로 사찰 창건자 이야기와 중창한 시기의 호국 설화가 결합한 것이라고 단언하기는 어렵다. 범어사는 678년에 의상이 세운 것은 맞지만 흥덕왕 때 국가 차원에서 크게 중창하기 전까지는 그리 큰 규모의 사찰은 아니었던 것으로 보인다. 〈범어사창건사적〉을 만든 사람은 흥덕왕의 명에 따라 유춘우란 사람이 835년에 크게 중창한 것을 참다운 창건이라고 여겼던 것으로 생각된다. 그런 의미에서 해동 화엄종의 창시자인 의상, 금정의 하늘 물고기 전설, 왜구의 침입과 격퇴 등을 하나의 이야기로 엮어 범어사의 창건 설화라고 기록했던 것이 아닐까 추정한다.

역사적 인물과 설화적 사연이 결합한 형태의 창건 설화를 간직하고 있는 범어사의 역사는 고려시대와 조선 전기까지는 뚜렷한 자료가 없어서 정확한 내용을 알기 어렵다. 더구나 조선 선조 25년인 1592년에 있었던 임진왜란을 겪으면서 모두 소실되어 10여 년 동안은 거의 폐허가 되다시피 했었는데, 1602년에 관觀선사가 중건했으나 얼마 되지 않아 또 다른 화재로 소실되고 만다. 그 후 1613년(광해군 5년)에 묘전妙全 스님 등이 대웅전, 용화전, 관음전, 나한전, 일주문, 심검당 등을 새롭게 건립하면서 점차 사찰의 모습을 갖추어 갔다. 1684년에는 해민海敏화상이 비로전을 세웠고 1700년에는 명학明學화상이 팔상전, 종루, 불이문, 보제루, 천왕문을 건립했다. 그 뒤로도 사세의 규모에 따라 크고 작은 개수와 중수를 거듭하여 오늘날과 같은 모습을 갖추었다.

임진왜란이 발발하자 왜군에 의해 범어사가 불에 타 거의 없어졌을 때 사찰을 위해 힘쓴 여성의 이야기가 구전으로 전한다. 금정산의 가장 높은 봉우리인 고당봉姑堂峰 정상에는 산을 지키고 범어사를 수호하는 여신이 사는 고모당姑母堂이 있다. 임진왜란 당시 북상하던 왜군이 범어사에 불을 질러 태워 버린다. 당시 결혼에 실패하고 불가에 귀의하여 범어사에 머물면서 화주보살化主菩薩이 되었던 밀양 박씨 여성은 부지런히 시주를 받아 오고 승려들의 수발을 들면서 한순간도 쉬지 않고 평생을 바쳐 노력하는 등 범어사를 위해 많은 일佛事을 해서 불문 제자들四部大衆의 칭송이 자자했다. 그녀가 임종을 맞이할 즈음에 유언을 남겼는데, 자신이 죽으면 화장하여 고당봉에 사당을 짓고 제사를 지내 주면 죽어서라도 높은 곳에서 절을 보호하겠다고 했다. 주지승은 장례를 치르고 난 후 그녀의 뜻대로 금정산 정상에 고모당을 짓고 위패를 모신 뒤 일 년에 두 번씩 제사를 지냈다. 그 후 범어사는 더욱 번창하여 지금과 같은 큰 사찰로 거듭났다고 한다. 한때 젊은 승려들이 당제 지내는 것을 못마땅히 여겨 당집을 훼손한 적이 있었는데, 그 뒤로 좋지 않은 일이 많이 생겨서 다시 고쳐 지었다고 하는 이야기가 전한다. 고모당에는 해마다 음력 1월 15일과 5월 5일 두 차례에 걸쳐 제사를 지내는데, 이때는 범어사 승려가 모두 참여해서 정성껏 제를 올린다.

우리나라의 사찰은 기능적 특성을 기준으로 할 때 대략 세 가지로 나눌 수 있는데, 넓고 평평한 공간에 장엄한 건축물로 만들어진 평지가람형平地伽藍型, 깊은 산속에 자리를 잡아 수행 생활에 적합하도록 지어진 산지가람형山地伽藍型, 천연으로 만들어졌거나 인공으로 만든 석굴에 짓는 석굴가람형石窟伽藍型 등으로 나눈다. 우리나라에는 산지가람형이 많은 편인데, 이런 유형의 승가람마가 많은 이유로는 산악

지형과 산악숭배 사상, 호국과 호법의 의지, 탈세속주의 경향 등을 들 수 있다. 범어사는 전형적인 산지가람형에 속하는데, 이런 형태를 가진 사찰의 일반적인 배치는 대체로 상, 중, 하의 3단으로 구성되는 특징을 가지고 있다. 범어사의 공간적 배치 모양과 기능을 중심으로 할 때 대웅전, 관음전, 지장전, 팔상전, 비로전 등이 중심을 이루면서 가장 높은 곳을 차지하고 있는 상단, 보제루를 중심으로 한 여러 당우가 있는 중단, 일주문, 천왕문, 불이문을 중심으로 사찰 입구를 이루는 하단으로 구분할 수 있다.

범어사의 구조를 입구에서부터 살펴보면 다음과 같다. 사찰의 입구임을 알리는 상징인 당간지주幢竿支柱는 절에서 주관하는 행사를 알리기 위해 세우는 표시물을 걸거나 묶어서 지탱하게 하도록 세운 두 개의 돌기둥으로 조계문 80여 미터 앞에 있다. 높이가 4.5미터인데, 신라 후기의 것이다. 원래 당간지주의 아래에는 기단부를 이루는 하대석과 간석竿石을 이루는 중대석이 있었을 것이지만 현재는 아무런 문양이 없고 윗부분 안쪽에 불화를 그린 기를 달아 두는 장대幢竿를 고정하기 위한 구멍杆溝이 뚫려 있는 기둥 두 개만 남아 있다.

사찰로 들어서는 일주문에 해당하는 조계문曹溪門은 기둥이 한 줄로 된 3칸 규모의 건물인데, 아랫부분은 네 개 모두 돌기둥으로 만들었고 돌기둥 위에 붉은 칠을 한 나무 기둥을 다시 올린 다음, 그 위에 기둥의 위쪽뿐만 아니라 기둥과 기둥 사이의 공간도 짜서 올린 공포拱抱로 되어 있는 다포多包가 화려한 맞배지붕의 형태를 하고 있다. 기

범어사 조계문. 사찰의 입구를 표시하기 위한 일주문에 해당한다. 세속의 세계에서 성역의 세계로 들어선다는 의미가 있다. 네 개의 돌기둥 위에 짧은 나무 기둥을 다시 세우고 다포식 공포 위에 겹처마 맞배지붕을 얹은 형태이다.

둥 위의 중앙에는 조계문이라고 쓰여 있고, 왼쪽에는 금정산 범어사, 오른쪽에는 선찰대본산禪刹大本山이라는 글씨가 새겨진 현판이 걸려 있다. 범어사 조계문은 2006년에 우리나라 보물로 지정되었다.

조계문을 지나 수십 미터를 올라가면 차례로 천왕문과 불이문不二門을 만난다. 천왕문은 사찰에 들어서기 위해 거쳐야 하는 세 개의 문 중 두 번째 것인데, 13개의 계단 높이로 쌓은 돌 축대 위에 사방을 지키는 사천왕의 상을 봉안한 건물이다. 불법의 수호신인 사천왕이 있는 천왕문을 지나는 것은 성스러운 공간에 오르기 위해 속세의 티끌을 털어 내는 중요한 통과 과정이라고 할 수 있다. 다음으로 만나는 문이 불이문인데, 이곳을 지나면 두 번째 공간의 중심을 이루는 보제루普濟樓로 이어진다. 불이문은 진리가 둘이 아니라 하나이며, 부처와 중생도 둘이 아니라는 의미에서 온 것으로, 모순과 대립을 넘어 온갖 차이를 초월한 진리 그 자체의 세계에 들어가는 문이라는 뜻이다. 불이문을 지나면 비로소 불국토의 세계에 오를 수 있는 준비가 되는 셈이다. 천왕문과 불이문은 모두 조선 후기의 건축 양식으로 되어 있다. 조계문부터 불이문까지가 하단에 해당하는데, 한편으로는 속세와 연결된 통로로 작용하지만 다른 한편으로는 속세를 벗어나는 통로가 되기도 한다.

불이문을 지나면 정면에 보이는 것이 보제루다. 널리 중생을 구제한다는 뜻을 담고 있는 보제루는 대중을 위한 법회용 건물로 사용되는데, 예불禮佛과 법요식法要式 등이 거행된다. 보제루는 범어사의 본전인 대웅전을 마주하고 있는데, 지금의 건물은 조선 후기인 1699년(숙종 25년)에 승려 자수의 주관으로 창건된 이래 여러 차례 중수를 거친 기록이 남아 있다. 특히 일제강점기에는 일본식으로 일부 변경되었다가 2012년에 전통적인 모습으로 복구하기 위한 대대적인 중창을 거쳐 지금의 모습이 되었다. 정면 5칸, 측면 3칸의 단층 건물이지만 들어가는 방향에서 보면 아래가 돌로 된 기둥으로 받치고 있는 형태여서 2층처럼 보여 루樓를 붙인 것으로 보인다. '루'라는 이름을 붙일 수 있는 것은 두 층으로 된 집重屋을 말하는데, 아래층은 기둥으로 받치고 있으면서 비어 있는 모양이고 위층은 벽과 문을 가진 건물의 형태를 갖추어서 사람이 머물 수 있는 집을 지칭하기 때문이다.

그러므로 보제루는 사찰에서 주관하는 여러 행사가 열리는 공간이 된다.

보제루 아래로 나 있는 출입 계단을 올라가면 정면에 있는 대웅전으로 올라가는 층계 아래에 넓은 마당이 조성되어 있는데, 오른편에는 830년경에 세워진 것으로서 보물로 지정된 신라 하대의 전형적인 석탑 양식을 가진 범어사삼층석탑이 있다. 마당의 왼쪽에는 높이가 2.62미터인 석등이 하나 있는데, 이것 역시 신라 하대인 9세기 무렵의 것으로 추정된다. 석등은 하대석, 중대석, 상대석의 세 부분으로 되어 있으며 윗부분만 남아 있는 하대석에는 엎어 놓은 연꽃의 모양인 복련覆蓮 조각이 중대석을 받치고 있다. 중대석을 이루는 돌기둥은 팔각 모양인데, 위를 향한 연꽃 모양인 앙련仰蓮 조각이 상대석을 받치고 있는 형태이다. 상대석 부분에는 사방으로 구멍이 뚫려 있는 모양으로 불을 밝히는 기능을 가진 화사석火舍石이 있고 그것의 지붕에 해당하는 옥개석屋蓋石을 덮었다. 석등의 모든 구성물은 팔각으로 되어 있다. 중대석이 상대석의 크기에 비해 돌기둥 굵기가 가늘어서 균형이 맞지 않아 보이는데 이는 후대에 보수할 때 잘못하여 그렇게 된 것으로 알려져 있다.

보제루 계단을 올라서 바로 오른쪽으로는 종루가 있고 석탑과 석등 뒤편으로는 양방향 모두 여러 건물이 있다. 이곳은 승려가 불도를 닦는 선원의 공간이라 일반인의 출입은 금지되어 있다. 사찰에서 아침저녁으로 예불을 드릴 때 쓰는 도구를 불전 사물佛殿 四物이라고 한다. 범어사 종루에는 범종梵鐘, 법고法鼓, 운판雲版, 목어木魚를 모두 갖추고 있다. 범종은 중생을, 법고는 길짐승을, 운판은 날짐승을, 목어는 물짐승을 제도하기 위한 것이다.

사찰 공간의 맨 윗부분에 해당하는 상단에는 대웅전을 중심으로 북쪽에는 관음전이 있고, 남쪽에는 지장전, 팔상전, 비로전이 있다. 관음전은 관세음보살을 주불로 봉안하는 법당인데, 조선 후기에 조성된 것이다. 지장보살을 본존불로 모시는 지장전地藏殿은 명부전冥府殿, 시왕전十王殿, 쌍세전雙世殿 등으로도 불리는데, 명칭에서 알 수 있듯이 저승 세계를 상징하는 법당이다. 지장전 역시 17세기 초에 건립되었으며 여러 차례 중수를 거쳐 1891년에 다시 중건되었다가 1988년에 화재로 소실된 것을 1990년에 다시 조성하였다. 화엄종의 교주인 비로자나불을 봉안하고 있는 비로전은 신라 때부터 있었던 것으로 알려져 있으나 임진왜란 때 불탄 후 숙종 때인 1683년에 해민海敏이 중창했고, 1721년에 다시 중수했다. 그 후 몇 차례의 수리를 거쳐 지금의 모습을 갖추었다. 팔상전八相殿은 석가모니를 중앙에 두고 좌우에 보현보살과 문수보살을 협시보살로 모시고 있는데, 이곳에 모신 세 분 불상을 삼존불 좌상이라고 한다. 팔상전 역시 조선 후기에 건립된 불전이다.

상단에서 중심을 이루는 대웅전은 정면 3칸이고 측면이 3칸인 전각인데, 1966년에 대한민국 보물로 지정되었다. 원래의 대웅전은 임진왜란을 만나 불탄 뒤 1602년에 중건되었으나 다시 소실되는 바람

보물로 지정된 범어사 대웅전. 조선 후기인 18세기 초에 중창되었다. 대웅전이란 위대한 성자인 석가모니불을 모신 전각이라는 뜻이다.

에 1613년에 묘전, 계환 스님 등이 힘을 합해 다시 중수했다. 현재의 대웅전은 추녀가 없이 양쪽 면이 잘린 듯한 모양의 맞배지붕으로 기둥의 위쪽뿐 아니라 기둥 사이에도 공포를 짜서 올린 다포多包식 건물로 1717년(숙종 43년)에 중건한 것이다. 불전 안에는 가운데에 석가모니를, 양옆에는 미래를 상징하는 미륵보살과 과거를 상징하는 제화갈라보살提和竭羅菩薩을 협시보살로 모셨으며, 불상 뒤편에는 석가모니가 《법화경》을 설법하는 광경을 비단 바탕에 그린 〈영산회상도靈山會上圖〉가 걸려 있다.

범어사에는 산문에 딸린 암자가 많은데, 지장암, 원효암, 청련암, 내원암, 대성암, 만성암, 금강암, 계명암, 미륵암, 안양암, 사자암 등

11개의 암자가 있다. 그중 계명암雞鳴庵에는 의상과 관련된 전설이 깃들어 있다. 범어사의 일주문인 조계문으로 들어가는 삼거리에서 오른쪽으로 약 500미터를 올라가면 왼쪽에 청련암 표지판이 보이고, 오른쪽으로 난 좁다란 길 입구에 계명암이라는 팻말이 보인다. 여기서부터 오르막길인데, 계단으로 되어 있어 오르는 데에는 별 어려움이 없다.

계명암의 창건에 관한 전설이 하나 있다. 의상대사가 현재의 계명암 부근에서 절을 지을 자리를 찾던 중 날이 저물어 머물게 되었다. 한밤중에 닭 울음소리가 들려 다음 날 나가 보니 수탉과 암탉 형상의 바위가 있는 것을 발견하게 되었고, 그 자리에 암자를 세워 계명암이라고 이름을 붙였다. 계명암으로부터 좀 더 올라가면 산 정상에 이르는데, 이것이 계명봉이다. 계명봉은 일본에서 바라보면 장군의 투구처럼 보이고 대마도에서 바라보면 닭의 형상으로 보이며, 계명봉에서 대마도를 바라보면 지네의 형상으로 보인다고 한다. 닭은 지네를 잡아먹으므로 일본인들이 조선을 침략했을 당시 암탉바위를 없애 버렸다고 한다. 이것은 지명 전설에 의상이라는 역사적 인물이 결합한 형태의 이야기에 증거물이라고 할 수 있는 계명암이 다시 보태지면서 사찰의 창건 유래를 알려 주는 설화가 되었다. 현재의 건물들은 모두 조선 후기에 중건된 것이다.

계명암 부근에 있는 닭바위는 자웅석계雌雄石鷄라고 하는데, 금정산 중턱에 있는 금정을 지칭하는 암상금정巖上金井과 원효암 뒤편에 있는 높은 바위를 가리키는 원효석대元曉石臺와 함께 범어사 주변의 세 가지 기이한 보물을 의미하는 범어삼기梵魚三奇의 하나이다.

우리나라의 대부분 사찰에는 창건의 유래를 알려 주는 이야기가 존재하는데, 그중에서도 범어사의 창건 설화는 매우 특이하다. 사찰과 암자, 주변의 자연물, 역사적 인물 등을 하나로 묶어 결합하면서 거대하면서도 체계적인 콘텐츠 소재를 창조해 왔다는 점이 눈길을 끈다. 금샘의 신성화와 하늘 물고기의 신격화를 통해 호국 사상을 고취하고 사찰의 성격을 규정할 수 있는 절 이름과 연결함으로써 나라를 지키고 보호하는 비보사찰裨補寺刹임을 강조하고 있는 점, 일반 대중이 가질 수 있는 불교에 대한 거부감을 완화하기 위해 외래신앙과 토속신앙의 결합을 과감하게 시도한 점, 다양한 자연현상이 민족 정서와 잘 부합할 수 있도록 불교적으로 승화시킨 점, 고승의 신통력을 자연물과 연결하여 조화롭게 재생산한 점 등이 모두 범어사와 관련이 있도록 함으로써 주변 사물의 현상이 사찰과 따로 떨어지지 않고 혼연일체로 움직일 수 있게 한 것이 이러한 사실을 뒷받침하고 있다.

# 가정과 나라를 지키는 처용 전설과 망해사

처용處容은 동해 용왕의 아들로 신라 제49대 헌강왕憲康王(재위 875~886)에게 발탁되어 서라벌로 와 결혼하고 높은 관직까지 받아 국가에 헌신하다가 나중에는 나라와 가정을 지키는 문신門神이 됨으로써 문화적 상징성을 지닌 존재로 주목받아 왔다. 처용과 관련이 있는 문화 현상은 고려시대와 조선시대를 거치면서 한층 발전된 모습으로 전승되었으며, 현재까지도 융합 콘텐츠의 소재로 다양하게 활용되어 처용 설화, 〈처용가〉, 〈처용무處容舞〉 등은 우리 민족의 중요한 문화유산으로 자리 잡았다. 용왕의 아들, 역신疫神을 물리치는 신, 가정을 지키는 문신, 사방의 악귀를 물리치고 나라를 지키는 오방신五方神 등은 많은 사람이 좋아하고 공감할 수 있는 요소인 데다가 시대의 변화에 맞추어 화려하면서도 재미를 더한 노래와 춤을 곁들인 복합적 연희예술로 성장했기 때문이다. 따라서 문화적 상징으로서의 처용은 어떤 상황에 맞닥뜨리더라도 살아남아 꾸준히 발전할 수 있는 강인한 생명력을 지닐 수 있게 되었다.

우리 민족의 문화사에서 중요한 의미가 있는 처용은 어떻게 해서 탄생했을까? 이에 대해서는 고려 때 일연이 지은 《삼국유사》에 상세한 기록이 남아 있다.

> 제49대 헌강왕 시대는 경주에서부터 동해 바닷가에 이르기까지 집이 줄지어 있었지만, 초가집은 한 채도 볼 수 없었고, 길거리에는 노래와 풍악이 그치지 않았으며, 일 년 내내 비와 바람風雨이 순조로웠다. 왕이 울산의 남쪽에 있는 개운포開雲浦에 행차했다가 돌아오는 길에 바닷가에서 점심참으로 잠시 쉬려고 하는데, 갑자기 구름과 안개가 자욱하게 끼더니 길을 잃고 말았다. 이상하게 여긴 왕이 신하들에게 물었더니 천기를 살피는 관리가 말하기를, "이것은 동해 용왕이 조화를 일으킨 것입니다. 좋은 일로 그것을 풀어 주는 것이 마땅하다고 생각됩니다"라고 했다.
>
> 이에 왕명을 출납하는 유사有司에게 칙령을 내려 용을 위해 근처에 사찰을 세우라고 하자 구름이 걷히고 안개가 흩어지면서 날이 좋아졌으므로 이곳의 지명을 개운포開雲浦라고 했다. 동해 용왕이 기뻐하며 일곱 아들을 데리고 왕의 수레御駕 앞에 모습을 드러내어 덕을 찬양하고 춤과 노래를 바쳤다. 아들 한 명을 시켜 왕을 따라 경주로 가서 나랏일을 보좌하도록 했으니 그의 이름이 처용이었다. 왕이 처용에게 아름다운 여인과 혼인을 하도록 했고, 신라 열일곱 관등官等 중 아홉 번째 등급인 급간級干이

라는 벼슬도 내리면서 그 마음을 잡아 두려고 애썼다. 그 부인이 매우 아름다웠는데, 역병을 일으키는 신疫神이 그녀를 탐내서 사람 모습으로 변하여 밤이면 처용의 집에 들어가서 몰래 잠자리를 같이했다. 처용이 밖에 나갔다가 집으로 돌아와 침실에 누워 있는 두 사람을 보고는 노래를 부르고 춤을 추면서 물러 나와 버렸다. 그때 불렀던 노래는 다음과 같다.

동경 밝은 달에 밤늦도록 노닐다가.
들어와 자리 보니 가랑이가 넷이구나.

둘은 내 것이지만 둘은 누구 것인고.
본디 내 것이지만 뺏긴 것을 어쩌리.

이를 본 역신이 처용 앞에 모습을 드러내 무릎을 꿇고 말하기를, "제가 그대의 아내를 사모하여 지금 범하고 말았는데, 공께서는 화를 내지 않으니 감탄하며 찬양하는 바입니다. 맹세하건대 이제부터는 그대의 얼굴을 그린 것만 보아도 그 문에는 들어가지 않겠습니다"라고 했다. 이런 이유로 나라 사람들이 처용의 모습을 그려서 문에 붙여 사악한 것을 피하고 복을 맞아드리는辟邪進慶 부적으로 삼았다. 왕이 궁궐로 돌아온 뒤 즉시 영을 내려 영취산靈鷲山 동쪽 기슭에 명당을 찾아 절을 짓고 이름을 망해사望海寺 혹은 신방사新房寺라고 했으니, 이것은 모두 용을 위해 설비한 것이었다.

이 기록은 망해사望海寺라는 절이 지어진 배경을 보여 주는 사찰 연기 설화와 함께 향가인 〈처용가〉를 부른 이유, 노래의 원문 등에 대한 정보가 실려 있어서 우리 문화와 문학에서 매우 중요한 의미를 지닌다. 처용이란 존재가 신으로 받들어질 가능성은 용왕의 아들이라는 설정에서 이미 그 실마리가 나타난다. 용왕의 아들이면서 사악한 것을 막아 수많은 사람에게 좋은 일이 생기도록 해 주는 존재가 되었으니 신으로 모시기에 충분한 조건을 갖추었다고 할 수 있다. 이것은 전승과 전파에 유리한 조건을 두루 갖춘 것이라고 할 수 있는데, 〈처용가〉와 〈처용무〉 등은 고려시대와 조선시대를 거치며 한층 체계화되고 확대되면서 궁궐의 주요한 연회에서 사용하는 궁중무악宮中舞樂으로까지 발돋움할 수 있었다.

자신의 부인과 동침한 역신을 보고 화는 내거나 폭력을 행사하기는커녕 노래를 부르고 춤을 추면서 물러났다고 하니 평범한 사람으로서는 도저히 해낼 수 없는 일이다. 처용은 너무나 태연하게 그런 일을 해냈고 춤과 노래로 역신의 항복을 받았으며, 그의 얼굴이 그려져 있는 것만 봐도 그 집에는 들어가지 않겠다는 약속까지 받아 내었다. 그리하여 신라시대에 문신으로 자리 잡은 처용은 노래와 춤이 세상에 알려지고 전해지면서 고려시대까지 이어졌고 조선시대를 거치면서 점차 확대되었다.

울산광역시 남구 황성동 668-1 세죽細竹마을 앞에는 육지에서 약 150미터 떨어진 바다 가운데에 작은 바위섬이 하나 있고, 울주군 청

울산 황성동에 있는 처용암. 외황강과 바다가 만나는 곳에 있는 돌섬이다. 이곳에서 처용이 나왔다고 한다.

량읍 망해2길 102가 주소인 영취산 동편 자락에는 작은 사찰이 하나 있다. 물 위에 떠서 있는 것처럼 보이는 작은 바위섬은 처용암이고, 20세기 중반 영취산 자락에 다시 지은 사찰은 망해사이다.

처용암은 돌로 이루어진 길쭉한 형태의 작은 섬인데, 크기는 615제곱미터(186평) 정도이다. 섬 일부에는 나무가 무성하게 자라 덮고 있으며 무속인들이 치성을 드리는 조그마한 기도 자리가 설비되어 있기도 하다. 이 작은 바위섬은 동해 용왕이 헌강왕을 만나기 위해 바다 밖으로 나올 때 처용도 함께 나왔다는 사연을 가진 신라시대의 유적이라는 사실을 알지 못하면 그냥 바다 한가운데 떠 있는 돌섬으로밖에 보이지 않는다. 천 년을 넘는 시간을 견디면서 지금까지 보존되어 우리에게 말을 걸고 있다는 것 자체가 경이로운 일이다. 신라시대에도 아마 이런 모습이었을 것이라고 짐작할 수 있는데, 처용암은 언제

나처럼 옛 모습 그대로 남아 있지만, 외부 환경의 극심한 변화로 인해 그 주변은 참혹할 정도로 황량해진 풍광이어서 눈살을 찌푸리게 한다.

처용암으로부터 그리 멀지 않은 곳에 있는 석유화학 공단에서 내뿜는 매연으로 공기가 심하게 오염되어 이미 수십 년 전부터 사람이 살 수 없는 곳이란 판정이 나면서 마을에 있던 주민이 모두 떠나 버려 황무지처럼 되었다. 지금은 산업시설물 건축을 위한 대형 트럭까지 분주하게 다니고 있어 소음까지 심한 편이다. 바다가 별로 깊지 않기 때문에 그것을 메워 공단 부지로 해야 한다는 말까지 나왔던 상황이니 천 년을 넘게 잘 보존되어 온 처용암이지만 언제 없어질지 모르는 신세가 되어 바람 앞의 등불처럼 위태위태한 상황이다. 거기에다 부근에 울산신항이 생기면서 고가 모양의 철길이 바로 옆을 지나게 됨으로써 전체적인 풍광 또한 예전 같지 않다. 문화의 세기로 일컬어지면서 콘텐츠를 성장의 동력으로 삼아야 한다고 역설하는 21세기의 현실 치고는 너무나 아이러니하고 어처구니가 없다. 처용암에 대한 보존 대책이 시급하다.

망해사는 처용암으로부터 포구를 따라 북서쪽으로 약 12킬로미터가 떨어진 곳에 있는 영취산 동남쪽 기슭에 자리하고 있다. 수십 년 전까지만 해도 망해사터 자리에서 남동쪽을 바라보면 세죽리 포구에 있는 처용암이 아스라이 보였지만 개발이 무수히 진행되고 대기 오염이 심해지면서 지금은 볼 수 없다. 망해사에 대해서는 《삼국유사》

20세기에 세워진 망해사. 사찰 자체로는 유적으로서의 가치가 높지 않지만, 처용 설화와 관련이 있는 사찰이라는 점에서는 눈여겨볼 만하다.

외에는 특별한 기록이 없어 역사를 알기가 어려운데, 조선 후기 무렵에 폐사되었다가 1962년에 다시 지어져 지금에 이르고 있다. 그러나 신라 때는 크고 웅장한 모습이었을 것으로 추정할 수 있다. 왕이 용왕을 위해 직접 명을 내려 짓도록 했던 사찰이었으므로 지금처럼 작은 규모는 아니었을 것이다.

지금의 망해사는 복원이 아니라 개별적으로 지은 것이기 때문에 그 자체로는 문화적 가치가 있다고 보기 어렵다. 다만 지금의 대웅전이 있는 곳에서 영취산 방향으로 조금 올라가면 보물로 지정된 부도탑浮屠塔 두 기가 동서로 나란히 서 있어서 부근에 망해사가 있었음을

지금의 망해사 대웅전 뒤편 산자락에 있는 부도탑. 신라 때의 양식을 그대로 간직하고 있어서 문화적 가치가 높다.

증명하고 있다. 이 부도탑은 신라시대의 전형적 양식인 팔각원당형으로 지대석 위에 상대, 중대, 하대로 이루어진 기단부가 잘 보존되어 있다. 동탑의 훼손은 심하지만, 서탑은 원형을 그대로 간직하고 있고 복원이 이루어져 당시의 모습을 잘 보여 주고 있다. 이 부도탑에서 동쪽으로 수십 미터 떨어진 곳이 망해사가 있던 자리로 추정되지만 아직 발굴은 이루어지지 않아 정확한 위치는 알 수 없다.

처용과 관련이 있는 유적, 유물 등의 문화유산은 처용암, 망해사, 개운포, 처용탈, 처용무 등이 중심을 이룬다. 여기에서 문제가 되는 것은 어떤 존재가 처용으로 신격화한 것인지, 처용이란 이름의 뜻이 무엇인지를 아직 정확하게 밝혀내지 못하고 있는 점이다. 지금까지 거론된 것을 보면, 처용은 아라비아 상인, 울산 지역 호족의 아들, 동해 용을 몸주신으로 모시던 무격巫覡, 신라 때 귀신을 부렸던 비형랑鼻荊郞, 액을 막아 주는 허수아비인 제웅 등으로 보는 것이 일반적이다. 정확한 기록이 없어 이에 대해 명확하게 밝혀내는 것은 거의 불가능할 것으로 보이지만 앞으로 좀 더 관심을 가지고 지켜봐야 할 일인 것은 분명하다.

다음으로 생각해 봐야 할 것은 처용이란 명칭이 가지는 의미가 무엇인가 하는 점이다. 여러 논자가 이에 대해 견해를 밝혔지만, 아직 정설이라고 할 수 있는 설명은 나오지 않은 것으로 알려져 있다. 한 해에 드는 액을 막기 위해 짚으로 허수아비를 만들어 해당하는 사람의 사주를 써넣어서 길가에 버리면 그 사람에게 들 액운을 막아 준다고 믿었던 제웅이 처용에서 왔다는 주장은 처용의 의미를 말한 것이 아니며, 한자를 우리말로 풀어서 '곳 얼굴'이라고 하여 얼굴 그림을 걸어 놓은 것이라고 하거나, 외부로부터 입주가 허용된 사람이라고 하는 것 역시 온전한 해석이라고 보기 어렵다.

지금까지 논의된 견해의 공통적인 특징은 일반적으로 알려진 글자의 뜻으로 풀어낸 것이라고 할 수 있는데, 신라시대 혹은 고려시대에도 우리가 알고 있는 한자의 의미로 쓰였을지에 대한 심도 있는 고찰도 하지 않은 채 주장되었다는 허점을 가지고 있다. 이러한 주장은 처용이란 이름에 쓰인 글자가 어떤 뜻을 가졌는지를 제대로 파악하지 못한 상태에서 나온 것이기 때문에 추상적인 견해로 흐를 수밖에 없었던 것이기에 기본적인 것부터 다시 살펴볼 필요가 있다.

處(처)는 곳, 처소 등의 뜻으로 널리 알려져 있으나 이 글자는 '멈추다', '그만두다' 등의 부정의 뜻을 기본으로 한다는 점에 주목할 필요가 있다. 더위가 멈춘다는 뜻을 가진 처서處暑, 아이를 낳지 않은 여자라는 뜻의 처녀處女 등이 이 글자의 기본적인 뜻에 충실한 표현이다. 시대의 흐름에 따라 '한곳에 멈추다'는 뜻에서 파생되어 나온 것이 '살다', '거주하다' 등이라고 할 수 있다. 이 글자는 処(곳 처)와 虍(호랑이 호)가 결합하여 만들어진 것인데, 虍는 발음 부분을 담당하고, 処는 의미 부분을 담당하는 구조로 되어 있다. 処는 걷는 것을 그만두고夊, 止, 사람이 탁자几에 기대어 멈추어 있는 상태를 나타내고, 虍는 말할 때 나는 소리를 나타냄과 동시에 부수部首로 쓰이고 있다. 그런 이유로 處는 부정의 의미를 기본으로 하면서 장소, 사는 곳 등의 뜻을 파생해 낼 수 있었다.

容은 '얼굴'이라는 뜻으로 알려져 있으나 이것은 사물 현상은 존재하는데 그것을 표현할 만한 한자가 없을 때 다른 글자를 빌려서 가차假借한 것이었다. 그러다가 널리 쓰이면서 원래의 것보다 중심적인 자리를 차지하게 되었다는 점에서 눈여겨볼 필요가 있다. 이 글자가 가진 원래의 뜻은 물건 같은 것이 집 안에 놓여 있는 것을 나타내며 '받아들이다', '안에 들이다' 등을 기본으로 한다. 수용受容, 용납容納 등이 기본적인 뜻을 잘 보여 주는 표현이라고 할 수 있다. 글자의 윗부분을 이루는 宀(집 면)은 穴(구멍 혈)과 함께 집을 나타내는데, 과거에는 움막이나 동굴 같은 곳에서 사람이 살았기 때문에 穴을 집의 의미로 사용했다가 나중에 八을 없애고 宀을 집의 의미로 썼다. 容의 아래에 있는 谷(골짜기 곡)은 公(공평할 공)과 八(여덟 팔)이 합쳐진 것인데, 厶(사사로울 사)는 사물이나 물건을 나타내는 口(입 구)가 변형된 것으로 어떤 물건이 집과 같은 일정한 장소에 들어가 있는 상태를 나타낸다. 이런 글자들이 결합하여 만들어진 것이 容이기 때문에 '받아들이다', '안에 들이다' 등의 뜻을 기본으로 하게 되었다.

처용이란 이름에 사용된 글자들의 기본적인 의미를 이렇게 풀이해 놓고 보면 이제 그 명칭이 가지는 뜻이 무엇인지가 한층 명확하게 다가온다. 즉, 처용이란 이름의 뜻은 역신과 같은 나쁜 것이 집 안에 들어오는 것을 '막다', '멈추게 하다', '집에 들어오지 못하게 하다'는 의미가 쉽게 파악되고, 이것은 처용 이야기에 나오는 내용과도 잘 부합한다는 사실을 확인할 수 있다. 그러므로 처용은 역신과 같이 사람에게 해를 끼치는 나쁜 신을 막거나 물리치는 좋은 신이고, 그에 대한 명칭을 이렇게 붙였다는 것을 쉽게 짐작할 수 있다.

다만 신라 사람들이 그것의 소재가 될 만한 존재를 외부인이나 능력이 뛰어난 사람에게서 찾았을 가능성을 배제하기 어렵다는 점은 인정할 필요가 있다. 아라비아에서 온 이상한 형상과 차림을 한 외부인이나 귀신을 부리는 신통력을 가진 사람 등을 소재로 하여 이런 이름을 붙였을 가능성이 매우 높기 때문이다. 그런 점에서 고려하면 기인제도에 희생된 호족의 아들, 귀신의 우두머리인 비형랑, 바리공주의 남편인 어비대왕 등으로 해석하기에는 상당히 무리가 있다. 나쁜 병을 일으키는 역신에 대항하는 신으로 설정하기 위해 용왕의 아들이라는 신적인 성격을 부여하여 붙인 이름이라고 보는 것이 가장 타

당해 보인다. 처용이 지닌 이러한 성격과 명칭이 가진 의미는 향가로 불린 〈처용가〉에 그대로 반영되어서 눈길을 끈다.

향가 〈처용가〉는 크게 두 단락으로 이루어져 있다. 앞 네 구절은 집에 들어온 처용이 역신의 침입을 목격하는 것이고, 뒤 네 구절은 처용이 특수한 방법으로 역신을 물리치는 것이다. 배경 설화로 볼 때 처용이 역신 정도는 거뜬히 물리치는 능력을 지닌 것으로 보이지만, 가정을 돌보지 않고 밖에서 놀기만 하다가 이런 일을 당한 것이라고 할 수 있다. 이런 사정이 노래에서는 '밤늦도록 노니다가'로 표현된 것이라 생각된다.

노래의 뒷부분을 배경 설화와 연관 지어 보면 이것 역시 역신을 물리치는 특수한 방법의 하나라고 보아야 한다. 춤을 추면서 노래를 불렀다고 했으니 춤과 노래가 모두 역신을 물리치기 위한 특수한 도구 혹은 방법으로 볼 수밖에 없다. 노래와 춤을 보고 들은 역신이 감동하여 그의 앞에 무릎을 꿇고 엎드려 사죄하고, 처용의 얼굴이 그려져 있는 것만 봐도 그곳에는 절대로 들어가지 않겠다는 다짐을 받아 냄으로써 역신과의 싸움에서 이겨 그것을 물리치는 성과를 거두었기 때문이다. 일반적인 사람이라면 도저히 해낼 수 없는 것이기 때문에 특수한 도구 혹은 방법을 쓴 것이 된다. 신라 때의 〈처용가〉는 민요계 향가였으므로 비교적 짧은 형태를 지니면서 보편적 정서를 기반으로 하면서도 단순한 내용으로 구성되었는데, 고려시대에 들어오면 이러한 내용과 형식에 커다란 변화가 수반되는 현상이 나타난다.

여러 가지 모양의 처용탈. 울산광역시 남구에는 수십 년째 처용탈을 제작하는 공방이 있다.

향가의 형태를 지니면서 향찰로 표기되었던 신라의 〈처용가〉는 고려시대에 들어와서는 새로운 모습으로 재탄생되었는데, 불교를 국교로 삼았던 터라 노래의 내용에 부처와 관련된 것이 담뿍 들어가 있어서 흥미롭다. 고려시대에 불렸던 〈처용가〉는 향가 〈처용가〉보다 많이 길어진 모습인데, 주로 불교 관련 내용을 넣어서 새롭게 창작한 것이 눈길을 끈다. 석가모니의 삼십이상三十二相에 맞추어서 처용의 형상을 노래하고 있는데, 이것은 처용이 얼마나 훌륭한 존재인지를 과시하기 위해 도입한 것으로 보인다. 삼십이상은 석가모니가 몸에 갖추고 있는 것으로 보통 사람과는 다른 거룩한 모습 서른두 가지 특징을 가리킨다. 발바닥이 평평하여 지면에 골고루 닿는다, 손가락이 길다, 팔이 무릎 아래까지 내려간다, 속눈썹이 소의 것처럼 길다, 어깨가 둥글다, 정수리가 불룩하게 솟아 있다, 온몸이 금색이다, 피부가 매끄럽다 등인데, 속요 〈처용가〉에서는 이런 형상에 맞추어서 처용을 묘사함으로써 신성함이나 훌륭함을 강조하고 있다.

속요 〈처용가〉는 향가 〈처용가〉와 비교해 볼 때 처용의 모습에 관한 내용이 대폭 늘어나면서 석가모니의 삼십이상에 맞추어 묘사함으로써 위엄을 한층 과시할 수 있게 되었고, 역신에 대한 위력을 매우 사실적으로 표현함으로써 긴장감과 현실감을 고조시키고 있으며, 처용이라는 존재가 모든 사람이 함께 만들어 낸 것이라는 점을 분명하게 밝히고 있어서 유래를 짐작할 수 있게 해 준다.

속요 〈처용가〉는 크게 네 부분으로 나눌 수 있는데, 첫째로 태평성대였던 신라시대에 처용이 말하지 않고도 모든 액을 물리쳤음, 둘째로 처용의 모습이 대단히 훌륭함, 셋째로 처용의 연원이 어디에 있는지를 밝힘, 넷째로 인간 세상에 침입했던 역신이 물러감 등이다. 여기에서 알 수 있는 것은 처용은 능력이 매우 뛰어난 존재이며, 이처럼 훌륭한 처용을 만든 존재는 수많은 사람들이라는 사실이다. 처용은 존재 자체가 훌륭하여 말이 필요 없으며, 그림이나 탈 같은 것을 통해 그 모습을 보이기만 해도 역신 같은 나쁜 신들은 모두 겁을 내며 들어올 엄두를 내지 못하고 물러간다는 것이다. 짧은 형태이면서 간결했던 향가에 비해 속요에서 묘사된 처용은 그것의 기원과 능력 등에 대하여 구체적이면서도 세분화하여 노래함으로써 사람들에게 한층 친근한 느낌을 주는 존재로 탈바꿈하였던 것으로 보인다.

춤과 노래가 중심을 이루었던 〈처용무〉는 고려시대에 산대잡극山臺雜劇에서도 행해졌는데, 고려 말기의 사대부인 목은牧隱 이색李穡이 지은 시에, '잡객의 북소리 징소리 땅을 온통 뒤흔들고,雜客鼓鉦轟地動 처용의 소맷자락 바람에 날리며 돌아가네.處容衫袖逐風廻'라고 노래한 것에서 확인할 수 있다. 고려 말기의 문인 익재益齋 이제현李齊賢은 자신이 지은 〈악부시樂府詩〉에서, '옛 신라의 처용 늙은이는,新羅昔日處容翁 바닷속에서 왔노라 하면서,見說來從碧海中 자개 이빨 붉은 입술로 달밤에 노래하고,貝齒赬唇歌夜月 솔개 어깨 자줏빛 소매로 봄바람에 춤췄네.鳶肩紫袖舞春風'라고 노래하기도 했다. 이런 점으로 보면 고려 후기에는 이미 속요 〈처용가〉와 〈처용무〉가 만들어져 궁중이나 민간에서 널리 불리고 행해졌음을 알 수 있다.

고려의 이러한 전통은 조선시대에 그대로 이어지면서 한층 발전된 모습으로 변화한다. 조선시대에 들어오면 처용탈을 쓴 사람이 혼자서 추던 〈처용무〉는 다섯으로 늘어난 처용이 등장하면서 〈오방처용무五方處容舞〉로 발전한다. 옷과 가면의 색깔도 오방의 색에 맞추어서 만들고 춤도 다섯 처용이 각각의 특성을 나타낼 수 있는 방향으로 다양하게 춤으로써 섬세함과 화려함을 더했다. 오방은 동서남북과 중앙을 지칭하는 것인데, 오행五行 사상과 다섯 방위를 각각의 성격에 맞는 것끼리 연결한 것이다. 오행은 우주를 이루고 있는 구성요소를 금목수화토金木水火土의 다섯 가지로 나눈 다음 이것들이 일정한 힘

조선시대에 행해진 〈처용무〉 그림. 하나였던 처용은 다섯으로 늘어나 〈오방처용무〉라는 명칭으로 불렸다. 조선의 문화 현상을 잘 보여 준다.

의 관계를 형성하여 영원히 순환하면서 우주를 이루는 여러 물질 현상을 생성, 발전, 소멸시킨다고 생각하는 사상이다. 이 다섯 가지 물질은 서로 조화를 이루어 발전적으로 새로운 것을 만들어 내는 상생相生의 관계와 서로 반대되는 성질을 지니고 있어서 만나면 충돌함으로써 상대를 이기려 하는 상극相剋의 관계로 정리하여 이를 통해 우주가 형성되고 소멸하는 과정을 설명한다.

《악학궤범樂學軌範》에 따르면, 〈처용무〉는 역귀疫鬼를 쫓는 궁중 행사로 섣달그믐에 치러지는 구나驅儺에 사용되었던 것으로 한 해의 마지막 날 밤에 행했는데, 이때 〈오방처용무〉를 추었다. 〈처용무〉의 이러한 재편은 조선 초기에 들어와 완성되었던 것으로 보이는데, 나쁜 것을 물리치고 태평성대를 바라던 조선 왕실이 공식적이면서도 대대적으로 이런 행사를 하자 오래지 않아 전국으로 퍼지면서 사대부를 중심으로 한 민간에서도 추기 시작했던 것으로 보인다. 처용과 관련을 가지는 여러 문화 현상이 조선시대에도 많은 사람의 관심과 흥미를 끌 만했기 때문일 것이다. 이러한 〈오방처용무〉는 조선조 전 시대를 관통하면서 민관에서 즐기는 놀이로 발돋움했고, 여러 종류의 그림과 개인 문집 등을 통해 다양한 형태의 기록으로 남겨지면서 풍부한 자료를 제공하고 있다. 처용이 현재에도 살아 숨 쉬는 콘텐츠로 인정받고 발전적으로 활성화되는 데에 결정적으로 이바지한 것이라고 할 수 있다.

# 문수보살이 머무는 성지에 세운 월정사

대한불교조계종 제4교구의 본사인 월정사月精寺는 강원도 평창군 진부면 오대산의 동대東臺로 불리는 만월산 남쪽 기슭에 있는 절로 643년(선덕여왕 12년)에 자장율사慈藏律師가 창건했다. 오대산은 높고 평평한 다섯 개의 대臺가 있어서 붙은 이름이다. 이 산문의 입구라고 할 수 있는 금강연 옆에 자리하고 있는 월정사는 적광전寂光殿, 팔각구층석탑八角九層石塔, 석조보살좌상石造菩薩坐像을 중심으로 자장율사의 진영을 모신 개산조각開山祖閣, 아미타불과 지장보살을 모신 수광전壽光殿, 범종梵鍾·목어木魚·운판雲板·법고法鼓 등의 불전사물을 봉안한 종고루鐘鼓樓, 나반존자那畔尊者·산신·칠성 등을 모시는 삼성각三聖閣 등의 불전들이 규모 있게 배치되어 있다.

월정사 경내에서 눈여겨보아야 할 것 중의 으뜸은 적광전 앞뜰 중앙에서 옆으로 조금 비켜난 자리에서 아름다운 자태를 뽐내고 있는 팔각구층석탑이다. 차트라를 제외한 전체가 화강암으로 조성된 이 석탑은 자장율사가 세웠다고 하지만 양식상 특징과 발굴된 내장 유물 등으로 보았을 때 고려 후기에 해당하는 12세기경의 것으로 보인다.

1962년에 국보로 지정된 구층석탑은 높이가 15.2미터나 되는데, 지대석地臺石 위에 2층으로 된 기단基壇을 세우고 아래층 기단 위에 올리는 갑석甲石 윗면에는 꽃잎이 아래를 향한 형태複辦의 연꽃무늬를 새겨서 아름다움을 더하고 있다. 그 위에 상층기단을 조성하고 그 위에 통으로 된 평평한 돌板石을 얹어서 부처의 몸에 해당하는 탑신塔身을 받치고 있다. 아홉 개의 탑신석과 옥개석屋蓋石은 모두 팔각으로 되어 있으며, 옥개석의 끝 아래에는 풍경이 달려 있어서 우아함을 더한다. 차트라의 아랫부분은 돌로, 윗부분은 금동제로 되어 있다. 이 탑은 아래위의 전체 균형이 잘 맞는 데다 세세한 부분까지 섬세하게 신경 써서 만든 것으로서 고려시대에 유행했던 다층다각 석탑 중 가장 남쪽에 건립된 것이란 점도 눈여겨볼 필요가 있다.

1970년에는 월정사팔각구층석탑을 해체 수리하는 과정에서 은제도금여래입상銀製鍍金如來立像, 청동사리외합靑銅舍利外盒, 수정사리병水晶舍利甁, 금동방형향갑金銅方形香匣 등 모두 9종 12점의 유물이 발견되기도 했는데, 2003년 6월 26일에 보물로 지정되어 월정사성보박물관에 보관되어 있다.

또한 팔각구층석탑 남쪽 방향 약간 옆에 탑을 향해 한쪽 무릎을 꿇고 두 손을 모아 공양을 드리는 모습을 한 석조보살상 하나가 눈길을

오대산 월정사의 적광전과 팔각구층석탑. 일반적으로 적광전에는 비로자나불을 모시지만 이곳에는 석가모니불을 모시고 있다. 구층석탑 앞에는 약왕보살이 공양을 드리는 모습을 하고 있다.

사로잡는다. 이 석조보살은 약왕보살藥王菩薩로 석가모니불의 사리를 수습하여 사리탑 8만 4천 개를 세우고 장엄하게 꾸민 후 두 팔을 태우며 7만 2천 세 동안 사리탑에 드리는 공양을 계속한 것으로 알려져 있다. 2017년에 국보로 지정된 이 석조보살상에 대한 기록은 남아 있는 것이 전혀 없어 정확한 조성 배경은 알 수 없으나 강릉의 한송사지寒松寺址와 신복사지神福寺址 등에서 발견된 석조보살상과 유사한 것으로 미루어 고려시대 영동 지역에 유행하던 석상 양식이 백두대간을 넘어 영서 지방에서도 조성되었음을 보여 주는 중요한 단서라고 할 수 있다. 이 석조보살 역시 성보박물관에 보관하고 있으며, 팔각구층석탑 앞에 있는 것은 모조품이다.

문수보살이 상주하는 오대산 입구에 자리한 월정사는 문수 신앙과 불가분의 관계에 있는 절이므로 사찰의 역사적 의미를 올바르게 파악하려면 문수보살과 오대산에 대한 이해가 우선되어야 한다. 문수보살은 불교의 진리를 부처의 모습으로 형상화한 석가모니의 진신法身인 비로자나불毗盧遮那佛을 보현보살普賢菩薩과 함께 옆에서 모시고 있는挾侍 부처로 많은 복덕과 반야般若의 지혜를 상징한다. 문수보살은 중국의 산서성山西省에 있는 오대산에 상주하는 존재인데, 자장율사가 이곳을 찾아가 문수보살상 앞에서 일주일을 기도하여 꿈에서 문수보살을 뵙고 게송을 받은 인연을 맺은 이야기가 《삼국유사》에 수록되어 있다.

자장이 애초에 중국의 오대산 문수 진신을 직접 뵙고자 하여 선덕여왕 때인 636년에 당나라에 들어갔다. 처음에 중국에 있는 태화지太和池 가에 있는 문수보살의 석상을 찾아가 일주일 동안 경건하게 기도했더니 갑자기 꿈에 문수보살이 나타나 게송偈 네 구절을 주었다. 꿈을 깨어서도 생각이 났으나 모두 산스크리트어梵語로 되어 있어서 아무리 생각해도 뜻을 알 수 없었다. 다음 날 아침에 어떤 승려가 비라 석굴의 금박 법의毗羅金點袈裟 한 벌, 공양 바리佛鉢 한 개, 부처님 머리뼈頭骨 한 조각을 가지고 자장이 있는 곳에 와서 무엇 때문에 그리 정신이 없느냐고 물었다. 꿈에서 게송 네 개를 받았는데, 범어라서 이해할 수가 없어서 그렇다고 대답했다. 그 승려가 해석해 주기를, "가라파좌낭呵囉婆佐曩은 불교의 모든 이치를 다 알았다는 뜻이고, 달예치구야達啸哆佉嘢는 자기의 본성은 어디에도 없다는 뜻입니다. 낭가희가낭曩伽呬伽曩은 우주 모든 사물의 본성을 이처럼 해석한다는 것입니다. 달예노사나達㘑盧舍那는 비로자나불을 곧 볼 것이라는 말입니다"라고 했다.

그 승려가 법의 등 자신이 가지고 온 것들을 자장에게 주면서, 이것은 본존불 석가여래의 물건이니 그대가 잘 간직하여 보호하라고 했다. 또 말하기를, "당신의 나라 동북 방향의 명주溟州(강릉) 땅에 있는 오대산에 일만 문수보살이 늘 그곳에 머물러 있습니다. 당신은 가서 친견하기 바랍니다"라고 한 뒤에 갑자기 자취를 감추었다. 자장은 영험 있는 여러 유적을 두루 찾아본 후 신라로 돌아오려고 했으나 태화지에 사는 용이 나타나서 불공을 올려 주기를 청하므로 일주일간 정성껏 공양을 올렸다. 이에 용이 말하기를, 그 전에 게송을 전해 준 늙은 스님이 바로 문수보살이라며 절을 짓고 탑을 세울 것을 부탁했다.

643년에 신라로 돌아온 자장은 곧바로 오대산으로 가서 월정사가 있는 기슭에 띠 집茅屋을 짓고 머물면서 문수보살을 친견하려고 했으나 3일 혹은 7일 동안 날씨가 흐려서 뜻을 이루지 못하고 돌아갔다. 원녕사元寧寺에 머물면서 마침내 문수보살을 잠깐 보았으나 칡넝쿨이 우거진 곳葛蟠處에서 다시 만나자는 말을 듣고 그곳으로 갔는데, 나무 밑에 뱀이 똬리를 틀고 있는 곳을 갈반지葛蟠地로 생각하고 머물다가 미친 사람처럼 보이도록 모습을 바꾸어 찾아온 문수보살을 알아보지 못했다. 이때 그가 머물렀던 곳이 지금의 정암사淨嵓寺이다.

이 자료를 보면 자장은 오대산 성지의 설정과 월정사의 창건에 초석을 놓은 인물임을 알 수 있다. 오대산이 불교의 성지로 완전히 정착되는 것과 번듯한 절의 면모를 갖춘 사찰이 들어선 것은 상당한 시간이 흐른 뒤에 여러 승려의 노력과 헌신을 거쳐 완성된 것으로 보인다. 월정사가 번듯한 모습을 갖추기까지는 자장 이후에 세 명의 승려가 더 머물러 각고의 노력을 기울인 뒤였는데, 그가 머물던 곳에 와 수행하면서 명맥을 이으려고 했던 여러 승려 중 신효거사信孝居士에 관한 이야기도 《삼국유사》에 실려 있다.

> 유동보살의 화신이라고 일컬어지는 신효거사라는 이가 공주에 살고 있었는데, 어머니를 지극한 효성으로 모셨다. 그의 어머니는 고기가 아니면 먹지를 않으므로 이것을 구하기 위해 산과 들로 쏘다니다, 길가에서 학 다섯 마리를 보고 활을 쐈는데 한 마리가 깃털을 떨구고 가 버렸다. 거사가 깃털을 집어서 눈에 대고 보니 사람이 모두 짐승으로 보이는 것이었다. 고기를 얻지 못하자 자신의 다리 살을 베어서 어머니께 드렸다. 나중에 출가하고는 집을 희사하여 절을 삼았는데, 효가원이 바로 그것이다.
>
> 거사가 경주를 벗어나 강릉에 이르렀는데, 깃털을 눈에 대고 보았더니 사람이 사람으로 보였다. 그곳에 살고 싶은 뜻을 가지고 길을 가다가 노파를 만나 살 만한 곳을 물었더니 서쪽 고개를 지나 북쪽을 향하고 있는 마을이 살 만하다고 한 뒤 사라져 버렸다. 거사는 관음보살이 가르쳐 준

> 것으로 생각하고 성오평을 지나 자장율사가 처음에 초막을 지었던 곳에서 살았다. 갑자기 비구 다섯 명이 와서 말하기를, "그대가 가지고 온 법복 한 폭은 어디에 있는가?"라고 물었다. 거사가 어리둥절해 하니 비구가 말하기를, "그대가 가지고 있으면서 사람을 보는 물건을 말하는 것이다"라고 했다. 거사가 깃털을 내주었더니 그것을 받은 비구가 가사에 붙이니 꼭 맞았는데, 깃털이 아니고 베옷의 한 조각이었다. 거사는 다섯 비구와 작별했는데, 그제야 부처를 따라다니면서 불법을 들었던 다섯 성자의 화신임을 알았다.

신효거사가 불심이 매우 깊어 다섯 분의 성자가 그를 오대산에 정착하도록 도왔다는 것인데, 자장이 거처하던 터를 알아본 점과 신의두타信義頭陀보다 먼저 기록된 것으로 미루어 8세기에서 9세기 사이의 승려로 볼 수 있다. 범일국사梵日國師(810~889)의 제자인 신의두타가 다음으로 그 자리에 머물렀다는 점 때문에 그러한 추정이 가능하다. 그 뒤 다시 폐허가 될 정도로 시간이 흐르고 나서 자장율사가 만년에 창건하고 머물렀던 수다사水多寺(지금의 수항리사지水項里寺址)의 장로였던 유연有緣이 거처하면서 작은 암자를 지은 때로부터 절의 모습을 갖추었다고 한다. 자장은 오대산을 성역화함으로써 신라가 불국토의 나라임을 인식시키는 데 결정적인 공을 세웠지만 정작 본인은 문수보살을 제대로 친견하지는 못했는데, 〈자장이 계율을 정하다慈藏定律〉에는 다음과 같은 이야기가 실려 있다.

자장은 말년에 경주를 떠나 강릉에 수다사를 짓고 살았다. 꿈속에 기이한 승려가 나타났는데, 당나라의 오대산 북대에서 본 사람이었다. 내일 그대를 대송정에서 만나겠다고 말했다. 놀라 일어나서 아침 일찍 송정에 이르니 과연 문수보살이 와 있음을 감지할 수 있었다. 불법의 핵심法要을 물으니 말하기를, 태백산 갈반지葛蟠地에서 다시 만나자고 한 뒤 보이지 않았다. 자장이 태백산에 가서 그곳을 찾으니 큰 구렁이가 나무 아래에 똬리를 틀고 있는 것이 보였다. 문수보살이 말하는 갈반지가 이곳인가 하여 석남원石南院, 淨巖寺을 세우고 문수보살이 내려오기를 기다렸다.

어느 날 승려가 입는 네모난 도포方袍를 입은 데다 남루한 차림을 하고 칡으로 만든 삼태기에 죽은 강아지를 넣어 가지고 온 늙은 거사가 찾아왔다. 아이에게 말하기를, 자장을 보려고 내가 왔다고 하는 것이었다. 아이가 거사에게 말하기를, "내가 스승을 모신 이래로 아직 그 함자를 부르는 사람을 보지 못했는데, 당신은 어떤 분이기에 그런 미친 말을 하는가?" 거사가 말하기를, 다만 너의 스승에게 고하기만 하라는 것이었다. 들어가서 스승에게 말씀드리니 자장이 미처 깨닫지 못하고서 "미친 사람인 모양이다"라고 했다. 아이가 나가서 거사를 내쫓으니 말하기를, "돌아가리라, 돌아가리라, 육신에 참된 내가 있다는 생각我相을 가진 자가 어찌 나를 보겠는가"라고 한 다음에 삼태기를 거꾸로 해서 타니 죽은 개가 변하여 사자 모양의 자리師子寶座가 되었고 그곳에 올라앉아 빛을 내뿜으면서 가 버렸다. 자장이 이를 듣고 격식을 갖추어 빛을 찾아 남쪽 고개에 올라

갔으나 이미 자취가 아득하여 만나지 못하고 마침내 넘어져서 세상을 떠났다. 시신은 화장한 뒤에 유골은 석굴 속에 안치했다.

이처럼 자장은 문수보살의 선택을 받지는 못했지만, 그의 뒤를 이어 오대산에서 불도를 닦았던 보천과 효명 두 왕자에게는 문수보살이 서른여섯 가지 모습으로 나타나 격려했다고 하니 참으로 아이러니하다. 월정사에서 오대산 방향으로 골짜기를 따라 올라가면 중대中臺의 아래쪽 산자락에 창건 당시에 진여원眞如院이라고 했던 상원사上院寺가 있다. 지금의 상원사는 영산전을 제외한 모든 불전은 1946년에 화재로 전소된 후 다시 중창된 것이다. 신라의 왕자였던 두 사람이 출가하여 이곳에 머무르면서 창건했던 진여원에서 시작되었는데, 고려 말 무렵에 나옹懶翁의 제자인 영로암英露庵이 폐허가 된 진여원 자리에 사찰을 세우고 상원사라고 했다. 상원사의 전신인 진여원은 두 왕자에 의해 세워졌는데, 《삼국유사》에 이와 관련이 있는 자료가 실려 있다.

자장이 신라로 돌아온 뒤에 정신대왕淨神大王(《삼국유사》에서는 신문왕神文王을 이렇게 쓴 것으로 보고 있으며, 신라의 역사 기록에 정신대왕은 나오지 않는다)의 왕자 보천寶川(역사서에 이런 왕자는 나오지 않으며, 보천이 누구인가에 대해서는 여러 가지 설이 있다)과 효명孝明(孝昭의 오기로 보며, 明과 昭는 모두 밝다는 뜻이 있다)이 하서부河西府(溟州, 강릉)에 와서 각간角干 신분인

세헌世獻이란 사람의 집에 하룻밤을 머물렀다. 다음 날에 각각 무리 1천 씩을 거느리고 큰 고개大嶺를 넘어 성오평省烏坪에 이르러 여러 날을 유람했다. 어느 날 저녁 두 형제가 속세를 떠날 뜻으로 은밀하게 약속을 정하고 사람들에게 알리지 않고 몰래 빠져나와서 오대산으로 들어가니 그의 부하와 시위들은 어찌할 바를 몰라 하다가 경주로 돌아갔다.

두 왕자가 산속으로 들어가니 갑자기 땅 위에 푸른 연꽃이 나타났다. 형인 보천 왕자가 그곳에 암자를 짓고 머물러 살았는데, 이름을 보천암寶川庵이라고 했다. 그곳으로부터 동북쪽을 향해 600걸음 정도를 더 가니 북대의 남쪽 기슭에 푸른 연꽃이 핀 곳이 또 있었다. 동생 효명이 그 자리에 암자를 짓고 머물면서 각각 열심히 불도를 닦았다. 함께 다섯 봉우리에 올라 예를 드리던 때에 동대東臺 만월산滿月山에 일만 관음 진신이 나타나 있고, 남대南臺 기린산麒麟山에는 팔대보살八大菩薩을 필두로 일만 지장보살이 나타났으며, 서대西臺 장령산長嶺山에는 무량수여래를 필두로 하여 일만의 대세지보살大勢至菩薩이 나타났다. 북대北臺 상왕산象王山에는 석가여래를 필두로 오백 아라한阿羅漢이, 중대北臺 풍로산風盧山에는 비로자나불毗盧遮那佛을 필두로 일만 문수보살이 나타나는 것이었다.

두 왕자는 오만 보살에게 일일이 예를 드렸다. 날마다 이른 새벽에 문수보살이 진여원에 서른여섯 가지 형상으로 변하여 나타났다. 그것은 부처의 얼굴, 보주寶珠, 부처의 눈, 부처의 손, 보탑寶塔, 수많은 불두佛頭, 수많은 등燈, 금빛 다리金橋, 금빛 북鼓, 금빛 종, 초인적인 능력神通의 형상,

금빛 누각, 금빛 바퀴, 금강 방망이金剛杵, 금 항아리, 금비녀, 오색 빛, 오색의 둥근 빛圓光, 길상초, 청련화靑蓮花, 금빛 절, 은빛 절, 부처의 발, 천둥과 번개, 여래가 솟아나는 모양, 지신이 솟아나는 모양, 금빛 봉새鳳, 금까마귀, 말이 사자를 낳는 모양, 닭이 봉황을 낳는 모양, 청룡, 흰코끼리, 까치, 소가 사자를 낳는 모양, 어슬렁거리는 돼지, 푸른 뱀의 모양 등 서른여섯 가지 형상이었다.

두 왕자는 늘 골짜기에서 물을 길어다가 차를 달여 공양하고 밤이 되면 각각 암자에 돌아와 도를 닦았다. 정신대왕의 아우가 왕위 자리를 놓고 왕과 다투니 신하들國人이 이를 폐하고 장군 네 명을 보내서 두 왕자를 맞이하게 했다. 먼저 효명의 암자에 이르러 만세를 불렀는데, 그때 오색구름이 경주까지 뻗쳐서 일주일 동안이나 드리워져 있었다. 신하들이 구름을 따라서 오대산에 이르러서 의장을 갖추어 늘어세우고 두 왕자를 모시고 돌아가려고 했다.

보천 왕자가 울면서 사양하니 효명 왕자만 모시고 돌아가 왕위에 추대하여 10여 년 동안 나라를 다스렸다. 성덕왕聖德王은 705년(성덕왕 4년) 3월 4일에 비로소 진여원(상원암, 상원사)을 고쳐서 다시 지었다. 대왕이 친히 백관을 이끌고 산에 가서 전당을 세우고 문수보살의 소상을 만들어 당 안에 모셨다. 수행자의 스승知識인 영변靈卞 등 다섯 승려에게 《화엄경》을 계속해서 낭독轉讀하게 하고 화엄사華嚴社를 만들며 오랫동안 비용을 대었는데, 해마다 봄가을에 근처의 지방으로부터 세금으로 걷은 것 1백 석과 좋은 기름 한 석을 공양하는 것을 상례로 했다. 진여원으로부터

> 6천여 걸음의 거리에 있는 모니점牟尼岾과 고이현古伊峴 밖에 이르기까지 땔감을 댈 땅 15결, 밤나무밭 6결, 절의 비용을 대기 위한 토지인 위토位土 2결을 주어서 그것을 관리하는 장원莊園, 莊舍을 두었다.

이 기록을 통해 여러 가지 정보를 알 수 있다. 첫째로 보천과 효명 두 왕자가 오대산에서 불도를 닦으면서 진여원을 세운 시기가 705년보다는 10년 이상 앞설 것이라는 점, 둘째로 성덕왕이 고쳐서 다시 세우기 전까지 진여원은 풀로 엮어서 지은 암자草庵였을 가능성이 높다는 점, 셋째로 신라시대에는 오대산 성지의 중심을 이루었던 공간이 진여원이었을 것이라는 점, 넷째로 진여원 자리가 문수보살이 상주하는 곳이라는 점 등이다. 역사 기록과는 좀 다를 수 있지만 보천, 효명, 성덕왕 등이 모두 신라 제31대 신문왕(재위 681~692)의 아들이라면 성덕왕이 진여원을 중창했다는 것은 설득력이 상당히 높다. 효명과 효소는 같은 뜻을 가진 것이기 때문에 효명은 효소왕으로 볼 수 있는 데다 성덕왕과는 동복형제이므로 형이 왕위에 오르기 전에 불도를 닦았던 진여원에 대한 애정이 남달랐을 것으로 볼 수 있다. 신하들이 오대산으로 두 왕자를 모시러 왔을 때 보천은 울면서 돌아가지 않겠다고 한 것에 대해서는 앞으로 더 세심한 연구가 있어야 할 것으로 보인다.

성덕왕의 형 효소왕이 왕자 시절에 불도를 닦았던 곳이 진여원이라면 이것을 세운 시기는 그가 왕위에 오르기 전이며, 681년 이전에 암자의 형태로 세워졌을 가능성이 매우 높다. 진여원의 창건 연대에 대해서는 대부분 자료에서 705년이라고 나오나 고쳐서 다시 세웠다는 기록을 중요하게 생각하지 못한 탓에 이런 결론을 내린 것으로 생각된다. 즉, 보천과 효명이 비록 왕자 신분이었을지라도 처음부터 번듯한 사찰을 지어서 거처하지는 못하다가 나라의 지원에 힘입어 진여원이 새로운 모습으로 거듭날 수 있었다는 것이다. 이런 점을 고려하면 신라시대 오대산에서 중심을 이루었던 공간은 진여원이었을 가능성이 아주 높으며 이런 상황은 고려시대에도 계속되었을 것으로 보인다.

이처럼 진여원이 오대산 성지의 중심을 이룰 수 있었던 이유는 문수보살이 서른여섯 가지 모습으로 변하여 친히 두 왕자 앞에 나타났다는 사실에서 찾아야 할 것이다. 진여원에 문수보살이 직접 나타났다는 것은 자장이 문수보살을 친견하기 위해 오대산에 가서 여러 날을 기다려도 나타나지 않았던 것과는 상당히 대조적이다.

《삼국유사》에는 효명 왕자가 돌아가 왕위에 오른 후에 보천이 어떻게 수행했으며, 오대산의 다섯 대에 설비해야 할 각 수행 공간에 대한 지시가 어떠했는지 등을 자세히 기술하고 있다. 이 이야기는 오대산을 성역화하기 위해 보천이 어떤 노력을 기울였는지를 잘 보여주는 자료이다.

보천은 늘 영험한 마을의 물을 길어다 마셨으므로 만년에는 몸이 공중을 날아다니면서 유사강流沙江 밖 울진국蔚珍國의 탱천굴撐天窟에 가 머물면서 《수구다라니경隨求陀羅尼經》 염송을 하루의 일과로 삼았다. 굴의 신이 나타나서 말하기를, "내가 굴의 신이 된 지 2천 년이나 되었으나 오늘 처음으로 《수구다라니경》 진리를 들었다"라고 하면서 보살계 받기를 청했다. 계를 주고 나니 다음 날 굴도 형체가 없어졌다. 보천은 놀라고 이상하게 여겨 그곳에 20일을 머물다가 오대산의 신성굴로 돌아왔다. 또 50년 동안 수행을 닦았는데, 도리천忉利天의 천신이 세 번이나 설법을 들었고 정거천淨居天 무리들이 차를 다려 바치며 마흔 명의 성인이 10척이나 날아 항상 호위했다. 가지고 있던 지팡이錫杖는 하루에 세 번 소리를 내며 세 번씩 방을 돌아다녔으므로 이를 종과 경의 소리로 삼아 수시로 업을 닦았다. 어떤 때는 문수보살이 보천의 이마에 물을 붓고 득도할 것으로 예언成道記莂을 주기도 했다. 보천이 세상을 떠나려고入寂 할 때 훗날 나라를 돕기 위해 산속에서 행할 일을 기록해 두었는데, 그 내용은 다음과 같다.

이 산은 백두산이 큰 줄기인데, 다섯의 대는 진신 보살이 상주하는 곳이다. 푸른색의 방향인 동대의 북쪽 모서리이며 북대의 남쪽 기슭 끝에는 관음방을 두어 원만한圓像 관음과 푸른 바탕에 일만 관음상을 모셔 승려福田 5인이 낮에는 여덟 권의 《금광경金光經》, 《인왕경》, 《반야경》, 《천수주千手呪》를 읽고, 밤에는 관음예참觀音禮懺을 염송하면서 원통사圓通社

라고 이름하라. 붉은색 방향의 남대 남쪽 면에는 지장방地藏房을 두고 원만한 지장의 상과 붉은 바탕에 팔대보살을 필두로 한 일만 지장보살을 모시고 승려 5인이 낮에는 《지장경》, 《금강반야경》을 읽고, 밤에는 점찰예참占察禮懺을 염송하며 금강사金剛社로 이름하라. 흰색 방향인 서대 남쪽에는 미타방彌陁房을 두어 원만한 무량수불과 흰 바탕에 무량수여래를 필두로 하는 일만 대세지보살을 모시고 승려 5인이 낮에는 여덟 권의 《법화경》을 읽고, 밤에는 미타예참彌陁禮懺을 염송하는데, 이름은 수정사水精社라고 하라. 검은색 방향의 북대 남면에는 나한당을 두어 원만한 석가의 상과 검은색 바탕에 석가여래를 필두로 하는 오백 나한을 그려 모시고 승려 5인이 낮에는 《불보은경》과 《열반경》을 읽고, 밤에는 열반예참涅槃禮懺을 염송하는데, 백련사白連社라고 이름하라. 누른색 방향의 중대에는 진여원眞如院을 두고 안에는 흙으로 만든 문수부동文殊不動의 상을 모시고 뒷벽에는 누런색을 바탕으로 비로자나불을 필두로 하는 서른여섯의 변신 형상化形을 모시어 승려 5인이 낮에는 《화엄경》과 《육백반야경》을 읽고 밤에는 문수예참文殊禮懺을 염송하여 화엄사華嚴社라고 이름하라.

보천암을 화장사華藏寺로 고쳐서 다시 지으라. 원만한 모양의 비로자나 삼존불과 대장경을 모시고 승려 5인이 낮에는 대장경을 읽고 밤에는 화엄신중華嚴神衆을 염송하여 해마다 백 일 동안 화엄회를 베풀고 법륜사法輪社라고 하라. 이 화장사를 오대산 절의 본사로 삼아 굳게 호위하고 지키면서 정진 수행하여 향불을 길이 받든다면 국왕은 천수를 누릴 것이고, 인민은 편안할 것이며, 문무가 화평하고 백곡이 풍성할 것이다. 또 하원에 문수갑사文殊岬寺를 설비하여 다섯 조직의 중심으로 삼아 승려 7인으로 밤낮으로 화엄신중예참華嚴神衆禮懺을 행하라. 위의 37인이 봉행하는 비용은 강릉에 소속되어 있는 여덟 주의 세금을 네 가지 봉행의 자금으로 쓸 것이다. 대대로 군왕이 이것을 잊지 않고 행한다면 다행일 것이다.

동서남북과 중앙의 다섯 대臺에 어떤 절과 조직을 둘 것이고, 그것을 어떻게 꾸미고 운영하며, 어떤 불공을 드려야 하는지, 비용은 어떻게 조달할 것인지 등을 상세하게 지시하고 있다. 이런 점으로 미루어 보천이 수행할 당시에 진여원을 중심으로 다섯 개의 절이 어느 정도는 준비되어 있었다고 볼 수 있다. 이것은 각 대에 있는 현재의 암자와는 상당한 차이를 보이고 있기도 하다. 동대에 관음암은 그대로이지만, 동대 북쪽 북대 남쪽이라고 한 위치가 아닌 동대산 남쪽 한참 아래쪽에 있는 것이 다르다. 서대에는 미타암 혹은 수정암을 둔다고 했는데 염불암으로 이름이 바뀌었으며, 북대는 나한당이라고 했는데 미륵암으로 부르고 있다. 중대는 진여원으로 하라고 했는데 지금은 사자암으로 되었고, 남대는 지장암 그대로이다. 서대의 암자는 수정암이었지만 지금은 염불암으로 불리고 있다.

상원사에서 서쪽으로 가다가 사자암을 지나 오대산의 최고봉인 비로봉을 향해 오르다 보면 자장율사가 석가모니의 진신사리를 봉안한 중대中臺에 세워진 적멸보궁寂滅寶宮이 있다. 높고 평평한 이곳에 오르면 오대산 전체가 한눈에 들어오니 그야말로 천하명당이라고 할

오대산 중대에 있는 적멸보궁. 이곳에는 자장이 중국에서 가져온 석가모니불의 진신사리를 모셨다. 이곳에 다른 불상은 없다.

수 있다. 적멸은 세속의 모든 고통, 고뇌로부터 완전히 벗어났다는 뜻을 가진 산스크리트어 니르바나Nirvana를 한자로 바꾼 것이다. 다른 말로는 열반涅槃이라고 하는데, 삶과 죽음의 원인과 결과가 더는 존재하지 않음으로써 육신體이라는 형상을 버리고 모든 것에서 벗어나 침묵과 무위無爲의 경지에 들어가므로 이를 적멸이라고도 한다. 삶과 죽음의 요란스러움과 불안에 비하면 태어남과 죽음이 없는 고요함과 안정의 상태에 들어가는 적멸이 최고의 즐거움樂이 된다.

적멸보궁은 인도 마가다국摩揭陀國 가야성伽耶城의 보리수 아래에 있는 금강좌金剛座로 석가모니불이 깨달음을 얻은 장소를 가리키는 적멸도량을 뜻하는 전각이다. 석가모니의 진신사리를 모신 불전에 붙은 명칭인데, 이곳에는 따로 불상을 봉안하지 않고 불단佛壇만이 있다. 불사리를 모셨다는 것은 석가모니의 진신이 그곳에 늘 있음을 나타내므로 다른 불상이 필요 없어진다. 적멸보궁의 바깥쪽에는 사리를 모신 곳이 있거나 사리탑을 세운다. 적멸보궁 뒤편에 오층목탑의 형상이 돋을새김으로 조각된 돌비석이 하나 서 있다. 이것을 사리탑의 상징물로 본다면 그 부근 어딘가에 진신사리가 안치되어 있는 것으로 추정할 수 있다. 지금의 적멸보궁 전각은 조선 후기에 창건된 것인데, 2018년에 보물로 지정되었다. 자장율사가 석가모니의 진신사리를 직접 안치했다고 알려진 곳에 창건한 적멸보궁의 공간은 오대산 불교 성지의 핵심이라고 할 수 있다.

중대의 남쪽 방향 아래쪽에 적멸보궁을 수호하는 암자인 사자암獅子庵이 있는데, 법당인 비로전에는 비로자나불을 주불로 하여 문수보살과 보현보살이 협시불로 모셔져 있다. 조선 태종 때인 1400년 11월에 크게 중창한 이래로 왕실의 내원당이 되면서 보호와 지원을 꾸준히 받아 지금까지 잘 유지되고 있다.

상원사를 지나 사자암을 향해 가다 왼쪽으로 난 작은 길을 따라가면 서대 염불암이 있는 곳에 작은 샘물이 하나 있다. 이 샘을 우동수于洞水 혹은 우통수于筒水라고 하는데, 신라시대부터 조선시대에 이르기까지 한강의 발원지로 알려졌던 곳이다. 조선시대의 기록에 따르면, 이 샘의 물은 빛깔과 맛이 특이하며, 무게도 보통의 물보다 무거운 데다가 다른 물과 섞이지 않고 찬 맛을 그대로 간직한 채 한양까지 간다고 하여 중요시했다고 한다. 그만큼 역사적 의미가 큰 곳이지만 20세기에 들어와서 한강 발원지가 태백시 금대봉 아래에 있는 검룡소로 바뀌면서 지금은 사람들의 생각에서 점차 멀어지고 있다. 보천과 효명 두 왕자가 이곳에서 물을 떠서 차를 다려 문수보살에 올렸다는데 지금은 매우 초라한 모습이다. 월정사의 이름이 수정암의 정精 만월봉의 월月이 합쳐져서 생겼다고 하는 이야기가 전해 내려올 정도로 중요시되었던 공간이지만 지금은 암자라고 하기에도 초라한 모습의 토굴처가 되고 말았다.

오대 중 남대에 해당하는 기린산 아래에 있는 지장암은 월정사에서 멀지 않은 곳에 있다. 지장암 역시 보천의 유언에 따라 세워진 것이지만 기린봉 부근에 있었다가 기린봉 아래에 있는 중부리로, 다시 조선 말기에 지금의 자리로 옮겼다. 인법당因法堂을 비롯하여 여러 전각이 있으며, 비구니 승려의 참선도량으로 사용하고 있다.

상원사 가는 길과 상원사 주차장의 사이에 북쪽을 향해 나 있는 길을 따라 올라가면 오대산 북대인 상왕봉象王峰에 미륵암이 있다. 석가모니불과 오백나한을 모시는 나한당을 지으라고 한 보천의 유언에 따라 절이 세워지면서 오랫동안 나한도량으로 명맥을 이어 왔던 것이 언제부터 미륵암으로 이름이 바뀌었는지는 분명한 자료가 없으나 고려 말기의 나옹선사懶翁禪師와 관련이 있는 것으로 보인다. 나옹선사는 공민왕 때에 두 번이나 오대산에 들어가 수행했으며, 그와 관련된 설화가 여럿 전한다.

오대산에는 기암괴석이 거의 없는데, 북대에 머물던 나옹선사가 큰 절에 가서 공양받아 오던 중 높은 바위의 소나무에서 눈이 떨어져 그릇鉢盂을 떨어뜨렸다. 이를 본 산신령이 큰 스님의 수행을 방해했다 하여 바위와 소나무를 모두 없애 버려 오대산에는 기이한 바위가 없다고 한다. 또한 오대산에서는 두부가 잘 안 되는데, 이것도 나옹선사와 관련이 있다. 나옹은 늘 두부와 비지를 끼니로 삼았는데, 어느 날 수발을 드는 행자가 비지를 스님에게 드리지 않고 버린 뒤로부터 오대산에서는 두부가 잘 되지 않는다고 한다. 나옹선사가 북대에 머물 당시에 승려들이 그곳에 있는 십육나한상을 상원사로 옮기기로 결의했다. 무거운 나한상을 옮기는 것은 보통 일이 아니었는데, 나옹이 혼자서 옮기겠다고 자청했다. 옮기기로 약속한 날 나옹은 나한전으로 들어가서 말하기를, "이 화상이 업어서 옮기기를 기다립니까?"라고 했다. 그러자 나한상이 모두 날아서 상원사로 가는 것이었다. 상원사로 가서 보니 나한상 하나가 보이지 않았다. 온 사방을 찾은 끝에 칡넝쿨에 걸려 있는 나한상을 발견하고 모셔 왔다. 이에 나옹이 산신을 불러서 이운불사移運佛事를 훼방 놓은 칡넝쿨을 모두 몰아내도록 명하자 이때부터 오대산에는 칡넝쿨이 없어졌다고 한다.

이 이야기로 볼 때 고려 말기까지는 북대의 암자에는 나한상이 모셔져 있었으나 그것을 옮긴 뒤 미륵보살로 바뀌면서 미륵암으로 되었다고 유추할 수 있다. 지금의 미륵암은 6·25전쟁 뒤에 중건한 것이다. 월정사에서 길을 따라 수백 미터를 올라가다 오른쪽으로 난 산

길을 따라가면 관음암觀音庵이 있다. 오대산의 동대인 만월산에 상주하는 일만의 관세음보살을 모시기 위해 관음암을 지으라고 한 보천의 유언에 따라 세운 것이다. 지금의 불전은 6·25전쟁 후에 세워진 것이지만 암자 옆에 있는 작은 토굴에는 신라 때의 승려인 구정선사九鼎禪師의 수행과 관련된 이야기가 서려 있다.

오대산의 불교 성지를 모두 품고 있는 월정사는 다섯 개의 대에 세워진 암자와 적멸보궁 등에 서려 있는 사연과 역사를 음미하면서 탐방하면 그 의미가 새롭게 다가오는 그런 사찰이라고 할 수 있다. 자장율사에 의해 설정되고 시작된 오대산의 성역화는 이처럼 길고도 복잡한 과정을 거쳐 월정사를 비롯하여 적멸보궁, 상원사, 부속 암자 등이 갖추어지면서 온 산이 불교 성지가 되었다. 문화사적으로나 역사적으로 중요한 의미를 지닌 오대산 성지는 신라가 불국토의 나라임을 증명하는 데에 결정적인 역할을 함으로써 호국의 의미가 강화되었다.

조선시대에는 왕조실록을 보관하는 오대산사고五臺山史庫를 지어서 오대산과 월정사의 중요성이 더욱 두드러지기도 했으며, 현재는 역사적·문화적·생태적 가치가 높은 것으로 인정되어 오대산 전체가 국립공원으로 지정되어 보호받고 있다.

# 호국불교의 상징이었던
# 사천왕사

경상북도 경주시 배반동 947번지 일대에는 679년(문무왕 19년)에 세워진 사천왕사터四天王寺址가 있다. 1963년에 사적으로 지정된 사천왕사터는 선덕여왕릉이 자리한 낭산狼山의 남동쪽 산기슭 끝 언덕에 있으며, 법당 혹은 대웅전에 해당하는 금당金堂을 가운데에 두고 남쪽에는 목탑 두 기, 북쪽에는 일직선으로 강당이 있고 그 옆에는 작은 건물 두 개가 있었다. 또한 금당의 남쪽 일직선상에는 중문이 있었는데, 중문과 강당은 사면이 회랑으로 연결되어 있고 그 회랑과 금당이 다시 양편의 회랑으로 연결되어 있는 모습이었다. 금당 뒤쪽에는 단석壇石 두 기를 설치했던 터가 있어 목탑 두 기와 단석 두 기가 사방으로 금당을 호위하고 있는 모양이다. 강당터와 작은 건물터는 얼마전까지만 해도 동해남부선 기차가 지나가던 철길이었으므로 발굴 자체를 할 수 없었지만, 지금은 철도가 다른 곳

경주시 낭산 남쪽에 있는 사천왕사터. 탑을 세웠던 기단만 복원되어 있다. 금당 앞에 동서로 서 있던 두 탑은 목탑이었는데, 기단은 돌로 되어 있었으므로 그것 일부만 복원했다.

으로 옮겨 가서 이제부터 제대로 된 발굴과 복원이 가능해지지 않을까 하는 기대를 하게 된다.

현재까지 발굴된 유적으로 볼 때 가장 주목해야 할 것으로는 금당 앞에 있었던 목탑터 두 곳이라고 할 수 있다. 탑의 몸塔身은 나무로 세워진 탓에 그 흔적이 남아 있지 않지만, 탑 아래의 초석과 기단은 석재와 돌벽돌을 사용했던 관계로 유적이 고스란히 남아 있어 그 모습을 재현할 가능성이 높기 때문이다.

발굴된 유물을 근거로 복원한 결과 동탑과 서탑은 거의 같은 규모와 형태를 가졌던 것으로 파악되었다. 녹색 유약을 바른 벽돌綠釉塼에 새긴 신장神將을 탑 기단의 네 면에 각각 여섯 개씩 넣어서 장식하고 있고, 탑으로 올라가는 계단의 양옆에 각 세 개씩 배치되어 있다. 신장은 세 개씩 다른 모습으로 연출되고 있어서 동서남북 각 방향당 두 쌍씩으로 배열되어 하나의 탑에는 신장이 스물네 개 새겨져 있다고 보면 된다. 서탑과 동탑의 신장상을 모두 합치면 마흔여덟 개가 되며, 이것을 녹유신장벽전綠釉神將壁塼이라고 한다. 녹유신장벽전의 신장이 무엇을 지칭하는지는 지금까지는 확실하게 밝혀내지 못하고 있다. 각 신장은 악귀를 두 마리씩 깔고 앉았는데, 이처럼 살아 있는 악귀로 앉을 자리臺座를 만든 것을 생령좌生靈座라고 한다. 이런 모습은 사천왕상에서 주로 보이는 것이어서 탑 기단에 새긴 신장을 사천왕으로 볼 수도 있지만 셋뿐이어서 그렇게 보기 어려운 점도 있다.

《삼국유사》에서는 불법을 수호하는 여덟 신을 팔부신중八部神衆이라고 했는데, 역사적으로 볼 때 팔부신중은 9세기 정도가 되어서야 신라 사회에 모습을 드러냈던 것으로 나타나므로 그것도 그대로 인정하기 어려운 점이 있다. 부릅뜬 눈과 역동적인 몸의 모양, 악귀를 누르고 있는 모습 등이 모두 살아 움직이듯 생동감이 넘쳐 신라 때에 만들어진 조각 미술의 걸작품으로 평가받는다.

탑을 바라볼 때 좌측에 있는 신장은 왼손에 칼을 세운 모양으로 들고 있고, 우측의 신장은 오른손에 든 칼을 어깨에서 목뒤로 메고 있는 형상이며, 가운데 신장은 왼손에는 활을 들고 오른손에는 화살을 들고 있다. 현재까지 발굴된 자료로 볼 때 서로 다른 모양을 한 신장상神將像 셋이 동탑과 서탑의 기단에 각각 여덟 번씩 반복되는 방식인

사천왕사터에 복원된 탑 기단의 녹유신장상. 생동감이 넘치면서 정교하게 조각된 이 신상은 악귀를 깔고 앉아 있는 모습인데, 무엇을 형상화한 것인지 밝혀 내지 못하고 있다.

데, 그것이 무엇을 의미하는지 정확하게 알 수 없을 뿐 아니라 서로 다른 모양의 신장상 셋이 팔부신중 중에서 누구를 형상화한 것인지도 알 수 없다. 팔부신중은 불타팔부중佛陀八部衆과 사천왕팔부중四天王八部衆으로 나누는데, 이 사찰이 사천왕을 모시는 절이었다는 사실로 미루어 세 명의 신장상은 사천왕의 부하眷屬에 속하는 여덟 신장을 형상화했을 가능성과 모든 신장이 투구와 갑옷을 입고 활과 화살을 지니고 있다는 문두루법의 오방신장五方神將일 수도 있다는 추정을 해 볼 뿐이다.

금당과 목탑이 있었던 곳 남쪽으로 펼쳐져 있는 공간에는 거북 모양의 비석 받침龜趺 두 기가 남아 있는데, 문무왕릉비를 세웠던 곳으

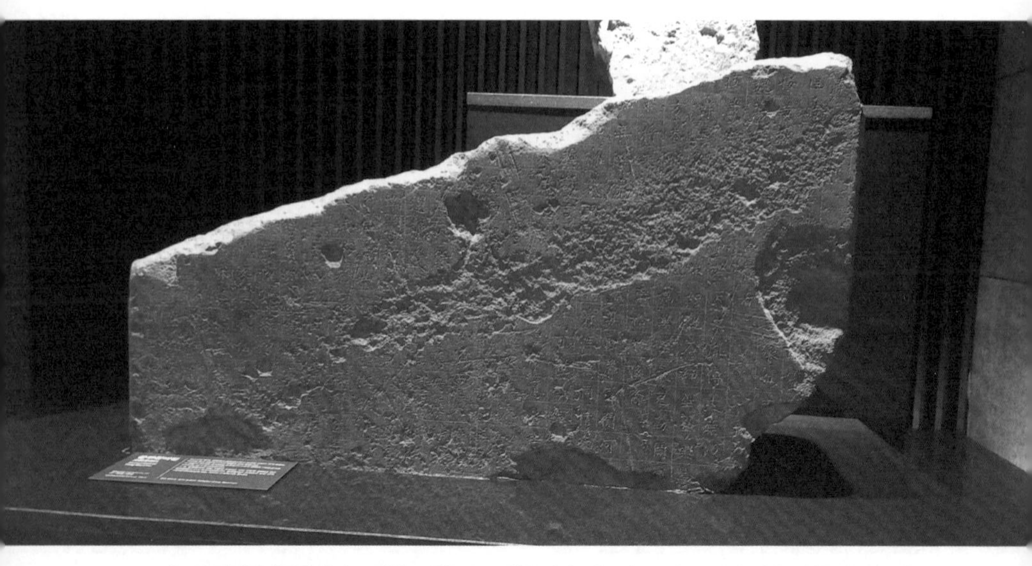

국립경주박물관에서 소장하고 있는 문무왕릉비편. 비교적 큰 것 두 개와 작은 것 한 개가 남아 있다. 이 비편을 사천왕터의 비 받침돌에 맞추어 본 결과 그곳에 문무왕릉비가 세워졌던 것으로 추정된다.

로 추정된다. 이 귀부는 두 기 모두 머리가 잘려 나간 상태이다. 문무왕文武王은 생전에 남긴 유언에 따라 동해의 감포 앞바다에 장사를 지냈기에 능이 없어 비석을 세워야 할 곳이 마땅치 않았던 신문왕은 사천왕사가 당나라 군대를 물리친 비법을 행했던 곳이면서 아버지가 직접 세운 사찰이므로 이곳에 비석을 세우는 것이 합당하다고 생각했을 가능성이 높다. 18세기에 와서 발견되었다가 사라진 뒤 근래에 다시 발견된 문무왕릉 비석의 파편이 사천왕사터 앞에 있는 귀부의 구멍과 크기가 일치한다는 점 역시 이러한 추정을 뒷받침한다.

사천왕사는 그야말로 정사각형으로 배열된 평지승가람마의 형태인데, 7번 국도에서 절터로 들어오는 서남 방향에 당간지주가 서 있다. 당간의 규모는 크지 않지만, 몸체의 맨 위쪽에 깃발幢을 고정하기 위해 만든 홈통杆溝 같은 것은 없고 중간에는 몸체를 관통한 세 개의 구멍杆孔이 뚫려 있다. 중간의 구멍은 둥글고, 아래위의 구멍은 네모난 모양이다. 돌로 만든 당간지주의 초기 형태라서 그런지 조각이나 문양 등은 없다.

사천왕사는 고구려와 백제 등을 이기고 삼한을 하나로 합친 신라에서 쌍탑일금당二塔一金堂型 형식이 나타난 첫 사찰이라는 점에서 역사적 의미와 가치가 크다고 할 수 있다. 당唐나라 사신을 속이기 위해 사천왕사와 비슷한 형태로 지었으리라고 추정되는 망덕사보다 창건 시기가 5년 빠르며, 이전의 사찰에서는 쌍탑 형식이 나타나지 않았기 때문이다. 더구나 당나라 군대를 물리치고 온전하게 한반도의 주인이 되는 데에 결정적 기여를 한 곳에 세워진 사천왕사는 당시의 신라 사람들에게 호국의 상징으로 여겨질 수밖에 없었을 것이다. 그렇다면 사천왕사는 어떤 사연으로 창건되었고, 왜 이런 이름이 붙은 것일까?

사천왕사는 불교의 호법신으로 모셔지는 사천왕의 힘을 빌려 당나라의 침략으로부터 신라를 지키려는 목적으로 명랑明朗의 도움을 받아 문무왕이 세운 사찰이다. 불교에서 우주의 중심에 있다고 여겨지는 수미산須彌山에는 네모난 모양으로 되어 있는 꼭대기의 사방에 각각 여덟 개의 천성天城이 있고 중앙에는 우주를 지배하는 제석천帝釋天이 머무는 선견천성善見天城이 있다. 사방의 서른두 개 천성과 중앙의 한 개 천성을 합쳐 서른세 개의 천국三十三天이 되는데, 이것을 도리천忉利天이라고 하며, 이 산의 각 방위 동서남북을 지키는 네 수호신이 바로 사천왕이다. 이들은 도리천의 주인인 제석천帝釋天을 주군으로 섬기면서 불법을 지키고 보호하는 호법신이다. 사천왕은 고대 인도 신화에서는 귀신들의 왕이었으나 불교에 귀의한 뒤로 부처님과 불법을 지키는 수호신이 되었다. 수미산의 동서남북에 있는 네 봉우리를 사대륙四大部洲이라고 하고, 사천왕이 네 방위로 나누어서 한 대륙씩을 수호한다.

그중 동방을 수호하는 지국천왕持國天王은 자비를 품고 있으면서 중생과 나라를 보호하는 존재이므로 이런 이름을 가지게 되었다. 또한 남동과 북서를 나누어 지키는 네 천왕은 각각 풍조우순風調雨順을 관장하고 있어서 중생과 나라의 평안과 안녕을 보살피는 일을 기본으로 한다는 것을 알 수 있다. 바람은 강하지 않으면서 고르게 불어야 하므로 풍조風調라고 하고, 비는 필요한 만큼 적절하게 내리는 것이 가장 바람직하므로 우순雨順이라고 한다. 이 네 가지가 모두 나라의 부강, 중생의 행복과 밀접한 관련성이 있는 농사에 결정적인 영향을 미친다. 농사가 잘되도록 바람과 비를 알맞게 조절하는 것은 생산물의 양을 많게 하여 중생의 삶을 풍요롭게 하고, 나라의 곳간을 넉넉하게 만드는 데에 결정적으로 이바지하니 이보다 더 중요한 일은 없다고 해도 과언이 아니다.

선덕여왕릉이 있는 낭산은 도리천 혹은 신유림神遊林으로도 불렸는데, 왕이 죽을 때에 자신을 도리천에 묻어 달라고 한 것으로 보아 사천왕사가 그 아래에 세워질 것을 미리 예견하고 있었던 것으로 생각된다. 선덕여왕이 세상을 떠난 후 수십 년이 지나 낭산의 남쪽 기슭에 사천왕사가 창건되었으므로 여왕의 예언이 들어맞은 셈이다. 이처럼 사천왕사는 신라에 매우 중요한 사찰이었지만 조선시대를 지나면서 폐허가 되었고, 지금까지도 복원은 물론이고 발굴조차 제대로 이루어지지 않고 있다.

석가모니가 나타나기 전 시대의 부처인 과거칠불過去七佛이 머물렀던 일곱 곳 중 신이 계시는 숲神遊林이라고 불렸던 낭산 남쪽 끝자락에 있었던 이 절은 김시습金時習이 살았던 조선 초기에 이미 폐허가 된 것으로 나타난다. 가야, 백제, 고구려가 모두 멸망한 후 한반도 지배의 야욕을 드러낸 당나라가 대군을 동원해서 신라를 침략해 오자 그것을 물리치기 위해 승려 명랑明朗이 비법을 행했던 장소에 세웠던 사찰이었지만 척불정책斥佛政策 때문인지 아니면 다른 무엇 때문인지 정확하게 알려지지 않은 이유로 사라졌고 터만 남아 있는 상태였다. 1930년에는 일본제국주의자에 의해 사천왕사가 있었던 자리를 관통하는 동해남부선 철도가 부설되면서 그 터까지 크게 훼손되는 불운을 겪기도 했다. 이처럼 여러 수난을 겪으면서 그 터조차 보존하기 어려웠던 사천왕사였지만 근래에 철도가 다른 지역으로 옮겨지면서 절터에 대한 발굴이라도 제대로 할 수 있게 되었으니 그나마 다행이라고 할 수 있다.

지금은 없어진 종파이지만 우리나라에만 있었던 신인종神印宗이라는 불교 종파의 발상지라는 점에서 사천왕사가 가지는 의미는 남다르다. 신인종은 고려시대까지 꽤 성행하다가 조선조 세종 시대인 1424년에 교종教宗으로 통합되면서 사라졌는데, 우리나라 불교의 중심을 이룬 것은 아니었지만 나라를 지키기 위한 비법을 행한 종파로 명성을 떨쳤던 것으로 보인다. 또한 앞서 언급했듯 사천왕사는 신라 제27대 군주인 선덕여왕이 유언에서 자신의 능과 관련해서 이야기한 사찰이기도 하다.

《삼국유사》에 실려 있는 선덕여왕 이야기는 설화적인 요소가 매우 짙은 전설이라고 할 수 있는데, 〈선덕왕이 세 가지 징조를 미리 알다善德王知幾三事〉라는 글의 내용은 다음과 같다.

> 선덕여왕이 나라를 다스리는 16년 동안에 징조를 보고 미리 알아차린 세 가지가 있었다.
>
> 첫째, 당나라 태종이 붉은색, 자주색, 흰색으로 그린 모란꽃 그림과 그 씨앗 석 되를 보내왔다. 왕이 꽃 그림을 보고 말하기를, "이 꽃은 반드시 향기가 없을 것이다"라고 했다. 뜰에 씨앗을 심고 꽃이 피기를 기다렸더니 과연 왕의 말과 같았다.
>
> 둘째, 영묘사靈廟寺의 옥문지玉門池에서 겨울인데도 여러 개구리가 모여 사나흘 동안 계속 울었다. 신하들이 이상하게 여겨 왕에게 아뢰었다. 왕은 급하게 각간 알천閼川, 필탄弼呑 등에게 명하여 정예병 2천 명을 거느리

고 신속하게 서쪽 교외에 가면 여근곡女根谷에 반드시 적병이 있을 것이니 모두 잡아 죽이라고 했다. 두 각간이 각각 병사를 천 명씩을 거느리고 서쪽 교외에 가니 부산富山 아래에 과연 여근곡이 있었는데, 병사 500명이 그곳에 와서 숨어 있었으므로 모두 잡아 죽였다. 백제 장군 우서亐召가 남산 고개 바위 속에 숨어 있었는데, 포위해서 쏘아 죽였고, 뒤에 1,300명이 오는 것도 쳐서 죽여 한 사람도 남기지 않았다.

셋째, 왕이 아픈 데가 없는데도 신하들에게 말하기를, "내가 몇 년 몇 월 며칠에 죽을 것이니 도리천에 장사를 지내라"라고 했다. 여러 신하가 그 장소를 알지 못하여 어디를 말씀하는 것이냐고 여쭈니 왕이 말하기를, 낭산 남쪽이라고 했다. 예언한 날짜에 왕이 과연 세상을 떠나니 신하들이 낭산의 남쪽에 장사를 지냈다. 그로부터 30여 년이 지난 뒤에 문무왕이 사천왕사를 선덕여왕릉의 아래쪽에 세웠다. 《불경》에서 사천왕천四天王天의 위에 도리천이 있다고 했으므로 왕의 신령스러움을 알게 되었다.

당시에 신하들이 왕께 여쭈었다. "어떻게 해서 꽃과 개구리의 일을 아셨습니까?" 왕이 이르기를, "꽃을 그렸는데도 나비가 없으므로 꽃에 향기가 없음을 알 수 있었다. 이는 당나라 임금이 내가 배우자 없음을 희롱한 것이다. 화가 난 형상의 개구리는 병사를 의미한다. 옥문이란 여자의 생식기女根인데, 여자는 음이고 그 빛이 흰색인데, 방향으로는 서쪽이 되므로 군사가 서쪽에 있음을 알 수 있었다. 남자의 생식기男根는 여자의 생식기에 들어가면 반드시 죽게 되니 이로써 쉽게 잡을 줄을 알았다"라고 했다. 신하들이 왕의 뛰어난 지혜에 감탄했다.

지금 영묘사는 없지만 경주 서쪽 건천읍 신평리에는 여근곡이 있고, 낭산에 선덕여왕릉이 있으며, 그 남쪽 산 아래에 사천왕사가 있었으니 모든 증거가 남아 있는 셈이다. 사천왕사는 절이 세워지기 30여 년 전에 이미 선덕여왕의 예언이 있었다는 것인데, 대군을 보내서 신라를 집어삼키려는 당나라에 맞서 나라를 지키기 위해 절을 세웠다는 사실 또한 놀랍다. 이에 대해 《삼국유사》에서는 다음과 같이 기록하고 있다.

고구려가 멸망하자마자 당나라의 여러 장수와 병졸이 머물러 있으면서 신라를 침공하려고 했다. 이를 안 문무왕이 군사를 일으켜 막았다. 이듬해에 당 고종高宗이 김인문金仁問 등을 불러서, "너희들이 우리 군사를 청해서 고구려를 무너뜨렸는데, 우리에게 해를 가하다니 무슨 까닭이냐?"라고 꾸짖으면서 인문을 옥에 가두고 설방薛邦을 대장으로 삼아 50만의 병력으로 신라를 치려고 했다. 그때 의상義湘이 당나라에서 유학하고 있었는데, 김인문을 찾아가니 이러한 사실을 그에게 알려 주었다.

의상이 곧바로 귀국하여 이 사실을 왕께 아뢰니 매우 두려워하여 신하들과 회의를 열어 방비책을 논의했다. 각간 김천존金天尊이 말하기를, "근래에 명랑법사明朗法師가 용궁에 들어가서 비법을 전해 받았다고 하니 그에게 여쭤 보소서"라고 했다. 명랑이 왕께 아뢰기를, "낭산의 남쪽에 신유림이 있는데, 그곳에 사천왕사를 세워서 도량을 열면 물리칠 수 있습니다"라고 했다. 마침 개풍군貞州에서 사람이 달려와 고하기를, "수를 헤아리기 어려울 정도로 많은 당나라 군사가 우리 국경까지 와서 바다 위를 돌고 있습니다"라고 했다. 명랑을 불러서 다시 말하기를, "일이 이처럼 급하게 되었으니 어찌하면 좋겠는가?"라고 하니 명랑이 말하기를, "여러 종류의 비단綵帛을 사용해서 임시로 만들면 됩니다"라고 했다.

이에 왕이 고운 색의 비단綵帛으로 절을 세우고 풀로 오방신상五方神像을 만들어 명랑을 통솔자로 하여 유가瑜珈의 명승明僧 12명과 함께 문두루비법文豆婁秘密之法을 펼쳤다. 문두루는 서역의 말인데, 한자로는 신인神印이라고 한다. 비법을 펼치자 당 군사와 신라 군사가 서로 싸우기도 전에 바람과 파도가 사납게 일어나 당나라 배가 모두 바다에 침몰해 버리는 기적이 일어났으므로, 그 뒤에 정식으로 절을 세워 이름을 사천왕사라고 했는데, 고려 때까지도 그대로 건재했다. 그 뒤 671년에도 당나라가 조헌趙憲을 대장으로 하는 5만 군사로 신라를 치려 했을 때에도 이 비법을 썼더니 그전처럼 배가 모두 침몰했다.

그때 한림랑 박문준朴文俊이 김인문을 따라가 감옥에 있었는데, 당의 고종이 문준을 불러서, "너의 나라에는 무슨 비법이 있길래 우리가 많은 군사를 두 번이나 보냈는데, 살아 돌아오는 자가 없느냐?"라고 물었다. 문준이 대답하기를, "저희는 당나라에 온 지 10년이 넘었기 때문에 본국의 사정을 알지 못합니다. 다만 한 가지 사실만 들었는데, 당나라의 후한 은혜를 입어 세 나라를 통일했으므로 그 덕에 보답하기 위해 낭산의 남쪽에 천왕사를 새롭게 창건해서 황제 폐하의 만수무강을 축원하기 위해 설법法席을 오랫동안 열었다는 것뿐입니다"라고 했다.

고종이 그 말을 듣고 크게 기뻐하면서 사신을 신라에 파견하여 살펴보도록 했다. 문무왕이 당나라 사신이 온다는 소식을 미리 듣고 그 절을 보게 해서는 좋지 않겠다고 생각하여 사천왕사의 남쪽에 새로운 사찰을 창건하여 기다리고 있었다. 사신이 와서 말하기를, "우선 황제의 만수무강을 빈다는 사천왕사에 가서 향을 피우고 싶습니다"라고 했다. 이에 새로 지은 절로 안내했더니 문 앞에 서서 말하기를, "이 절은 사천왕사가 아니라 황제의 은덕을 멀리서 그리워하는望德遙山 절이군요"라고 하면서 끝끝내 들어가지 않았다. 신라에서 황금 천 냥을 그에게 주니 당나라로 돌아간 사신이 아뢰기를, "신라에서는 천왕사를 짓고 황제의 만수무강을 축원할 뿐이었습니다"라고 했다. 당나라 사신이 말한 것을 근거로 새로 지은 절의 이름을 망덕사라고 이름 지었다.

당나라 대군을 물리치기 위해 명랑법사가 행했다는 문두루비법은 중국의 진晉나라 때 서역西域에서 온 승려 백시리밀다라帛尸梨蜜多羅가 번역한《불설대관정신주경佛說大灌頂神呪經》에 자세히 소개되어 있다.

제석천이 중생이 위험에 처했을 때 이들을 구제할 방법을 부처에게 물으니, "중생이 위험한 일에 처하면 자신이 부처의 몸과 같다고 생각한 다음 부처의 제자들, 모든 보살승을 생각한 뒤에 다섯 방위五方의 신들을 생각하는 것이 필요하다. 오방의 신을 각각 7만 명씩 35만 명의 귀신을 거느리고 있는데, 이들이 모두 중생의 어려움을 살펴 재난을 면하도록 한다. 오방신과 부하 귀신들의 이름을 모두 둥근 나무圓木에 새겨 놓으면 되는데, 이것을 문두루법이라고 한다"라고 했다. 그러면서 부처는 문두루법에 쓸 나무의 크기와 종류 등도 자세히 지정해 주었다.

이런 조치를 한 다음에는 부처와 불제자와 보살승, 오방신 등을 생각하면서 오직 한마음으로 빌면 어떤 재앙도 물리칠 것이라고 했다. 만약 불제자가 이 문두루를 행할 때는 몸을 깨끗이 씻고 시방十方의 모든 부처와 깨달음을 얻은 존재들에게 경배한 후 왼손을 들고 오른손에는 길이가 7척(2.1미터)이 되는 우권구마의 지팡이를 잡고 머리에는 붉은색의 달마압로신 모자를 쓰고 일곱 걸음을 떨어져서 일곱 번 숨 쉴 동안 위에서 말한 대로 상상한 다음에 문두루를 병자의 가슴에 놓으면 오방신이 나타나서 악귀를 물리칠 것이라고 했다.

이 문두루 비법은 위력이 대단해서 산을 찍으면 산이 무너지고, 나무를 치면 나무가 부러질 것이고, 강이나 바다를 찍으면 물이 모두 말라 버릴 것이며 불을 향해 찍으면 모든 불이 꺼질 것이라고 했다. 또한 바람이 불 때는 바람이 멈출 것이요, 땅을 향하면 땅이 움직일 것이며, 도적이 일어날 때도 그쪽을 향해 문두루를 행하면 모두 흩어져 소멸할 것이라고 했다.

이 말을 들은 제석천은 부처의 이름으로 중생을 보호하도록 사천왕에게 명하겠다는 것을 말씀드려 허락받는다. 그런 후에 부처께서는 악귀를 물리치는 관정무상신인灌頂無相神印라는 주문과 중생을 마귀로부터 지켜주는 일곱 귀신의 이름도 모두 알려 주었다.

이러한 내용으로 되어 있는 문두루비법은 중생을 위험에서 구하는 것뿐 아니라 나라를 재난으로부터 구하는 데에도 요긴한 것으로 판단되었기 때문에 당나라 대군이 쳐들어왔을 때 명랑법사를 통해 이 법을 급하게 행하도록 하여 효과를 보았으며 그로부터 몇 년 뒤에 사천왕사가 창건되었다. 중국 사신의 눈을 속이기 위해 지었다는 망덕사는 사천왕사에서 남쪽으로 국도 7호선 건너편 남천가에 있었다. 지금 남아 있는 것은 1963년에 보물로 지정된 당간지주와 동탑·서탑의 터뿐이고 이렇다 할 유적은 남아 있지 않다. 당나라 사신의 눈을 속이기 위해 지은 것이었으므로 규모나 형태는 사천왕사와 비슷했을 것으로 추정된다. 망덕사 관련 유적이나 자료는 남아 있는 것이 거의 없으나 《삼국유사》에는 관련 자료가 여럿 전한다.

사천왕사에는 향가를 지은 사람으로 유명한 월명사와 관련된 사연이 눈길을 끈다. 신라 경덕왕 때에 월명사라는 승려가 있었는데, 하늘에 해 두 개가 나타난 변괴를 없애기 위해 왕의 요청으로 〈도솔가兜率歌〉라는 향가를 지어서 나라를 편안하게 했던 인물이다. 이 노래에 감동한 미륵보살이 탑에서 나와 월명과 왕에게 차를 바치고 다시 들어갔다는 이야기가 실려 있다. 월명은 또 일찍 세상을 떠난 누이동생의 혼백을 위로하는 〈제망매가祭亡妹歌〉라는 향가도 지었다.

죽고 사는 길이 여기에 있음을 두려워하여,

나는 갑니다라는 말도 하지 못하고 갔는가.

어느 가을 여기저기 떨어지는 잎처럼,

한 가지에 났어도 가는 곳을 모르는구나.

아, 미타찰에서 만나볼 나는,

도를 닦아 기다리겠노라.

개인 정서를 노래한 〈제망매가〉는 향가 중에서 서정성이 매우 뛰어난 작품으로 꼽힌다. 월명사는 늘 사천왕사에 머물렀는데, 피리를 잘 불었다. 어느 날 달밤에 피리를 불면서 절 문 앞의 큰길을 지나가니 달이 월명사를 위해 가는 것을 멈추었다. 이런 사연 때문에 그 길을 월명리라고 불렀다.

영험한 사연을 많이 가지고 있는 사천왕사여서 그런지 신라 제54대 경명왕景明王 때인 911년에는 사천왕사에 있는 벽화 속의 개가 짖어 사흘 동안이나 《불경》을 외워서 겨우 물리쳤는데, 반나절 만에 또 짖었다고 한다. 919년에는 사천왕사 오방신五方神의 활시위가 모조리 끊어졌고, 벽 속의 개가 뜰로 달려 나왔다가 다시 벽으로 들어가기도 했다는데, 나라가 멸망할 징조를 미리 보여 준 것이라고 할 수 있다. 또한 명랑법사가 펼쳤던 문두루비법은 고려시대에도 나라의 어려움이 있을 때마다 여러 번 행해졌다는 기록이 있는 것으로 미루어 사람의 마음을 하나로 모아 국난을 극복하는 데에 상당한 효험이 있었던 것으로 보인다. 이처럼 역사적으로나 문화적으로 의미가 큰 사천왕사가 제대로 된 발굴과 고증을 통해 복원되기를 기대해 본다.

# 문무왕의 호국정신을 기리는 감은사

신라는 한반도 동남쪽에 치우쳐 있는 작은 나라였지만 경상북도 의성 지역에 있었던 소문국召文國을 병합한 뒤로부터 점차 힘을 길러 가야, 백제, 고구려 등을 차례로 정복했다. 이후 신라까지 집어삼키기 위해 쳐들어온 당나라의 군대까지 물리치고 삼한의 주인이 되었다. 그 결과 중대와 후대의 시기에 신라는 막강한 국력을 가진 절대왕권 국가로 거듭나면서 찬란한 문화를 이루었다. 신라의 역사 문헌에 유난히 왜국과의 관련 기록이 많은 이유는 바다를 사이에 두고 마주한 상태인 데다 백제와 관련이 깊은 나라였기 때문으로 보인다. 특히 신라가 작은 나라였을 때는 왜국이나 고구려 등에 왕자 등을 인질로 보내야 했던 만큼 그간에 쌓인 원한이 깊을 수밖에 없었을 것이다. 고구려까지 정복하고 민족 통합의 대업을 이룬 문무왕文武王은 죽은 뒤에도 왜적의 침입을 막겠다며 동해에 묻어 달라고 유언을 남겼을 정도이니 왜적의 침입이 얼마나 잦았고, 그 고통이 얼마나 컸는지를 짐작할 수 있다.

《삼국사기》에는 문무왕의 장남으로 신라 제31대 군주가 된 신문왕神文王이 아버지의 유언대로 동해 가운데 있는 바위에 장사를 지냈다고 기록되어 있다. 문무왕은 죽어 용으로 변하여 동해에 왜적이 침입하지 못하도록 했다는 전설이 민간에 널리 퍼졌고, 그에 따라 왕의 유골을 장사 지낸 바위를 대왕암이라고 불렀다. 문무왕은 동쪽 바닷가에 절을 세워 불력으로 왜적을 퇴치하여 신라를 지키고자 했지만 유감스럽게도 마무리하지 못하고 세상을 떠났는데, 못다 이룬 아버지의 뜻을 받들어 신문왕이 682년에 완공한 사찰이 바로 감은사感恩寺이다.

경주시 문무대왕면 용당리 55-8번지 일대에 세워졌던 감은사는 문무왕의 호국정신을 기리기 위해 세운 절이다. 황룡사皇龍寺, 사천왕사四天王寺 등과 함께 오랫동안 호국사찰로서의 위치를 지켰지만 언제 폐사되었는지는 정확하게 알 수 없다. 다만 징처럼 생긴 물건의 양쪽에 고리가 있어서 걸어 놓고 두드려 소리를 냄으로써 승려들에게 공양 시간을 알리는 데 쓰는 도구인 청동반자青銅飯子가 서쪽 회랑터에서 발견되었는데, 여기에 새겨진 글을 통해 약간의 정보를 알 수 있다. 청동반자에는, "반자, 작은 종小鐘, 급한 일을 알리는 징禁口 등을 고려 공민왕 1년인 1351년 12월 4일에 다시 만들었는데, 왜구가 같은 해 4월 7일에 약탈해 갔으므로 새롭게 조성한 것이다"라고 되어 있기 때문이다. 이 기록으로 고려 말기까지는 감은사가 유지되었던 것으로 추정할 수 있게 되었다.

황룡사, 사천왕사와 함께 신라 최고의 호국사찰이었던 감은사는 현재 삼층석탑과 절터만 남아 있지만 왜적으로부터 나라를 지키려던 당시 신라인들의 염원을 담았던 흔적이 고스란히 남아 있다. 근래에 발견된 문무왕릉 비석의 큰 조각 하부에 튀어나온 부분을 받침돌인 귀부龜趺와 대조해 보니 사천왕사 서쪽 귀부의 홈과 일치하는 것으로 확인되므로 문무왕의 화장과 장례가 사천왕사에서 치러졌고 비석을 세운 것으로 추정할 수 있게 되었다. 사천왕사는 문무왕의 생전에 인연이 깊은 사찰로서 의미가 있지만, 감은사는 왕의 사후와 깊은 인연을 가지는 호국사찰이어서 그 중요도가 한층 높다.

신문왕이 완공한 감은사는 죽어서도 용이 되어 왜적으로부터 나라를 지키겠다는 문무왕의 유언과 죽은 후에 나타난 여러 불가사의한 현상을 모두 연결하고 그것을 체계적으로 구성하여 실현한 결과물이라는 점에서 문화적 가치를 높게 평가할 수 있다. 처음에는 나라를 지킨다는 의미를 지닌 진국사鎭國寺라는 이름으로 불렸으나 신문왕이 부왕의 호국 충정에 감사한다는 의미에서 감은사로 고쳤다고 전한다. 토함산, 추령, 함월산 등에서 내려온 여러 시내가 합쳐진 후 감은사지 앞을 지나서 동해로 들어가는 대종천을 따라 해변으로 나가면 가까운 남쪽의 바다 가운데에 문무왕의 유해를 장사 지냈다는 대왕암으로 이어진다. 나라를 지키겠다는 일념으로 호국의 용이 된

감은사의 금당터. 바닥을 긴 돌과 받침돌로 구성하여 아래에 지하 공간을 만들었다. 호국룡이 된 문무왕의 혼령이 쉴 수 있도록 마련한 공간이다.

문무왕의 혼령이 여기에서부터 물을 따라 감은사까지 올라올 수 있도록 여러 장치를 마련했다는 점에서 실로 놀라움을 금할 수 없다.

현재 남아 있는 감은사지의 유적을 보면 부처를 모시는 본당인 금당金堂터, 석탑 두 기, 회랑터, 중문터, 강당터 등이 남아 있는데, 금당의 구조가 매우 특이하다. 금당을 지을 터 외곽 부분의 흙을 깎아 내어 높이를 낮춘 다음, 건물터가 될 부분은 자갈을 포함한 황갈색 흙을 다져서 한 층 정도 높게 조성했고, 높아진 금당 내부로 들어가기 위한 돌계단을 동서남북 방향으로 설치했다.

이렇게 되면 건물터의 안쪽은 자연스럽게 지하 공간이 만들어지는데, 이곳 초석이 놓일 자리에 한 변이 90센티미터 정도 되는 네모난 돌方形石 스물네 개를 가로 6줄, 세로 4줄로 놓았다. 그 위에 깊이가 22센티미터 정도이면서 ㄷ자 모양으로 다듬어서 홈을 만든 네모난 돌을 다시 올려놓았는데, 이 돌은 길이가 1.7미터가량 되는 긴 돌長大石을 끼워 넣는 구실을 한다. 이렇게 바닥의 기초를 만들었지만 정면의 중심부 3칸과 옆의 1칸은 칸 사이가 넓으므로 같은 방식으로 보조 돌을 다시 놓아서 장대석과 금당의 바닥 초석을 감당할 수 있도록 만들어서 기초를 튼튼하게 했다. 남북으로 놓여 있는 장대석 위에는 동서 방향으로 길게 장대석을 여덟 개씩 잇대어 마룻널처럼 평평하게 깐 다음, 그 위에 금당 바닥의 초석을 놓아 안정성을 확보했다. 가장자리의 네 면에는 널반지처럼 생긴 돌을 세워서 막고 그 틈은 흙으로 채워서 금당의 초석 밑에는 약 60센티미터 높이의 지하 공간을 마련할 수 있도록 설계했다. 또한 동북 방향과 서남 방향에 있는 모퉁이 칸挾間 아래에는 너비 40~50센티미터, 길이 2미터 크기의 바닥돌인 부석敷石이 깔려 있었는데, 구멍처럼 되어 있어서 환기구 역할도 할 수 있도록 만들었다.

이것은 《삼국유사》에서 "금당의 섬돌 계단 아래에 동쪽으로 구멍을 한 군데 열어 두어 용이 절에 들어와서 돌아다닐 수 있도록 준비했다"라고 말한 용혈龍穴로 추정할 수 있다. 감은사 금당의 건축 방식으로 보았을 때 돌을 마루처럼 깔아서 지하에 공간을 설치했다는 것은 용으로 변한 문무왕의 혼령이 드나드는 상징적 공간으로의 역할을 했을 것으로 보인다.

감은사에서 한 가지 더 주목해야 할 유적은 금당지金堂址 앞에 나란히 서 있는 두 기의 삼층석탑이다. 신라의 불교 역사에서 승가람僧伽藍이 일탑삼금당一塔三金堂 형식에서 쌍탑일금당雙塔一金堂 형식으로 바뀌는 과정의 초기에 나타난 것이기 때문이다. 신라의 승가람에서 쌍탑이 처음 나타나는 시기는 문무왕 시대이며, 사찰은 사천왕사로 파악된다. 다른 자료나 유적 등이 발굴되면 바뀔 가능성도 있지만, 지금까지 알려진 바로는 사천왕사에 보이는 쌍탑 흔적이 최초로 보인다. 문무왕이 절을 짓기 시작했으나 마치지 못하고 세상을 떠나는 바람에 왕위를 이어받은 신문왕이 절을 완성한 만큼 감은사의 구조는 사천왕사를 계승한 절이어서 쌍탑 형식을 갖춘 것으로 보인다.

동과 서로 마주 보고 서 있는 감은사지삼층석탑은 같은 크기로 되어 있는데, 각 탑의 높이가 13.4미터나 되는 데다가 기단이 2단으로 되어 있는 특이한 형태의 석탑이다. 기단을 2단으로 한 것은 감은사지삼층석탑에서 처음 보이는 형식으로 이후 한국 석탑의 규범을 이루었다. 또한 석탑을 해체하여 보수할 때 네 면에 사천왕상이 새겨진 사리장엄구가 두 탑에서 하나씩 발견되어 보물로 지정되기도 했다.

동·서삼층석탑의 바로 아래에는 용연龍淵이라는 이름을 가진 연못의 터가 하나 있다. 이곳은 용이 들어왔던 연못이라는 의미로 지어진 이름일 것인데, 감은사가 지어질 당시에는 여기까지 바닷물이 들어왔을 가능성이 큰 것으로 조사되었다. 2007년에 대구문화방송에서 주관하여 사찰 앞의 토양을 채취하여 분석해 본 결과 사찰이 창건되

문무왕의 호국정신을 기리기 위해 세운 감은사터와 석탑의 모습. 쌍탑일금당 형식의 감은사는 호국룡이 된 문무왕의 혼령이 쉴 수 있는 공간을 마련했다.

었을 당시에는 감은사 앞까지 바닷물이 들어와 있었다는 증거를 찾아내었다.

절 바로 앞에까지 바닷물이 들어왔다면 지금의 주차장 구역으로 물길을 내기만 하면 용을 위해 만들어 놓은 금당의 지하 공간에 동쪽을 향해 만들어 놓은 용혈과 곧바로 연결할 수 있었을 것이다. 이렇게 되면 해룡이 된 문무왕의 혼령이 감은사의 금당 안까지 들어올 수 있도록 하기 위한 장치가 완벽하게 작동하는 것이 되며, 이야기나 기록으로 전하는 내용을 뒷받침할 수 있는 물리적 증거물이 마련되어 호국룡 설화의 신뢰성을 크게 높일 수 있었을 것으로 생각된다. 부왕의 뒤를 이어 감은사를 완성한 신문왕은 이곳에 자주 행차하여 제사를 지내고 아버지를 그리워하면서 그 뜻을 받드는 과정에서 신기한 일을 여러 가지 경험한 것으로 기록되어 있는데, 대왕암에 나타난 황룡, 그것을 바라보았다는 이견대利見臺, 만파식적萬波息笛 등이 그것이다.

대왕암과 황룡, 이견대는 하나로 연결되어 있다. 대왕암은 죽어서 용이 되어 왜적으로부터 나라를 보호하겠다는 문무왕의 유언에 따라 사천왕사 부근에서 화장한 후 유골을 장사 지냈다는 곳으로 감포 바닷가의 물 가운데에 있는 작은 바위섬이다. 동해의 바다 가운데에 네 개의 뿔이 있는 것처럼 우뚝 솟은 돌이 있는데, 마치 네 개의 문처럼 생겼다고 기록되어 있다. 이곳이 바로 문무왕을 장사 지냈다는 곳이다. 대왕암은 사면으로 뚫려 있으면서 내부로 들어갈 수 있는 문이 마련되어 있고, 남북으로 길게 놓인 넓적하고도 큰 돌이 한가운데에 있는데, 그 아래에 공간이 형성되어 있는 것으로 보아 문무왕을 장사 지낸 곳이라는 추정을 했었다. 근래에 조사된 바에 따르면 뚜껑처럼 덮은 돌의 아래에 부장품이나 유골을 장사 지낸 흔적은 없지만, 주변의 돌을 정으로 깎아 낸 흔적이 있고 동쪽의 문보다 서쪽의 문을 낮게 하여 바닷물이 잘 드나들 수 있도록 만든 것이라고 확인되었다. 이런 점으로 볼 때 대왕암은 왕의 허묘墟墓이면서 해중릉이라는 방식으로 조성되어 문무왕을 기리는 추모 공간이며, 나라를 지키는 신령한 존재가 있는 곳으로서의 상징성이 강조된 장소라고 짐작할 수 있다.

신문왕이 부왕의 유골을 동해에 뿌려 장사를 지낸 후 추모하는 마음으로 바닷가에 대臺를 지어 놓고 바라보니 바다 가운데에 커다란 용이 보이는 것이었다. 이로 인해 대를 이견대라고 이름 지었다. 이견利見은 《주역》에 "날아오른 용이 하늘에 있으니飛龍在天 대인을 만나 이롭다利見大人"라고 한 표현에서 가져온 것이다. 아마도 신문왕이 부왕의 혼령인 대룡을 만나 나라에 이로운 일이 생긴다는 의미에서 이렇게 이름 지은 것이라고 풀이하는 것이 합리적이라는 생각을 해 본다. 이견대는 고려부터 조선에 이르기까지 수많은 문인이 이곳을 찾아보고 작품을 남길 정도로 경주 지역의 명소였다. 고려 말기, 조선 초기의 문신이었던 이문화李文和가 지은 시 〈이견대〉가 《신증동국여지승람》에 실려 전하는데, 그 내용은 다음과 같다.

신라시대에 군왕이 만든 효자의 대,羅代君王孝子臺
오늘에야 올라 보니 이끼에 덮여 있네.如今登眺已封苔

신문왕의 행차 창자를 끊듯 애절했지만,霓旌羽蓋腸堪斷
높은 집 잘 꾸민 담장 터마저 무너졌네.峻宇雕墻址自頹

은하 북두가 잘 보이듯 천지가 청명하고,雲漢分明看北斗
안개 물결 너머 삼신산을 보는 듯하네.煙濤髣髴望東萊

슬프구나! 파도 위의 흰 갈매기들만이,可憐波上白鷗鳥
오가는 물결 따라 옛날처럼 돌고 있네.潮去潮來依舊迴

첫째와 둘째 구절은 이견대가 부왕을 위한 신문왕의 효심이 지극하여 세운 것이라고 노래하는데, 자신이 찾아갔던 조선 초기에 이미 폐허로 변해 있다는 사실을 아쉬워하는 것으로 시상을 일으키고 있다. 셋째와 넷째 구절은 과거와 현재를 대비하여 표현함으로써 그 애달픔을 한껏 끌어올리고 있다. 무지개처럼 아름다운 깃발과 깃털로 덮개를 한 수레霓旌羽蓋는 모두 왕의 거둥에 쓰이는 물건이기 때문에 신문왕의 행차를 말한다. 그러한 효심으로 만든 이견대도 세월을 이기지 못하고 퇴락했음을 한탄한다. 시상을 전환한 다섯째와 여섯째 구절은 용이 된 문무왕의 덕택에 세상이 평안하고 밝아졌음을 말하고, 마지막 일곱째와 여덟째 구절에서는 다시 현실로 돌아와 보니 그 영광은 시간 속에 묻혔고 물결 따라 도는 갈매기만 오락가락할 뿐이라고 노래한다. 과거의 영광과 현재의 폐허를 대비하여 이견대의 역사적 의의를 잘 표현한 작품이라고 할 수 있다.

이런 사연을 간직하고 있는 이견대는 1969년에 문화재관리국의 조사를 통해 옛터가 확인되었고, 1979년에 경주시 감포읍 동해안로 1480-12(경주시 감포읍 대본리 664-3)의 현 위치에 복원되어 사적으로 지정되었다. 이곳에서 남동쪽의 바다를 보면 대왕암이 물 가운데 떠 있는 것처럼 보인다. 그러나 이견대의 자리가 과연 이곳인지에 대해서는 논란이 있다. 《신증동국여지승람》의 기록에는 공공 여관인 이견원利見院이 이견대 옆에 있다在利見臺傍고 했는데, 현재의 이견대 자리에서 발굴된 유적이 이견원일 가능성도 있기 때문이다.

지금은 폐교된 대본초등학교 뒤편으로는 대본마을에서 감은사로 넘어가는 고갯길이 있었고 고개 중간 산마루에 상당히 넓은 공간이 있는 데다 돌을 쌓아 만든 대의 흔적과 기와 파편 등이 발견되었는데, 이런 점으로 미루어 이견대의 원래 위치는 현재의 자리보다는 산마루에 있는 넓은 공터로 보는 것이 훨씬 설득력이 있다. 특히 감은사를 지을 당시에 바닷물이 절 앞까지 들어왔었다는 사실이 지질조사를 통해 밝혀진 만큼 바닷가 마을에서 감은사로 가는 길목 언덕배기에 이견대를 세웠을 가능성이 훨씬 높다는 점을 고려하여 체계적이면서도 면밀한 발굴조사가 필요한 상황이다.

만파식적은 세상의 모든 풍파를 가라앉히는 피리로 신라의 보물이었다고 전한다. 현재까지 실물은 발견되지 않고 있는데, 이것을 얻게 된 유래가 문무왕과 관련 있는 이야기어서 눈길을 끈다. 《삼국유사》의 기록을 보자.

> 제31대 신문대왕의 이름은 정명이며, 성은 김이다. 개요 원년 신사(681년) 7월 7일에 즉위했다. 아버지 문무대왕을 위하여 동쪽 해변에 감은사를 세웠다. 사찰 기록에서는 이렇게 말했다. 문무왕이 왜적을 진압하려고 이 절을 세우기 시작했는데, 끝내지 못하고 세상을 떠나 동해의 용이 되었다. 아들 신문왕이 즉위하여 개요 2년(682년)에 절 공사를 끝냈다. 금당의 계단 아래에 돌을 배열하고 동쪽으로 구멍 하나를 열어 놓았는데, 용이 들어와서 돌아다니도록 하기 위한 것이었다. 유언으로 유골

을 장사 지낸 곳은 대왕암이라고 하고 사찰은 감은사라고 했으며, 나중에 용이 나타난 것을 본 장소를 이견대라고 했다.

바다를 살피는 관리인 파진찬 박숙청이 아뢰기를, "동해 가운데에 작은 산이 있어 감은사를 향해 물에 떠오는데 물결을 따라 오가곤 합니다"라고 했다. 왕이 이상하게 여겨 천기를 살피는 사람인 김춘질에게 명해 점을 쳐 보도록 했다. "대왕의 부친께서 지금은 바다용이 되어 삼한을 보호하고 있습니다. 또한 삼십삼천三十三天의 아들이었던 김유신은 인간 세상으로 내려와 대신이 되었습니다. 두 성인이 한마음으로 조상이 물려준 나라를 지킬 보물을 주려고 합니다. 폐하께서 바닷가로 행차하신다면 가치를 가늠할 수 없을 정도의 큰 보물을 얻을 것입니다"라고 아뢰었다. 왕이 기뻐하여 그달 7일에 이견대로 나아가 그 산을 바라보고 사신을 보내 살펴보도록 했다. 산의 모양은 거북이 머리처럼 생겼는데, 그 위에는 대나무 하나가 있어 낮에는 둘로 나누어지고 밤에는 하나가 되었다.

사신의 보고를 받은 왕이 감은사에서 묵었는데, 다음 날 정오에 대나무가 합해져서 하나로 되자 천지가 진동하고 비바람이 치며 어둡고 침침함이 7일이나 계속되다가 16일이 되어서야 바람이 잠잠해지고 물결이 잔잔해졌다. 왕이 배를 타고 그 산에 들어가니 용이 검은 옥대玉帶를 받들고 와서 바치므로 영접하여 함께 앉아 묻기를, "이 산과 대나무가 합쳐지기도 하고 나누어지기도 하는 것은 무엇 때문입니까?"라고 했다. 용이 말하기를, "한 손으로 치면 소리가 나지 않지만 두 손으로 치면 소리가 나는 것과 같습니다. 이 대나무라는 존재는 합쳐진 후에야 소리를 낼 수 있으니 성군께서 소리로 천하를 다스릴 상서로운 징조입니다. 왕께서 이 대나무를 취하여 피리를 만들어 불면 천하가 조화롭고 태평해질 것입니다. 지금 왕의 부친께서 바다의 큰 용이 되었고, 유신은 다시 천신이 되어 두 성인이 한마음으로 값어치를 매길 수 없는 큰 보물을 내어서 나에게 바치도록 했습니다"라고 했다.

왕이 놀라고 기뻐 오색 비단과 빛나는 금과 옥으로 제사를 지내 보답하고, 사자를 보내 대나무를 베어 바다에서 나오니 갑자기 산과 용은 사라지고 보이지 않았다. 왕이 다시 감은사에서 자고 다음 날에 기림사祇林寺 서편 계곡에서 점심을 먹었다. 나중에 효소왕이 된 태자 이공理恭이 궁궐을 지키고 있다가 소식을 듣고 말을 타고 달려와 하례를 드린 후 찬찬히 살펴보고 "이 옥대의 비늘은 모두 진짜 용의 것입니다"라고 아뢰었다. "네가 어찌 그것을 아느냐?"라고 하자 태자가, "비늘 하나를 떼어 물에 넣어 보십시오"라고 하니 왼쪽 둘째 비늘을 떼어 냇물에 넣자 곧바로 용이 되어 하늘로 올라가고 그 땅은 깊은 못이 되니 용연이라고 불렸다.

왕의 행차가 대궐로 돌아와 그 대나무로 피리를 만들어 반월성에 있는 천존의 창고天尊庫에 간직하였다. 피리를 불면 침략해 온 외적이 물러가고 병이 나으며, 가물 때는 비가 오고 홍수가 질 때는 비가 개며 바람이 잦아들고 파도가 잔잔해졌다. 피리를 만파식적이라고 이름 짓고 국보로 삼았다. 효소왕 때인 693년에 피리의 신통력과 관세음보살의 도움으로 말갈에게 잡혀갔던 국선 화랑 실례랑失禮郎이 살아 돌아온 기적적인 일을 계기로 피리의 격을 다시 높여서 만만파파식적萬萬波波息笛이라 했다.

신라시대에 만들었다는 만파식적은 현재까지 전해지지는 못했지만 외적의 침략을 물리치고 왕권을 강화함으로써 정세를 안정시키기 위해 사람들의 마음을 움직여 하나로 뭉칠 수 있도록 하는 상징적 신물 같은 것이 필요했던 신문왕에게는 그것이 가지는 의미가 대단히 컸다. 백제를 복속한 태종무열왕의 뒤를 이어 고구려를 정복하고 당군을 대동강 이북으로 몰아냄으로써 민족 통합의 과업을 완수한 문무왕의 호국 이념과 대왕암, 감은사, 이견대 등이 하나로 연결되어 최종적으로 나온 결과물이 만파식적이었는데, 광범위한 영토를 효율적으로 다스리기 위해 왕권의 강화가 절대적으로 필요했던 신문왕에게는 상징성이 매우 크면서 가장 합리적인 통치 도구가 되었기 때문이다. 고대국가시대는 물론이고 신라시대와 고려시대까지도 신을 중심으로 하는 종교의 위상이 군주의 그것보다 높았기 때문에 만파식적과 같은 영험한 신물의 힘을 십분 활용할 때 나라를 제대로 통치하면서 안정시킬 수 있었다는 점에서 역사적 의미 또한 매우 큰 것으로 생각된다.

이런 점으로 미루어 감은사 관련 콘텐츠는 사천왕사 관련 유적, 대왕암으로 불리는 수중릉의 의미, 설화를 뒷받침하는 감은사의 구조물이 지닌 역사적 의의, 이견대와 만파식적의 상징성 등을 하나로 묶어서 사람들이 쉽게 이해하고 접근할 수 있도록 하는 것이 중요할 것으로 보인다.

# 맺음말

불교와 연관이 있는 모든 것들이 집약되어 만들어진 공간이 사찰이므로 그것을 이루는 구성 요소는 매우 다양하고 복잡하다. 부처, 불법, 승려를 중심으로 하여 건축, 미술, 음악, 문학, 음식 등 우리의 삶에서 의미를 가지는 모든 것이 사찰에 총망라되어 있다. 이 책에서는 역사적·문화적으로 의미가 큰 사찰과 그에 깃들어 있는 문학의 관계를 중심으로 살폈는데, 아직 밝혀 내지 못한 것도 많아 아쉬움을 금할 수 없다.

그럼에도 글쓴이의 능력 안에서 명쾌하게 풀어 보려고 한 것들이 몇 가지 있었음 또한 고백하지 않을 수 없다. 상륜부相輪部라고 불렸던 불탑의 윗부분에 대한 명칭은 차트라刹多羅로 바로잡는 것이 바람직하다는 점, 처용處容의 의미에 대한 고증, 불국사의 청운교·백운교가 지닌 의미, 서동薯童과 지명법사의 신분에 대한 단서, 부석사 부석浮石의 왜곡된 환경, 이견대利見臺 위치의 고증 필요성, 신륵神勒과 여주라는 지명 사이의 관계, 거돈사지 위치가 솥鼎의 한가운데라는 점, 취산醉山과 인출산印出山의 위치와 의미, 문두루법文豆婁法과 고골관枯骨觀

의 구체적인 방법, 만어산과 만어사의 역사성, 백월산, 사자바위, 화산花山의 위치와 의미 등에 대해 새로운 고증 자료와 함께 이에 대한 체계적인 분석을 통해 원래의 의미에 가까운 방향으로 다가서려고 노력했다.

이 책을 읽는 독자 여러분의 날카로운 지적과 혜안으로 가득한 가르침을 기다린다.

## 참고문헌


구라마집 역, 〈선비요법경〉, 《고려대장경》, 동국대학교, 1976.
김부식, 《삼국사기 — 한국고전총서》, 민족문화추진회, 1973.
도원, 《경덕 전등록》, 1614.
동계, 《범어사창건사적》, 1700.
백시리밀다라 역, 〈불설대관정신주경〉, 《고려대장경》, 동국대학교, 1976.
불타발타라 역, 〈관불삼매경〉, 《고려대장경》, 동국대학교, 1976.
설순, 〈삼강행실도〉, 세종대왕기념사업회, 1982.
안정구, 《재향지》, 1849.
유정, 《사바교주계단원류강요록》, 1705.
이규경, 《오주연문장전산고》.
이색, 《목은집 — 한국문집총간 4》, 고전번역원, 1990.
이행·윤은보, 《신증동국여지승람》, 민족문화추진회, 1969.
일연, 《삼국유사 — 한국고전총서》, 민족문화추진회, 1973.
정균, 〈조당집〉, 《고려대장경》, 동국대학교, 1976.
찬녕, 《송고승전》, 987.
최치원, 〈문경봉암사지증대사탑비〉. 893.
최치원, 〈신라가야산해인사선안주원벽기〉, 《한국문집총간 1》, 고전번역원, 1990.
최치원, 〈진감화상비명 병서〉, 《한국문집총간 1》, 고전번역원, 1990.
혜능, 《육조단경》, 강화도 선원사, 1300.
호암 귀은, 《불국사고금역대기》, 1767.
작자 미상, 《가야산해인사고적》, 1874.